Klaus Göbel

Der schwarzen Wölfe Schrei

Bibliografische Information der Deutschen Nationalbibliothek:
Die Deutsche Nationalbibliothek verzeichnet diese Publikation
in der Deutschen Nationalbibliografie, detaillierte bibliografische
Daten sind im Internet über http://dnb.dnb.de abrufbar.

Impressum:
Klaus Göbel - Der schwarzen Wölfe Schrei (2015)
1. Auflage
© Klaus Göbel, 2015
Umschlagfoto und Gestaltung: © Klaus Göbel
Herstellung und Verlag:
BoD - Books on Demand, Norderstedt
ISBN: 9783739220871

Urheberrechtshinweis:

Alle Rechte vorbehalten. Kein Teil des Werkes darf in irgendeiner Form (durch Fotografie, Mikrofilm oder ein anderes Verfahren) ohne schriftliche Genehmigung des Autors reproduziert oder unter Verwendung elektronischer Systeme verarbeitet, vervielfältigt oder verbreitet werden.

Ich danke Gott
für dieses Buch.

Es hat mir gezeigt,
was ich suchte,
was ich vermisse,
was ich bin
und
was ich habe.

Inhalt

Ich laufe los 11

Erinnerungen 20

Blutsbrüder 58

Die Teenager sind los 64

Leben – Retten – Helfen 73

Sammelleidenschaft: Freunde 84

Masken und Kostüme 91

Glauben 97

Ein Hauch von Hollywood 105

Neustart 119

Wolken am Horizont 130

Gilgamesch, König von Uruk 136

Dunkle Schatten 142

Der Schrei der schwarzen Wölfe 157

Es war, als sängen die Engel 163

Ein Colt für alle Fälle 166

Vom Pech, glücklich zu sein 174

Der Schrei. Die Wölfe. 176

Der Sturm 178

Gilgamesch und Enkidu 197

David und Jonathan 202

Die kleinen Detektive 209

Warme Cowboys und rosarote Indianer	213
Robinson Crusoe, eine Insel, 65 Frauen, 93 Kinder und kein Freitag	217
Auszeit	223
Freunde, Freunde, Freunde	251
Tokio Hotel	259
Alte Freunde, neue Freunde	263
Die Schauspieler	276
Die kleine Zeittafel	295
Das Phantom, der große (kleine?) Unbekannte	301
Kinder. Nackt. Wildnis. Natur.	311
Mirco	330
Was ist Freundschaft?	333
Matthias	335
Freunde und Feinde	338
Jesus und Old Shatterhand	343
Zeit für Freunde	345
Country und Moderne / Phantasie und Realität	352
Warum schreibe ich?	356
Nachwort	365

Ich lief auf den Feldern und fragte:
„HERR, wie ist das mit dem
„Schrei der schwarzen Wölfe"
zu verstehen?
Was soll ich tun?
Eine Fortsetzung des Films drehen?
Einen Roman schreiben?
Was tat Bill Robin im Film? Was soll ich tun?"

Es war ein Gleichnis.
Nach Jahren wird es mir klar.

Bill Robin rettet Jack Harper das Leben.

Ich laufe los

Wir schreiben das Jahr 2009. Es ist seit Tagen klirrend kalt. Ein paar Nächte zuvor hatten wir Vollmond. Ein goldgelb leuchtender, faszinierender Ball am Nachthimmel. Himmel? Ich komme darauf zurück. Eine harte Eis- und Schneekruste bedeckt Straßen, Wege und Felder. Heute ist es etwas milder. Es schneit. Ich laufe durch die Nacht, den Jackenkragen hochgeschlagen, den dunkelbraunen Hut tief ins Gesicht gezogen. Der Schnee ist nicht zu hören. Eisig bläst mir der Wind ins Gesicht. Ich laufe los. Ich laufe endlich los! Ich mache mich auf den Weg. Etwas Geheimnisvolles zu ergründen.

Hape Kerkeling ging los, auf den Jakobsweg. Er schrieb darüber. Das Buch wurde ein Erfolg. Wie schreibt man ein Buch? Wo reicht man es ein? Wie findet man den richtigen Verlag? Verkauft sich das Buch? Gibt es nicht schon zu viele Bücher über jedes Thema?
Egal. Ich verlasse mich auf mein Gefühl und beginne zu schreiben.

Ich bin unterwegs. Im Schnee. Leise knirscht es unter meinen Stiefeln. Alaska. Ich bin ein Trapper und ich bin in Alaska. Verwegen, abenteuerhungrig unterwegs in den ewig eisigen weißen Wüsten des unergründlichen, wilden Alaska.

Lassen Sie sich nicht verwirren, lieber Leser oder liebe Leserin. Ich bin keinesfalls in Alaska und ich bin auch

kein Trapper. Seit Jahren schneit es in meinem Heimatort mitten im kleinen Baden-Württemberg einmal wieder und ich bin unterwegs. Nichts Besonderes. Oder doch? Wieso Alaska? Wissen Sie noch, was ein Cowboy ist? Und ein Indianer? Kennen Sie Karl May und dessen Winnetou und Old Shatterhand? Den Westmann Falk und seinen roten Blutsbruder Silberpfeil aus der gleichnamigen Comicserie? Die Westerncomicserie „LASSO", ebenfalls besetzt mit einem kühnen Cowboy – Reno Kid – und seinem nicht minder kühnen roten Bruder Arpaho? Und zu guter Letzt die wohl bekannteste Serie „BESSY" mit einer mutigen Colliehündin in der Hauptrolle und ihrem Besitzer, dem jungen Farmer Andy Cayoon und dessen Blutsbruder Schneller Hirsch, sowie Cayoons weitere Freunde, Ronny, der Bogenschütze und Kleines Wiesel, der Indianerjunge?
Genug der Fragen. Der Vollständigkeit halber seien für Fans dieses Genres selbstverständlich zwei weitere legendäre Namen genannt: Lederstrumpf und Chingachgook!

Western. Cowboy und Indianer. Trapper (Fallensteller). Wildtöter. Soldaten. Wildnis, Wälder, Blockhütten, Pferde. Ja, Pferde. Das Glück dieser Erde liegt auf dem Rücken der Pferde. Saloons, Whisky, Waffen und Schießereien. Kriege. Um Land. Wo? In Amerika. Im Land der grenzenlosen Freiheit.

Ich erinnere mich. Ich mittendrin. Als Winnetou. Mit einem Holzgewehr und für den wunderbaren Apachen mit eher ungewöhnlich kurzem Haarschnitt. Mit schulterlangem Haar wäre ich vermutlich der perfekte Indianer gewesen, wären die Haare noch schwarz anstelle von blond gewesen. In der Schule hätten sie mich dann aber vermutlich für ein Mädchen gehalten und gehänselt. Also lieber ein Indianer mit kurzen Haaren, man hat ja Phantasie. Mit Faschingsperücke wollte man mitten im Jahr auf den Feldern auch nicht unbedingt jedem begegnen. Davon abgesehen waren zu unserer Zeit die Indianerperücken so teuer, dass mir meine Eltern den Kauf verweigerten, zumal wir schon auf Pistolen, Waffengurt, Munition, die sogenannten Knallplättchen und Gewehre bestanden.

Furchtbar waren die Sommertage. Da war ich gewissermaßen gezwungen, die kurzen, nach Meinung meiner Mutter, robusten Lederhosen im bayrischen Stil mit Edelweiß auf dem Latz zu tragen. Oh, Mann, wieso hatte sie kein Verständnis dafür, dass Winnetou nicht in bayrischen Lederhosen herumlaufen konnte? Manchmal nahm ich heimlich eine lange Hose mit und wechselte dann, sobald wir in unserem „Wilden Westen" unterwegs waren. Mein weißer Blutsbruder holt mich in unsere Wirklichkeit zurück. Wir müssen weiter, irgendwo hin.
Schon komisch, in den spannenden Karl May – Filmen um Winnetou und Old Shatterhand trug letzterer nie eine solch biedere Brille mit dickem Kassengestell. Aber wenn mir meine igelstoppelkurzen Haare vergeben sind, sei ihm auch die Brille verziehen.
Was haben wir nicht alles für gefährliche Abenteuer erlebt. Draußen im Wald, auf den Feldern. Armeen von Soldaten, wilde Horden gefährlicher Indianer. Zugegeben, schöne Squaws waren selten im Mittelpunkt. Frauen

spielten in diesen Kindertagen wie in den Filmen eine Nebenrolle. Sollten Frauen eines Tages in unserem Leben eine Hauptrolle spielen?

Als die Filme um Winnetou und Old Shatterhand in den Kinos liefen war ich noch zu klein, aber aus dem Fernsehen kannte man sie bestens. Und diese Schauspieler! Wahnsinn, dieser Pierre Brice, der den Apachenhäuptling perfekt verkörperte. Und Lex Barker, dieser hünenhafte Adonis. So müsste man aussehen! Jeder Schnipsel über diese Schauspieler wurde aus alten Illustrierten herausgeschnitten und sorgsam aufbewahrt. Mit ein bisschen Glück gelang es uns sogar, die eine oder andere BRAVO – Illustrierte aus dem abgelegten Stapel von Old Shatterhands älterer Schwester zu ergaunern, um an Bilder unserer Stars zu kommen. Ja, Old Shatterhand hatte eine ältere Schwester. Zumindest mein Freund „Old Shatterhand". Eine Schwester, die uns, wenn wir im Hof meines Freundes spielten, stets aus dem Abenteuer riss mit Weisheiten, wie: „Schaut mal, ich kann einen ganz langen Spuckefaden aus meinem Mund lassen, einen halben Meter lang und ihn dann wieder aufsaugen." Wie eklig! Und überhaupt, waren wir im Wilden Westen unterwegs und wurden von feindlichen Indianern verfolgt. Was interessieren einen da meterlange Spuckefäden! Und sie womöglich bei uns mitspielen lassen? Eine Squaw, die mit Spuckefäden protzt? Niemals!

„Da! Was war das? Da, schau, in dieser BRAVO! [1] Cool! Sieh nur: „Der Schrei der schwarzen Wölfe". Ein Abenteuerfilm, frei nach Jack London in Karl May-Romantik

mit „Tarzan" Ron Ely und „Seewolf" Raimund Harmstorf. Mann, sehen die cool aus! Dicke Pelzjacken, eisiger Schnee. Alaska." Ron Ely war ein Begriff aus der TV-Serie „Tarzan". Raimund Harmstorf kannten wir lediglich aus der TV-Serie „Semesterferien". Seewolf? Zu brutal. Den hatten wir bis dato nicht gesehen.
Abenteuerhungrig verschlangen wir die Fotos über diesen Film. Sofort änderten sich unsere Identitäten. Ich ergatterte mir die Identität Ron Elys alias Trapper Bill Robin. So wurde aus meinem Freund Old Shatterhand der vollbärtige Draufgänger Jack Harper, im Film gespielt von Raimund Harmstorf – nur eben ohne Vollbart, schließlich waren wir noch Kinder. „Seltsam, dieser Kopfgeldjäger Jack Harper trägt die gleiche Brille wie Old Shatterhand. Das gleiche dicke Kassengestell." Naja, wenn ich meine bereits damals weit untergewichtig spargeldünne Figur mit der des Ron Ely verglich, waren wir wohl beide gleich weit von unseren Idolen entfernt. Egal, man hat ja Phantasie.

Ich kann mich fast nicht konzentrieren. Der Schnee kitzelt auf meiner Nase, ich muss immerzu blinzeln. Ich entnehme meinen Hut und klopfe die dicke Schneeschicht ab, setze ihn wieder auf und marschiere weiter durch die Nacht. Der Schnee wird höher und höher. Ich liebe Schnee. Das hat was von einem Abenteuer. Umrisse von kahlen Bäumen, die unheimlich schwarz, besetzt mit weißen Eiskrallen ihre dürren Äste in den vom Mond erhellten Nachthimmel krallen. Stille. Keine Menschenseele. Außer mir. Abenteuer? War das ein Abenteuer? Ein

Abenteuer im Leben eines kleinen unscheinbaren Menschen?

Ich erinnere mich. Es tut weh. Gedanken fliegen durcheinander. Winnetou ist tot. Ich erinnere mich, wie schmerzhaft es für mich als Kind war, als ich mit ansah, wie Old Shatterhand seinen sterbenden Blutsbruder Winnetou in „Winnetou III" in den Armen hielt. Warum? Warum musste Winnetou sterben? Warum ist das geschehen? Er rettete seinem Freund das Leben, in dem er sich vor ihn warf, als die Gewehrkugel des Schurken kam. Aber warum musste dieser mutige Indianer so früh sterben?
Es war ein Film. Einfach nur ein Film. Mit zwei Schauspielern, die ihre Rolle nach Drehbuch spielten. Und zwar verdammt gut.
Doch dann, am 11. Mai 1973, wurde ein Teil dieses Filmes Wirklichkeit. Ich kneife die Augen zusammen. Wegen des Schnees? Oder um das Bild besser vor Augen zu haben? Im Radio wurde verkündet, dass in Amerika, in New York, mitten auf der Straße ein Mann tot zusammengebrochen war. Es wäre sicher keine Schlagzeile wert gewesen, aber dieser Mann war der angeblich bärenstarke, gut aussehende amerikanische Schauspieler Lex Barker, der da auf der Straße nur wenige Tage nach seinem 54. Geburtstag sein Leben ließ.
Jetzt gab es einen Grund zum Weinen. Und ich weinte. Und zwar richtig. Verzweifelt. Warum? Warum musste Lex Barker sterben? Warum ist das geschehen? Warum musste dieser Mann so jung sterben? Herzversagen, hieß es weiter. Old Shatterhand war tot. Widersinnig. Im Film

verlor Old Shatterhand seinen wohl besten Freund Winnetou, dargestellt von Pierre Brice, viel zu früh. Im realen Leben verlor der französische Schauspieler Pierre Brice seinen vermutlich besten Freund Lex Barker viel zu früh. Das war hart und das war echt. Kein Spiel. Kein Drehbuch. Harte Wirklichkeit, mit der Menschen fertig werden müssen.

Ich versuche den Schnee zu fixieren. Die Nacht. Die Finsternis in der Ferne zwischen abertausend Schneeflocken. Wenn sie mich jetzt sehen könnten – halbwegs zugeschneit, den Hut tief ins Gesicht gezogen durch den Schnee stapfend, würden sie mir den Trapper vielleicht abkaufen. Wenn ich Ihnen weiter erzähle, dass ich in den letzten Tagen abends so gefroren habe, dass ich eine Wärmflasche mit ins Bett nahm, schmunzeln Sie vermutlich. Der Trapper mit der Wärmflasche im Bett.

Laufen Sie noch an meiner Seite? Ich weiß, es ist alles sehr lange her. Stimmt. Aber es ist nur ein kleiner Teil dieser Geschichte meines Lebens. Und viele Leser werden sich auf irgendeine Art in meinem Buch wiederfinden.

Da hatte also mein Freund, der übrigens Uwe hieß, sein Idol Old Shatterhand / Lex Barker verloren. Wir trauerten lange um den Verlust des Schauspielers. Mein Freund und ich. Mein Freund, den ich in der ersten Klasse der Schule kennenlernte und mit dem ich mich schnell bestens verstand. Wir waren beide keine „Fußballkicker" wie die anderen. Wir waren Träumer. Und ich der geborene Stu-

benhocker, aber Uwe zerrte mich hinaus. Dann begann unser Leben als Freunde. Cowboy- und Indianerspiele. Draußen in der Natur. Tag für Tag. Bei jedem Wetter. Winnetou und Old Shatterhand. Lederstrumpf und Chingachgook. Bill Robin und Jack Harper.
Mein Freund fand Gefallen an dem Charakter des Westmannes Falk aus der Comicserie Silberpfeil. Er gab sich selbst diesen Spitznamen, nannte sich jedoch nicht Falk Kent, wie im Comic, sondern Falk Denver und war sein eigener Held. Mir muss Götz George in der TV-Serie „Diamantendetektiv Dick Donald" imponiert haben, denn nach dessen Aussehen mit dem pechschwarzen Haar und dem Oberlippen- und Kinnbart schuf ich den draufgängerischen Cowboy Shorty King. So waren wir um zwei weitere Helden reicher in unserer Phantasie. Inspiriert hat mich möglicherweise auch Frank Collins, der ebenfalls wie Götz George alias Dick Donald aussah. Dieser Collins war eine Comicfigur, Agent an der Seite des Hauptheldens Marc Strong – einer nach 9 Ausgaben eingestellten Comicserie im Agentenmilieu, von der Firma Mattel ins Leben gerufen, um die gleichnamige Actionfigur zu bewerben. Marc Strong hieß auch in Deutschland bald Big Jim, der eher bekannt sein dürfte. Mit Big Jim, seinen Actionfigurenfreunden Big Josh, Big Jack und Big Jeff hatten wir ebenfalls viel gespielt.
Mehr als einmal war Uwe aber auch der Westernheld und Abenteurer Bronco (im TV dargestellt von Ty Hardin) und ich der Trapper Hondo (Ich war nie Fan von John Wayne, der unter anderem Hondo verkörperte. Mich muss der Darsteller Ralph Taeger aus der TV-Serie „Hondo" inspiriert haben).

So erlebten wir Abenteuer für Abenteuer in unseren Kindertagen indem wir alle erdenklichen Helden und Abenteuer aus Film und Fernsehen nachspielten.

Erinnerungen

Ein Hauptschauplatz unserer Abenteuer war der sogenannte Eispalast. Ein seltsames Gebilde. Eine alte Fabrik, die einer zum Teil in der Erde versenkten Burg glich. Mit Türmen, meterhohen Mauern und vielen großen Kammern, die alle trichterartig tief ins Erdreich führten. Überall Seitengänge, zum Teil verschüttet, die man nur flach auf dem Bauch kriechend erkunden konnte. Finster waren diese und überall stachen Eisenstangen von Betonbewährungen heraus. Es war beängstigend eng dort. Mäuse, Insekten und beachtlich große Spinnen, nackte und pelzige, krabbelten um uns herum. Über die trichterförmigen Wände konnte man sich an einem Seil in das Innere der einstigen Fabrik hinunter lassen. Dort war es gespenstisch düster. Fast bis zu den Knien stand das Wasser in dieser riesengroßen Halle, die sich unterirdisch durch das ganze Gebäude zog. Überall tropfte Wasser aus Ritzen und Fugen. Frösche und Kröten quakten und hüpften umher. Auch Ratten hatte es dort. Gerümpel lag umher, Matratzen, Kanister und was weiß ich nicht alles. Eine herrlich schaurige Kulisse für spannendes Kinderspiel. Dort spielten wir mit unseren Holzgewehren hauptsächlich Kriegsgeschichten über Soldaten aus dem 2. Weltkrieg. Die Ruine bot sagenhafte Verstecke und Gefahren und der Aufenthalt dort war für Kinder in unserem Alter durchaus auch lebensgefährlich. Alles war mit wilden Bäumen, Sträuchern, meterhohen Brombeerhecken und sonstigem Dornengestrüpp verwachsen.

Eines Tages balancierten wir wieder einmal mutig auf den hohen Mauerbrocken, kletterten über Geäst und Mauerbrocken und ließen dabei die Tiefe unter uns nie aus den Augen. Immer wieder bröckelten Steine ab und klatschten unten in das morastige Wasser. Dieses Wasser, das seit Jahren dort stand, musste zur Zeit unserer Eltern, als diese klein waren, im Winter stets gefroren gewesen sein. Dort fuhr man verbotener Weise Schlittschuh, deshalb der Begriff Eispalast. Wir kletterten umher, als wir plötzlich erstarrt stehen blieben. Manche Kammern führten nicht in die Tiefe sondern hatten einen Boden. Dort hockten mehrere Jugendliche, die ein paar Jahre älter waren als wir. Nach unserem Ermessen finstere Gestalten, ungepflegt, mit langen Haaren. Wir hatten keine Ahnung warum wir uns gegenseitig anstarrten. Ob diese Jungen dort einen Joint rauchten, Rauschgiftgeschäfte abwickelten, Diebesgut verteilten, oder einfach nur erzählten und sich durch zwei unscheinbare Schnösel gestört fühlten. „Jetzt gibt's die Hucke voll", schrien sie und stürmten auf die Mauerwände zu, im Begriff, an diesen hoch zu klettern, uns zu schnappen und zu verprügeln. Uns fuhr es in den Magen. Im Eiltempo rannten wir auf den schmalen Mauern entlang. Vergessen waren Vorsicht und die Angst, abstürzen zu können. Die Angst vor den Verfolgern war größer. Wie im Fluge sprangen wir über Mauereinbrüche und umgestürzte Bäume, bis wir am Ende der Ruine angelangt waren. Die Verfolger auf den Fersen. Sackgasse. Keine Möglichkeit des Abstiegs von der Mauer. Diese war gut und gerne drei Meter hoch. Was blieb? Wir schauten uns an und sprangen. Mark erschütternd und imponierend zugleich schrie mein Freund seinen Kampfschrei

"Geronimo!" in die Luft. Wir schlugen unten im Gestrüpp auf, rollten uns, wie wir das schon hundertfach geübt hatten, professionell ab und rannten ein paar Meter. Dort oben standen sie drohend und brüllend. "Ha!" Der mutige Sprung hatte uns gerettet. Wir lachten und machten uns auf den Rückweg.

Nur wenige Meter, dann brachte uns ohrenbetäubendes Geknatter von Mopedmotoren die Erkenntnis, dass die Verfolger am Vorhaben, uns verprügeln zu wollen, festhielten und uns nun motorisiert folgten. Unter wildem Geschrei rannten wir die Straße entlang. Immer schneller. Gegen die schnellen, außerdem manipulierten Mopeds hatten wir keine Chance. Nur noch ein paar Fußlängen trennten uns von den bösen Absichten dieser Schurken. Schweißgebadet blickten wir uns an. Menschenskinder! Wir rannten auf der Straße. Auf der Straße! Mit einem Satz sprangen wir rechter Seite in das Maisfeld. Am Krachen von Blech war zu hören, dass unsere Verfolger ihre Mopeds auf die Straße fallen ließen und uns sofort folgten. Es raschelte wild im Dickicht des Maisfeldes. Doch plötzlich herrschte Stille. So clever waren sie dann doch, dass sie hören und sehen wollten, wohin wir uns bewegten. Aber es herrschte weiter Stille. Wir waren verschwunden. Die Natur hatte uns verschluckt. Noch eine ganze Weile hörten wir das Rascheln, Suchen und Fluchen, dann Motorenlärm, der sich entfernte. Geschafft. Die Natur war unser Freund und Retter.

Obwohl wir den Eispalast noch mehrfach aufsuchten, kreuzten sich unsere Wege nicht mehr. Mehr als einmal kamen wir auch von diesen Streifzügen mit Rissen in der

Kleidung, schmutzig bis hinter die Ohren, verbogenem Brillengestell und Schrammen im Gesicht nach Hause.

Immer wieder stießen wir auf unseren Streifzügen auch auf leer stehende Bunker oder alte Hütten in verlassenen Weinbergen oder den leer stehenden, verwahrlosten, ehemaligen Bahnhof auf der anderen Seite des Flusses, den man mit der Fähre überquerte. Wir wussten nicht, wer sich dort herumtrieb, hauste oder gelegentlich wohnte. Es war unheimlich und spannend zugleich. Überall lagen alte Matratzen, leere Flaschen und Müll aller Art herum. Es roch nicht sonderlich angenehm, um es mal vornehm auszudrücken. Wir fanden Berge von alten Illustrierten vom früheren Kiosk. Wir stöberten stets alles durch auf unseren Entdeckungstouren.

Ebenfalls ein besonderes Ereignis für uns waren die Tage, an denen auf unseren Feldern Bundeswehrmanöver stattfanden. Wow! Echte Jeeps, echte Panzer und waschechte Soldaten mit waschechten Gewehren. Das war cool. An einem schönen warmen Sommertag lagerte dieser Trupp der Bundeswehr auf den Feldern. Viele neugierige Kinder waren gekommen, darunter natürlich auch Uwe und ich. Schnell entdeckten wir, dass im staubigen Boden überall Patronenhülsen lagen, die wir eifrig einsammelten. Ein junger, etwas untersetzter Soldat, hing zurückgelehnt in einem Stuhl und zeigte uns stolz sein Gewehr. „Da, seht her, Jungs", lachte er, „wenn ihr mal zum Bund kommt, wird das eure Braut." Dabei streichelte er die Waffe. Wir waren geschockt. Unzählige Holzgewehre hatten wir schon gehabt und verschlissen, ebenso unzählige Indianer oder auch weiße Schurken damit erschossen. Und dann sollten wir so etwas heiraten? Ein Gewehr die Braut sein? Seltsamer Humor. Der Soldat lachte. „Nein, nein, ihr wollt nicht zum Bund, oder? Wer von euch will freiwillig zum Bund?" – „Ich, ich", schrien Uwe und ich gleichzeitig und sprangen vor Freude und Erwartung in die Luft. Die Mundwinkel des Soldaten fielen herunter. „Sag mal, seid ihr bescheuert?", fragte er uns anstarrend. Da bemerkten wir, dass wir unter all den Kindern und Jugendlichen die einzigen waren, die gestreckt hatten. Immer noch standen wir mit euphorisch hochgestreckten Armen da. Der Soldat fiel daraufhin wieder in schallendes Gelächter. „Diese zwei Komiker wollen allen Ernstes freiwillig zum Bund!" Er konnte sich vor Lachen kaum auf dem Stuhl halten. Uwe und ich schauten uns an. Seltsamer Zeitgenosse, dieser Mann. Vielleicht hatte ihm die Sonne geschadet. Was war denn so lächerlich daran? Von Musterung und Einberufungsbescheiden hatten wir keine Ahnung. Bundeswehr war für uns wichtig und äußerst spannend. Uniform tragen, Jeep fahren oder Panzer. Oder gar Pilot werden in einem Starfighter. Die Bevölkerung beschützen. Eine echte Waffe tragen. Aber eine Waffe als Braut? Blöder Gedanke.

Tatsache ist, dass wir beide schließlich nie zur Bundeswehr kamen, da Uwe der freiwilligen Feuerwehr beitrat und ich zur Polizei wollte und schließlich durch einen Unfall polizei- und wehrdienstuntauglich wurde.

Zu meinem Geburtstag bekam ich irgendwann ein Zelt geschenkt. Ein richtiges, grünfarbiges Zelt. Jetzt stand unseren Abenteuern nichts mehr im Wege. Wir wollten alsbald zelten draußen in der Natur. Das kam aber nicht in Frage. Unsere Eltern erlaubten uns, im Garten von Uwes Eltern zu zelten. Wie langweilig. Im Garten. Wir waren kampferprobte Trapper und Indianer, kannten die Wildnis wie unsere Westentasche und durften nur im Garten zelten. Aber Widerstand war zwecklos. So bauten wir das Zelt auf, rüsteten uns mit Taschenlampe und Comics und spielten bis es dämmerte. Spät am Abend krochen wir ins Zelt, kicherten und erzählten über dies und das. Es wurde dunkel. Ein neues Gefühl. Sollten wir wirklich die ganze Nacht hier bleiben? Mit den Taschenlampen lasen wir die Comics über Agenten und andere Helden. Diese waren stets mutig, trotzten jeder Gefahr und bestanden jedes Abenteuer. Comichelden, Superhelden, Romanhelden, Helden aus Film- und Fernsehen oder so exotische Figuren wie der geniale Detektiv Mike Macke mit dem ewig langen Kinn, einer Gummipropfenpistole und seinem Begleiter, dem Flughund Airwin aus der Feder des Karikaturisten Volker Ernsting (erschienen in HÖRZU). Oder Wastl, die Superheldenparodie, der in seinem knallgelben Outfit mit dem übertrieben dicken Oberkörper und den Storchenbeinen an der Seite des Jungen Ricky und eines Professors für Recht und Ordnung sorgte. Was hat man sich nicht, von Spielfilmen ganz abgesehen, an Serien angesehen! Und das, obwohl ich heute meinen Kindern gegenüber stets lobe und bewundere, dass es damals „nur" drei Fernsehprogramme gab. Eigentlich nur zwei und eben das „Dritte". Und jeden Abend pünktlich Sendeschluss. Fertig. Kein Bild mehr. Testbild oder Flimmern, das sogenannte Ameisenrennen. Trotzdem liegen sie in der Erinnerung bis heute: Bonanza, Big Valley, High

Chaparral, Die Leute von der Shiloh Ranch, Bronco, Hondo, Lancer, Am Fuß der blauen Berge, Rauchende Colts, Die Waltons, Stadt ohne Sheriff, Kung Fu, Westlich von Santa Fe, Arpad der Zigeuner, Rinaldo Rinaldini, Skippy das Buschkänguru, Flipper, S.O.S. – Charterboot, Daktari, Barrier Riff, Raumschiff Enterprise, Raumpatrouille Orion, Mondbasis Alpha, Die Invasion von der Wega, Speed Racer, Sealab 2020, Tarzan, Lassie, Fury, Pan Tau, um nur die zu nennen, die mir spontan einfallen und von vielen Krimiserien wie Percy Stuart, Diamantendetektiv Dick Donald, Kojak, Starsky & Hutch und vielen anderen ganz abgesehen.

Und wer kennt sie nicht, die Abenteuer einer recht seltsamen Gruppe von Freunden, die mich persönlich von klein auf und über Jahrzehnte hinweg begleitete? Die Freundschaft zwischen einem Feuersalamander, einem giftgrünen Laubfrosch, einer fetten Unke, einer Maus, einem Igel und einem Gartenzwerg. Die Freunde verband unbändige Abenteuerlust, die Liebe zur Natur und die Liebe zum – richtig geraten – Salamanderschuh! Überall auf der Welt, auf den entferntesten Kontinenten erlebten diese Freunde sagenhafte Abenteuer. Selbst als ich lange erwachsen war, jagte ich den bunten Werbeheftchen der Firma Salamander, welche besagten Schuh bewarben, nach. Bis man eines Tages neue Zielgruppen im Kleinkindalter gewinnen wollte und das Aussehen der Freunde einem Relaunch unterzog. Der Igel wurde zum alternden Professor, die Maus zum kleinen Jungen und Zwerg Piping zum Kobold im Kleinkindformat. Außerdem steckte man Lurchi, den Salamander, Hops, den Frosch und Unkerich, die Unke wohl aus moralischen Gründen in

Kleider, denn seither waren diese nackt (selbstverständlich aber geschlechtslos) und nur mit Schuhen, Mütze und / oder Gürtel bekleidet. Für mich war mit dem Relaunch diese Gruppe sagenhafter Freunde gestorben.

Aber das mit dem Salamander und seinen Freunden war ein persönliches Faible von mir. Uwe und mich interessierten wie genannt verwegene, harte Helden. Starke Männer! Das Maximum an Muskeln war bei den Schauspielern Arnold Schwarzenegger und Sylvester Stallone zu finden oder bei der Romanfigur Doc Savage, der später im Film von Ron Ely verkörpert wurde.
Unzählige Helden aus den Reihen der Comicserien ZACK und PRIMO begeisterten uns ebenfalls. Egal ob im Agentenmilieu, Piloten, Westernhelden, Science Fiction-Genre oder Weltenbummler – Bruno Brazil, Valerien & Veronique, Lt. Blueberry, Comanche (Red Dust und Kentucky), Andrax, Kronan, Luc Orient, Tanguy & Laverdune, Tunga, Rahan, Dan Cooper, Captain Terror, sie hatten es uns angetan. Und mir persönlich insbesondere auch Andy Morgan (im Original Bernard Prince), der für einen Helden eher hagere Ex-Agent von Interpol, der an der Seite des alten „Seebärs" Barney Jordan und des Waisenjungen Ali (im Original Djinn) mit seiner Yacht Comoran sagenhafte Abenteuer erlebte.

Im Sammelbilderbuch von ESSO dagegen wimmelte es damals von realen Abenteurern dieser Welt. Auch echte Abenteurer wie Sir Francis Drake, Fernando Magellan, Captain Cook, Robert Scott und Roald Amundsen auf ihrer Südpolwettexpedition oder die legendären Seeräuber Klaus Störtebeker und Gödecke Michel hatten es uns angetan. Oder aber die abenteuerliche Reise des deutschen Flugpioniers Hans Bertram und seines Bordingenieurs Adolf Klausmann, die 1932 mit einer Junkers W33, die mit Schwimmern ausgerüstet war und somit auf allen Wasserflächen landen konnte, auf ihrem Flug extrem vom Wege abkamen und nach einer Bruchlandung über 50 Tage lang in unbewohnter Wildnis ohne Nahrung und mit wenig Wasser überlebten, bis sie in Australien von Aborigines gerettet wurden. So wollten wir sein. Verwegene Abenteurer.

Wir wurden müde und mühten uns in dem engen Zelt ab, uns unserer Kleider zu entledigen und in die Schlafanzüge zu huschen. Dann überkam uns doch die Abenteuerlust und wir schlichen trotz Müdigkeit aus dem Zelt in den Hof. Es war still. Der schwarze Himmel war wolkenleer. Sterne glitzerten. Jenseits des Gartenzauns musste man nur die schmale Straße überqueren und war schon im nächsten Maisfeld verschwunden. Wir konnten doch heimlich in den Wald schleichen und nachts erkunden, was wir sonst tagsüber taten. Schließlich waren wir Abenteurer. Wir lehnten uns an den Zaun und überlegten. Im Schlafanzug konnten wir aber schlecht auf Abenteuerreise gehen. Außerdem war es sicher echt finster dort draußen. Wir kamen zu dem Entschluss, dass es im Zelt doch gemütlicher war und kehrten zurück. Nach langem Erzählen schliefen wir schließlich irgendwann ein.

Es gab viel zu entdecken, viel zu kichern, viel zu lachen, aber auch traurige Momente, wenn wir zusammen waren.

Wir liefen wie so oft über die Felder, noch vor kurzem hatte ich hier stets mein Schwert dabei. Dieses Flacheisen hatten wir eines Tages beim Nachbarn von Uwe im Garten entdeckt. Heimlich kletterten wir auf das Dach des alten Schuppens, der früher einmal ein Schweinestall gewesen war, kletterten auf das Schuppendach des Nachbarn und sprangen hinunter. Schnappten das Flacheisen und verschwanden. Uwe schärfte das Eisen an den Flanken und bastelte einen schweren Holzgriff daran, der super gut hielt. Eine fantastische Waffe. Nein, Winnetou trug nie ein Schwert. Namen wie Sir Lancelot, Ivanhoe der schwarze Ritter, Zorro, Athos, Aramis, Porthos, D'Artgagnan - die 4 Musketiere oder Ritter Sigurd aus der gleichnamigen Comicserie waren nun im Gespräch. Und manchmal wurden Falk Denver und Shorty King mit Mantel und Degen oder Schwert ausgestattet.

Mit diesem Schwert spalteten wir uns oft Zuckerrüben entzwei, hockten im Staub auf den Feldern und genossen die süße Frucht. Wir aßen Äpfel und was sonst zu finden war. Irgendwann fragte uns der alte, hagere, weißhaarige, fast gespenstisch wirkende Nachbar, als wir im Garten spielten, ob wir seinen Schneckentöter gesehen hätten. „Einen Schneckentöter? Iiiiih, wie eklig." Nein, einen Schneckentöter hatten wir nicht gesehen. Wildtöter war uns ein Begriff. Aber Schneckentöter? Wir schauten uns an. Hatten wir einen Schneckentöter gesehen? Nein, hatten wir nicht, lautete unser letztes Wort. Neugierig deutete der alte Mann auf das Schwert an meiner Seite. Das könnte durchaus sein Schneckentöter sein. Das musste sein Schneckentöter sein. Er erklärte uns, dass er mit diesem Flacheisen, das vorne geschärft war, in seinem

Garten die Schnecken halbierte und so ausrottete, da sie ihm all seine Ernte weg fraßen. Oh, wie peinlich. Kleinlaut montierte Uwe den Griff ab und wir übergaben dem alten Mann seinen Schneckentöter.

So waren wir an diesem Tage ohne Schwert unterwegs. Wir hatten aber unsere Messer, außerdem Taschenmesser. Betrübt liefen wir nebeneinander her. Ich hatte Uwe gesagt, dass wir wegziehen würden. Seither lagen zwischen den Häusern unserer Eltern nur zwei weitere Häuser. Seine und meine Eltern wohnten zur Miete. Beide hatten wir in den Gärten alte Schuppen und sogar Bunker, die aus früheren Zeiten stammten und um die herum die Grundstücke in den 50er Jahren eingeteilt wurden. Nun aber würden wir wegziehen, in eine andere Mietwohnung. Weit weg. Verdammt weit weg. Wir waren traurig. Würde dies das Ende unserer Freundschaft bedeuten? Würden wir uns außer in der Schule nie wieder sehen? Denn zur Schule würde ich weiterhin gehen. Schließlich blieben wir ja im gleichen Ort. Aber meine Eltern hatten eine neue Wohnung gemietet. Am anderen Ende des Dorfes. Das war verdammt weit weg. Im Laufe des Gespräches versuchten wir uns klar zu machen, dass wir doch auf unseren Streifzügen in der Wildnis ganz andere Entfernungen zurücklegten. Da konnte doch die neue Entfernung zwischen uns nicht das Ende unserer Freundschaft bedeuten. Ganz davon abgesehen könnten wir, wenn wir uns Ferngläser zulegten, uns gegenseitig sogar zuwinken, denn zwischen den beiden Häusern lagen soweit das Auge sehen konnte, nur Felder. Wir versuchten uns zu beruhigen. Nur eines war uns klar: Unsere Freundschaft durfte auf keinen Fall enden dadurch.

Dann kam aber doch eine Zeit, die schwer für uns wurde. Oder für Uwe. Ich lernte, so jung ich auch war, ein Mädchen kennen. Kirsten. Die war so bildhübsch, dass man es sich gar nicht vorstellen konnte. Keine Prinzessin, keine Squaw und auch sonst keine Frau konnte es mit der Schönheit von Kirsten aufnehmen. Wunderbar. Ich war fasziniert. Die Tatsache, dass dieses kostbare, grazile Wesen sogar zustimmte, mit mir zu spielen, verdrehte mir den Kopf. Und wir trafen uns fortan tatsächlich so oft es ging zum Spielen. Aber was spielte man als Junge und Mädchen? An Winnetou und Old Shatterhand hatte sie kein Interesse. So wurde „Vaterles und Mutterles", wie es im Dialekt hieß, gespielt. Ich war also plötzlich Vater und Kirsten Mutter. Beziehungsweise Mann und Frau. Wir bauten uns im Zimmer unter Tischen und Stühlen mit Teppichen und Handtüchern verhangen ein Haus. Spielten wir auf dem Grundstück nebenan, bauten wir uns ebenfalls aus Teppichen bzw. Decken einen Unterschlupf an einen Holzstapel an. Das war unsere Yacht. Wow, ich hatte also eine Frau, ein Haus und sogar eine Yacht. Das war neu, zwar nicht spannend, aber hochinteressant. Man wurde nicht schmutzig, zerriss sich nicht die Kleidung, kurzum, es war harmonisch und schön. Aber was machen Vater und Mutter immer so den ganzen Tag? Tja, und schon waren wir mittendrin. Wir stritten und zankten, weil „meine Frau" der Ansicht war, auch ein Mann könne mal einkaufen und die Betten machen. Gut, ging ich also ins Nebenzimmer einkaufen. Alles unsichtbare Dinge oder Gegenstände, die uns ihre Mutter freundlicherweise zur Verfügung stellte. Irgendwann meinte Kirsten, sie wolle nun endlich eine richtige Mutter sein und da wir ihre kleine Schwester Elke beim besten Willen nicht dabei haben wollten, weil diese immer dann, wenn sie das Zimmer betrat, an den Teppichen hängen blieb und unser Haus einstürzte, was einmal den Bruch einer teuren Vase zur Folge hatte, mit der wir auf dem Fensterbrett den Teppich beschwert hatten, stopfte sich „meine Frau" kurzerhand eine Puppe unter den Pullover und meinte, sie sei nun schwanger. Ich war entsetzt. „Schwanger?" Was war denn das? Meine Frau würde ein Kind bekommen? Das war mir zu viel. Wie sollte denn das gehen? Kinder fielen der Mutter doch nicht unter dem Pullover hervor, das war doch irgendwie viel komplizierter, die kamen doch irgendwo da unten heraus und zwar aus dem Körper und nicht aus dem Pullover, dafür unter Schmerzen. Nein, das war mir zu heikel. Als Kirsten dann noch darauf bestand, dass ich sie ins Krankenhaus bringen und bei der Geburt dabei sein sollte, wurde mir das echt zu viel. Ich bestand darauf, dass das Kind schon da sei, aber sie wollte einfach eine Weile schwanger sein. Das wäre normal. Na gut, meine Frau war schwanger und irgendwann schickte ich sie aus dem Zimmer und sie kam mit der Puppe auf dem Arm wieder herein. Puh, das war geschafft. Das Kind war da. Jetzt waren wir eine glückliche Familie.

Weit weniger glücklich war mein Freund Uwe. Der sehr oft mit dem Fahrrad angefahren kam und unbedingt mitspielen wollte. Aber das ging nicht. Was sollte man denn bei „Vaterles und Mutterles" mit zwei Männern? Außerdem wollte ich Kirsten nur für mich.

Uwe war traurig und wohl auch einsam. Aber die Zeit heilte die Wunden und ich „kehrte zu Uwe zurück". Ich weiß heute nicht mehr, warum der Kontakt zu Kirsten wieder abriss, aber Uwe wurde wieder mein Hauptspielpartner.

Die Zeit als „Vater" an der Seite einer so bezaubernd aussehenden Frau, mit einem kleinen Kind, einem Haus und einer Yacht war echt klasse, aber wer einmal die Natur mit all ihren Abenteuern, Herausforderungen und Schönheiten entdeckt hat, den lässt sie nimmermehr los.

Möglicherweise hatten wir versucht, die Sache anders anzupacken und Kirsten gefragt, ob sie nicht auswandern wolle und mit uns in der Wildnis „leben". Aber das war nicht Kirstens Welt. So ließ ich wohl „Frau und Kind" zurück.

Uwe und ich erkundeten die gesamte Gegend. Nichts war vor unserer Neugier und Abenteuerlust sicher. An einem stark zerklüfteten sehr hohen Steilhang am Ufer des Flusses an den unser Dorf grenzte, gab es Höhleneingänge, die allerdings nur wenige Meter tief waren und keine sonderliche Herausforderung boten.

Obwohl an genau diesem Steilhang mit der kleinen Höhlennische eine Legende in der Luft, oder besser gesagt, in der Höhle verborgen lag. Die Sage der heiligen Notburga, einer schönen Königstochter, die auf dem Rücken einer Hirschkuh an dieses Ufer des Neckars getragen wurde. Auf der Flucht vor ihrem Vater, dem König Dagobert, der sie um des Friedens Willen mit seinem Widersacher, dem heidnischen Wendefürst Samo, verheiraten wollte. Genaueres konnten wir über die Sage nicht in Erfahrung

bringen. Ob es damals auch verwegene Abenteurer gab? Am Königshof des Dagobert? Warum wurde die junge hübsche, edle Dame ausgerechnet von einer Hirschkuh (oder war es ein weißer Hirsch?) gerettet und nicht von einem jungen, starken, unerschrockenen Helden?
Waren Überreste aus der Zeit dieser seltsamen Geschichte zu finden? Wurden wir zu Forschern, Archäologen und Entdeckern? Wir stöberten durch die Wildnis und entdeckten eine sehr hohe Mauer, die mit Efeu und Moos bewachsen war. Unten drückte sich ein kleiner Bach aus einer zugewachsenen Öffnung, der sich seinen Weg durch das von Moos und Efeu bewachsene Dickicht suchte. Vor unseren Augen befand sich eine Öffnung mit ca. einem Meter Durchmesser. Ein Kanal. Wir schauten hinein, aber außer schwarzer Finsternis war nichts zu entdecken. Ein Rinnsal Wasser floss heraus und ergoss sich zu dem Bach zu unseren Füßen. Wo der Kanal wohl herkam? Wo führte er hin? Vielleicht entdeckten wir dort etwas. Einen Schatz? Diebesgut? Ein Skelett? Eine Leiche? Oh Mann, der Fund einer Leiche musste das Spannendste und Abenteuerlichste überhaupt sein. Der Fund einer Leiche! Vermutlich kannten wir das auch irgendwo aus dem Fernsehen. Leider hatten wir keine Taschenlampe dabei. So krochen wir auf allen Vieren in den finsteren Tunnel hinein. Ich voraus. Normalerweise ging Uwe immer als Erster. Was, wenn plötzlich eine Wasserflut käme und uns mit aller Wucht hinaus spülen würde oder wenn mich eine Ratte in den Finger biss? Es war unheimlich und unangenehm. Aber wir krochen weiter. Der lichte Kreis hinter uns, durch den wir eingestiegen waren, wurde kleiner und kleiner. Der Tunnel länger und länger. Ich tastete

mich durch absolute Finsternis. Meine Hände und Knie waren nass von dem Wasser, das unter uns hindurch rann. Würde ich in dieser Schwärze an eine Leiche stoßen, würde ich mich sicher zu Tode erschrecken und wäre sogleich die zweite Leiche. Uns wurde mulmig, je weiter wir vorwärts krochen. Irgendwann spürte ich, dass von beiden Seiten Rohre in dieses mündeten. Wir krochen weiter. Hier hatte es etwas mehr Wasser. Unsere Hosen wurden klatschnass. Nach einer Weile sah ich einen winzigen Lichtschimmer. Der Tunnel war zu Ende und führte nun geradewegs senkrecht in die Höhe. An den angebrachten Steigeisen stiegen wir hoch. Uns wurde immer unheimlicher. Was, wenn der Eingang nun plötzlich nach all den Jahren ausgerechnet jetzt von Arbeitern mit einer tonnenschweren Platte verschlossen würde? Dann gäbe es bald in diesem Tunnel nicht eine, sondern zwei Leichen! Niemals würde man uns hier vermuten oder suchen. Oben angekommen hörten wir Autogeräusche. Über mir befand sich ein Kanaldeckel unmittelbar in der Nähe einer Straße. Da ich mich mit einer Hand an dem Steigeisen festhalten musste, versuchte ich, den Kanaldeckel mit der anderen Hand hoch zu stemmen. Es gelang mir nicht. Wir könnten uns also nicht einmal durch diesen Deckel retten und die vorbeifahrenden Autos würden unsere Hilferufe nie hören. Wir bekamen Angst, waren aber auch enttäuscht über den faden Ausgang dieser abenteuerlichen Kriechtour und beschlossen den Rückzug. Krochen zügig Richtung Ausgang. Mit jedem Meter wurden wir immer schneller, denn erstens roch es in dem Tunnel alles andere als gut und zweitens sahen wir in unserer Einbildung noch immer die Arbeiter, die den Tunnel nun vor unseren Augen für immer verschließen würden. Was natürlich nicht geschah.

Von finsteren, übel riechenden Kanalrohren abgesehen, suchten wir auch immer öfter den herrlichen Wald auf.
Ja, hier konnte man unbekümmert spielen, gegen unsichtbare Indianer und gemeine Schurken kämpfen, mit den Holzgewehren schießen und schreien, ohne von Nachbarn kopfschüttelnd angesehen zu werden. Im Wald fühlten wir uns zunehmend wohl. Manchmal konnte man sogar Tiere entdecken. Eichhörnchen, Rehe, Fasane, Hasen. Uwe und ich kundschafteten einen geeigneten Baum aus, der uns als Gerüst für den Bau eines Baumhauses dienen sollte. Angetan vom Tarzan aus Film und Fernsehen, der außer vom legendären Johnny Weissmüller und einigen anderen, auch von unseren Helden Ron Ely und Lex Barker verkörpert wurde, sowie von den verschiedensten Superhelden aus den Comics, die wir ebenfalls gierig verschlangen, wollten wir neue Helden schaffen. Eine Kombination aus Dschungel- und Superhelden. Wir wollten Dschungelsuperhelden sein.
Als ich eines Tages ein paar Tage bei meinen Großeltern war und einmal mehr in den alten Kleider- und Lederresten meiner Großmutter wühlte, fand ich was ich suchte. Olivgrünfarbenes Kunstleder. Meine Großmutter hatte eine unübersichtlich große Menge an Fellen, Stoffen und Leder- bzw. Kunstlederresten, denn sie arbeitete früher in einer Näherei. Irgendwann wollte sie für ihre Enkel für den Fasching richtig schöne Indianerkleider nähen. Als ich die weiße Lederrolle sah, war ich begeistert. Sofort zeigte ich ihr Fotos von Winnetou und wollte originalge-

treu ein solches Kostüm. Meine Großmutter meinte, das sei kein Problem für sie, ein solches Gewand zu nähen, nur die indianischen Muster und Applikationen würden fehlen. Das könne sie nicht sticken oder aufnähen, das sei viel zu kompliziert. Ich war enttäuscht. Man konnte die indianischen Muster doch nicht mit Filzstift aufmalen. Wie würde denn das aussehen? Da kam ich auf die Idee, sie könne mir ja die Kluft von Old Shatterhand nähen. Und so erhielt ich eine originalgetreue Nachbildung der Kleidung Old Shatterhands. Wow, war ich stolz! Ich fühlte mich wahnsinnig gut als Old Shatterhand, obwohl ich eigentlich Winnetou sein wollte.

Zurück aus meinen Erinnerungen stand ich mit der olivgrünen Lederrolle in der Hand nun da. Ich begann, daraus einen Lendenschurz zu schneidern. Schnippschnapp-schnipp, schnippelte ich mit einer großen Schere mit unregelmäßigen Rändern zwei Dreiecke aus der Lederrolle – fertig war der Lendenschurz. Ich bohrte ein paar Löcher hindurch, durch die ich einen Strick band, der den Lendenschurz an meinen schmalen Hüften festhielt und hing dort auch mein beachtliches Messer hin. Cool! Wie der echte Tarzan. Vielleicht etwas zu blass und schmal geraten, aber ich war ja noch ein Kind. Mehr als einmal schlich ich bei Besuchen bei meinen Großeltern in den nahe gelegenen Wald, wagte mich meiner Kleider zu entledigen und legte den Lendenschurz an. Barfuß stand ich fast nackt im Wald. Furchtbar aufgeregt, so gesehen und für verrückt erklärt zu werden, huschte ich ein paar Meter durch den Wald bis ich einen geeigneten Baum fand, auf den ich klettern konnte. Die Äste waren gut angeordnet, so dass ich sehr hoch hinauf klettern konnte und eine gute Aussicht hatte. So also fühlte sich" Tarzan" an! Ich war durch und durch Tarzan in diesem Moment. Oder eben Tarzanboy.

Diesen Lendenschurz hatte ich dann dabei, als ich mit Uwe wieder im Wald war. Ich schätze, wir waren damals ungefähr 11 oder 12 Jahre alt. Da wir ausnahmsweise keinen passenden Stoff für Uwe fanden, begnügte er sich mit einer gestreiften Badehose. Er wollte sich Tigerboy nennen und hätte gern ein Tigerfell als Lendenschurz gehabt. Lange hatten wir überlegt, ob es auffallen würde, wenn der orangefarbene Bettvorleger im Schlafzimmer von Uwes Eltern vom einen auf den anderen Tag plötzlich um genau das Stück kürzer wäre, welches wir für einen Lendenschurz benötigt hätten. Die Tigerstreifen hätten wir dann eingefärbt. Wir begnügten uns dann aber mit Uwes Badehose.
Zuhause hatte Uwe notdürftig eine kleine Kiste gebastelt, wir nahmen Nägel, einen alten Hammer und eine Zange und marschierten los in den Wald zu unserem Versteck. Dort gruben wir ein Loch, in das wir die Kiste versenkten. Hier wollten wir unser Werkzeug für den Bau des Baumhauses lagern, um es nicht ständig mitschleppen zu müssen. Ich musste immer wieder über den Einfallsreichtum und das handwerkliche Geschick meines Freundes staunen. So standen wir eines schönen Sommertages im Wald, hatten unsere Kiste eingegraben und fragten uns: „Und jetzt? Ausziehen?" Uns nach allen Richtungen umsehend, zogen wir unsere Kleider aus, bis Uwe in seiner gestreiften Badehose da stand, die er unter seiner Kleidung bereits trug. Ich zog mich ebenfalls bis auf die

Unterhose aus und führte ihm meinen olivgrünfarbenen Lendenschurz vor, den ich mir um die Hüften band. Zugegeben, die zwei Dreiecke waren etwas knapp ausgefallen. Rundherum war meine Unterhose, die dafür umso reichlicher ausfiel, zu sehen. Das konnte ich nicht hinnehmen, so lief kein Dschungelsuperheld herum. Also schaute ich mich wieder um, ob auch wirklich niemand in der Nähe war und zog die Unterhose unter dem Lendenschurz aus. Der Waldboden piekte unter meinen nackten Füßen. Ich sah an mir hinunter. War das nicht ein bisschen zu nackt? Vorsichtig huschten wir so durch das Unterholz. Die Kleider hatten wir ebenfalls in der Kiste verstaut, die wir mit Moos und Laub unkenntlich machten. Ein seltsames Gefühl, so fast nackt im Wald umher zu laufen. Zusammen mit einem Freund. Alleine hatte ich es ja schon ausprobiert. Das Barfußlaufen auf dem Waldboden war ungewohnt, schmerzte mitunter, war aber auch unbeschreiblich aufregend. Ebenso das Gefühl, so gut wie nackt zu sein und den leichten Sommerwind und die Sonne auf dem ganzen Körper zu spüren. Oder Äste, die beim Umherlaufen am Körper streiften. Wir kletterten auf Bäume und fühlten uns wirklich wie richtige Urwaldmenschen. Mir war es lediglich peinlich, dass die rauhe Innenseite des Lendenschurzstoffes bei jeder Bewegung an meinem kleinen Penis rieb und mich irgendwie erregte, was dazu führte, dass, sobald ich still stand, der dunkelgrüne Kunstlederfetzen durch die Erregung vorne mitunter etwas ab stand. Das sah interessant, ulkig und peinlich zugleich aus. Dem wollten wir aber keine weitere Bedeutung beimessen. Irgendwann kam dann aber, was wohl kommen musste. Wir waren wieder in unserer spärlichen Kleidung im Wald unterwegs, huschten kreuz und quer im Wald umher und kletterten auf unseren Stammbaum sozusagen. Der Baum, auf dem irgendwann unser Baumhaus entstehen sollte. Außer ein paar angenagelten Brettern am Stamm, die uns den Aufstieg erleichtern sollten, war jedoch noch nichts gebaut. Ich kletterte mit meinem knappen Lendenschurz zwischen den Ästen hindurch immer höher. Irgendwo musste ich an einem Ast hängen geblieben sein. „Nein", rief ich. Die Schnur an meiner Lende war gerissen, die Lederfetzen fielen samt dem angehängten Messer in die Tiefe. Ich hörte sofort, wie Uwe zu lachen begann, während mir bewusst wurde, dass ich nun splitternackt auf dem Baum saß. Ich kann mich nach so vielen Jahren natürlich nicht mehr an jedes Wort erinnern, aber Uwe muss irgend so etwas wie „Hahahaha, ein Superheld und Umweltdetektiv, der nackt im Baum sitzt", gesagt haben.

Seltsam. Klar, einem Superhelden musste das peinlich sein. In den Tarzanfilmen passierte so etwas nie. Zumindest zeigte man es nie. In Wirklichkeit hatte Tarzan vielleicht auch des Öfteren seinen Lendenschurz verloren. Ich fühlte mich aber eigentlich nur noch wohler, so ganz nackt auf dem Baum. Intensiver konnte man nicht mit der Natur verbunden sein, empfand ich, während ich langsam und mühsam herabkletterte, meinen Lendenschurz griff und die Schnur nun mit einem doppelten Knoten versah. Auch wenn das Gefühl, komplett nackt im Wald zu sein sonderbar schön war, sollte mir dieses Missgeschick dennoch nicht noch einmal passieren. Wir huschten umher und hatten plötzlich gar keine Lust mehr auf unsichtbare Feinde, Indianer und Superschurken.

Ursprünglich hatten wir noch vereinbart, dass Uwe nach wie vor Falk Denver hieß und dieser die Identität des Tigerboys verkörperte. Ich hingegen fand Shorty King mit den schwarzen Haaren und dem Oberlippen- und Kinnbart gar nicht geeignet für die Rolle des Dschungelboys. Shorty war in erster Linie Cowboy und Abenteurer, mit einem Faible für guten Whisky und schöne Frauen. Und so schuf ich Bob Gordon, den in meiner Phantasie sportlich muskelbepackten Draufgänger, Boxer, Starfighterpilot, Detektiv und Stuntman. Bob Gordon hatte braune Haare wie ich und keinen Bart – ebenfalls wie ich. Uwe war ein wenig enttäuscht, dass Shorty King hier fehlen sollte, aber mir gefiel die Figur des Bob Gordon hervorragend. Dann wurde uns klar, dass das Ganze eine Bande werden musste. Die berüchtigte Schlangenbande. Das klang angsteinflößend. Von Uwes Schwester, die damals eine Lehre bei einem Zahnarzt begonnen hatte, erhielten wir aus der Spielkiste des Zahnarztes zwei Plastikarmreifen. Diese waren jedoch nicht geschlossen, sondern an einer Stelle geöffnet, an dieser Stelle sahen sich zwei Schlangenköpfe an. Also eine Schlange mit zwei Köpfen, einen am Anfang und einen am Ende. Das war unser Bandenzeichen. Natürlich gehörten zu einer Bande mehr als zwei und so rekrutierten wir noch andere kühne verwegene junge Männer, auch Farbige, also Menschen schwarzer Hautfarbe, Chinesen und sogar eine abenteuerhungrige, verwegene junge Frau. Außer uns beiden waren die anderen aber nur erfunden und existierten lediglich in unserer Phantasie.

Jetzt aber fühlten wir uns eigenartig. Die Phantasie wurde langweilig. Die schöne, lange Zeit der Kinderspiele war

wohl vorbei. Wir wollten in der realen Welt etwas erleben. Aber was, außer dass wir Spuren suchten, Tiere beobachteten und uns von dem ernährten, was auf Feld und Wald zu bekommen war?
Vielleicht gab es echte Schurken? Wilddiebe oder Diebe, die ihr Diebesgut im Wald versteckten. Wie erkannte man einen Wilddieb? Das erschien uns schwierig. Da kam uns die Idee. Dass immer wieder irgendwelche Menschen Müll wild im Wald entsorgten, war uns auf unseren Streifzügen durch die Natur nicht entgangen. Hin und wieder entdeckten wir Müllsäcke, alte Autoreifen und sonstigen Unrat. Und das obwohl es in unserer Gemeinde damals noch eine offene Mülldeponie, den Schuttplatz gab, auf dem alles, aber auch wirklich alles einen Steilhang hinunter gekippt und verbrannt wurde. Autoreifen, jeglicher Restmüll, Kühlschränke, Gefriertruhen und so weiter. Oft streunten Uwe und ich auch dort umher, auf der Suche nach etwas Brauchbarem oder Geheimnisvollem. Der beißende Gestank von verbranntem Unrat, Gummireifen und was auch immer dort verbrannt wurde, war ekelhaft und würgte uns mitunter. Hustenanfälle waren nicht selten. Gefunden hatten wir kaum etwas. Wir wühlten nur in den Müllhäufen herum. Spannend war es allemal. Es kam auch vor, dass wir mit rußverschmutzten Kleidern oder angesengten Schuhsohlen nach Hause kamen. Das bedeutete Ärger mit der Mutter!

Auf der anderen Seite, dem steilen Abhang des Schuttplatzes gegenüberliegend, befand sich die sogenannte „Sandklinge". Eine sehr hohe Steilwand, durch und durch aus gelbfarbigem Sand. Im Sommer kletterten wir allzu oft dort im Steilhang herum, wobei man nicht wirklich klettern konnte, denn die sandige Wand gab stetig nach, Sandbrocken brachen ab und stürzten in die Tiefe. Oft gruben wir aber auch am Fuße der Sandklinge höhlenartige Gänge in die Steilwand und spielten dort die Abenteuer der Filme „Das indische Grabmal" und „Der Tiger von Eschnapur" nach. Selbstverständlich mit Shorty King oder Bob Gordon und Falk Denver in den Hauptrollen, die sich in sengender Hitze in den sandigen Fels von Pyramiden oder indischen Grabkammern gruben. Ein einziger sandiger Erdrutsch damals hätte genügt, wir wären hoffnungslos verschüttet worden und man würde uns beide vermutlich bis auf den heutigen Tag noch immer vergebens suchen. Ich bezweifle, dass uns Spürhunde unter Tonnen von Sand gefunden hätten.

Jetzt waren wir aber so gut wie nackt unterwegs im Wald und begannen, Umweltsünder aufzuspüren. Wenn wir auf unseren Touren als Dschungelboy und Tigerboy unterwegs waren und tatsächlich Müllsäcke fanden, durchsuchten wir diese, um möglicherweise Hinweise auf den Verursacher zu bekommen. Dies wollten wir dann der Polizei melden. Wir waren nicht immer im Lendenschurz, aber immer pflichtbewusste Umweltdetektive! Ziemlich erfolglose allerdings, denn wir fanden zwar immer wieder illegal entsorgten Müll, aber nie Hinweise auf Täter. Auch auf frischer Tat konnten wir nie jemanden ertappen. Einmal aber konnte dann doch ein Umweltsünder geschnappt werden. Oder zwei, ganz wie man es nimmt. Immerhin. Das war so:

Meine Eltern, meine Geschwister und ich waren sonntags spazieren gegangen. Auf den Feldwegen Richtung Wald hielt mein Vater plötzlich inne. Er war nicht nur Polizeibeamter und begeisterter Jäger in unserem Wald, sondern engagierte sich damals auch sofort, als das Thema Umweltschutz aufkam. In einem Getreidefeld unweit vom Weg standen an einen alten Baum gelehnt zwei randvolle Müllsäcke. Mein Vater war sehr erbost über diese dreiste Müllentsorgung. Zumal die Deponie nur wenige hundert Meter entfernt lag. Endlich eine Gelegenheit, Umweltsünder zu entlarven und ich war plötzlich überhaupt nicht scharf darauf, etwas darüber zu erfahren. Warum nicht? Weil Uwe fehlte? Nicht ganz. Sofort begann mein Vater damit, die Säcke zu inspizieren. „Meistens sind die Menschen noch so dämlich und hinterlassen ihre Anschrift im Müll", meinte mein Vater zuversichtlich. Pah, das hatten wir längst auch vermutet und ich war mir ziemlich sicher, dass hier nichts zu finden war, schließlich hatten Uwe und ich genügend Säcke untersucht und nie eine Anschrift oder einen Namen entdeckt. „Aha", hörte ich meinen Vater triumphierend rufen, wobei es mir in den Magen fuhr. „Das gibt es doch nicht, schaut mal da her", murrte er weiter. Es war zum Heulen. Zum Vorschein kamen einige Schriftstücke und Briefkuverts mit der Adresse der Eltern von Uwe. „Sag mal", blickte mich mein Vater, Polizist, Jäger und Umweltbeauftragter fragend an, „so schätzte ich Uwes Eltern gar nicht ein." Es hatte keinen Zweck. Kleinlaut erzählte ich, wie es dazu kam. Des Öfteren beauftragte uns Uwes Vater, seine Eltern besaßen kein Auto, die Müllsäcke mit einem Bollerwagen zu der Deponie zu bringen und dort zu entsorgen, was ja legal war. Allzu oft erfüllten wir den Job, manchmal mit Widerwillen. Es war uns lästig, Müll umherzufahren. Wir wollten in den Wald, spielen und Abenteuer erleben. So hatten wir ausgerechnet hier die Idee, dem Vater von Uwe eins auszuwischen und stellten die Säcke an besagtem Tag einfach im Getreidefeld an den Baum. Somit sahen wir unseren Job als erfüllt und irgendwann würde der Müll schon verrotten. So setzte es eine gehörige Strafe, insbesondere für Uwe und wir beide mussten noch am gleichen Tag erst recht mit dem Bollerwagen los, den Müll wieder abholen und am kommenden Tag auf der Deponie ordnungsgemäß entsorgen. Das war wohl auch das Ende unserer erfolglosen Karriere als Umweltdetektive. Das Baumhaus wurde nie fertig und das fast nackte Leben von Dschungelboy und Tigerboy hatte spätestens mit Einsetzen des kühlen Herbstes ein Ende.

Den Wald aber ließen wir uns nicht nehmen und waren dort, so oft wir konnten. Wir sahen in den Ferien oder an den Wochenenden die schönsten Sonnenaufgänge, wenn wir früh morgens los gingen, sahen herrlich glutrote Sonnenuntergänge, wateten barfuß durch kristallklare Bäche, stillten unseren Durst mit dem Wasser der Bäche, beobachteten an Teichen und Tümpeln Libellen und Kaulquappen. Wir deuteten Tierspuren und beobachteten wie schon erwähnt oft Rehe, Hasen, Vögel, Fasane, Rebhühner, Buntspechte, Grünspechte, Eidechsen, Salamander, Spinnen, Käfer und was es sonst in der Natur zu entdecken gab. Wunderbar und unerschöpflich waren die Wunder der Natur.

Ein besonders schöner Höhepunkt im Leben von Uwe war der Tag, als ich ihm davon berichtete, dass der Dackel meiner Eltern Nachwuchs bekam und er einen Hund haben könnte. Nach etlichen Überredungskünsten unsererseits stimmten seine Eltern zu und Uwe war stolzer Besitzer eines kleinen Rauhaardackels, der auf den Namen Purzel hörte, wenn ich mich richtig erinnere. Sein Fell war hellbraun und richtig flockig. So waren wir zu dritt und nahmen den Hund täglich mit auf unsere mehr oder weniger abenteuerlichen Reisen. Uwe war tief in der Seele glücklich über seinen neuen Freund. Die Freude währte kurz. Die Eltern waren nicht erpicht darauf, mit dem Hund Gassi zu gehen und so jaulte und heulte oder bellte Purzel den ganzen Vormittag, bis Uwe endlich von der Schule zurück war. Uwes Mutter war nie begeistert von dem Hund und nachdem dieser in seinem Hof eines Tages mehrere Wäschestücke von der Leine zerrte und zerbiss, war die Geduld von Uwes Mutter erschöpft. Sie sorgte mit Nachdruck dafür, dass der Hund umgehend weggebracht wurde. Während wir zuhause zwei Dackel, zwei Hasen, zwei Schildkröten, einen Käfig mit weißen Mäusen, sowie Gänse und Enten hatten, wurde Uwe dieser einzige Hund, der ihm alles bedeutete, genommen. Irgendwann, Monate danach, erzählte mir Uwe, dass er darauf bestand, sehen zu dürfen, wo sein Hund untergebracht war. Sein Vater fuhr wohl mit ihm dorthin. Auf einem Bauernhof war er angeleint, sah struppig und ungepflegt aus und jaulte bitterlich, als er Uwe sah. Diesen Moment hatte Uwe nie vergessen.

Uwes Faible für den Comichelden Spiderman führte dazu, dass er sich sehr mit dem unscheinbaren Peter Parker alias Spiderman identifizierte, dem es im privaten Leben ebenso ging wie ihm. Er wurde weder respektiert, noch integriert. Uwe legte sich einen Punchingball zu und kletterte im Dachgeschoss der elterlichen Wohnung im Dachgebälk umher, oft kopfüber wie Spiderman. Hinzu kam, dass sich Uwe ein Terrarium mit Spinnen zulegte. Schließlich war er Spiderman. Ich weiß heute nicht mehr, ob sich die vielen Spinnen überhaupt vertrugen oder das Terrarium zugewebt hatten, jedenfalls trieb dieses Hobby Uwes Mutter fast zum Wahnsinn. Energisch sorgte sie dafür, dass Uwe die Spinnen entließ und das Terrarium entsorgte. Uwe war sehr betrübt.

Als wir im Konfirmandenalter waren, also mit 13 / 14 Jahren, wollten Uwe und ich immer noch mehr als nur Abenteuer spielen. Außerdem waren wir es leid, in der Schule stets gehänselt zu werden. Uwes O-Beine und sein Kassenbrillengestell waren wie meine spargeldünne, blasse Statur ein gefundenes Fressen für andere, kräftigere Mitschüler. Warum das so war, verstand ich nie. Ständig wurden wir von Mitschülern unserer Klasse oder anderen Schülern geärgert und provoziert. Ich war schon damals eine richtige Quasselstrippe und im Reden geschickt. So konnte ich Prügel immer von mir fernhalten. Uwe hatte weniger Glück. Er musste mit einigen Schülern raufen. Manchmal gelang es mir mit guten Worten, die Rüpel davon zu überzeugen, dass dieser Unsinn keinen Wert hatte. Manchmal eilte ich aber auch nur zum Lehrer und sorgte dafür, dass der den eskalierten Streit schlichtete, während Uwe und ein Kontrahent im Pausenhof kämpften. Immer und immer wieder wurde er provoziert. Bereits in der Grundschule war das so. Zu dieser Zeit schon hatten wir es so satt, dass wir auch mal die Stärkeren sein wollten. Außer uns beiden gab es wirklich nur noch einen Mitschüler, der noch schmächtiger war als ich, obwohl das schon kaum mehr möglich war. Außerdem hatte dieser Mitschüler schneeweiße, raspelkurz geschorene Haare und eine fast albinoblasse Haut. Uwe und ich ärgerten den Jungen, erpressten Geld oder Süßigkeiten von ihm und drohten ihm Prügel an. Das ging ein paar Tage lang so. Als er kein Geld vorweisen konnte, schupsten wir ihn, traten nach ihm und stießen ihn vom Fahrrad. Endlich wussten wir, wie sich das anfühlte, stark und mächtig zu sein. Aber was sollte die Kunst daran gewesen sein? Er war uns zahlenmäßig und kräftemäßig unterlegen. Am nächsten Tag kam er zu uns und meinte, seine Eltern wären zur Polizei gegangen. Er hätte sich beim Sturz vom Fahrrad sehr am Unterleib verletzt und hätte sehr geblutet. Vermutlich könne er nun niemals Kinder zeugen. Wir wurden leichenblass. Das wollten wir nicht. Wie dumm waren wir gewesen. Wir entschuldigten uns und schworen uns, von nun an nur noch dem Guten dienen zu wollen. Die anderen Schüler waren zu diesem Entschluss nicht fähig. Immer wieder wurde Uwe gereizt, getreten, geschubst und geschlagen. Das hatten wir endgültig satt! Wir wollten stärker werden, glaubten, dass man für die Welt ganz anders gerüstet sein müsse.

Wie erwähnt waren wir mittlerweile in der Hauptschule. So schmiedeten wir den Plan, ein Team zu schaffen. Die

Comancheros. Wir konnten ein paar Mitkonfirmanden, Uwe S., Gunther, Günter, Denis und Peter für unser Vorhaben gewinnen.

Uwe entwarf und bastelte mir einen runden Schutzschild aus dem Boden einer schwarzen Kunststoffregentonne, verstärkt durch den Boden einer großen Sauerkrautdose, versehen mit zwei Halteriemen. Dem Vorbild des legendären Superhelden Captain America nachempfunden. Weitere Waffen waren mir selbst gebastelter Pfeil und Bogen, sowie ein 45 cm langer Bambusstab. Die Aufgaben der Comancheros sollten sein:

- Überlebenstraining in der Natur
- Kampftechniken aller Art (Uwe und ich waren damals in Karate)
- Boxen (wir waren ausgerüstet mit Punchingball, Sandsack, Boxhandschuhen)
- Einzelkämpferausbildung

Gemeinsam stark werden lautete unser Motto. Endlich wollten wir so stark sein wie die Helden für die wir stets schwärmten. Im Dachboden meiner Eltern wurde unser HQ- unser Hauptquartier eingerichtet. Wir übten Hechtsprünge, Flugrollen etc. über Hindernisse, das Abrollen bei einem Sturz. Ferner wurde ich von Uwe und Uwe S. mit Tennisbällen unter Beschuss genommen, die ich mittels Schild und Bambusstab abzuwehren versuchte. An einem Tag, als ich krank war, trainierten Uwe und ein paar der Comancheros in der Wildnis eines Steilhanges lautloses Anschleichen und Klettern. Ich erinnere mich noch gut daran, wie Uwe mir von diesem Trainingstag

berichtete. Es war zum Schmunzeln, nach unserem Ermessen hatten die Comancheros noch einiges an Training nötig.
Wie heißt es so schön? „Nicht jeder der sich für super hält, ist ein Superheld." Ich hatte damals Wachstumsstörungen in den Knien, was an beiden Beinen für mehrere Wochen einen Gips bedeutete. Durch die Schmerzen und die Wochen in Gips trat ich bald aus Karate aus, Uwe folgte mir, denn ohne mich wollte er nicht weiter zum Training. Beim Boxen war ich ebenfalls nicht der geborene Superstar. Erwischte mich einer meiner Trainingspartner nur Sekunden nach Trainingsbeginn an der Nase, hatte ich immer sofort Nasenbluten und wir mussten aufhören. Die gut gemeinte Sache mit den Comancheros verlief sich schnell. Wenn auch die Beweggründe edel und sinnvoll waren. Wahrscheinlich können sich die einzelnen Mitglieder gar nicht mehr erinnern, dass sie einst die „berüchtigten" Comancheros waren.

Als Uwe und ich wieder einmal in dieser Wildnis kletterten, suchten wir einen besonders steilen Aufstieg, der von Sträuchern, Dornen und Geröll übersät war. Wir brauchten sehr lange und es war Vorsicht geboten, denn man konnte zwar nicht abstürzen im klassischen Sinne, aber den Halt verlieren und abrutschen. Dann würde man unaufhaltsam durch das dichte Gestrüpp in die Tiefe den ganzen Abhang hinunterrutschen. Das waren Abenteuer, wie wir sie liebten. Ausnahmsweise kletterte ich voraus, denn normalerweise ging Uwe stets voran, wenn es schwierig wurde. Bald hatte ich es geschafft und war oben. Das Gestrüpp und Dickicht aus Dornen und Ästen

wurde immer dichter, unter meinen Füßen rutschten permanent Steine weg. Schweiß rann mir in die Augen. Ich schob mich noch ein wenig hoch. Noch wenige Zentimeter trennten mich von der flachen, saftigen Blumenwiese, die uns dort erwartete. „Wir haben es geschafft", rief ich erfreut. „Hörst du das?", entgegnete mir Uwe und was er hörte, bekam ich zur gleichen Zeit zu Gesicht. Knurrend und zähnefletschend war ein nach unserem Ermessen riesengroßer Hund auf mein aus dem Dickicht ragendes Gesicht zu gerannt. Auge in Auge hatte ich ihn vor mir, starrte in seinen aufgerissenen Rachen und roch seinen stinkenden Atem. Sein Geifer sprühte mir heiß und nass ins Gesicht. Das Bellen war furchtbar. Ich war erstarrt vor Angst. „Rückzug!"
Hatten wir für den mühevollen Aufstieg mehr als eine Stunde benötigt, so dauerte unser Abstieg bis zum Fuß des Steilhanges nur wenige Minuten. In rasender Geschwindigkeit schlitterten wir auf dem Hosenboden den Abhang hinunter. Lawinenartig rutschten Unmassen von steinigem Geröll mit uns. Dornige Äste peitschten in unsere Gesichter, rissen an unseren Kleidern. Schreiend vor Panik rutschten die zwei mutigen Helden, die sich angeblich vor nichts fürchteten, in die Tiefe. Der Hund war uns nicht gefolgt. Zu gefährlich wäre es für ihn gewesen. Völlig außer Atem standen wir auf dem Weg und sahen uns an. Schmutzig, Jackenärmel abgerissen, mehrere Risse an Hemd und Hose, kleine blutende Risse und Schürfwunden im Gesicht. Uwe hatte sich überschlagen und dabei noch den Bügel seiner Brille abgerissen. Das bedeutete Ärger. Ordentlich Ärger! Bei so etwas kannte Uwes Mutter kein Erbarmen. Meine Mutter war natürlich auch nicht

erfreut. Egal wie angeschlagen wir nach Hause kamen, stets hielt Uwes Mutter ihm mich als Musterknaben vor. Er solle sich mich ansehen, ich hätte keine kaputte Brille (kein Wunder, ich trug ja auch keine) und sei nie so verschmutzt heimgekommen wie er. Ansichtssache. Wie auch immer, seine Mutter führte mich stets als Musterjungen vor. Das hat Uwe bestimmt nicht immer gefallen.

Wir suchten weiter, wollten in der Realität Abenteuer erleben. Wir hatten uns große Wanderrucksäcke gewünscht und erhalten, dazu das Zelt, Feldflaschen, Taschenmesser. So zogen Uwe und ich eines Tages los für eine Wanderung, die mehrere Tage dauern und im ca. 70 Kilometer entfernten Wohnort meiner Großeltern enden sollte. Dort wollten wir unter anderem in der absolut abenteuerlichen Jagdhütte meines Großvaters übernachten, der wie ein weiterer Teil meiner väterlichen Verwandtschaft Jäger war. Die Hütte war groß und vor allem hoch oben in mehrere Bäume eingebaut und über eine lange steile Treppe zu erreichen. Die Hütte bestand aus zwei Zimmern, eines davon mit einem Doppelbett. Ein großer Ofen war vorhanden. Mehrere ausgestopfte, präparierte Tiere zierten die Wände und starrten einem gespenstisch mit ihren gläsernen Augen an, als wollen sie sich sogleich losreißen, davon ein Katzefuhu, eine Mischung aus mehreren Tieren mit Katzenkopf, Rehbockgeweih, Flügeln und einem Fuchsschwanz. Der Blick durch die mit rotweiß karierten Gardinen behangenen kleinen Fenster gewährte einen wunderbaren Ausblick auf Felder und Waldränder. Diese Hütte musste Uwe unbedingt kennen lernen.

Es war ein wunderbar schöner Ausflug zusammen mit dem besten Freund, wenngleich die schwere Last unseres Gepäcks ordentlich auf unsere schmächtigen Schultern drückte. Aber genau das machte uns zu wahren Helden. Leichte Rucksäcke konnte schließlich jeder tragen.

Die erste Übernachtung war nicht in freier Natur, sondern bei Verwandten von mir angedacht. Dort wurden wir gegen Abend von meiner Großtante Elsa verköstigt. Dann sollten wir unbedingt in einem der zwar alten, aber wohnlichen Gästezimmer schlafen. Wir blieben jedoch fest bei unserem Entschluss, in der großen alten Scheune auf dem Heuboden zu übernachten. Mein Großonkel Robert hatte ernste Bedenken, wir könnten mit Feuer spielen und einen Großbrand verursachen, aber wir versicherten ihm, dass wir müde seien und nur übernachten wollten. So geschah es, dass wir uns auf dem alten Heuboden gemütlich im Stroh einrichteten. Das war Abenteuer pur. Im Stroh übernachten. Mir kam die Idee zu behaupten, dass das i-Tüpfelchen von im Stroh übernachten, nackt im Stroh übernachten sein musste. Und so zog ich mich nackt aus, zum ersten Mal vor einem Freund, vom kurzen Moment als ich damals meinen Lendenschurz im Baum verlor, einmal abgesehen, denn ich war sehr geniert und konnte mich auch im Umkleidebereich nach dem Sportunterricht nie nackt zeigen. Nun aber stand ich nackt vor meinem Freund und es war mir egal, was er sagen würde. Für was sollte ich mich denn schämen? Warum schämt man sich eigentlich?

Uwe sah mich an. Er zögerte kurz, zog sich dann aber auch aus und bald huschten wir beide nackt und unbeschwert kreuz und quer in der alten Scheune umher und kletterten auf Balken herum. Wir ließen uns ins Stroh fallen, bewarfen uns mit Stroh und Heu, lachten, kletterten wieder auf die Balken und balancierten weiter, als plötzlich die schwere Türe quietschte und Onkel Robert die Scheune betrat. Erschreckt huschten wir zu unserem Lager und kauerten uns, splitternackt wie wir waren, still ins Stroh. Das Stroh und Heu piekte und kitzelte am ganzen Leib. Es hing in unseren Haaren. Wir taten, als ob wir bereits schliefen. Sehen konnte man uns nicht, schließlich lagen wir oben auf dem Heuboden. Als mein Onkel sich davon überzeugt hatte, dass alles ruhig war und es nicht nach einem Lagerfeuer im Stroh roch, zog er sich zurück. Müde von der Wanderung zogen wir dann doch Schlafanzüge an, wickelten uns in unsere Schlafsäcke und schliefen auch bald ein.

Nach einem reichhaltigen Frühstück ging unsere Wanderung weiter. Oh, ich bin am Schummeln. Tante Elsa hatte noch arrangiert, dass uns der Getränkehändler, der in unsere geplante Richtung fuhr, ein paar Kilometer in seinem Lastwagen mitnehmen würde. Das schlugen wir nicht aus und genossen die Verkürzung unserer Strecke. Irgendwann ging es dann aber zu Fuß weiter. Per Landkarte suchten wir einen Weg abseits der Straße, der wir bereits einige Kilometer folgten. Auf der Straße konnte schließlich jeder laufen. Wir aber waren Pfadfinder, Trapper, Abenteurer und Halbindianer. Der Himmel zog sich zu. Es begann zu regnen. Unser Weg führte über Feldwege auf einen nahenden Wald zu. Es grollte und donnerte schließlich, der Himmel färbte sich bedrohlich grau, grün und schwarz. Mir wurde ungemütlich, obwohl nun die eigentlichen Begleiterscheinungen eines richtigen Abenteuers zu beginnen schienen. Mittlerweile gewitterte es richtig, Blitze zuckten über den Himmel, es krachte ein Donnerschlag nach dem anderen über unseren Köpfen. Wir waren mitten in einem Waldstück. War es nicht lebensgefährlich mitten im Wald bei Gewitter? Mein Freund beschloss, dass wir unser Zeltcamp aufbauen sollten. Ich war dagegen. Ich konnte mir beim besten Willen nicht vorstellen, bei strömendem Regen mit gänzlich durchnässter Kleidung bei drohendem Blitz- und Donnerschlag gemütlich ein Zelt aufzuschlagen. Und wo bitte sollten wir unsere nassen Sachen trocknen? Nein, ich hatte keine Lust mehr und bestand darauf, dass wir unsere Reise abbrachen. Mein Freund war tief enttäuscht. Wir stritten und diskutierten. Ich war von meinem Entschluss jedoch nicht abzubringen. Irgendwie fanden wir aufgrund der Aufregung und des anhaltenden strömenden Gewitterregens auch auf unserer durchnässten Landkarte spontan keine Orientierung. Kalter Wind peitschte uns den Regen ins Gesicht. So eilten wir weiter durch das kleine Waldstück bis wir in ein kleines Dorf kamen. Dort ging ich zielstrebig auf eine Telefonzelle zu (wir befanden uns noch in Zeiten in denen das Wort Handy unter Science Fiction lief) und rief meine Eltern an, damit sie uns abholten.

Das war das unrühmliche Ende unserer Reise. Die Eltern kamen und nahmen uns mit nach Hause. Zuhause, getrocknet und in aller Ruhe erfuhren wir, dass der nächste

Ort nach nur wenigen Kilometern bereits unser Ziel gewesen wäre.

Noch heute nach so vielen Jahren bedauere ich meine stümperhafte Haltung damals.

Auch in unserem Landschulheim im Schwarzwald am Titisee erinnere ich mich an eine Begebenheit, die zwar nicht abenteuerlich, aber immerhin spannend war: Wir hatten zu mehreren ein Zimmer. Mein Freund Uwe und Uwe S., der zu den Comancheros gehörte, waren mit dabei. Eines Abends lag ich auf meinem Bett und war bereits müde, als ich die beiden flüstern hörte. Ich hörte heraus, dass sie mich mit Wasser bespritzen wollten und gleich darauf hörte ich, wie die beiden im angrenzenden Badezimmer einen Becher mit Wasser füllten. „Na, warte", dachte ich für mich, „euch werde ich es zeigen." Ich nahm mir vor zu warten, bis sie ganz nahe an meinem Bett standen, schließlich hatte ich Ohren wie ein Luchs und würde dann mit einem Schlag herumfahren, so dass sie selbst den mit Wasser gefüllten Becher abbekommen sollten. Gesagt, getan. Ich hörte sie hinter meinem Rücken atmen, holte aus und schlug mit dem Arm nach hinten. Zu meinem Entsetzen schrie einer der beiden entsetzlich auf. Verwirrt drehte ich mich um und nahm geschockt die Tatsachen zur Kenntnis. Uwe S., der bereits damals sehr zuckerkrank war und sich selbst spritzen musste, hatte eine seiner Spritzen, die noch mit der Nadel versehen war, mit Wasser gefüllt. Sie wollten mir nicht den Becher überleeren, sondern mich mit der Spritze nass machen. Durch

meinen Schlag mit der ausgestreckten Hand schlug ich ihm die spitze Nadel seiner Spritze direkt ins Auge.
Es ging hektisch zu in den nächsten Minuten. Rasend schnell alarmierten wir die Lehrer, während sich Uwe S. vor Schmerzen das Auge zu hielt. Nach einem kurzen, hektischen Durcheinander fuhr unsere Lehrerin mit dem Verletzten in eine Klinik. Ich bangte. Würde er sein Auge verlieren? Blind werden? Uwe und mir war übel. Irgendwann kam dann die etwas entspannende Nachricht, dass die Netzhaut seines Auges zwar verletzt wurde, aber weiter nichts Ernstes geschehen war. Ausatmen. Glück gehabt!

Blutsbrüder

Die nächste kleine Begebenheit hätte möglicherweise ebenso spannend enden können. Ich war nicht nur mit Uwe viel zusammen und in der Natur unterwegs, sondern eine Zeit lang auch mit Uwe S. Ich erinnere mich, dass auch wir beide sehr gut befreundet waren. Kann man mehrere beste Freunde haben? Schon damals hatten wir realisiert, dass auch Winnetou zwar der Blutsbruder von Old Shatterhand war, darüber hinaus aber auch gut mit Old Firehand und Old Surehand befreundet war. Zumindest in den Romanen Karl Mays wurde dies deutlich. In Wirklichkeit, so ist zu lesen, konnten sich die Schauspieler Pierre Brice und Stewart Granger alias Old Surehand nicht ausstehen. Auch zu Rod Cameron alias Old Firehand hatte Pierre Brice sicher keine persönliche Beziehung.

Uwe S. und ich streunten gerne in den Schrebergartenanlagen umher, da hatte es so schöne Hütten und Verstecke. In einer kleinen Scheune, in deren Inneres man über eine Undichtigkeit im Dach gelangte, saßen wir eines Tages im Heu beieinander und erzählten unter anderem über Winnetou und Old Shatterhand. Wie das wohl zugehe beim Schließen einer Blutsbrüderschaft. Wir zückten unsere beachtlichen Messer und betrachteten die scharfen Klingen. Ich fasste also gar nicht mit Uwe, sondern zusammen mit Uwe S. den Entschluss, Blutsbrüderschaft zu schließen. Mutig machten wir unsere Unterarme frei und wollten uns genau wie die Blutsbrüder im Film die Arme aufritzen, diese dann aneinander pressen und Blutsbrüderschaft schließen. Wir kamen ins Grübeln. Was, wenn die scharfen Klingen zu tief einschneiden würden und es wahnsinnig zu bluten begann? Und wie war das mit der Zuckerkrankheit von Uwe S.? Würde sie auf mich übertragen? Sicher würde es doch auch wehtun, wenn man sich die Arme aufschnitt. Nach langen reichlichen Überlegungen entschlossen wir uns für eine unblutige Freundschaft und steckten unsere Messer wieder weg.

In der Schule präsentierte Uwe eines Tages selbst gezeichnete Comics. „Abenteuer in den Wolken" hießen die von ihm erfundenen Geschichten mit zwei oder drei Seiten um den Air-Force-Piloten Falk Denver. Ja, Uwe hatte aus seinem Cowboy Falk Denver sehr oft auch einen Piloten gemacht, denn er selbst, Uwe, mochte schnelle Autos, und die Technik von Flugzeugen und Fahrzeugen aller Art. Mir war natürlich sofort klar, dass er das Ganze den von uns verschlungenen Fliegergeschichten um die amerikanischen Piloten Rex Danny, Mike Tumbler und Sonny Tuckson entnommen hatte, die regelmäßig zusammen mit anderen Geschichten im Comic „ZACK" erschienen. Ich behaupte sogar, dass hiervon Uwes Faible für Technik und Uniformen kam, so dass er, der eigentlich stets bequeme Kleidung und karierte Holzfällerhemden bevorzugte, durchaus auch gerne eine Uniform mit Krawatte trug. In der Feuerwehr zum Beispiel.
Die Idee mit den selbst gezeichneten Comics begeisterte mich sofort. Ich war ja ohnehin begnadeter Zeichner. Also warf ich in Nullkommanichts eigene Comics um den von mir erfundenen Superhelden Elektro auf den „Klassen-

zimmermarkt", ich überredete Uwe zur Gründung des Comic-Verlages, der meinen Namen trug und wir vereinbarten, dass wir die Comics in der großen Pause gegen eine Lesegebühr von 10 Pfennig ausliehen, um unser Taschengeld aufzubessern. Uwe verlor aber schnell das Interesse an seinen Comics, während meine Elektro-Comics der Renner waren und ich schnell hintereinander 9 Ausgaben schuf. Ich engagierte meinen Bruder Ralph und den Freund und Mitschüler Bernd als Tuschezeichner, die meine Bleistiftzeichnungen mit Tusche nachzuzeichnen hatten. So machten das die Profis. Leider waren meine Mitarbeiter keine Profis. Ihre Tusche kleckste und kleckerte meine Zeichnungen voll.

Uwe, begeistert vom Marvel-Superhelden Spiderman, der im Privatleben als Peter Parker Fotos für die Zeitung Daily Bugle schoss, kam plötzlich mit dem "Kurier", einer selbst gezimmerten Zeitung, die Witze und Nonsens zum Lachen bot. Das konnte ich auch und schnell kam von mir die "Rundschau" heraus, die ebenfalls nur Witze und Nonsens bot, alle möglichen erfundenen, nichtssagenden, absurden Geschichten aus allen Rubriken, die eben in eine Zeitung gehören. Dazu allerdings echte Kochrezepte, die ich den Kochbüchern meiner Mutter entnahm und blöde, erfundene Horoskope. Ich legte zwar immer noch Wert darauf, dass Uwe und ich der Comic-Verlag waren, aber ich klaute ihm ja jede Idee und so zog er sich zurück und ich schuf noch eine ganze Weile im Alleingang meine Werke und besserte mein Taschengeld damit auf. Das Geld teilte ich allerdings mit Uwe, damit wir unsere Marvel-Comics, den Comics aus dem Williamsverlag um die von uns verehrten Helden wie Captain America,

Thor, Iron Man, Spiderman, Hulk usw., am Kiosk bezahlen konnten.

Zum ersten Mal richtig verliebt inklusive Liebeskummer war ich in das lustige, temperamentvolle, quirlige Mädchen Heike G., mit der ich mich sehr gut verstand. Auch bei ihren Eltern war ich immer gerne gesehen und verbrachte dort über Monate hinweg jede freie Minute meiner Zeit. Ich wollte mit ihr gehen, darauf legte ich wert. Davon abgesehen, dass es ruhig auch unsere Clique erfahren sollte, wollte ich persönlich einfach ihr fester Freund sein. Ich war 14, sie 12 oder 13 Jahre alt. Leider erwiderte sie diese Art von „echter" Liebe nicht und so zog ich mich, liebeskummergeschwängert und enttäuscht, zurück.

In unserer Schule fielen Uwe und mir dann irgendwann in einer Klasse ein oder zwei Stufen unter uns 3 Mädchen auf, die so schön waren, wie es in der ganzen Schule keine schöneren Mädchen gab. Geschweige denn in unserer Klasse. (Verzeiht mir, Mädels.) Wir nutzten die Pausen, um mit diesen hübschen Wesen ins Gespräch zu kommen. Das Wunder geschah. Sie widmeten so unscheinbaren Knilchen wie wir es waren, ihre Aufmerksamkeit. Im Prinzip waren wir ja auch keine Knilche, sondern Helden. Es wurde Zeit, dass das erkannt wurde. Bei der Aufteilung waren wir uns sogar einig. Uwe war sofort in Dagmar verknallt, ich in Jutta. Iris, die nicht minder gut aussah war eben übrig. Wir waren halt nur zu zweit. Der grimme Hausmeister wollte uns einen Strich durch die Rechnung machen. In der großen Pause hatten alle Schüler das Gebäude zu verlassen. Überhaupt nicht zimperlich raunte er uns an, in den Pausenhof zu verschwinden. Im Pausenhof erwarteten uns aber meistens die üblichen Scherereien mit Mitschülern und hier warteten die schönsten Mädchen weit und breit auf uns. Vorlaut bekundete ich, dass Uwe und ich uns spontan zu seinen Gehilfen erklärt hatten und bis auf dieses Klassenzimmer bereits alle geräumt seien. Mit diesen zickigen drei Weibern, die sich beharrlich weigerten, in den Pausenhof zu gehen, würden wir auch noch fertig! Die Tatsache, dass alle anderen Räume in der Tat leer waren, bekräftigte meine Aussage. Der Hausmeister fand die Idee gar nicht schlecht und beauftragte uns, fortan mitzuhelfen. Natürlich verbrachten wir die Pause damit, die Mädchen zu umschwärmen. In den künftigen Tagen und Pausen versteckten sich die drei heißen Girls in den Schränken bis der Hausmeister durch alle Räume war, wir hatten die Nachkontrolle zu tun, später übertrug er uns die komplette Tour und wir hatten die Mädchen in der Pause immer für uns.

Junge, Junge, die kecke, freche Jutta war hübsch, aber ein bisschen ordinär, die hatte Ausdrücke auf Lager, da wurden wir regelmäßig knallrot. Aber gerade diese ungenierte knallharte direkte Ausdrucksweise der Dinge mochte ich an ihr. Und ihr Lachen war bezaubernd.

Die Zeit war wunderschön und die drei wunderbaren Mädchen blieben uns erhalten, bis wir die Schule verließen. Danach verlor sich der Kontakt leider. Wir schwärmten aber noch sehr lange von Dagmar und Jutta und bedauerten lange, dass wir sie nicht einfach gleich geheiratet hatten. In unserer Phantasie, die mehr und mehr verloren ging, hatte Falk Denver seine Dagmar und Shorty King seine Jutta jedoch noch geheiratet.

Die Teenager sind los

Zwei Jahre nach der kurzen Zeit der Comancheros setzten sich Uwe und ich zusammen mit einem weiteren Freund, Andy, an einen Tisch und brüteten erneut die Idee eines sinnvollen Teams aus. Wieder war unsere Absicht, in der Welt gemeinsam Sinnvolles zu erreichen, der Gesellschaft Gutes zu tun und Menschen von der Straße zu holen oder aus ihren Zimmern zu locken um im Team kreativ zu sein. So gründeten wir die Clique. Bei diesem Namen blieb es auch, mit dem Untertitel „Aktive Jugend". Wir reisten von Schulkamerad zu Schulkamerad, klingelten uns durch etliche Haustüren, um neue Mitglieder zu werben. Meine erste Liebe, Heike G. und ihre Freundin Anke gehörten übrigens dazu.

Ich bestand darauf, im Nachbarort das wunderbar freche Mädchen Jutta mit den schamlosen Kraftausdrücken aufzusuchen, um sie für die Clique anzuwerben. Als sie in der Türe vor mir stand, stotterte ich irgendetwas von der Clique und ob sie wohl Mitglied werden wollte. Sie meinte, sie könne ja hie und da mal mitkommen. Ich war überwältigt. Leider blieb es bei dieser Zusage. Jutta gehörte nie zur Clique und ich habe sie bis auf den heutigen Tag nie wieder gesehen. Wir hatten jedoch bald eine ordentliche Gruppe Jugendlicher zusammen. Man traf sich mitten im Ort, unpassender Weise am Friedhof an einer kleinen Mauer.

In den kommenden Monaten wuchs unsere kleine Gruppe beständig weiter. Immer mehr Mädchen kamen zu unserer Überraschung hinzu. Aus Zelten, Abenteuerwanderungen und sozialen Projekten, die geplant waren, wurde eine große Schar tanz- und unternehmungslustiger Teenager. Tanzen, Billard spielen, Wandern, Disco – das waren unsere Themen. 34 eingetragene Mitglieder zählte die Clique. Mitglieder kamen und gingen, stritten und vertrugen sich wieder. Uwe und ich hatten sogar zu der Zeit einen Streit, der dazu führte dass sich die Clique in zwei streng getrennte Lager spaltete. Uwe und ich wurden zu Rivalen, Gegnern. Jeder führte seine eigene kleine Clique. Andy war nun mein Partner, wir nannten unseren Teil der getrennten Clique „New Wave", während sich mein Bruder Ralph, meine Schwester Sylvia und andere auf die Seite von Uwe schlugen. Bald aber waren wir wieder versöhnt, schlossen beide Gruppen, die jeweils kräftig Zulauf erhalten hatten zusammen und waren als große neue Clique wieder vereint.

Auf Discoveranstaltungen wurden wir mehrfach von anderen Menschen provoziert, was uns unverständlich war, waren wir doch die Friedfertigkeit in Person, wollten tanzen, plaudern, Spaß haben. Trotzdem eskalierte auf einer Veranstaltung die Situation. Man wollte uns verprügeln und passte uns, obwohl wir zahlenmäßig überlegen waren, nach der Tanzveranstaltung ab. Wir wussten uns nicht zu helfen. Da fiel mir ein, dass ich auf der Party einen früheren Bekannten wieder traf, der so kräftig und beeindruckend aussah, dass ich in die Halle rannte und ihn um Hilfe bat. Auch Randy, ein anderes Cliquemitglied war mit ihm befreundet, wie sich herausstellte. „Nennt mich Papa-Charly", sagte er und ging mit. Papa-Charly nahm eine leere Flasche, warnte die Gegner dreimal, sie sollen den Rückzug antreten. Als diese ihn verhöhnten, ging alles rasend schnell. Papa-Charly schlug auf dem Boden die Flasche entzwei, sprang wie ein Wirbelwind umher und schlug mit der scharfkantigen Flasche auf die anderen ein. Blut floss in Strömen, da nahm ein anderer eine lange Eisenstange der Baustelle in der Nähe und wollte von hinten auf Papa-Charly einschlagen. Bis dahin standen wir geschockt und reglos da. Ich machte einen beachtlichen Hechtsprung auf den Jugendlichen mit der Eisenstange zu, riss ihn zu Boden, umklammerte ihn am ganzen Leib wie eine Schlange und nahm ihn so in einen Würgegriff (das gehörte zu meinen erprobten Fähigkeiten als Dschungelboy in der fiktiven Schlangenbande, als auch zu meinen Kampftechniken bei den Comancheros). Da bekam er noch Schläge von meinem Kampfkamerad. Damit war die Sache ausgestanden. Blutüberströmt zogen die Unruhestifter ab. Man hörte Tage danach, dass ein paar von ihnen im Krankenhaus genäht werden mussten.

Wir erzählten die Sache zwar unseren Eltern, schließlich war mein Vater Polizeibeamter, aber man entschloss sich nur, die Dinge abzuwarten. Ob eine Anzeige gegen uns folgen würde. In den Wochen danach herrschte so etwas wie ein Bandenkrieg in Wartestellung. Wir waren bewaffnet mit Schlagstöcken, Nunchakos, Messern, Schreckschusspistolen, Türgriffen, ich mit meinem Bambusstab aus der Zeit der Comancheros. Es kam zum Glück zu keinen weiteren Zwischenfällen. Eine Anzeige der Eltern der Jugendlichen erfolgte auch nicht. Immerhin waren wir nachweislich grundlos angegriffen worden und hatten uns lediglich verteidigt.

In der Zeit der Clique verband mich außer mit Uwe auch mit unserem Gründungsmitglied Andy eine gute Freundschaft. Mit Andy war ich ebenfalls sehr viel unterwegs, wobei es hier viel zu lachen gab. Er war ein guter Organisator für unsere Cliquepartys, auch DJ für die Musik. Vom allgemeinen Geschmack für Pop- und Rockmusik abgesehen, nervten wir alle anderen Cliquemitglieder stets mit unserer ureigenen Hymne, dem Song „Babicka" von Karel Gott. Dieses Lied fehlte auf keiner Party und Andy und ich sangen stets lauthals mit.

Außerdem nervte ich alle anderen, wenn ich versuchte durchzusetzen, dass meine Schallplatten der schrillen Band „Village People" auf den Plattenteller kamen. Als diese Gruppe bekannt wurde, war ich sofort Feuer und Flamme. Besetzt mit einem Cowboy, einem Indianer, einem amerikanischen Polizisten, einem GI-Soldaten und einem Bauarbeiter hatten sie alles, was mich interessierte. Lediglich mit dem in schwarzes Leder gekleideten Biker konnte ich nicht viel anfangen. Die Musik von "YMCA" über „Go West „ bis hin zu „In the Navy" gefiel mir aber tatsächlich auch richtig gut. Dass die gesamte Mannschaft eindeutig aus schwulen Männern bestand und das auch so dargestellt werden sollte, erfuhr man mit der Zeit und erschreckte mich. Schwul zu sein war immerhin tuntig, schlimm und verpönt. Für eine Band zu schwärmen, die schwul war, war schwierig. Hinzu kam, dass keiner der Männer ein Instrument spielte, sondern Gesang und Tanz alles waren, was die Männer konnten und taten. Allerdings konnte ich nicht verstehen, warum man die Band, nur weil keiner ein Instrument beherrschte und alle schwul waren und tanzten, nun meiden sollte, wenn man die Männer cool und die Musik gut fand. Und so stand ich zu meinem Faible für Village People. Wenngleich ich dafür oft kalt und abfällig belächelt wurde. Doch zurück zur Clique. Über Gunther ließe sich fast ein eigenes Buch schreiben. Seine Originalität war eine Mischung aus Loriot, Otto Waalkes, Dieter Hallervorden und Mister Bean. Seine erfundenen, aber stets für wahr und real befundenen Geschichten über seine Tante auf der Insel Mainau, seine Oma Naftaline, die das Empire-State-Building erklomm, den mysteriösen Nieswurz Bonnes oder Verwandte aus Islamabad trieben uns permanent die Lachtränen in die Augen. Und seine leibhaftige, real existierende Mutter, die gute Gerti, war ohnehin auch ein Original.

Als die meisten von uns ins Führerscheinalter kamen wurden die Interessen allerdings zu unterschiedlich, es wurde zur Regel, mit Zigarette aufzutreten und der Alkoholkonsum an Partys stieg. Die Clique fiel ca. 1983 auseinander.

Noch zu erwähnen ist vielleicht, dass ich 1980 eine Phase hatte, in der ich Gott und die Welt herausforderte. Ich trug am liebsten meine neue zebragestreifte hautenge Punkerhose, etliche Kettchen um den Hals und überall an der Hose unzählige Sicherheitsnadeln. Dazu ein schwarzes Jackett. Die Haare auf dem Kopf hatte ich millimeterkurz geschnitten, die Haare im Nacken dagegen lang. Ich trug einen Fu-Manchu-Bart. Der Schnurrbart begann nicht unter der Nase, sondern in den Mundwinkeln und hing an den Seiten des Mundes herunter, dazu einen schmalen Kinnbart. Ich wollte Punker sein. Edelpunker. Zusammen mit Petra aus unserer Clique, mit der ich mich damals sehr gut verstand. Sie war mir ein wunderbarer Freund. Sehr zum Unmut meiner Mutter, die mir drohte, mich aus dem Haus zu werfen, sollte ich diese Art von Klamotten weiterhin tragen. Außerdem wurde ich frech und eignete mir mit meinem Mofa im gesamten Straßenverkehr einen waghalsigen, lebensmüden Fahrstil an. Ich weiß heute nicht mehr, ob ich nur etwas Neues ausprobieren wollte oder was diese Wesensänderung sollte. Unter anderem spielten wir in der Freizeit im Schulhof Ball, ich schoss den Ball auf das Flachdach und wollte den Ball wieder holen. Jeder riet mir ab, da es nur glatte Wände gab. Ich aber kletterte auf das Vordach, an der Jalousienhalterung hoch und hängend mit den Fingerkuppen in den Betonschalfugen an der glatten Wand entlang. Aus ca. 8 Metern Höhe stürzte ich ab und lag monatelang mit 2 gebrochenen Fersen- und Sprunggelenken im Krankenhaus. Hier hatte ich jede Menge Zeit, über mich nachzudenken. In diesen langen Wochen des Herumliegens in zwei Gipsschalen an meinen Beinen fand ich zu meinem Gott zurück und war fortan wieder der alte, gute, ordentliche Junge.

Gegen Ende der Cliquezeit waren Uwe und ich Mitläufer bei den Mitarbeitern der Pfadfinder der katholischen Jugend bei uns im Ort. Das Wort Pfadfinder reizte uns ungemein. Pfadfinder hatten viel mit Natur zu tun, dazu gab es interessante Uniformen. Die Hüte die man von Pfadfindern kannte, fanden Uwe und ich ebenfalls richtig abenteuerlich. Ich weiß heute nicht mehr, in was für eine Zeit der Pfadfinder wir damals stießen, ob es ein Umbruch war oder etwas anderes. Außer dass wir stets im Gruppenraum zusammensaßen und redeten und einmal ein großer Stern für die Kirche gebastelt wurde, bekamen wir nie eine Pfadfinderkleidung zu sehen, geschweige denn dass wir selbst eine trugen. (Wie ich erst kürzlich erfuhr, handelte es sich damals um die Gründungszeit, in der die katholische Jugend zur Pfadfindergruppe wurde.)

Mein beruflicher Werdegang gestaltete sich folgendermaßen: Zur Zeit der Hauptschule erhielt ich eine Zusage für eine Lehrstelle als Schaufensterdekorateur. Bevor ich jedoch die Schule abgeschlossen hatte, hatte die Firma Konkurs angemeldet und meine Ausbildungsstelle war geplatzt. Mein Freund Uwe dagegen bekam die erste Ausbildungsstelle als Kunststoffschlosser wenige Kilometer von unserem Heimatort entfernt in einer Chemiefabrik. Obwohl er damals stets Fernfahrer werden wollte. Auch in diesem Fall hatte ihn das Fernsehen inspiriert und er war begeistert von einer Fernfahrer-Serie im Vorabendprogramm. Vom Beruf des Fernfahrers versprach sich Uwe Abenteuer und grenzenlose Freiheit.

Ich entschloss mich die Mittlere Reife innerhalb der nächsten 2 Jahre zu machen, schloss diese erfolgreich ab und bewarb mich wie schon erwähnt bei der Polizei. Mein Traumberuf (unter anderem). Polizist zu sein stellte ich mir interessant, abwechslungsreich und abenteuerlich vor. Einiges bekam ich mit, da mein Vater ja Polizeibeamter war. Für Recht und Ordnung zu sorgen, eine echte Waffe zu tragen, für Gerechtigkeit einzustehen und das Kriminelle zu bekämpfen, das schien mir sinnvoll und gut. Ich bestand die Aufnahmeprüfung, hatte aber wegen des großen Andrangs an Interessenten ein halbes Jahr Wartezeit bis zu meinem Ausbildungsbeginn bei der Polizei. In diesem halben Jahr geschah jedoch der Unfall, bei dem ich mir beide Füße gebrochen hatte, der letztendlich meine Polizeidienstuntauglichkeit zur Folge hatte. Auch bei der Bundeswehr wurde ich daraufhin ausgemustert. Über Umwegen landete ich dann als Auszubildender in einem Hallenbad für den Beruf des Schwimmeistergehilfen.

Meinen Comicverlag versuchte ich immer am Leben zu halten, indem ich wo ich war immer irgendwelche Zeichnungen anfertigte und gegen ein paar Pfennig unter die Leute brachte. 1984 fing ich mit Uwe und meiner Schwester zusammen an, alle Comics und Romane, die wir finden konnten, zusammenzutragen. Wir inserierten in echten Comics für unseren seriösen Comic-Shop, der die verschiedensten Comics und Romane zum Verkauf anbot. Ich besorgte mir den offiziellen Sammlerkatalog, der die am Sammlermarkt üblichen Preise aufzeigte und verkaufte auch lange so manche Hefte erfolgreich. Mit den Jahren, als ich mehr und mehr Cartoons, Einladungskarten, Gutscheine und auch Logos entwarf, nannte ich das Ganze „Comic und Ideenkiste". Ich bastelte auch originelle Geburtstagsgeschenke für Hinz und Kunz wie man so schön sagt.
An einem sonnigen Tag wollten Uwe, meine Schwester und ich, also das komplette Team des Comic Shops eine große Comicausstellung besuchen. Ich wollte fahren. Ich hatte mir eine Woche zuvor ein anderes Auto gekauft, nachdem mein alter Ford Escort in alle Einzelteile zu fallen schien. Mein Kamerad Andy, der sich sehr für Autos interessierte, half mir beim Suchen und Finden des gebrauchten bronzemetallicfarbenen Audis. Der besondere

Hit war das Sonnenglasdach. Immer wieder öffneten und schlossen Andy und ich aus Freude begeistert das Dachfenster, bis es plötzlich klemmte. Andy, gerne auch fürs Grobe zuständig, drückte einmal fest und das Glasdach zerbarst in tausend Stücke. Es dauerte genau eine Woche, bis das neue bestellte Glasdach gekommen war und eingebaut wurde. Mein neues Auto stand also gleich nach dem Kauf erst einmal eine Woche in der Garage. Nun freuten wir uns auf den Ausflug zur Comicausstellung. Gleich bei der Einfahrt in den nächsten Ort hielt ich an einer Gabelung an und wunderte mich noch, mit welch Geschwindigkeit uns ein Auto entgegen kam. Er hatte doch anzuhalten, hier hatte ich Vorfahrt. Mein Vorfahrtsrecht in Anspruch nehmend, fuhr ich gelassen in die Kreuzung hinein. Da krachte es auch schon, es ließ einen furchtbaren Schlag, wir wurden herumgeschleudert. Stille. Es knisterte und qualmte aus meiner sichtlich demolierten Motorhaube. Wir waren von einem leichten Schock und etwas Schmerzen im Genick abgesehen unverletzt. Auch das ältere Ehepaar des anderen Wagens, welche schlicht die Vorfahrt missachtete, blieb nur leicht verletzt. Mein neues Auto war aber nach der Woche in der Garage nun ein Totalschaden, musste abgeschleppt werden und unser Ausflug zur Comicausstellung hatte sich somit erledigt.

Leben – Retten – Helfen

Kaum war die Zeit unserer lebhaften tanzwütigen Clique vergangen, in der Comic- und Ideenkiste waren wir immerhin zu dritt, da witterte ich bereits meine nächste Chance, die unterschiedlichsten Menschen zu Freunden bzw. zu einem Team zu machen. In dem Freibad, in dem ich tätig war, besuchten mich täglich Menschen, die ich kennenlernte und mit denen man sich anfreundete. Außerdem war der damals 9-jährige Sohn unserer Kassiererin stets um mich herum. Er war sehr aufgeweckt, keck und seinem Alter wohl etwas voraus. An extrem heißen Tagen gab es für mich allerhand zu tun. Damals war es nicht üblich, dass man eine zweite Aufsichtsperson erhielt, es war alles im Alleingang zu tun. Da wurde man an der Kasse benötigt, wenn die Kassiererin einen Konflikt mit einem Badegast hatte, es waren kleinere Verletzungen zu versorgen, die Badeaufsicht an sich spannte einem ohnehin pausenlos ein. Regelmäßig mussten Nebenräume und Sanitäranlagen kontrolliert, sowie die Badewasseranalyse vorgenommen werden. Bei Störungen in der Wasseraufbereitung musste man dringend in den Technikräumen danach sehen und Störungen so weit möglich umgehend beseitigen, damit die strengen Parameter in der Badewasseraufbereitung gewährleistet blieben. So kam es, dass ich immer wieder einmal einen der anwesenden Bekannten als Zusatzbadeaufsicht einwies, um anderen momentanen Aufgaben für Minuten nachkommen zu können. Selbstverständlich witterte ich schnell ein Team, versah die eingesetzten Helfer stets mit

einem an das T-Shirt gehefteten Stoffemblem unserer Stadtverwaltung und ernannte sie in diesen Momenten in getreuer Western-Manier zum Hilfssheriff. Im Fachjargon Deputy genannt. Das Deputy-Team war geboren.
Mehr und mehr wurden die Freunde in meine Tätigkeit involviert. An Regentagen nutzten wir die Zeit um auch Rettungssituationen durchzuspielen, ich erklärte ihnen die Rettungsgeräte und die Rettungskette, das Zusammenspiel von lebensrettenden Sofortmaßnahmen an einem Unfallort. „Leben – Retten – Helfen" sollte das Motto dieses Teams sein. Die Mannschaft war kurios. Ein Schüler - Harry, ein Jurastudent - Frank, den man J.B. alias James Bond zu nennen pflegte, ein Arbeitsloser - Uwe U., ein chronisch Kranker - Matthias, der 9-jährige Jens, die 14-jährige Tanja, die leicht körper- und geistig behinderte Ute und ich.

Dann schlug das Schicksal zu. An einem heißen Sommertag waren ein paar tausend Besucher im Bad. Mein Deputy-Team und ich hatten alle Hände voll zu tun. Ein Hilferuf lies uns zum Beckenrand eilen. Hier lag ein 14-jähriges Mädchen mit den Beinen im Wasser, jammerte und schrie. Sie könne ihre Beine nicht mehr bewegen. Leute redeten durcheinander. Vermutlich hatte ihr Bruder ihr einen Tritt verpasst, sie sei dann ausgerutscht und mit dem Rücken auf den Beckenrand gefallen. Ab der Hüfte kein Gefühl mehr in den Beinen. Das hörte sich verdammt nach Wirbelsäulenverletzung an. Längst waren die Handgriffe für Badeunfälle im Deputy-Team geübt und jeder wusste, was zu tun war. In Sekundenschnelle stand ein Deputy mit der Krankentrage an meiner Seite.

Doch bei Verdacht auf Wirbelsäulenverletzungen war äußerste Vorsicht geboten. Jeder zusätzliche oder noch dazu falsche Handgriff konnte eine Querschnittslähmung zur Folge haben. So behutsam wie möglich legten wir die Verletzte trotzdem auf die Trage, um sie aus der prallen Sonne zu tragen. Außerdem bedrängte eine Unzahl Schaulustiger das Geschehen. Im Sanitätsraum setzten wir sie samt Trage auf die Sanitätsliege und verständigten umgehend den Notarzt. Nach einer kurzen eingehenden Untersuchung durch den Notarzt ordnete dieser eine Verlegung in eine Spezialklinik mit dem Rettungshubschrauber an, da ein Transport mit dem PKW zu viele Risiken für die Wirbelsäule barg. Jetzt ging es rund. Per Lautsprecherdurchsage ordnete ich an, einen bestimmten Bereich der Liegewiese für den Hubschrauber frei zu machen. Fehlanzeige. Die Durchsage lockte erst recht Schaulustige an. Meine Deputies und ich wurden mit unzähligen Fragen bedrängt. Energisch schritten wir im Team auf die Wiese und begannen in rasendem Tempo Decken, Handtücher, Sonnenschirme etc. zusammenzupacken und auf die Seite zu räumen. Wie viel Platz benötigt überhaupt ein Helikopter auf einer Freibadliegewiese? Keine Ahnung. Da erreichte auch schon das dumpfe Klopfen der Rotoren unsere Ohren inmitten des furchtbaren Geschreis der Menschen. Eine Kette bildend drängten wir die Schaulustigen zurück, als der Helikopter sich senkte. Nun wichen auch die Neugierigsten erschrocken zurück. Handtücher und Strandmatten wirbelten durch die Luft. Der Helikopter setzte auf, Rettungssanitäter stürmten heraus. Wir bahnten ihnen mit Kraft und Gewalt eine Gasse durch die Menschenmasse. In wenigen

Minuten war die Verletzte im Helikopter untergebracht und mit diesem am Horizont im Himmel verschwunden. Die Routine konnte wieder einkehren. Doch erst hieß es durchatmen. Dann widmeten wir uns wieder dem Gewimmel im Wasser und den üblichen Gepflogenheiten eines Badebetriebes.
Wenige Tage später. Es regnete. Der Himmel war trüb und dunkel. Monoton prasselte ein leichter Regen auf das menschenleere Schwimmbecken. Auch an diesem Tag verbrachten wieder zumindest ein paar der Deputies ihre Freizeit im Freibad bei mir. Sie saßen im Aufsichtsraum und spielten eine Runde Monopoly. Eine ältere Dame und ein älterer, recht korpulenter Herr betraten trotz der schlechten Witterung das Bad. Wenig später sah ich dem Herrn zu wie er auf das Becken zuging. Meine Badeaufsicht nahm ich von je her sehr ernst und somit hatte ich, obwohl ich das Monopolyspiel meiner Deputies verfolgte, den Badegast stets im Auge. Mit einem Fuß das Wasser betretend, fiel der Mann plötzlich nach hinten um und schlug auf dem Steinboden auf. „Los!", war alles was ich rief. Dann rannte ich in Richtung des Mannes. Seine Frau rannte an uns vorbei und rief irgendetwas. Deputy Uwe U. griff nach dem Beatmungskoffer, Tanja und Jens hatten in Sekundenschnelle das Monopoly-Spiel beiseite geräumt und kamen nach. Der Mann lag röchelnd am Boden, Speichel lief ihm aus dem Mund. Er wurde blau im Gesicht. Ich entdeckte auf der Bank neben ihm ein Spray. Vielleicht ein Asthmaspray? Vergeblich versuchten wir, das Spray zu verabreichen, aber wahrscheinlich war es leer. Der Mann drohte zu ersticken. In der Ferne hörte ich seine Frau schreien. Jetzt verstand ich sie: „Hilfe, Hil-

fe, mein Mann stirbt, ich brauche 20 Groschen, um einen Arzt zu rufen!" Noch immer sind wir im Zeitalter ohne Handy. Deputy Tanja rannte zu ihr und erklärte ihr, dass sie den Notarzt längst verständigt hatte, was auch so war, und dass dieser unterwegs sei. „Mein Mann hat Asthma, den muss man aufrecht hinsetzen", schrie sie, während wir bereits dabei waren, dies zu tun. Deputy Jens war mit einer Decke geeilt, denn es war bitterkalt an diesem verregneten Sommertag. Der Mann röchelte, verdrehte die Augen, war jedoch bei Bewusstsein. Da ertönte die schrille Sirene des Notarztwagens, sowie des Krankentransportwagens. In Minuten war der Mann verladen und an unzählige Schläuche angeschlossen. Beide Fahrzeuge fuhren davon. Während des Verladens des Verletzten notierten wir uns noch schnell die Personaldaten für den Unfallbericht. Dann herrschte Stille. Leise rieselte der Regen auf uns. Da standen wir und betrachteten den Rettungskoffer und die Decke im Regen. Wir schauten uns an. Wieder einen Fall gemeistert. Ein Leben gerettet. Nicht alle haben so viel Glück, perfektes Teamwork oder Gottes Beistand. Ich hatte Kollegen, die verunglückte Badegäste nicht mehr retten konnten. Nach dem Notarzt standen dann Bestatter, Polizei und unter Umständen die Staatsanwaltschaft im Bad. Kein leichter Job, der Schwimmmeisterjob. Von wegen den ganzen Sommer ums Becken laufen und mit schönen, halbnackten Frauen flirten. Wobei es diese schwarzen Schafe, die für einen schlechten Ruf unseres Berufsbildes sorgen, leider gibt.
Das Mädchen mit der vermeintlichen Wirbelsäulenverletzung war übrigens wenige Tage nach dem Unfall putzmunter wieder im Bad. Sie hatte sich lediglich einen

Nerv eingeklemmt. Der Mann mit dem fast tödlichen Asthma- bzw. Herzanfall lag lange in einer Lungenfachklinik und konnte dann aber genesen entlassen werden. Seine Frau brachte uns wenige Tage nach dem Unfall zwei Flaschen Wein und bedankte sich für die Hilfe.
Wenige Tage später. Ich musste für einen erkrankten Kollegen einen Tag in einem kleinen Hallenbad einspringen. Es war Samstag. Vermutlich war das Wetter immer noch schlecht, denn das Hallenbad war an diesem Tag extrem voll. Selbst hierher waren mir die Deputies gefolgt. Schließlich hatten sie nachmittags immer jede Menge Zeit und bei mir war auch immer etwas los. Ganz wie man es nimmt. Der Tag war anstrengend. Der Lärm fast unerträglich. Die Badeaufsicht gestaltete sich an solchen Tagen anstrengend. Die Augen überall. Kleine Blessuren. Weinende Kinder, schreiende Kinder, brüllende Eltern, lachende Menschen, bunte Bälle, Schwimmtiere um mich herum und eine unüberschaubare Vielzahl dieser schrill orangefarbenen Schwimmflügel, die einem nach solchen Tagen nachts noch in den Träumen verfolgten. Wenige Minuten vor Ende des Badebetriebes ging ich in den Sanitätsraum, wollte das Betriebstagebuch holen, die Geräte für die Reinigung nach Badeschluss richten. Müde und ausgehungert biss ich in ein Brötchen, griff das Betriebstagebuch, als wilde, hektische Schreie ertönten, ein Kind sei ertrunken. Eine Frau hatte es vom Beckenboden aufgenommen, zusammen mit den an den Schwimmbecken postierten Deputies hatte man es am Beckenumgang abgelegt. Es war ein 4-jähriger Junge, der leblos da lag. Ohne dass ich etwas zu sagen brauchte, hatte ein Deputy den Notarzt verständigt, ein anderer Decke und Sanitätsliege

gerichtet, ein weiterer die Kassiererin informiert, dass diese den Notarzt und die Rettungssanitäter bei Eintreffen in die Schwimmhalle wies. Zu zweit waren wir noch bei dem Kind. Unzählige Schaulustige beugten sich über uns. „Marco, Marco", rief die Mutter des Kindes. B-A-P. Kontrolle von Bewusstsein, Atmung, Puls. Sofort überprüfte ich die Vitalfunktionen. Bei 2-facher Beatmung springt möglicherweise die Eigenatmung wieder an. Gesagt, getan. Der Junge lag reglos da, die Augen geöffnet, die Pupillen jedoch verschwunden. Wir blickten in weiße Augen. Ich rief den Jungen bei seinem Namen, kniff ihn leicht. Da rollten die Pupillen in die Augen, das Kind versuchte mich zu fixieren. Doch die Pupillen rollten wieder weg. Das Kind kam erneut zu Bewusstsein, wir versorgten es entsprechend und nach einer Weile war das Kind durch den Notarzt versorgt und kam in eine Klinik. Die Personaldaten mussten festgehalten werden, der Unfallbericht geschrieben werden. Im Nachhinein stellte sich heraus, dass ein Kind zu der Mutter gesagt hatte: „Schau mal, wie lange der Marco tauchen kann." Da bemerkte die Mutter, dass das Kind in einem Gewimmel von Kindern reglos am Beckenboden lag. Des Weiteren stellte sich später heraus, dass das Kind ausgerutscht war, mit dem Kopf nach hinten auf den Beckenumgang gefallen war, wieder aufstand, aber wohl von dem Schlag etwas benommen war, ins Wasser fiel und dort unterging.

Es dauerte noch etwas, dann wurde das Ende des Badebetriebes durchgesagt, ich konnte mit den Aufräum- und Reinigungsarbeiten beginnen, bei denen mir ebenfalls meine Freunde vom Deputy-Team behilflich waren. Wieder eine lebensbedrohliche Situation gemeistert. Wieder ein Leben gerettet. Gott sei Dank. Und zwar im wahrsten Sinn des Wortes!

Von diesen dramatischen Zwischenfällen abgesehen, hatten wir Deputies aber auch jede Menge Spaß zusammen. Es war eine wunderschöne Zeit und es waren wertvolle Freundschaften. Bei so manch nächtlichem selbst auferlegtem Kontrollgang im Freibad, um nächtliche Besucher fern zu halten, verbrachten wir Stunden im Aufsichtsraum bei Wein und Kartenspiel. Darf man überhaupt erwähnen, dass sich unser zweitjüngster Deputy Tanja damals mehrfach zuhause schlafend stellte, um dann durch das Fenster zu steigen und sich mit wesentlich älteren jungen Männern zu treffen? – Hm! Es wurde viel gelacht in der Zeit. Wir nahmen unsere Pflicht ernst, übten Rettungsmaßnahmen immer wieder durch. Obwohl es für mich den Beruf darstellte, für meine Freunde die Freizeit war. Aber wir hatten auch Spaß, viel zu lachen und immer Zeit für Humor. Der arbeitslose Deputy Uwe U. begann damals übrigens die Ausbildung zum Schwimmmeistergehilfen, erwarb später den Meisterbrief als Geprüfter Schwimmmeister und ist bis heute in dem Beruf tätig. Zu nennen ist unbedingt auch Hubert, der zusammen mit seiner Frau Sybille und seinen drei Kindern ebenfalls nahezu täglich in seiner Freizeit im Bad war und durch seine Tätigkeit als DLRG-Mitglied mir des Öfteren geholfen und mich unterstützt hatte. Im Prinzip war auch er Deputy. Hilfssheriff. Die Freundschaft zu ihm und seiner Familie war mir viel wert.

Eines Tages staunte ich nicht schlecht, als mein Freund Uwe im Freibad bei schönem Wetter an meiner Seite stand. Er erklärte mir, dass er ausprobierte, ob es ihm in der Mittagspause seiner Firma nicht zeitlich reichte, die wenigen Kilometer zu mir ins Bad zu fahren und ein paar Bahnen zu schwimmen. Es reichte. Er kam des Öfteren vorbei, wir plauderten, lachten, ich schwärmte ihm von meinem lebensrettenden Deputy-Team vor und ließ die Gelegenheit nicht aus, ihn unter dem Aspekt, jeweils kurz zur Kasse oder in die Technik zu müssen, spontan zum Deputy zu ernennen. Das war amtlich und ich hielt dies in meinen Unterlagen, die ich über meine Teams, die Comancheros, die Clique und das Deputy-Team konsequent und akribisch führte, fest. Uwe war nie an einer gemeinsamen Unternehmung des Deputy-Teams beteiligt. Seinen Namen aber hatte er sich verewigt, in dem er in seiner kurzen Mittagspause den einen oder anderen Blick auf das Schwimmbecken warf und somit die Badeaufsicht gewährleistete, während ich jeweils für Minuten anderen dringenden Aufgaben folgte.

Erwähnen möchte ich an dieser Stelle auch, dass ich zu jener Zeit privat an fast auffällig vielen Verkehrsunfällen als Ersthelfer vor Ort war. Von Blechschäden über lebensgefährlich verletzte Menschen mit starken Blutungen bis hin zu einem komplett abgerissenen Bein im Zuge eines Motorradunfalles war ich Ersthelfer und möglicherweise durch mein Handeln und Fachwissen auch Lebensretter.

Ein Phänomen und eine seltsame Konstellation in dieser Zeit war auch die Tatsache, dass Uwe U., Matthias, Harry und ich (wie andere junge Männer in unserem Alter damals übrigens auch) zu der Zeit unter keinen Umständen gleichaltrige Mädchen oder gar eine passende Freundin finden konnten. Mehrfach hieß es im Freibad lächelnd abfällig: „Da schaut, da kommen die vier Cartwrights." (In Anlehnung an die drei erwachsenen Söhne des Ben Cartwright aus der US-Westernserie „Bonanza", die bekanntlich auch nie fähig waren, eine Partnerin zu bekommen.)

Fast schon wie ein Fluch scharten sich dagegen unzählige 9 – 13-jährige Mädchen schwärmerisch im Freibad um uns. Als wir einmal mehr erwähnten, dass wir in unserer Freizeit auf Motocrossrennen als Streckenposten fungierten, wo unsere PKW-CB-Funkgeräte zum Einsatz kamen (es gab ja noch keine Handys), meinte Rose, Reinigungsfrau, Kassiererin und Seele des Freibades spöttisch: „Funken? Bei euch funkt doch nichts. Eure Funkerle sind doch alles, was bei euch funkt!" Ihr Sohn hatte schließlich eine gut aussehende Freundin gefunden. Ganz wie es sich gehört. „Funkerle", das waren fortan die vielen kleinen Mädchen, die wir wie ein Schatten in der Sonne nicht los wurden und mit denen wir uns (notgedrungen) immer besser verstanden. Ich kann nicht alle aufzählen, aber Karin und Monika wurden mir zu guten Freunden, auch Silke, die ich immer „mein Sternchen" nannte und ihre Freundin Karina. Meine freundschaftliche Beziehung zu Karina allerdings wurde intensiv und die Zeit, die wir stundenlang erzählend in ihrem Zimmer – ich war 20, sie 13 Jahre alt – oder bei Spaziergängen verbrachten, genoss ich glücklich und innig. Eine freundschaftliche Liebe, die begann, emotional zu werden, eine Liebe, die Karina vermutlich gar nicht erkannte, nicht ernst nahm oder nicht erwidern konnte und die ich mir schließlich selbst verbot, aufgrund des Altersunterschiedes.

Ein Problem hatten die vielen Eltern der Mädchen meines Wissens damals nicht damit, dass ihre Kinder solch einen freundschaftlichen Kontakt zu jungen erwachsenen Männern pflegten. Wir waren durchweg bekannt, aufrichtig, ehrlich und offen. Im einen oder anderen Fall saßen wir durchaus auch mit den Eltern des einen oder anderen Mädchens bei so manchem Kaffee zusammen.

Im Übrigen hatten wir uns diese Konstellation nicht gewünscht und machten das Beste daraus. Ich persönlich hatte als Mensch und Christ diese Mädchen nicht mehr und nicht weniger und nicht anders lieb, wie ich auch die 70-jährige Berta lieb hatte. Tja, außer eben Karina. In die hatte ich mich schließlich verliebt. Die anderen Mädchen wurden mir allesamt zu (weiblichen) Freunden.

Das Feiern und gemütliche Zusammensitzen mit meinen Kollegen Toni, Günther und meinen Freunden Berta, Matthias, Harry, Uwe, Uwe U., Else und anderen war ebenfalls eine wunderschöne Zeit. An die Schlauchboot- und Pyjama-Party nachts im Hallenbad werden sich auch viele Freunde erinnern. Bei den von Günther organisierten Nikolausfeiern im Hallenbad war Berta das Christkind und ich der Nikolaus oder sie der Nikolaus und ich Knecht Ruprecht. Wunderschöne Zeiten. Tränen gelacht.

Sammelleidenschaft: Freunde

Parallel zum Deputy-Team und den vielen „Funkerle" hatte ich unzählige weitere Freunde, die mich täglich besuchten, bzw. mit denen ich meine Freizeit verbrachte. Es wurden mehr und mehr. Ich sammelte Freunde um mich, weiter und weiter. Egal ob Mann oder Frau, ob es Kinder waren wie Jens, Tanja, die „Funkerle" oder Rentner, gesund, krank, psychisch krank, offiziell Suizidgefährdet und in Behandlung oder schwerbehindert. Zu jedem einzelnen versuchte ich eine intensive, feste Freundschaft zu pflegen.

Ich sammelte, was mir am wertvollsten erschien: Freunde.

Im Sommer 1985 tauchte auch Heike aus der Clique wieder auf. Nicht meine erste große Liebe, die ebenfalls Heike hieß, sondern Heike, die mich vom ersten Anblick, als sie in unsere Clique kam, faszinierte. Ihr Freund war bei der Bundeswehr und selten zuhause. Das Schicksal wollte es wohl so, dass wir uns oft, sehr oft verabredeten, um gemeinsam Fahrrad zu fahren. Es war ein traumhaft schöner Sommer mit traumhaft schönen glutroten Sonnenuntergängen und viel gemeinsam verbrachter Zeit auf Feldern und im Wald. Wunderbare Gespräche, wunderbare Momente des gemeinsamen Schweigens. Zweisamkeit in ihrer schönsten Form. Obwohl wir mitunter zu dritt waren. Denn die Musik von Peter Maffay war oft unser Begleiter. Wir saßen auch sehr oft zusammen bei Uwe und seiner „neuen" Familie. Ich hatte mich definitiv unsterblich in Heike verliebt, konnte sie aber nicht für mich gewinnen. Lediglich als sehr guter Freund sollte sie mir erhalten bleiben.

Eine Kollegin überredete mich 1985, mit nach Österreich zum Skifahren zu gehen. Noch nie im Leben auf Skiern gestanden, sagte ich zu. Das Skifahren begeisterte mich. Wir lernten junge Menschen aus Berlin kennen, mit denen wir uns sofort verstanden. Insbesondere Karolin, die jedoch einen Partner hatte, hatte es mir angetan. Wir verstanden uns auf Anhieb prächtig. Die Berliner Clique nahm mich auf Pisten jeden Schwierigkeitsgrades mit. Eine Herausforderung, die ich mutig annahm. In den folgenden Monaten wurde der Kontakt zu den Berlinern dahingehend verstärkt, dass man sich gegenseitig besuchte und jedes Mal mehr an Freunden und Bekannten mitnahm. Auf beiden Seiten. Diese Bekanntschaften / Freundschaften wurden fast unübersichtlich groß. Jede Feier im Ort, jede Gelegenheit zu feiern wurde genutzt, um zusammenzutrommeln, was Rang und Namen hatte. Es wurde mit vier oder fünf vollbesetzten PKW nach Berlin gefahren, dort bei den verschiedensten Freunden campiert. Wenige Wochen später reiste eine beachtliche Delegation aus Berlin an, wobei insbesondere mein Freund Uwe und seine damalige Partnerin so sehr angetan waren von Besuch aus Berlin, dass sie sich sehr bemühten, die Übernachtungsgäste und wenn es noch so viele waren, ausschließlich bei sich zu beherbergen. Mitunter war es zum Schmunzeln, wenn wir, als wir uns alle bei Uwe versammelt hatten, zusahen, wie dieser in den Hof eilte und die mindestens zwei schweren Motorräder umdrehte, so dass von der Straße aus am Kennzeichen zu sehen war, dass es sich hier um Besuch aus Berlin (!) handelte. Aus der Weltstadt. Man war mächtig stolz darauf, so viele Freunde aus Berlin zu haben. Außerdem handelte es sich bei den meisten um Polizeibeamte. Die Freundschaften waren aber nicht durchgehend unkompliziert. Es gab viele Flirts, Eifersüchteleien, Beziehungen drohten daran zu scheitern. Und leider erwiderte auch Karolin meine Zuneigung zu ihr nicht.

Parallel hierzu gründeten meine Hallenbadkollegin Uschi, ein weiterer Kollege, sowie ein Mitarbeiter der Bäderverwaltung und ich in unseren Bädern die Arbeitsgemeinschaft Schwimmbad Aktiv. Unter diesem Namen wurden viele Veranstaltungen zur Steigerung der Attraktivität der Bäder durchgeführt.
Ein weiteres Team, für das ich mich begeistert einsetzte. Immer wieder und immer öfter brachte ich bei den unterschiedlichsten Gelegenheiten so viel wie möglich meiner Freunde zusammen. In der Hoffnung, dass sich auch hier Menschen akzeptierten, respektierten und Freundschaften bildeten.
1988 kam in meinem Deputy-Team der körperbehinderte Holger hinzu, der mir ebenfalls in einer Vielzahl an ehrenamtlichen Stunden zur Seite stand. Das Deputy-Team an sich war dabei, auseinander zu fallen. So berief ich eine Hauptversammlung ein. Das Deputy-Team sollte einen offizielleren Charakter bekommen, neue Deputies sollten bei Bedarf rekrutiert und ausgebildet werden können. Außerdem spielte ich mit dem Gedanken, den Jungen namens Marc, den ich im Freibad kennen lernte, im Deputy-Team aufzunehmen, da ich ihn sehr mochte.

Da ich bereits zwei Jahre später den Beruf komplett wechselte, lagen all diese Vorhaben auf Eis und wurden nicht mehr umgesetzt.

Spielen in Männerabenteuern Frauen keine Rolle? Gewiss doch. Unter meinen unzähligen Freunden waren ebenso viele Frauen wie Männer. Und ich pflegte zu so mancher Frau eine sehr intensive Freundschaft. So manches Mal saß man bis tief in die Nacht bei einem gepflegten Glas Wein oder ähnlichem zusammen und redete und redete. Bis man hundemüde den Entschluss fasste, zu gehen. Mehr als einmal bekam ich den Vorschlag unterbreitet, ich möge doch bleiben und könne bei ihr übernachten. Ich habe also bei so mancher Frau in so manchem Bett Körper an Körper geschlafen, man flüsterte noch oder kuschelte sich gar aneinander. Mehr nicht. Definitiv nicht! Man konnte als Mann bei einer Frau, mit der man sehr gut befreundet war, schlafen ohne mit ihr zu schlafen. Warum auch nicht? Und wenn unter den Frauen eine ist, die bis heute bedauert, dass ich nicht ein bisschen aufdringlicher gekuschelt habe, so kann ich es auch nicht ändern. Was nicht bedeuten soll, dass mich Frauen sexuell nicht interessierten. Ich hatte mich ja wie erwähnt, durchaus in die ein oder andere auch verliebt. Aber wie das Leben so spielt, die, die ich wollte, die wollten mich nicht und die, die mich wollten, die wollte ich nicht. War ich dann doch einmal kurz offiziell mit einer Freundin liiert, dann hielt das meist nicht lange. Ich war wohl zu der Zeit nicht beziehungsfähig, konnte mir nicht vorstellen zu heiraten und ein ganzes Leben lang auf einen einzigen Menschen fixiert zu sein. Außerdem, wenn schon, dann sollte es Heike sein, in die ich mich bereits zu Zeiten unserer Clique verliebte, mit der mich der traumhaft schöne Sommer 1985 auf besondere Weise verband und die nach wie vor unerreichbar für mich war.

Von 1988 auf 1989 ging ich noch zur Meisterschule im Schwimmmeisterberuf und lernte dort Rainer S. kennen. Wir beide verstanden uns auf Anhieb sehr. In den Mittagspausen liefen wir oft stundenlang an einem See spazieren und redeten über Gott und die Welt. Nach 6 Monaten und bestandener Abschlussprüfung und der nachfolgenden Feier bis tief in die Nacht, übernachteten einige von uns bei einem Mitschüler. Bei guten Freunden oder mit ihnen zusammen zu übernachten, bis kurz vor dem Einschlafen über die verschiedensten Dinge reden zu können hat etwas. Mit Rainer S. verband mich danach eine schöne, lange, lebhafte Brieffreundschaft.

Die Jahre vergingen und die Helden aus unseren Kindertagen waren irgendwo in unserer Erinnerung vergraben. Immer wieder waren die Karl May- Filme im Fernsehen in Wiederholungen zu sehen. Seltsam, den vielbesagten Film um Ron Ely und Raimund Harmstorf hatten wir nie gesehen, obwohl er mit den Jahren immer mehr Bedeutung für uns bekam. Ich kann mich nicht mehr erinnern, wann ich ihn überhaupt das erste Mal sah. Jahre nach unseren Spielen. Lediglich die Bilder aus der Illustrierten gaben uns damals den Stoff zum Nachspielen.

Während ich seit der Mad Max – Trilogie begeisterter Fan von Schauspieler Mel Gibson wurde und versuchte mit dem Wesen des Mad Max – dem unverwüstlichen Polizisten Max Rockatansky – zu verschmelzen, schwärmte Uwe nun für die Boxerfilme „Rocky" und „Rambo" mit Sylvester Stallone, aber auch für die TV-Serie „Ein Colt für alle Fälle" mit Lee Majors. Nachdem Uwe dafür bekannt war, dass er jederzeit und überall für alle da war, die ihn oder irgendetwas benötigten, bekam er automatisch für viele, viele Jahre den Spitznamen „Colt". Insbesondere im engsten Kreis, auch zwischen Harry, Uwe und mir war Uwe immer „Colt – ein Colt für alle Fälle".

Außerdem identifizierte sich Uwe eine Zeit lang mit dem Schauspieler Jean-Paul Belmondo in seinen Rollen als knallharter, skrupelloser Polizist oder Agent (Angst über der Stadt, Der Greifer, Der Profi ...), während ich begeistert war von der Härte des Charles Bronson. Bis mir die mordenden Rachefeldzüge der von Bronson dargestellten Figuren zu hart wurden und ich mich als Christ nicht mehr damit identifizieren konnte.

Selbstverständlich waren wir begeistert von den „Indiana-Jones"-Filmen, dargestellt von Harrison Ford und für mich persönlich ist einer der besten Filme, die ich überhaupt je gesehen habe, neben „Moby Dick" mit Gregory Peck in der Hauptrolle, der „Blade Runner", mit Harrison Ford in der Hauptrolle. Das Original, mit der Erzählstimme aus dem „Off".

Wir wurden erwachsen. Freundin, Lehre, Beruf, Studium. Ich erinnere mich wie stolz Uwe war, als er mir erzählte, dass er relativ früh alles hatte. Eine Frau, zwei Kinder, eine Wohnung. Davon konnte ich nur träumen.

Er heiratete 1988 eine geschiedene Frau, die zwei Kinder aus erster Ehe mitbrachte. Zugegeben, Er fühlte sich wie ein gediegener älterer Familienvater mit 45, der sich zurücklehnen könne. Das hat er mir oft selbst gesagt. Da war er 25 Jahre alt. Uwe fühlte sich 20 Jahre älter und fand das in Ordnung.

Masken und Kostüme

Wir trafen uns lange Zeiten nicht, waren aber irgendwie stets miteinander verbunden und erinnerten uns, wenn wir uns begegneten, gerne an die vielen Abenteuer in der Natur. Die natürlich selten echte, spannende Abenteuer waren, sondern oft eben Kinderspiel. Und wir lachten Tränen bei der Erinnerung an all die vielen Maskenprämierungen auf Fastnachtsveranstaltungen, bei denen wir sehr oft den 1. Platz für Originalität erhielten, an all die Sketsche auf kleinen Bühnen, die wir spielten, die Bühnenbilder und Kulissen, die wir kreierten. Schauspielerei, Entertainment – das war unser Leben. Fernab vom Alltag. Ich erinnere mich an unser Theaterstück am Abschlussfest der Hauptschule. Heute würde man so etwas eher Stand-up-Comedy bezeichnen. Ich spielte den Pausenbäcker, der in der Schulpause Leckereien verkauft, Uwe spielte in rasend schneller Abfolge sieben verschiedene Lehrer, die beim Bäcker antraten. Die Verkleidungskunst war bestaunenswert, der Rest war eher bescheiden. Unser Stück hatte keinen Anfang und kein Ende. Alles war Improvisation. Ich denke, es war unsere schwächste Leistung. Beim Schulfasching als Rockerduo Rudolf & Randolf Schocker mit eigens kreierten Liedtexten rockten wir richtig ab. Knallrote Perücken, selbst gebastelte rote Vollbärte (aus alten Bettvorlegern, schließlich musste der Bettvorleger aus dem Schlafzimmer von Uwes Eltern doch noch dran glauben), Sonnenbrillen, schriller 70er-Outfit. Oder als Feuerwehrhauptmann nebst Gattin Hanne-Bärbel (ich). Zweimal traten wir als schrulliges Ehepaar auf. Einmal ging ich als komplett mit Stroh ausgestopfte Vogelscheuche, während mein Freund in einer säulenähnlichen Tonne steckte, die einen silberfarbenen Roboter darstellte. Er konnte laufen, hatte aber auch Rollen, so dass er auch ein Stück durch die Halle sausen konnte. Ferner hatte mein Freund eine Autobatterie inklusive Staubsauger integriert, womit er das Konfetti vom Tisch saugte oder dem einen oder anderen Herrn die Krawatte ansaugte. Steckte ich ihm heimlich eine Zigarette durch einen winzigen Schlitz, die er mit dem Mund aufnahm, paffte er kräftig daran, so dass der Roboter sofort anfing, aus allen Ritzen zu rauchen und zu qualmen. Das war genial!

Der absolute Erfolg war aber folgender Auftritt: Mein Freund war in Schwarz gekleidet, ähnlich dem Darth Vader aus StarWars. Unter einer schwarzen Gasmaske, die futuristische Atemgeräusche erzeugte, hatte mein Freund anstelle der Augen zwei rote Leuchtdioden installiert. Die Leuchtaugen waren gruselig und fantastisch zugleich. Ich hatte mich in einen nur knapp 1 Meter großen Waldschrat verwandelt mit zotteligem Haar, wildem Bart, furchtbar dickem Bauch und Knollennase. Normalerweise bin ich 1,84 m groß. Ich befand mich unter dem kugelförmigen Pelzgewand in der Hocke, hatte mir die angewinkelten Beine an den Leib gebunden und wackelte so auf den Füßen, meine langen Arme an der Seite schlendernd. Aus Hanf hatten wir, in diesem Fall meine Schwester, meine Mutter und ich, eine wilde Perücke angefertigt und einen ebenso wüsten, langen Bart, der zottelig an mir herunter hing. Ich grunzte, während ich in der Festhalle von einem Tisch zum anderen hüpfte und naschte aus einem Stoffbeutelchen immerzu Erdnüsse, die ich mit tierischer Gestik samt Schale vertilgte. Die Masse der Besucher war fassungslos über dieses Geschöpf und konnte sich nicht erklären, wie dieser kleine Gnom zustande kam, zumal ich so lange Arme hatte. Meine knochigen Finger hatte ich dunkel gefärbt, genauso wie meine Augen, die im Gestrüpp aus Bart, Knollennase und Haaren fast nicht zu sehen waren. Mitunter wurde allen Ernstes vermutet, hier handele es sich um einen beinamputierten Mann, der skurrilen Humor habe. Mehrfach verschwand ich aus der Halle, um außerhalb ungesehen an der Seite des Gebäudes unter meiner kugelförmigen Robe aufzustehen, da ich ständig den Krampf in meine Beine bekam. Als wir den 1. Platz bei der Masken- und Kostümprämierung abräumten und es zur Demaskierung kam, standen wir auf der Bühne und ich erhob mich ganz langsam aus der Hocke. Es kamen also aus Sicht der Zuschauer teleskopartig zwei storchendünne Beine aus dem Kugelbauch hervor, bis ich auch meine Perücke abnahm und mich zu erkennen gab. Der Saal tobte vor Lachen und Brüllen.

Ein weiteres Kapitel ist ebenfalls unbedingt erwähnenswert. In den Hallenbädern, in denen ich als Schwimmmeister (Badeaufsicht) tätig war, lernte ich die bereits erwähnte, damals 70-jährige Berta kennen, die für ihr Alter sehr fit war und auch bis sie 80 Jahre alt war, Kinderschwimmkurse erteilte. Sie war für jede Gaudi zu haben. Uwe, Matthias, Berta und ein weiterer treuer Freund, Harry, sowie ich, traten zusammen mit anderen mehrfach an Veranstaltungen in den Bädern auf. In den schrillsten Verkleidungen. Ob, wie schon genannt, als Nikolaus, als altertümliche Kunstturner, als Schwanenballet mit Spitzenröckchen und BH – auch hier brachten wir stets die Besucher zum Lachen. Berta hatte sich von einem Schreiner einen stabilen Kinderwagen basteln lassen, in dem sie mit Schnuller lag und ich, verkleidet als Großmutter, sie, verkleidet als Baby, durch die Schwimmhallen schob. Es sei am Rande erwähnt, dass Berta wahrlich nicht zu den größten Menschen gehörte. Allerdings nur bezogen auf die Körpergröße. In vielen anderen Dingen war sie die Größte. Auch in meinem Heimatort an den Faschingsveranstaltungen war Berta im knallgelben Entenkükenkostüm, als Taucher, als Sack oder Baby im überdimensionalen Kinderwagen mit dabei. Die Zeit war genial. Reich wurden wir natürlich nicht. Wir waren zwar immer ausgebucht, aber auch stets ehrenamtlich unterwegs.

1985 wirkten wir bei einer Jubiläumsveranstaltung eines Malteser-Hilfsdienstes mit. Ein Kollege von mir hatte das Programm erstellt, wir waren für die Sketsche, das Bühnenbild etc. verantwortlich. Hier kam auch der von Uwe gebaute Roboter wieder zum Einsatz, Uwe trat mit Playback als Roger Whittaker auf, während Harry zum Verwechseln ähnlich als Mireille Matthieu die Besucher verzauberte.
Meine Schwester soll nicht unerwähnt bleiben. Sie war oft mit von der Partie. Wir haben Tränen gelacht in dieser Zeit. Und viele, viele Menschen an den verschiedensten Orten zum Lachen gebracht. Das war es uns wert! Mein Freund Uwe wagte sich in einer Laientheatergruppe für mehrere Feuerwehrbälle an richtiges Theaterspielen. Oft redeten wir davon, dass er Rollen für mich reservieren wollte. Ich durfte jedoch nie teilnehmen, denn die Thea-

tergruppe bestand traditionsgemäß nur aus Feuerwehrmitgliedern, so wie auch Uwe jahrelang der Freiwilligen Feuerwehr angehörte und in diesem Dienst in unzähligen Einsätzen, ob Häuserbrände, Verkehrsunfälle, oder Naturkatastrophen wie Hochwasser, anderen Menschen half, wo er konnte. Uwe war einer der ersten Kinder, die der neu gegründeten Jugendfeuerwehr beitraten und er bat mich vielfach und inständig, zusammen mit ihm beizutreten. Wir beide gemeinsam in der Feuerwehr. Wir, das perfekte Team. Ich weiß nicht, warum ich damals ablehnte. Feuerwehr war ein wichtiges Thema und interessant. Abenteuerlich. Man konnte anderen Menschen helfen und möglicherweise Leben retten. Allerdings hatte man schon damals hinreichend über die Erwachsenen in der Feuerwehr dieses Bild vom eigenen Brand, den es stets zu löschen galt. Diese Trinkgelage nach jedem Einsatz oder bei jeder Feier, bei der man Feuerwehrleute Bierhumpen stemmend lachen und grölen sah, schreckten mich ab. Feuerwehrmänner und auch Fußballer waren überall für ihre Trinkfestigkeit bekannt. Das fand ich nicht sonderlich lobenswert. Schwarze Schafe gibt es eben überall, so auch bei Feuerwehr und Fußball. Nicht jeder Feuerwehrmann ist aber Trinker. Das will ich hier deutlich gesagt haben.

Von all dem abgesehen war ich wohl damals auch ein wenig wie der wilde Huckleberry Finn aus dem Fernsehvierteiler „Tom Sawyer & Huckleberry Finn", der von den Pflichten, Terminen und Angewohnheiten der zivilisierten Bevölkerung nicht viel hielt. Ihm war seine Freiheit wichtiger als alles andere. So war auch mir von den häuslichen und schulischen oder später beruflichen

Pflichten abgesehen, meine Freiheit immer sehr wichtig. Außerdem hatte ich ja immer meine eigenen Ideen und damit verbundenen Teams, die sich sinnvoll und in dem einen oder anderen Fall auch lebensrettend für Menschen einsetzten.

Glauben

Als ich 1986 von meinem Heimatort weg in den Ort, an dem ich im Freibad tätig war, zog, half mir Uwe beim Renovieren der Einzimmerwohnung. Endlich eigene Räume. Ich war der glücklichste Mensch. Meine Arbeitsstelle, das Freibad lag wenige Meter daneben. Was will man mehr? Schnell wurde meine Einzimmerwohnung zum Haus der offenen Tür durch all die Menschen, die ich kannte und stets um mich versammelte. Als mich Schmiddy, ein Freund aus dem Freibad, einmal besuchte, meinte er mit Blick auf mein Bücherregal erstaunt: „Oh, ein Jesus-Buch? Interessierst du dich für Jesus?"
Ich hatte das Buch „Jesus von Nazareth" über den 4-teiligen Film von Zeffirelli auf meinem Regal sichtbar platziert. „Ja", sagte ich", ich glaube an Gott und bin begeistert von diesem Jesus. Der Film ist auch gut gemacht und dieses Buch hat mir meine Oma geschenkt." „Hey", bemerkte Schmiddy, „dann komm doch einmal zu uns, wir bereiten jeden Monat eine Andacht für junge Menschen vor und halten diese jeweils am letzten Samstag im Monat ab." Ich sagte zu und versprach ihm zu kommen.

So ging ich zu besagter Andacht und war zum einen begeistert über Inhalt, Ausgestaltung und Gitarrenmusik der Andacht, zum anderen war mir sofort klar, dass dies die Möglichkeit war, im Leben noch mehr in den Dienst Gottes zu treten.
Armin, ein junger Mann in meinem Alter hatte den Treffpunkt Samstagabend – so nannte sich die Andacht, kurz

zuvor vom dortigen Pfarrer übernommen. Außer mir waren auch andere, neue junge Menschen dabei. Silke, Sandra, Elke, Ilona, Kirsten, Susanne, Andy F., Guido, Silvia, Schmiddy und andere. Wir waren allesamt begeistert, dass wir Armin einstimmig fragten, ob wir nicht in der Vorbereitungsgruppe mitwirken konnten. Armin begrüßte unseren Entschluss. So lernte ich mit der Zeit immer neue Bekannte kennen, die in der evangelischen Jugendarbeit tätig waren. Die Vorbereitungen für die Andachten bereiteten viel Freude und bald schon gründeten wir einen privaten Bibelkreis, der abwechselnd bei Armin und Annegret, sowie bei mir stattfand. Hier wurde ich seit meiner Konfirmandenzeit erneut mit diesem geheimnisvollen Buch, der Bibel, konfrontiert und bekam auch mein erstes eigenes Exemplar geschenkt.

Mein Freund Uwe jedoch war argwöhnisch geworden. „Zu dir zu kommen, macht überhaupt keinen Spaß mehr, bei dir liegt nur noch die Bibel auf dem Tisch", hatte er damals enttäuscht geäußert. In der Tat hatte ich intensiv Gefallen an diesem geheimnisvollen Buch gefunden. Gemeinsam mit den anderen jungen Menschen versuchten wir alles um Jesus, die Apostel und all die Geschichten aus altem und neuem Testament zu ergründen. Wir gestalteten die Andachten für junge Menschen, um ihnen den Glauben verständlich zu machen und von Jesus zu erzählen. Ein wenig weckten wir damals auch den Argwohn einiger unserer Eltern, wir könnten möglicherweise zur Sekte mutieren. Wir würden übertreiben mit unseren Ansichten, würden den Glauben zu eng sehen, hieß es nicht selten, als wir begannen, unsere Mitmenschen darauf anzusprechen, mitunter auch zu ermahnen, wenn wir das Gefühl hatten, dass dies im Namen und Rahmen des Glaubens angebracht war. Der Kontakt zu Uwe verlor sich zunehmend.

Die Zeit im Kreise der glaubenden jungen Menschen war wunderschön und viele dieser wunderbaren Bekanntschaften haben bis heute, fast 30 Jahre danach, Bestand.

Jetzt würde mich interessieren, ob Ihnen aufgefallen ist, dass ich Bekanntschaften schrieb, wo man sicher gewöhnlich „Freundschaften" schreibt. Genau das ist ein Teil meiner abenteuerlichen Reise – zu ergründen, was Freundschaft ist.

Was ist Freundschaft? Seit dem Jahr 2000 nagt diese Frage in mir. Seit dem Jahr 2000 plagt mich diese Frage und lässt mich nicht los. Wie ein wildes Tier hat sich diese Frage in mir festgebissen. Was ist Freundschaft?
So gesehen bin ich schon seit einiger Zeit unterwegs, um Antworten auf diese Frage zu finden. Ich habe Menschen befragt, im Internet gegoogelt, wie man so schön sagt und mir immer wieder diese Frage gestellt: Was ist Freundschaft?
Ich bin dabei auf eine Vielzahl von Interpretationen gestoßen – sachliche Definitionen, lyrisch, poetisch, schöne Verse und Gedichte. Auffallend, dass insbesondere die Verse und Gedichte ausschließlich von Mädchen, manchmal auch Frauen geschrieben wurden und entsprechend von der Freundschaft zwischen Mädchen bzw. Frauen handeln. Männerverse? – Fehlanzeige. Männer

schreiben keine Gedichte über Männer und Freundschaft. Speziell in homosexuellen Bereichen habe ich allerdings nicht recherchiert. Schließlich waren die von mir erwähnten Gedichte vermutlich ja auch nicht ausschließlich von sogenannten lesbischen Frauen geschrieben worden. Sondern einfach von Mädchen oder Frauen. Unbedeutend, welch sexueller Neigung sie angehörten. Darauf komme ich allerdings noch zu sprechen. Ich möchte hier nicht näher auf die Inhalte der von mir gefundenen Interpretationen eingehen, Sie können sich gerne selbst auf die Suche machen. Für mich persönlich war die Antwort nirgends zu finden. Meine persönliche Antwort auf die Frage, was Freundschaft eigentlich ist, blieb aus.

Im Zuge der evangelischen Jugendarbeit war ich nicht nur als Mitarbeiter für den Treffpunkt Samstagabend und im daraus hervorgegangenen Bibelkreis aktiv, nein, ich nahm auch noch zusammen mit anderen die Führung der Konfirmandenjugendgruppe dieses Jahrganges an. Noch mehr Menschen um mich herum. Diese Gruppe nannte sich BiKiSis, was Bibel, Kirche, Singen bedeutete, sich aber auch aus den Anfangsbuchstaben der beiden Gemeinden zusammensetzte. Nach geraumer Zeit wurde mir das alles zu viel und ich gab die Bikisis überwiegend in die Hände von Susanne ab. Susanne, welche in einem Rollstuhl sitzt, habe ich ebenfalls durch die Jugendarbeit kennen gelernt und sie wurde über Jahre hinweg zu einer treuen Weggefährtin.

Im Zuge der Jugendarbeit 1987 im Treff lernte ich auch Rainer kennen. Rainer war ein junger, außerordentlich stiller, zurückhaltender Zeitgenosse. Mit der Zeit entdeckten wir beide aber doch die eine oder andere Gemeinsamkeit, unter anderem unser Faible für Film und Fernsehen. Auf der Suche nach neuen Medien für die Jugendarbeit, um mehrere und neue junge Menschen anzusprechen und die Andachten zeitgemäß zu gestalten, kamen wir auf die Idee, für die Andacht einen Videokurzfilm zu drehen. Über diesen Film ließe sich dann im Nachhinein diskutieren. Endlich war ich wieder in meinem Element. Auch ohne Uwe, meinen besten Freund. Die rüstige Berta wurde jedoch integriert und auch Matthias, der gute Freund aus dem Deputy-Team, der mir ebenfalls mit den Jahren sehr ans Herz gewachsen war, sowie meine damalige Freundin Ulrike und Jens vom Deputy-Team. Thema des Filmes war Weihnachten. Die alljährliche, turbulente Schlacht des Konsumterrors. Gedreht wurde in der kleinen Wohnung von Matthias. Am ersten Adventswochenende hatten wir seine Wohnung weihnachtlich geschmückt, es gab Plätzchen und auch ein komplett geschmückter Weihnachtsbaum stand im Raum. Aus der Musikanlage lief ohne Unterbrechung pausenlos hintereinander das gleiche Lied: „Fröhliche Weihnacht überall".

Was hatten wir Tränen gelacht an diesem Drehtag! Weihnachten in einer chaotischen Familie, in der nur die fast erwachsene Tochter Elke in einen Tagtraum verfällt und zu sehen ist, wie sie sich Weihnachten vorstellt: Jesus im Mittelpunkt, Weihnachten bescheiden, dankbar, still und doch fröhlich. Meine Schwester bediente unter anderem die Kamera zusammen mit meiner Cousine Ute und deren Mann. Als es plötzlich unerwartet während unserer

Dreharbeiten an der Haustüre klingelte, wollten Freunde von Matthias diesen mitnehmen, auszugehen. Als sie jedoch in die Wohnung kamen, den Weihnachtsbaum sahen, die Oma (Berta) im Sessel, das Kind (Jens) vor dem Plätzchenteller und die Weihnachtsmusik hörten, zogen sie stotternd, verwundert und skeptisch den Rückzug an. Matthias konnte schon immer etwas eigenwillig sein (er spielte den brummigen Familienvater), vermutlich glaubten sie, ihn und seine Verwandten hätte es jetzt restlos erwischt. Sie konnten ja nicht wissen, dass hier ein Film gedreht wird und Matthias hatte es ihnen auch nicht gesagt.

Der Film kam bei der Vorführung in der Kirche zur Andacht gut an, wenngleich das Brummen des Lüfters, der die Beleuchtung während der Dreharbeiten kühlte, fast alle Geräusche im Film übertönte. Auch sorgte die grelle Lampe für einen ordentlichen Gelbstich im Film, aber dass junge Menschen privat so etwas auf die Beine stellen, war in dem kleinen Ort etwas absolut Neues.

Rainer und ich hatten Feuer gefangen. Längst war Rainer nicht mehr der zurückhaltende Jüngling, sondern Regisseur und Produzent in unserem Film und sorgte außerdem in dem Kurzfilm als närrischer Onkel Eberhard für die humorvolle Komponente und die meisten Lacher. Wenige Jahre später überzeugte er zusammen mit Elke aus unserem Mitarbeiterkreis an der Hochzeit von Harry und Silke im aus dem TV bekannten, nachgespielten Sketsch „Dinner for One". Rainer gab einen fantastischen Butler ab. Der Mann hat Talent. Doch zurück ins Jahr 1988.

Rainer und ich witterten unsere nächste Aktion. Unsere Bekannte Silvia aus dem Treff der Christen lebte leider mittlerweile getrennt von ihrem Mann und bewohnte ihr großes Haus inklusive Garten alleine. Der Garten war recht ungepflegt. Da schlugen Rainer und ich zu. Wir versprachen unserer Mitchristin einen super schönen, gepflegten Garten mit englischem Rasen. Wochenlang gruben wir von Hand den Rasen um, fällten alte Bäume usw. In dieser Zeit hatten wir außer Schwielen an den Händen auch sehr viel zu lachen. Es war eine fantastisch schöne Zeit zu dritt. Ob es die Nachbarn von rechts und links waren, die uns mit ihren Ratschlägen fast erschlugen, oder der alte LKW, der immer dann nicht fuhr, wenn er fahren sollte, um Grüngut und Baumschnitt abzutransportieren. Den man anschieben musste und hoffen, dass er ansprang. Einmal versuchten wir den vollbeladenen LKW aus dem Hof zu schieben, aber er machte keine Bewegung. Wir untersuchten das ganze Gefährt, telefonierten mit dem Besitzer, aber auch der konnte sich nicht erklären, warum der LKW bei gelöster Handbremse und entriegelter Schaltung keinen Millimeter zu bewegen war. Zu schwer konnte er auch nicht sein, denn der Hof war leicht abschüssig. Wir suchten wohl über eine Stunde nach der Ursache und einer Möglichkeit, das uralte, klapprige Gefährt zu bewegen, bis wir endlich feststellten, dass wir den Laster mit einem Reifen stets gegen die Gartenrabatte drückten. Kaum hatten wir die Lenkung etwas eingeschlagen, ließ sich der LKW aus dem Hof schieben und sprang auch an. Abends nach verrichteter Arbeit saßen wir bei zünftigem Vesper zusammen und sangen lauthals vor Freude über unser Leben Gospels wie „Oh happy day"! Wir steigerten uns in unsere Gartenfreude dermaßen hinein, dass wir beabsichtigten, einen siebenstöckigen Teegarten anzulegen. Rainer schrieb und dichtete tagelang an einer nicht enden wollenden sogenannten Schorrede (von schoren / umgraben) für die Eröffnung. Doch irgendwann drängten sich uns Gedanken an unser Filmfaible auf und wir sahen zu, dass wir den Garten einigermaßen fertig bekamen, wenn auch nicht siebenstöckig und ohne Teeplantage, um uns erneut dem Filmbusiness, unserer wahren Leidenschaft, zu widmen. Wir waren ein fantastisches Team und uns war klar: Das mit unserem Kurzfilm für die Jugendarbeit können wir besser!

Ein Hauch von Hollywood

Im Jahr 1989 machten wir uns an die Arbeit, ein professionelles Drehbuch für einen Spielfilm zu schreiben. Wir kauften uns das Buch „Wie dreht man eine Film" und legten los. Für mich war allerdings klar: Auch wenn ich in all den Jahren Freunde regelrecht sammelte, in unterschiedlichsten von mir gegründeten Teams zusammenwürfelte und alle wie den besten Freund zu behandeln versuchte, in diesem neuen Film in Spielfilmlänge musste Uwe dabei sein. Uwe, Rainer, Matthias, Harry, Berta, meine Schwester Sylvia, die nur Hex' genannt wurde und ich. Das Kernteam. Das Dreamteam! Die Profis für Show, Entertainment und Bühne. Ich versuchte Uwe zu erreichen, was mir nicht gelang. Er war selten zuhause und auch telefonisch nicht zu erreichen. So schrieb ich ihm folgenden Brief, den ich vermutlich aus welchen Gründen auch immer per Pauspapier kopiert hatte, denn nur so kann ich ihn hier vollständig wiedergeben:

„Hallo Uwe,
nachdem ich dich aber auch auf gar keinem Wege erreiche, probiere ich es mal schriftlich. Meine Schwester Hex´ hat mir heute erzählt, du übst wieder eine Theaterrolle, während deine Frau Regie führt. Toll, gratuliere! Ich sitze hier und warte auf Angebote, wie man so schön sagt. Untätig bin ich aber auch nicht. Momentan arbeite ich an unserem zweiten Film. Unserem – das sind Rainer und ich.
In unserem ersten Film vom Dezember 1988, einer heiterbesinnlichen Weihnachtsgeschichte war ich nur Produ-

zent, Harry führte Regie. Jetzt spielen wir mit. Und ich will dich fragen, ob du Lust hast, mitzumachen. Gut, die Story steht, die Rollen sind soweit besetzt, aber es ist für mich Ehrensache, dich vorher zu fragen, ob du dabei bist. Mir ist klar, dass du gerade ein Haus baust, deine Frau ein Kind erwartet, du Theater spielst und so wahrscheinlich keine Zeit oder Lust hast. Gesagt sei aber, dass wir aus dem Alter heraus sind, wo wir nur Filme machen wollten, um zu schauspielern. Jetzt steht ein Thema, eine Aussage da und daraus machen wir einen Film. Es geht um (okay, den Glauben), Drogen, Liebe und was einen Menschen im Leben so auf- und abbaut.
Im Gegensatz zum letzten Film, den wir fast ausschließlich für unseren Treff machten, ist dieser Film mehr für private Zwecke.
Im Übrigen wäre dein technisches Know-How, was Spezialeffekte anbelangt, für uns sehr nützlich. Gedreht wird voraussichtlich ab Jan/Feb. 1990, Drehdauer ca. 2–3 Monate (man hat ja nicht jeden Tag Zeit), angesetzte Dauer des Films: 1 bis 1,5 Stunden. Näheres blieb noch zu besprechen. Vielleicht kannst du mir in den nächsten Tagen kurz Bescheid geben.
Viele Grüße ..."

Ich möchte nicht für Verwirrung sorgen und ich komme auch auf Ron Ely, Raimund Harmstorf, Lex Barker und Pierre Brice noch einmal zu sprechen, aber an dieser Stelle, wenn ich schon gute Freunde erwähne, möchte ich eine Frau erwähnen, die ich hier einfach einmal nur Jane nenne, weil sie es so gewohnt war. (Durchaus möglich, dass ich in unserer Freundschaftsbeziehung damals Tarzan war, aber nicht weil ich so gut aussah und eine Figur hatte wie Lex Barker oder Ron Ely, die beide Tarzan verkörperten, sondern weil ich an unserem gemeinsamen Arbeitsplatz, dem Schwimmbad, den Spitznamen Spargeltarzan weghatte – aufgrund meiner hageren Figur).

Jane war mir Mitte der 80er Jahre durchaus auch ein Freund. Nicht irgendein Freund. Ein richtig guter, treuer Freund. Sie war an mehreren Faschingsveranstaltungen mit dabei und privat verband uns ebenfalls viel. Bei ihr in der Wohnung fühlte ich mich auf ganz besondere Weise geborgen. Bevor ich eine eigene Wohnung hatte, litt ich im Elternhaus sehr darunter, kein eigenes Zimmer zu haben. Jane ermöglichte mir, dass ich oft bei ihr übernachten, quasi bei ihr wohnen konnte. Sie bot mir zum Schlafen das Sofa im Wohnzimmer an. Als sie mir ihr kleines Zimmer zeigte, in dem ein Bett und ein Schrank standen, sowie ein Sessel, fielen mir sofort viele Tierfelle auf, die umher lagen. „Kann ich hier schlafen? Auf dem Boden? Vor dem Bett?" Es kam so. Jane schlief in ihrem Bett und ich warf alle Felle auf den Boden und legte mich darauf nieder. Irgendwann in der ersten Nacht hatte ich wohl instinktiv mein T-Shirt samt Unterhose abgestreift, denn am Morgen lag ich nackt auf den Fellen und fühlte mich wohl wie noch selten zuvor. Beim Erwachen überlegte ich sofort, ob mir das nun peinlich sein müsse. Aber bei Jane musste einem nichts peinlich sein. Sie nahm mich so an, wie ich war. So kam es, dass ich regelmäßig nackt auf den Fellen schlief. Unsere Nacktheit, wenn wir morgens aufstanden und frühstückten, war ganz natürlich für uns. Das machte mich richtig glücklich. Freundschaft und Nacktheit waren auch ohne sexuelle

Verbundenheit möglich. Das war eine befreiende, glücklich machende Erfahrung. Und das nackte Schlafen auf Tierfellen bescherte mir einen tiefen Seelenfrieden.
Irgendwann nahm mich Jane für mehrere Wochen offiziell zur Untermiete in ihrer Wohnung auf, weil ich immer mehr darunter litt, dass ich zuhause kein eigenes Zimmer hatte. Ich renovierte mir ein leer stehendes Zimmer bei ihr. Sie war mir Freund, Trost, Hilfe und ich ihr hoffentlich auch. In der Zeit damals verlor sie ihre Mutter durch Krebs. Wir gaben uns gegenseitig Halt. Wieder ausgezogen bei ihr bin ich damals nur, weil sie einen Freund kennen und lieben lernte, dieser bei ihr einzog und es den Vermietern im Haus äußerst suspekt war, dass ihre Mieterin mit zwei Männern zusammenleben wollte. So ist sie eben, unsere Gesellschaft. Hält fest an gewohnten Bildern und Vorstellungen. Jane gehört jedenfalls zu den wertvollsten Menschen, die mir in meinem Leben begegnet sind. Auch Harry, Matthias, Berta, Hex und Uwe lernten sie kennen und schätzen. Uwe besonders. Er fühlte sich bei Jane ebenfalls geborgen und kam mit Sorgen und Problemen zu ihr. Gut möglich, dass er mehr als freundschaftliche Gefühle für sie empfand.

Zurück zum Film. Abend für Abend und nächtelang saßen Rainer und ich in meiner Einzimmerwohnung und brüteten über einem vernünftigen Drehbuch. Wieder sollte der Film Diskussionsgrundlage in der Jugendarbeit werden, in Verbindung mit einem Workbook. Klar war, dass sich der Film auch als Fortsetzung über das Leben der chaotischen Familie Urban aus unserem Kurzfilm verstehen sollte. Onkel Eberhard alias Rainer inklusive.

Und dieses Mal wollte ich nicht Produzent, sondern auch Hauptdarsteller sein. Wir schrieben und schrieben bis in die frühen Morgenstunden, lachten, grübelten, schwärmten von Film und Fernsehen, von seiner Vorliebe, Heinz Rühmann, von meinen Lieblingen Barker, Brice, Ely und Harmstorf, von Mel Gibson, Raumschiff Enterprise, der Augsburger Puppenkiste und und und. So entstand nach und nach das Drehbuch zum Film. Alle mir bekannten Gesichter aus meinen verschiedenen Teams würde ich wieder zusammenwürfeln, aus dem Freibad, aus der Jugendarbeit, aus Berlin, aus sonstigen Bereichen. Ein ernster, nachdenklicher Film über den christlichen Glauben mit der lustigen Komponente Onkel Eberhard.

Die Auswahl an möglichen Menschen für unseren Film war fast grenzenlos. Unüberschaubar groß war mein Bekanntenkreis. Beruf, Freizeit, Jugendarbeit, Teams, Arbeitsgemeinschaften – überall scharte ich Freunde um mich. Außerdem hielt ich Kontakte zu Cousins und Cousinen aufrecht und pflegte in dieser Zeit 37 aktive, lebhafte Briefkontakte. Unter den vielen Menschen gab es natürlich auch viele Probleme. Ich hatte Freunde darunter, die suizidgefährdet in psychiatrischer Behandlung waren, die unter Alkohol-, Medikamenten-, oder Spielsucht litten, aus Liebeskummer lebensmüde waren, liebe Menschen verloren hatten usw. Die gesamte Bannbreite an Ansatzpunkten, für andere Menschen da zu sein und ihnen zu helfen.

Viele der Befragten hatten keine Zeit, keine Lust oder konnten sich unter dem Vorhaben, einen Film zu drehen nichts vorstellen. So musste ein manches Mal umgeplant werden, bis die endgültige Besetzung stand. Harry, Hex', Matthias, Berta, Rainer, Jens aus dem Kurzfilm, Hubert, alle waren wieder da. Uwe war leider nicht dabei. Dafür bekamen die beiden Kinder seiner Frau die Rollen der Kinder unserer Filmfamilie. Ich erinnere mich nicht mehr genau, aber vermutlich haben wir die Kinder immer abgeholt und wieder abgeliefert, denn ich kann mich nicht erinnern, dass Uwe uns beim Dreh je besuchte.

Gedreht wurde unter anderem in Mannheim, Frankfurt, Berlin und Heilbronn, Hauptdrehort war das leer stehende Haus meiner Großtante. Das Haus, in dem Uwe und ich vor Jahren schon campierten und in der Scheune übernachteten.

Für den Vorspann kreierte ich Zeichentricksequenzen meiner erfundenen Comicfigur Sir Henry, denn das Zeichnen war meine absolute Leidenschaft. Ich wollte zu gerne Comiczeichner werden. Und Schauspieler. Und Drehbuchautor. Und Polizist. Gelandet bin ich im Schwimmbad.

Nach einigen Titelvorschlägen setzte ich meine ursprüngliche Version durch: „Wenn die weißen Tauben fallen" sollte von einem Menschen erzählen, für den jede Hoffnung gestorben zu sein scheint. Der am Ende zu sein glaubt und keinen Ausweg mehr sieht. Ich betone noch einmal: Der keinen Ausweg mehr sieht. Und noch einmal: ... der keinen Ausweg mehr sieht. Für den alle weißen Tauben der Hoffnung gefallen sind.

Der fertige Film warb mit folgendem Inhalt:

„Gegen den Polizisten Frank Dunn, dessen Frau an Drogen starb, wird wegen Drogenmissbrauchs ermittelt. Als er sich außerhalb der Stadt zurückziehen möchte, gerät er ausgerechnet an die chaotische Familie Urban. Dort lernt er jedoch auch den jungen Christen Patrik kennen, der ihm helfen möchte. Gejagt wir Dunn von dem kompromisslosen Ermittler Kensowski, der davon überzeugt ist, dass Dunn beschlagnahmte Drogen missbrauchte. Monatelang wird Dunn gehetzt. Als Dunn Miriam kennen lernt, schöpft er Hoffnung. Doch auch dieses Glück scheint zu zerbrechen ..."

Die Kernaussage, der eigentliche christliche Inhalt geschah in Form eines Gespräches zwischen Frank Dunn (mir) und Patrik (Rainer, im Film in einer Doppelrolle als Christ Patrik und Onkel Eberhard zu sehen). Die beiden gingen an einem See spazieren und unterhielten sich:
„Na, Frank, was machst du so?"
„Bummeln, herumbummeln – den ganzen Tag. Ich steh´ morgens auf – mir ist der Tag aber egal. Ein Mädchen habe ich kennen gelernt, okay, vor ein paar Tagen – war Zufall, an der Straße, sie hatte eine Autopanne. Ich habe danach gesehen und wie es der Zufall wollte, trafen wir uns wieder. Wir waren ein paar Mal zusammen weg. Wir haben uns gut unterhalten und ich habe das Gefühl, es tut mir auch gut, aber – puh – die Situation ist doch trotzdem beschissen."
„Kennst du die Geschichte von Noah und seiner Arche?"
„Ja, das war doch das mit der Sintflut. Mehr weiß ich darüber nicht. Interessiert mich auch wenig, muss ich sagen."

„Lass mich ein bisschen davon erzählen, okay? Du hast nicht schon einmal in der Bibel gelesen?"
„Oh, komm mir bitte nicht damit!"
„Nur einen kleinen Teil der Geschichte – hör sie dir an: Die Sintflut dauerte ungefähr 150 Tage. Und als Noah sehen wollte, wie weit das Wasser schon zurückgegangen war, da schickte er einen Raben aus. Der flog aber immer hin und her, ohne Noah einen Dienst zu erweisen. Daraufhin ließ er eine Taube ausfliegen. Da sie aber kein Land fand, kam sie wieder zurück zu ihm. Er wartete 7 Tage und lies zum zweiten Mal eine Taube ausfliegen. Diese kam mit einem Ölblatt im Schnabel zurück zu ihm. Doch er wartete noch mal 7 Tage und sandte dann zum dritten Mal eine Taube aus. Diese kam nicht mehr zurück zu ihm. Was ich dir damit sagen will: Noah sah doch kein Land, konnte eigentlich keine Hoffnung haben. Und wir? Wir sehen doch auch oft kein Land, keine Hoffnung. Ja, ich sage dir: Auch wir sollten unsere Taube fliegen lassen! Aber nicht irgendeine Taube. Nein, ich denke, eine weiße Taube Gottes muss es sein! Denn wenn wir die fliegen lassen, an Gott glauben und darauf vertrauen, dass sie Land findet, dann – im Sinne von Hoffnung und einer Zukunft, kann uns das Meer, ja die Welt in der wir leben, mit ihren Ängsten und Aggressionen im Endeffekt nichts mehr anhaben.
Doch was tun wir? Da gibt uns Gott ein Ölblatt in die Hand, schenkt uns kleine Lichtblicke. Aber wir – ohne Geduld und ohne Vertrauen, werfen diese Lichtblicke einfach weg. Ich denke, Noah ist im Prinzip jeder Mensch. Auch du!"
„Und der Rabe?"

„ Der Rabe? Der Rabe – unsere eigenen Lebensweisheiten, auf die wir so stolz sind. Und eigentlich überhaupt nicht merken, dass sie uns dem Ziel überhaupt nicht näher bringen."

„Quatsch! Also ich finde das unrealistisch! Du siehst das zu rosarot. Für dich ist das alles so vorstellbar. Toll der Glaube, Vertrauen – ich habe da andere Dinge mitgemacht. Die Sache mit meiner Frau. Die Drogen. Die Kreise, in die sie absackte. Die Polizei. Die ewigen Dialoge. Das Vorreiten. Die Ermittlungen. Die interessiert das nicht, ob du Mensch bist oder einen Glauben oder einen Gott hast. Nein, die sitzen dir im Nacken, kompromisslos! Die Gesellschaft, der Zerfall, alles – ich habe da – nein, ich seh' das einfach nicht so. Und dieser Gott, dein Gott – wenn es ihn gibt, soll er doch kommen und was machen! Ich finde, dein Gott hat in dieser Welt keine Chance. – Weiße Tauben – ach, weißt du, deine weißen Tauben werden fallen."

Am Ende des Films, als Frank Miriam, die er kennen lernte und durch die er Hoffnung schöpfte, nicht mehr erreicht und sie sich nicht mehr meldet, beschließt Frank resigniert, die Stadt zu verlassen. Patrik erreicht Miriam und erfährt von dieser, dass sie an Krebs erkrankt ist. Im Hause Urban erfährt er, dass Frank auf dem Weg zum Flughafen ist. Er eilt ihm nach, stellt ihn zur Rede, erzählt ihm von Miriams Krankheit und spricht zu ihm: „ Du hast nun die Wahl: Lass die weißen Tauben fallen – oder lass sie fliegen!"
Frank erkennt die ankommende Miriam, geht auf sie zu – und nimmt sie in seine Arme.

Die Dreharbeiten erstreckten sich über Monate, waren mühevoll, arbeitsintensiv, aber auch lustig, dass man es kaum beschreiben kann. Dieses stundenlange Lachen kann einem niemand mehr nehmen. Das werden die Beteiligten immer in Erinnerung haben. Die Ausarbeitung der Dialoge wurde gegen Ende der Handlung jedoch immer spärlicher, man hatte keine Lust, trockenen Stoff zu bearbeiten, wollte Bewegung und Action. Außerdem sprudelten die Ideen nur so aus uns heraus, was man alles in den Film mit hinein nehmen könnte. Unser Faible für die unterschiedlichsten Filmbereiche wie Mel Gibson aus der Reihe „Lethal Weapon", Raumschiff Enterprise mit der Originalbesetzung um Mr. Spock und Kaptain Kirk, bis hin zum satirischen Klassiker von Roman Polanski – Tanz der Vampire – flossen mit ein. Insbesondere diese Vampirpersiflage hatte uns begeistert und so spannten wir Gunther als taubstummen Musiker in barockösem Gewand ein, der im liebevoll dekorierten Dachgeschoss unter den Dachziegeln hauste und immerzu auf seinem Spinnet klimperte. Das kleine Zimmer war über und über mit dicken Spinnweben zugewebt, ausgestopfte Vögel zierten die Wände. Es war äußerst skurril. Die Beschaffung der Requisiten war für Gunther, den gelernten Dekorateur, kein Problem. In einer Szene ist Onkel Eberhard zu beobachten, wie er seiner Leidenschaft, dem Fernsehen nachkommt und das Gerät einschaltet. Zu sehen sind Ausschnitte einer Folge von Raumschiff Enterprise, wobei wir Szenen hineingeschnitten hatten, die mich als Mr. Spock, Rainer als Captain Kirk und weitere Freunde als Crewmitglieder zeigten. Die Gaudi der

Verkleidungen und die Dreharbeiten in den Technikräumen eines Hallenbades waren genial.

So wurde aus dem für die evangelische Jugendarbeit gedachten Kurzfilm als Diskussionsgrundlage eine christlich-satirische-Action-Kriminal-Komödie. Spaß und Klamauk eroberten das Set, Handlung und Dialoge wurden zum Stiefkind und fielen entsprechend schwach aus. Die Themen Drogenmissbrauch, Trauer, Glauben und Krebs wurden durchaus sehr ernst genommen. Der Film versteht sich nicht als Komödie, die vor nichts Respekt hat, wie viele der heutigen Komödien. Aber die humorvollen Komponenten überwogen und drängten die Kernaussagen in den Hintergrund.

Ein wesentlicher Fehler, der uns nicht auffiel, aber mit Grund dafür war, dass viele den Film nicht verstanden, war die Tatsache, dass der Film in einer fiktiven Stadt spielen sollte, die wir sozusagen in verschiedenen Städten drehten und zusammendachten. Dem Zuschauer, der markante Gebäude jedoch erkannte, war nicht klar, wieso ein Akteur an der Gedächtniskirche mitten in Berlin entlang fuhr, abbog und plötzlich auf das Gebäude der Deutschen Bank in Frankfurt zulief, welches noch dazu unser Polizeirevier darstellen sollte. Insgesamt war der Film sehr verwirrend für Außenstehende. Und wer „Tanz der Vampire" nicht kannte, der konnte mit dem verrückten, taubstummen Musiker in unserem Film erst recht nichts anfangen. Aufgeführt wurde er einmal in einem Gemeindehaus und einmal in meinem Heimatort in der Festhalle vor mehr als hundert Zuschauern. Die Möglichkeiten, solch einen Film auf Leinwand zu zeigen, waren damals noch rar gesät und so hatten wir alle Mühe, eine

Videokanone zu besorgen samt Techniker, welcher unser Werk auf die Großbildleinwand brachte. Wir waren begeistert. Wenngleich auch ein kleiner Schatten auf der Sache lag.

Gegen Ende der Dreharbeiten begegnete ich nach Jahren wieder meiner dauerangebeteten Heike und diesmal schien das Glück auf unserer Seite. Eine Beziehung schien sich nun anzubahnen, mein Wunschtraum sollte sich erfüllen. Endlich Zeit für Heike, meine Traumfrau! Und genau diese Zeit hatte ich überhaupt nicht, denn die Fertigstellung unseres Filmes lag mir im Nacken. So war ich innerlich ziemlich zerrissen. Heike fand unsere Aktion ganz originell und lustig, aber uns fehlte gemeinsame Zeit. Ich drängte auf die Fertigstellung des Filmes, das angedachte Workbook wurde vertagt, die Aufführungen organisiert. Zeitgleich reifte in mir der Gedanke, meinen Beruf zu verlassen, um endlich meiner eigentlichen Neigung, meinem Talent, dem Zeichnen, nachzukommen und etwas in Richtung Grafik Design zu machen. Rainer und ich stellten uns zwar noch die Frage, was wir mit dem Film nun erreichen konnten, das Hauptproblem lag aber unter anderem darin, dass wir keine eigene Musik komponierten, was ich ursprünglich vorhatte, sondern gängige Musikinterpreten verwendeten und deren Lieder von CD einspielten. So konnte man den Film unmöglich veröffentlichen, verkaufen oder Kirchengemeinden und Schulen für die Jugendarbeit ausleihen.

Zurück zur Gegenwart, während ich dieses Buch hier schreibe. Wir schreiben den 11. März 2009. Längst sind die wenigen Tage, an denen es schneite und ich begann, dieses Buch zu schreiben, vorüber. Dennoch hält uns der Winter mit seinen eisigen Fingern fest. Es ist kalt und regnete seit Tagen ununterbrochen. Heute ist Uwes Geburtstag. Ich habe ein Geschenk. Was schenkt man einem Freund, der eigentlich gar nichts benötigt? Über ein Jahr habe ich gegrübelt, skizziert, nachgedacht, überlegt, abgewogen. Ich habe einen ca. 30 cm hohen, schönen Naturstein, versehen mit einer kleinen silberfarbenen Tafel. In schwarz ausgelegten, gravierten Lettern steht darauf: „Uwe – mein treuer Freund und Weggefährte" und klein darunter „Klaus". Ich stehe vor seinem Grab. Heute regnet es endlich einmal nicht. Blauer Himmel macht sich breit. Die Wolken sind weiß, die Sonne blitzt sogar ein wenig hindurch. Behutsam stelle ich den Stein am Fuße des eigentlichen Grabsteins nieder und grabe ein kleines Efeupflänzchen vor dem Stein ein. Uwe liebte die Natur, Pflanzen, Fels und Wald. Ich nehme eine kleine Harke und lockere die vom Winter festgesetzte Erde auf dem Grab.

Ich stehe vor dem Grab. Sein Name steht auf dem Grabstein, darunter die Jahre 1963 – 2000. Und wieder darunter „geliebt und unvergessen". Normalerweise ist es für mich ein Muss, hier mit Hut zu stehen, den ich natürlich aus Ehrfurcht abnehmen würde. Aber in letzter Zeit bin ich dieses ewige Trapper-sein-wollen leid. Wir leben in einer anderen Zeit. So bin ich heute ohne Hut hier. Stille. Vögel zwitschern irgendwo. Wahnsinn, wie die Zeit vergeht. Neun Jahre ist es her. Ich liebe die Stille, den Wind, die Vögel.

Ich versuche weiter, die Dinge zu rekonstruieren und Antworten auf einige Fragen zu finden. Ich möchte erwähnen, dass Uwe seine Lebensgefährtin im Jahre 1988 heiratete. Harry und ich waren eingeladen. Ich war damals mit Ulrike liiert, die mit dabei war. Es war eine kleine gemütliche Feier, wobei sich seine zukünftige Frau und seine Eltern nicht wirklich gut verstanden. Was mit der Zeit nicht besser wurde. Nun musste für Uwe nur noch ein Wunsch in Erfüllung gehen. Kinder, vielleicht eine Tochter, unbedingt ein Sohn! Das war sein großer Traum. Eine liebe Frau, ein Sohn, ein Hund, einen amerikanischen Pickup als Wagen, ein Haus mit Garten. Zu viel verlangt? Für einen Sohn kam nur der Name Falk in Frage. Darüber waren er und seine Frau sich aber schon damals nicht einig. Für diese Namensliebe hatte seine Frau nur Verachtung übrig. Ein Hundename, hatte sie nur abfällig geäußert. Umso neidischer wurde Uwe jedes Mal, wenn ich ihm von meinem Cousin Falk erzählte. Na also, ging doch – das mit dem Namen Falk. Mein Cousin war schließlich kein Hund!

Neustart

Wir waren im Jahr 1990, unser Film war fertiggestellt, die Aufführungen vorbei, wir wussten nicht recht, was mit dem Film anzufangen war. Außerdem war mein Traum in Erfüllung gegangen, ich war mit Heike zusammen. Die Dinge überschlugen sich. Heike und ich planten unsere Zukunft dergestalt, dass ich erwog, meinen Beruf aufzugeben und Grafik Design zu studieren. Der Sommer im Freibad, der mein letzter sein sollte, war von meiner Beziehung zu Heike abgesehen noch geprägt von einigen Freundschaften, wenngleich ich nicht mehr die Masse an Menschen um mich versammelte wie in den Jahren zuvor. Insbesondere Marc hatte es mir angetan. Ein freundlicher Junge, der täglich zusammen mit seinem kleinen Bruder im Bad war. Ich weiß nicht warum, aber ich wollte Marc unbedingt zum Freund haben. Als hätte ich eine verinnerlichte Liste mit unzähligen Namen und Freunden, die es zu ergänzen galt. Mir war auch bereits bewusst, dass ich Freunde regelrecht sammelte. Freunde konnte man gar nicht genügend haben! Marc und ich unterhielten uns viel und gut, blödelten im Wasser gemeinsam herum, balgten und rauften sogar miteinander und lachten zusammen. Ich war 27, Marc gerade mal 15 Jahre alt. Das war mir bewusst. Mehr nicht. Ich war Jens gewohnt, der war deutlich jünger, Tanja die Jugendliche, die vielen jugendlichen Mädchen, die uns täglich schwärmerisch umschwirrten in den letzten Jahren. Mit all den Menschen kam ich genauso gut aus wie mit Berta, die mittlerweile 77 Jahre alt war.

Ich spürte, dass ich bald all das hier hinter mir lassen würde und wollte sicherstellen, dass die Freundschaften bestehen blieben. Das Jahr ging vorüber, ich hatte gekündigt, meine kleine, heiß und innig geliebte Junggesellenwohnung aufgegeben. Meine Möbel verkaufte ich dem Nachmieter, da in der kleinen Wohnung von Heike kein Platz war.

Im Frühjahr 1991 begann ich ein Grafik Design-Studium an der privaten Kunstschule in Stuttgart. Es war uns kaum mehr möglich, im Sommer oft in mein altes Bad zu gehen. Ein paar Mal aber nutzten wir die Chance und ich traf die vielen Bekannten wieder. Auch Marc. Ich freute mich sehr.

Das Studium war hart, in all meinen Semesterferien musste ich die unterschiedlichsten Jobs annehmen, um das teure Studium zu finanzieren. Ich war mit Kanalreinigungsfirmen unterwegs und schaufelte in einer großen Firma wochenlang Beton.

Ich erinnere mich an den ersten gemeinsamen Urlaub von Heike und mir. Endlich zu zweit alleine. Urlaub. Sehen. Erleben. Verliebt sein. Es war traumhaft schön. Einerseits. Irgendetwas hatte mich aber auch verändert. Ich hatte Essstörungen. Mir ging es nicht gut. Ich fühlte mich sonderbar. Wir diskutierten dies alles durch und kamen zu dem Schluss, dass der Schnitt wohl zu hart gewesen war. Mit einem Schlag alles hinter sich zu lassen. Beruf, Arbeitsplatz, Wohnung, Umfeld, Freunde, Bekannte, Teams und Arbeitskreise. Mir fehlten meine Teams. Das war wohl so. Heike redete mir gut zu und meinte, ich müsse halt wieder ein Team zusammenstellen. Aber genau das wollte ich andererseits nicht. Ich war jahrelang nur für andere da. Rund um die Uhr. Meine kleine Einzimmerwohnung war Treffpunkt für unzählige Menschen. Man hätte die Haustüre auch aushängen können. Nicht immer genoss ich dieses wilde Leben. Wenn ich Ruhe brauchte und wollte, ging ich in den Wald oder tankte Energie, wenn ich nachts alleine war und nackt auf einem Fell schlief und der Mond durch das Fenster auf mich schien.

Als mich Schmiddy damals in meiner kleinen Wohnung wieder einmal besuchte, war ich niedergeschlagen und schlecht gelaunt. Er versuchte mir zu helfen. Auch Schmiddy hatte irgendetwas Besonderes. Ich mochte ihn. Wir redeten, aber es half nichts. Meine Laune wurde nicht besser. Da neckte er mich plötzlich, ärgerte mich. Wir gerieten aneinander und rauften auf dem Sofa. Wir jagten einander durch die kleine Wohnung und landeten auf dem Bett, wo wir weiterbalgten und rauften, bis wir außer Atem waren und nur noch lachen mussten. Was war das? Mir ging es gut. Das brauchte ich also! Kämpfen, Raufen, Balgen, Bewegung. Den Freund spüren. Nicht reden und diskutieren. Schmiddy hatte mir geholfen.

Aber für mich stand trotzdem fest: Ich wollte nicht zurück. Das war meine Vergangenheit – Freunde, Teams, unzählige Bekannte, ständig unterwegs oder umringt von lieben Menschen. Ich wollte eine Partnerschaft, eine Familie und Kinder. Trotzdem ging es mir lange schlecht. Ich saß depressiv beim Arzt nach unserem Urlaub. Niemand konnte mir wirklich helfen. Erst so nach und nach wurde es besser.

Aber irgendetwas war in mir. Ich bemerkte an mir, dass ich im Studium stets Ausschau hielt. Nach was? Hm, gute

Frage. Ich denke, ich beobachtete mein Umfeld. Die Menschen. Und mit großer Wahrscheinlichkeit dahingehend, zu prüfen, ob da ein potentieller Freund zu finden sei. Was nicht der Fall war. Man unterhielt sich, aber richtig warm wurde ich in den gesamten 4 Jahren des Studiums mit niemandem. Das missfiel mir. Privat hatten wir noch Kontakt zu Harry und ein paar anderen Freunden aus der Jugendarbeit, aus der ja auch ein Bibelkreis hervorging.

Heike und ich planten unsere Hochzeit für August im Jahre 1992. Als wir von ihrer Schwangerschaft erfuhren, verlegten wir die Hochzeit vor auf Mai. Harry wurde mein Trauzeuge. Uwe hatte sich seit seiner Hochzeit sehr zurückgezogen. Wenn ich ihn traf, war er kurz angebunden und kaum an Gesprächen interessiert. Er hatte anderes zu tun. Obwohl wir ihm immer viel geholfen hatten beim Bau seines Hauses. Meine Güte, wie viele Stunden hatten wir auf der Baustelle verbracht. Von der Baugrube bis zum fertigen Haus. Er war so stolz darauf, gleich zwei aneinander grenzende Bauplätze zu besitzen. Auf dem hinteren Grundstück sollte das Haus gebaut werden, auf dem an die wenig befahrene Straße grenzenden Stück sollte eine große Wiese mit Obstbäumen entstehen. Man konnte neidisch werden. Hinter dem Haus musste unbedingt ein sehr großer Zwinger mit viel Auslauf für einen Hund stehen. Seinen Schwiegereltern gehörte ein Baugeschäft, da war es selbstverständlich, dass fast alles in Eigenregie zu machen war. Allerdings redete sein Schwiegervater ihm die Idee vom Hundezwinger bald aus, denn hinter dem Haus würden vier oder fünf große Garagen für die Baufahrzeuge der Baufirma entstehen.

An einem sehr heißen Sommertag hatten Uwe, Harry und ich die Aufgabe, die Fundamentgräben für die Mehrfachgaragen zu graben. Die Erde war steinhart. Ein Bagger stand nicht zu Verfügung. Die wurden auf den echten Baustellen benötigt, wo Geld verdient wurde. So gruben wir mühsam von Hand. 50 cm breite und 30 cm tiefe Gräben. Stundenlang. Bis endlich gegen Abend sein Schwiegervater kam. Wir hofften auf Lob für diese schweißtreibende Arbeit. Weit gefehlt. Er hieß uns alles zusammen! 50 cm tief und 30 cm breit hatten die vielen Gräben zu sein und nicht umgekehrt! So was Blödes! Es half alles nichts. Die Gräben mussten von neuem geschaufelt werden. Das eine oder andere Bierchen in kleinen Pausen ließen wir uns aber dann nicht nehmen. Obwohl Harry und ich schon damals der Meinung waren, dass Uwe – Colt – wie wir ihn nannten, für unseren Geschmack zu oft und zu viel trank. Immer wieder fuhren Harry und ich die 20 Kilometer zu meinem Heimatort, wo Uwe baute. Mehr als einmal auch umsonst. Wir trafen einen Uwe, der keine Lust hatte, frustriert war, dass man ihn trotz Baugeschäft so oft alleine und ohne Gerät ließ. Einmal mussten Harry, Uwe und ich sogar, da ein Gerüst benötigt wurde, in einen Nachbarort fahren und dort für seinen Schwiegervater ein Baugerüst auf einer Baustelle vollständig demontieren. Natürlich gab es immer viel zu lachen, wenn Harry, Uwe und ich zusammen waren. Aber manchmal lud er uns eben auch nur auf ein oder mehrere Bier ein und dann fuhren wir unverrichteter Dinge wieder nach Hause. Was uns nicht befriedigte, wenn nichts vorwärts ging.

An Sonnentagen, an Regentagen. Wir waren auf der Baustelle. Es kam auch vor, dass Harry und ich von Uwe einbestellt wurden, um zu helfen, auf der Baustelle erschienen und dann etwas frustriert feststellen mussten, dass Uwe selbst gar nicht da war. Mehrfach war er auf Zeltlagern oder anderen Veranstaltungen der Feuerwehr. Harry wird mit Sicherheit nie den Tag vergessen, als wir am Betonieren waren, an einem Tag als Uwe dabei war, außerdem sein Vater und sein Bruder – Michi genannt. Uwe vertraute Michi seine nagelneue Kelle an. Dieser bewunderte das kostbare Stück. Der Betonmischer lief im Hintergrund. Michi nahm die Kelle und wollte den Beton am Rand des Mischers etwas aufrühren, als sein Vater lauthals rief: „Mensch, die Wuppertaler!" Michi fuhr herum, mit der Hand immer noch am Mischer rührend. Da zog es ihm die Hand in den Betonmischer, er ließ die Kelle fahren und schrie auf. Wenige Meter von der Baustelle entfernt war ein Auto vorbeigefahren mit Verwandten aus Wuppertal. Das hatte Uwes Vater entdeckt. Die nagelneue Kelle wurde nun im Betonmischer mitgerührt. Sie sah entsprechend schlecht aus, als wir sie aus dem Betonbrei fischten. Uwe tobte. Uwes Vater verließ daraufhin eilend die Baustelle, um zuhause den Besuch zusammen mit seiner Frau zu empfangen und zu genießen. Somit fehlte wieder ein Mann, der des Mauerns und Betonierens kundig war.

Ich erinnere mich an einen Tag, als ich wiederum die Baustelle aufsuchte. Es ging darum, in den Innenräumen zwischen der Fußbodenheizung Styropor auszulegen. Auch an diesem Tag hatte Uwe nicht die geringste Lust. Er holte wie gewohnt zwei Bier, wir saßen auf dem Balkon

und hingen die Beine in die Tiefe. Er war ausgelaugt. Sein Beruf, im Januar 1990 war seine Tochter geboren worden, eine Tochter, kein Sohn, die tägliche schwere Arbeit oft alleine auf der Baustelle, die Tätigkeiten in der Feuerwehr. Das alles wurde ihm zu viel. Auch an diesem Tag ging so gut wie nichts vorwärts auf der Baustelle. Wieder hatte ich das Gefühl, er trinke zu oft. Aber ich möchte erwähnen, dass trotz der Tatsache, dass sich Uwe stets sehnlichst einen Sohn gewünscht hatte, er auf seine Tochter nicht minder stolz war. Er war glücklich und stolz darauf, Vater geworden zu sein. Er war verheiratet, war Vater geworden, baute am eigenen Haus. Was will man mehr? Trotzdem wirkte er müde und ausgelaugt. Die gesamten Umstände bedrückten ihn.
Da saßen wir und erinnerten uns einmal mehr an unsere gemeinsamen Erfolge und kleinen Abenteuer. 1988 kreierte ich für den Fasching ein lebensgroßes, blaues Haifischkostüm, das ich trug. Mit aufgerissenem Maul und großer Rückenflosse. Die Seitenflossen waren meine Hände und Arme. Durch die Schwanzflosse konnte ich nicht richtig laufen, sondern wie in einem Sack nur hüpfen. Meine fast 80 Jahre alte Freundin Berta hatte ich als Taucher ausstaffiert. Mit Schwimmflossen, selbst gebastelter Pressluftflasche aus einer alten Getränkeflasche, inklusive Schnorchel. Berta hatte allerdings die Angewohnheit, bei jeder Veranstaltung dieser Art mit ihrem alten Holzlaufrad aus dem Museum einzufahren. Auch an dieser Faschingsveranstaltung bestand sie darauf. Egal, ob sie Schwimmflossen trug und einen Taucher darstellte, sie wollte und würde mit dem Laufrad einfahren. Uwe hatte zusammen mit seinem Freund und Trauzeugen die Idee,

als Piraten zu gehen. Uwe setzte auch hier auf Perfektion und hatte an einem Arm einen echten Piratenhaken anstelle der Hand montiert. Als ich ihm in der Halle während der Veranstaltung erzählte, dass ich gleich die Halle verlassen würde um in mein Haifischkostüm zu schlüpfen und Berta zum Taucher zu machen, war Uwe begeistert. Unbedingt wollte er bei diesem Auftritt mit dabei sein. Er passe doch als Pirat auch zu einem Hai. So kam es, dass kurz darauf in einer Tanzpause die Leute alle saßen und wir einmarschierten. Berta schlitterte mit ihren Flossen voll maskiert mit Taucherbrille auf ihrem Laufrad in die Halle. Wir hörten die Menge bereits lachen, als Uwe der Pirat die Halle betrat und mich, den 2 Meter langen Hai an einem Strick in die Halle schleifte. Ich lag auf dem Boden, der Strick führte durch mein Maul im Kostüm zu meiner Hand, wo ich ihn festhielt. Ich zappelte hin und her und sah zum Fürchten wie ein echter Hai aus. Die Menge tobte wieder einmal, wir hatten das Staunen und die Begeisterung auf unserer Seite. Allerdings rutschte Berta auf dem glatten Parkett aus, stolperte mit dem Laufrad über ihre eigenen Flossen und stürzte. Für den Rest des Abends hatte sie Schmerzen im Fuß und Tanzen kam für sie nicht mehr in Frage. Man konnte ansonsten mit ihr vom Foxtrott bis zum Rock' n Roll alles tanzen. Unsere Kostüme waren wieder einmal genial und ein Preis war uns sicher. Uwe war glücklich.

1990 war ich zum letzten Mal aktiv am Fasching, ohne Uwe, zusammen mit meiner Schwester. Sie ging als Indiana Jones und sah diesem zum Verwechseln ähnlich. Ich trug eine goldene Maske und war ansonsten am ganzen Leib mit Toilettenpapier und alten Mullbinden eingewickelt, die mir in Fetzen vom Leib hingen. Eine Mumie, die wiederum durch ihre Originalität die Menge begeisterte und die Jury auf ein Neues dazu bewegte uns einen 1. Platz bei der Masken- und Kostümprämierung einzuräumen.

Wir saßen nun aber auf der Baustelle und träumten vor uns hin. Man müsste anknüpfen an diese schönen Erfolge, aber irgendwie fehlte uns die Zeit.

All die vielen Tage fielen uns ein, an denen wir, Harry und ich, Uwe halfen, im Wald Holz zu machen. Schon von klein auf war Uwe dafür zuständig, dass im Haus seiner Eltern Holz zum Feuern vorrätig war. Er lehrte mich mit einer Axt umzugehen, Holz zu spalten, Anfeuerholz anzufertigen. Auch Jahre danach waren wir zu dritt oft im Wald, um Holz zu machen. Harry, Uwe und ich. Ein klasse Team. Uwe und Harry trugen traditionsgemäß ihre originalgetreuen Indiana-Jones-Hüte, während ich mich mit dem ausrangierten alten Sonntagshut meines Großonkels begnügte. Wir konnten stundenlang über Film und Fernsehen, sowie Kino plaudern, über diesen und jenen Schauspieler, aber natürlich konnten und mussten wir auch hart anpacken, Bäume aus dem Wald ziehen, sägen, spalten und so weiter. Einmal hatten wir so das Bedürfnis nach einer Pause, dass Uwe meinte: „Jetzt reicht es, wir spielen jetzt Cowboy!" Wir waren natürlich längst erwachsen. Dennoch suchten wir uns 3 entsprechend schwere Stöcke, die wir kurzerhand als Gewehre schussbereit in den Händen hielten. Einer von uns bekam etwas Vorsprung, die anderen mussten ihn in der Wildnis finden. Da wurde geschossen, mit Anlauf über Gehölz in das Dickicht gesprungen, abgerollt und in Deckung verschanzt und wieder geschossen.

Mit meinem „Stockgewehr" im Anschlag, schlich ich rückwärts aus dem Dickicht und rief „Vorsicht, irgendwo hat sich der Feind versteckt." Schritt für Schritt ging ich rückwärts, lauschte, das seltsame Gewehr dicht an meine Wange gelehnt im Anschlag. Ich drehte mich um – und sah mich einem Spaziergänger gegenüber. Oh!

Was würden Sie denken, wenn Ihnen beim Spaziergang im Wald ein Erwachsener mit einem an die Wange hoch erhobenen Stock und Cowboyhut begegnet und diesen Stock auf Sie richtet? Dem dann plötzlich zwei ebenfalls mit Hut bekleidete Männer aus Stöcken schießend folgten? Zögernd ließ ich meinen Stock sinken, versuchte dem Spaziergänger zu signalisieren, dass es sich eigentlich um einen Spazierstock handele und wanderte freundlich grüßend an ihm vorbei. Gefolgt von meinen beiden seltsamen Gefährten. Peinlich. Aber auch lustig. Wenig später, wir waren auf dem Weg zurück zu unserem Holzplatz, fuhr der Wagen des Försters langsam auf uns zu. Der Förster fixierte uns mit seinen Augen und fuhr im Schritttempo an uns vorbei. Wir grüßten freundlich und gingen unseres Weges. Sicher war der Spaziergänger auf den Förster gestoßen und hatte diesem von den drei komischen Gesellen berichtet. Die Tage zusammen mit Uwe und Harry im Wald waren schön, erlebnisreich und zum Lachen lustig. Mitunter grillten wir auf einem Grillplatz in der Mittagspause Steaks, die ganz nach Westmannsart großzügig mit Bier übergossen wurden, damit sie besser schmeckten. Zum Essen benutzten wir unsere Messer, an denen Holzsaft und Harz klebte. Das war rauhe Westmannsmanier. So gefiel uns das.

Doch diese Tage waren vergangen. Ich sehnte mich innerlich nach dieser Art von Freundschaften, nach meinen Freunden, nach einem neuen Freund und nach Uwe, der sich deutlich desinteressiert zeigte. Schade.
Die Zeit verging. Mir wurde bewusst, dass ich gerne einen Freund gehabt hätte, aber es fand sich kein wirklicher Freund. Das spürte ich. Egal, wo ich war, ich betrachtete die Menschen, beäugte sie und studierte sie. Auf der Suche nach etwas. Nach was?

Wolken am Horizont

Unser Bibelkreis, der seit der Zeit der Jugendarbeit Bestand hatte, wuchs beständig an, wurde so groß, dass er sich irgendwann teilte, Menschen kamen und gingen. Das war eine schöne Zeit mit verlässlichen Freundschaften, Freude, Lachen, Singen, Beten. Das Musizieren mit Gitarre, das gemeinsame Singen von Lob- und sonstigen christlichen Liedern tat in der Seele gut.

Gegen Ende jeweils eines Jahres hatten wir Bastelabende organisiert, bastelten kleine Geschenke, die wir in der Adventszeit alten, kranken oder alleinstehenden Menschen überreichten, ihnen Lieder sangen und einfach Zeit für sie hatten. Momente, die ich nie vergessen werde.

Aber Beruf, Familie und sonstige Verpflichtungen ließen den einzelnen Freunden des Bibelkreises immer weniger Zeit, füreinander da zu sein. So reduzierten sich auch diese Freundschaften.

Ich betete oft in der Zeit. Ich bat auch darum, wieder mehr mit Uwe zusammen sein zu können. Außerdem sorgte ich mich um ihn. Sein Alkoholkonsum stieg. Das war bekannt. Ich konnte das nicht verstehen. Allzu oft hatte ich mir gewünscht, Uwe würde den Weg zu meiner Gruppe von Christen, zu diesen Menschen und zu Jesus finden. Es würde ihm gut tun, ihm helfen. Davon war ich überzeugt. Aber ich wollte den Glauben stets anbieten, nie irgendjemandem aufzwingen.

Ich werde den Tag nicht vergessen, an dem ich besonders intensiv betete, Gott möge mich doch zu Uwe führen. Wir sahen uns selten, er war nie zu erreichen.

An genau diesem Tag, als ich gebetet hatte, war ich auf dem Weg zur Sparkasse, als Uwe da saß. Auf den Stufen der Treppe. Das war es. Darum hatte ich gebetet. Ich beugte mich zu ihm hinab. „Hey, was ist los mit dir?" – „Es ist aus. Vorbei. Ich habe alles verloren", sagte er kleinlaut vor sich hin. „Wie bitte? Was ist aus? Was hast du verloren?" Uwe erzählte mir, dass ihn seine Frau quasi aus dem Haus „geworfen" hatte. Sie trennten sich und er musste das Haus verlassen. Und hier verlässt mich auch meine Erinnerung. Mit Sicherheit hatte ich Uwe damals gelöchert mit Fragen. Warum er sich kampflos ergab. Warum er nicht ausbezahlt wurde. Was mit den unzähligen Stunden war, die Harry, er und ich auf der Baustelle investierten. Was mit dem Sorgerecht für seine Tochter sei.
Er wollte nicht mehr kämpfen. Er hatte keine Kraft mehr. Er könne nicht mehr. Letztendlich hatte ich seine Einstellung wohl akzeptiert. Ich hatte nicht die Initiative ergriffen, um mit ihm für bestimmte Dinge zu streiten. Zu wenig Zeit? Uwe besaß in der Tat nichts mehr. Keine Frau, kein Haus, keinen Garten, keine Möbel, kein Geld, nichts. In der letzten Zeit hatte er sich noch einen Hund zugelegt. Einen Schäferhund. Sein Traum. Doch wie ich vernahm, war der Hund angeblich verhaltensgestört und gefährlich für Menschen und insbesondere für die kleine Tochter von Uwe, so dass seine Frau bewirkte, dass der

Hund weg kam. Eine Tragödie für Uwe. Der zweite Hund, der ihm genommen wurde.

Tage danach konnte er ein paar Möbelstücke vor seinem einstigen Haus abholen. Alte Schränke und Kommoden. Leider wurden diese von wem auch immer nicht ordnungsgemäß zerlegt, sondern auseinander gerissen und in den Hof geworfen. Man konnte sie nur noch entsorgen. Außer einer alten Kaffeekanne und einem defekten, alten Plattenspieler blieb ihm nichts. Ich bot ihm meine Hilfe an. Irgendwann teilte mir Uwe mit, dass er eine kleine Mietwohnung gefunden habe. Ich erklärte sofort meine Bereitschaft, diese mit ihm zu renovieren, aber er wollte nicht. Sein Vater würde die wenigen Zimmer tapezieren. Ich war traurig darüber, dass Uwe mich als Freund nicht häufiger in Anspruch nahm.

Alte, gebrauchte Möbel konnte er von den Eltern bekommen, denn Geld hatte er offensichtlich auch keines. Nur Geschirr fehlte ihm. „Kein Problem", sagte ich, „komm vorbei, wir schauen mal unsere Schränke durch." Gesagt, getan. Meine Frau und ich gingen mit Uwe unsere Schränke durch und boten ihm viel Geschirr und neuwertige Tupperware an. Ich hatte in meiner Singlewohnung für meine Kollegin Uschi oft diese Verkaufsabende abgehalten und war der beste Kunde. So hatten wir Töpfe, Schüsseln, Behälter und Sonstiges zu Genüge. Uwe war glücklich. Er betonte, dass ich der erste und einzige sei, der ihm gutes, wertvolles Geschirr anbot und nicht nur ausrangierte, altgebackene Trödelmarktgegenstände wie viele ihm anboten.

So vergingen Wochen. Uwe bewohnte seine neue kleine Wohnung, aber wir sahen uns trotzdem selten. Wir vereinbarten jedoch, uns wieder öfter zu sehen. Er besuchte mich auch mehrfach und meine Feststellung, dass er meistens ordentlich angetrunken kam, machte mich umso trauriger. Allerdings betonte er eines Tages, dass er einen neuen Menschen gefunden habe. Eine Frau. Er wirkte zuversichtlich. Das freute mich, obwohl ich es fast nicht glauben konnte. Musste er nicht endlich mit der Trinkerei aufhören? Sollte ich ihn darauf angesprochen haben, so bekam ich zumindest keine Antwort. Er hätte das schon im Griff, war alles, was es dazu zu sagen gab. In der Tat bekam man seine neue Partnerin bald zu Gesicht und Uwe wirkte optimistisch. Wir begegneten uns öfter und unterhielten uns auch darüber, dass wir uns doch nicht nur sehen, sondern wieder gemeinsam Dinge unternehmen wollten. Aber ich war sehr eingebunden in Beruf und Familie und er wollte die karge Freizeit mit seiner neuen Partnerin genießen.

Dennoch hielten wir an unserer Sehnsucht fest. Wir vereinbarten, bei Gelegenheit zusammen einen oder mehrere alte Winnetou-Filme anzusehen, sowie unseren Klassiker, den „Schrei der schwarzen Wölfe" mit Ron Ely und Raimund Harmstorf. Und wir wollten an unsere alten, früheren Spaziergänge und Wanderungen durch Wald und Natur anknüpfen. Leider ließ uns der Alltag oder was auch immer keine Gelegenheit für unsere Vorhaben. Immer öfter wenn wir uns trafen, erinnerte Uwe an unsere Vorhaben und unterbreitete mir den Vorschlag eines Comebacks im Bereich Masken und Kostüme. Ein

phänomenales Comeback mit einmaligen Kostümen am Fasching.
Aber es waren Jahre vergangen. Die Menschen, welche die Veranstaltungen besuchten waren eine andere Generation und wir hatten nicht wirklich die Zeit. Außerdem war Uwe nach wie vor häufig angetrunken, was mich mittlerweile nicht nur traurig stimmte sondern auch ärgerte.

Eines Tages unterbreitete mir Uwe die Tatsache, dass seine Freundin, mit der er glücklich zu sein schien, wollte, dass er dem evangelischen Kirchenchor beitreten solle. Diesem Wunsch wollte er gar zustimmen. Obwohl er musikalisch nie bewandert war. Von unseren Freundschaftsliedern, wie „Ein Freund, ein guter Freund ..." aus Heinz Rühmann-Filmen, die wir stets trällerten, einmal abgesehen. Dieses besagte Lied war in der Tat so etwas wie unsere ganz besondere Freundschaftshymne. Dem Kirchenchor, der nach seiner Meinung einen gründlichen Relaunch, also eine Runderneuerung nötig hatte, wollte er aber nur unter der Bedingung beitreten, wenn ich ebenfalls beitreten würde. Gitarrenmusik müsse integriert werden. Und Gospels. Ja, Gospels, die von Gott, dem Glauben und vor allem von Freiheit sangen. Das war Uwes Idee. Das war seine Vorstellung. Aber auch hier musste ich passen. Nach Abschluss meines Grafik-Design-Studiums und einer gründlichen beruflichen Bauchlandung in der Werbebranche, versehen mit großer Unzufriedenheit über monotone Computerarbeit landete ich schließlich in unserer Heimatgemeinde in dem kleinen Hallenbad und war somit wieder in altem, vertrautem Metier. Während man in der Werbebranche den Menschen zu oft vorgaukelte, was sie im Konsumrausch alles zu benötigen hatten, konnte man im Schwimmbad mit Menschen arbeiten, außerdem war man Rettungsschwimmer, also im Ernstfall Lebensretter. Und was gab es Wichtigeres im Leben, als Leben zu retten? Meine Arbeitszeiten ließen jedoch eine Teilnahme in Vereinen oder eben auch im Chor nicht zu, da ich immer abends zu arbeiten hatte. Uwe war einmal mehr traurig und trat auch dem Chor somit nicht bei.

Gilgamesch, König von Uruk

Ich war unterdessen unentwegt bestrebt, Freunde oder einen Freund zu finden. Immer häufiger suchte ich mein Umfeld ab, beobachtete Menschen, suchte im neuen Medium Internet nach Foren über Freundschaft. Dass meine Brieffreundschaften bis auf drei geschrumpft waren, bedauerte ich ebenfalls. Ich schrieb leidenschaftlich gerne Briefe. Mein Freund Rainer S., meine Tante Beatrix, sowie Elke waren mir geblieben. Elke lernte ich bereits 1981 in der Berufsschule der Schwimmmeister im Blockunterricht kennen. Allerdings erst am Ende unserer Ausbildung. Während der 3 Jahre war ich ziemlich auf dem Cowboy-Trip. Während Elke ein modernes, junges Mädchen war mit Interesse an Urlaub, Schwimmen, Surfen und schönen schnellen Autos, war ich mit einem 3-Tage-Bart versehen, trug stets karierte Holzfällerhemden, dazu eine rustikale ärmellose Strickjacke mit großen Holzknöpfen, die mir Uwes Mutter strickte und die die lederne Weste ersetzen sollte, die Cowboys gewöhnlich trugen. Damit noch nicht genug trug ich ein rotgemustertes Halstuch und kaute ständig auf Streichhölzern herum. Also ich fand das cool. Alle anderen nicht. Gegen Ende der Ausbildung sah ich ein, dass ich deutlich daneben lag mit meinem Outfit und kleidete mich sportlicher und vor allem zeitgemäß. Da kam ich mit Elke ins Gespräch und vereinbarte schnell, dass wir uns doch auch einmal schreiben könnten, nachdem die Schulzeit nun zu Ende war. Sie lehnte nicht ab und so hatte ich wieder einen potentiellen Freund mehr in meiner Liste. Elke war aber mehr als nur ein Name in einer Liste. Sie wurde mir über all die Jahre eine wertvolle, treue Brieffreundin und so manches Treffen untermauerte unsere Freundschaft.

Die meisten der Brieffreundschaften aber waren vergangen und ich suchte neue. Überall forschte ich Illustrierten und Magazine durch um unter „Kontakte", „Freundschaften" und ähnlichem fündig zu werden. Was ich genau suchte, war mir nicht klar. Einen Freund eben. Einen weiteren Freund. Einen neuen Freund. Oder Freunde. Egal ob männlich oder weiblich. Wobei man automatisch auf die Tatsache stößt, dass es schwieriger ist, eine Frau als Freund zu finden, wenn man selbst verheiratet ist. Also musste es eher ein männlicher Freund sein. Nicht einfach ein Kumpel oder Bekannter – ein Freund sollte es sein. Aber so sehr ich mich auch bemühte und suchte, es fand sich niemand. Ich schrieb Menschen an, rief sie an, versuchte Briefkontakte aufzubauen. Alles vergeblich. Es waren Eintagsfliegen. Entweder hatte ich das Gefühl, dass derjenige nicht der war, den ich suchte, oder aber derjenige meldete sich einfach nicht mehr. Es war zum Verzweifeln.

Ich nannte die ganze Sache bereits die „Enkidu-Frage". Das kam so: Irgendwann tauchte in der amerikanischen Superheldencomicserie Avengers, die ich las, neben Charakteren wie Thor, dem nordischen Donnergott und Herkules, dem griechischen Göttersohn ein neuer mythologischer, superstarker Held mit geschichtlicher Vergangenheit auf: König Gilgamesch. Kurz darauf entdeckte ich in einem Buchladen ein Buch über König Gilgamesch [2], kaufte es sofort und las es gierig.

Das Gilgamesch-Epos ist ein literarisches Werk aus dem sumerisch-akkadischen Kulturkreis und eine der ältesten überlieferten Dichtungen der Menschheit. Es begann 1872, als der britische Assyriologe George Smith das Bruchstück einer Keilschrift-Tontafel vorstellte, das er in den Ruinen der assyrischen Hauptstadt Ninive im Schutt des Palastes des Assyrerkönigs Assurbanipal (668-627 v.Chr.) gefunden hatte. Die Geschichte, die auf 12 Tafeln in über 3000 Versen erzählt wird, handelt von dem Halbgott und tyrannischen Herrscher Gilgamesch, der ca. 2600 Jahre vor Christus gelebt haben soll und erst durch das Kennenlernen des wilden Enkidu besänftigt werden konnte. [3]

Mit diesem Wilden, Enkidu, verband den übermenschlich starken Helden eine innige und außergewöhnliche Freundschaft. Beide erlebten sagenhafte und sagenumwobene Abenteuer gegen Urgewalten, Monster und Armeen, bis Enkidu starb und Gilgamesch fast daran verzweifelte.

Nun bin ich wahrlich kein Halbgott wie Gilgamesch und nicht annähernd so stark, aber mich verband sofort die Tatsache mit ihm, dass auch ich eine innige Freundschaft zu Uwe hegte, wenngleich diese immer lückenhafter wurde. Von Uwe abgesehen, war ich möglicherweise auf der Suche nach einem Enkidu. Nach meinem Enkidu. Aber konnte es einen Freund geben, der quasi Uwes Platz einnehmen konnte als mein bester Freund? Ich wusste dies nicht zu beantworten, spürte nur ständig diesen Drang, einen oder mehrere Freunde suchen zu müssen.

In einem Magazin entdeckte ich eines Tages einen jungen Mann, ein unbedeutendes Model, mit Namen Sander. Er gefiel mir. Sander hätte ich gerne kennengelernt und zum Freund gehabt. In einem anderen Magazin entdeckte ich wiederum einen jungen Mann, der mich aufgrund seines Aussehens sofort faszinierte. Ich sammelte alle Abbildungen, die ihn zeigten und nannte diesen Menschen schließlich Enkidu. Ihn kennen zu lernen musste doch möglich sein. Mit der Zeit drängte sich mir jedoch auch die ernste Frage auf, ob meine Zuneigung zu Männern nicht zu weit ging. Konnte so etwas wie eine verborgene Homosexualität dahinter stecken oder darin verborgen sein? Manche Männer oder Freunde bedeuteten mir einfach mehr als andere. Ich hatte sie gern.

Ich setzte mich lange, sehr lange und intensiv mit diesem mir selbst gestellten Vorwurf auseinander. Legte ich all die Jahre bei meinen Freunden keinen Wert auf sozialen Status, Aussehen, Alter oder Geschlecht, so glaubte ich bei Sander und dem Enkidu aus der Illustrierten doch vom ausgesprochen hübschen Aussehen der jungen Männer angezogen zu werden. Was war es? Die Ausstrahlung, das Aussehen insgesamt? Oder die Augen? Der Blick? Das Lächeln? Der Mund? Eine bestimmte Form des Mundes? Möglicherweise war es eine ganz bestimmte Form der Lippen, des Lächelns. Aber wie sehr ich mich auch damit auseinander setzte, ich erkannte immer wieder, dass ich diesen Enkidu kennen lernen wollte und zum Freund haben wollte. Es irritierte mich. Ich suchte also möglicherweise einen bestimmten Freund. Der ein bestimmtes

Aussehen haben musste. Und warum? Nur, um meine Liste an Freunden zu ergänzen? War die Freunde-Sammelleidenschaft zur Sucht geworden?

Am 13. Juni 1996 wurde Uwe geschieden. Es war in einem Juni. Im Herbst desselben Jahres zog er mit seiner neuen Partnerin zusammen. Ich dagegen wurde erneut Vater eines Sohnes. Da der erste Sohn Robin hieß, könnte man mutmaßen, in dem Name steckte etwas von Bill Robin alias Ron Ely aus „Schrei der schwarzen Wölfe", was aber Zufall war und nicht beabsichtigt. Der Name des zweiten Sohnes Aaron ließ ebenfalls die Spekulation zu, dass sich hier der Name Ron verbergen konnte. Wie auch immer, ich war Vater zweier Söhne, ein Sohn war Uwes sehnlichster Wunsch. Ob er neidisch war?

An meiner Arbeitsstelle fiel mir ein Badegast auf, erneut ein Junge, der mich irgendwie anzog. Er war 14 Jahre alt. Ich mittlerweile 34. Aber Alter und Geschlecht spielten bei meiner Auswahl an Freunden nie ein Rolle. Nur vergaß ich mitunter, dass ich selbst um viele Jahre älter geworden war. Während viele Jugendliche wenig Anstand und Etikette besaßen, fiel mir Leo, so hieß der Junge, durch Höflichkeit auf. Mit ihm konnte man auch ein paar nette Worte wechseln. Ihn musste ich haben. So muss es gewesen sein, denke ich heute. Ihn wollte ich zum Freund. War er Enkidu?
War mir egal, wer meine Freundesliste ergänzte oder erfüllte Leo bestimmte Facetten meiner inneren, bislang nicht ergründeten Vorstellung von einem ganz bestimmten Freund? Ich versuchte wieder zu erforschen, ob es sein

Wesen war, seine Augen, die Ausstrahlung, sein Lächeln, oder das Zusammenspiel vieler Einzelheiten. Mein Herz war erfreut, jedes Mal wenn ich ihn sah. Man konnte das nicht wirklich Freund nennen, aber ich kannte ihn und er kannte mich, vielleicht wurde ja eine Freundschaft daraus.

Zeitgleich war ich bemüht, mehr nach meinen sogenannten Freunden zu sehen. Ich meldete mich häufiger, versuchte Treffen auszumachen. Freundschaften, so wurde mir bewusst, würden nur funktionieren, wenn man sie lebhaft gestaltete. Die virtuelle Liste meiner Freunde, die ich über Jahre hinweg gesammelt hatte, gab es mittlerweile längst auf Papier. So hatte ich die Übersicht und konnte gezielt vorgehen. Aber es blieb schwirig. Die Menschen hatten immer weniger Zeit – oder Interesse. Oder beides. Ich versuchte Prioritäten zu setzen und kümmerte mich in erster Linie um meine Frau, meine Kinder und die Menschen, die mir nahe standen. Harry, Uwe, Berta, Matthias, Rainer und meine Brieffreundin Elke, die in vielen Schwierigkeiten steckte. Unser Briefverkehr nahm zu. Wir waren bemüht, uns gegenseitig zu helfen. Ich muss zugeben, dass ich nicht nur gerne Briefe schrieb sondern auch zu gerne Post erhielt. Briefe waren für mich wie ein kleines Geschenk, eine Überraschung, die man öffnen, auspacken durfte. Es gab Neues zu erfahren, zu lesen.
Darüber hinaus war ich weiter auf der Suche nach dem geheimnisvollen neuen Freund. Oder neuen Freunden. Ich wusste ja noch immer nicht, was ich wirklich suchte. Klar war nur, dass ich mir mehr Mühe geben wollte, um für meine Freunde da zu sein.

Dunkle Schatten

Das Jahr 1998. Immer wieder riefen Uwe und ich unsere Vorhaben in Erinnerung, gemeinsam Filme anzusehen, allem voran „Der Schrei der schwarzen Wölfe". Dann kam der Mai. Am 2. Mai erfuhr man über die Presse, dass der muskelbepackte Seewolfdarsteller Raimund Harmstorf ein psychisches Wrack und nach einem Selbstmordversuch in einer Klinik sei. Groß und fett waren die Lettern auf dem einschlägigen Tagesblatt, versehen mit einem Bild von Harmstorf. Wir waren geschockt. Um nur einen Tag später zu erfahren, dass Raimund Harmstorf tot war. Er hatte sich auf dem Dachboden seines Hauses erhängt. Erhängt. Der Seewolf. Raimund Harmstorf. Wir waren geschockt.
Warum? Warum musste Raimund Harmstorf sterben?? Warum ist das geschehen? Warum musste dieser Mann so früh sterben? Das war hart und das war echt. Kein Spiel. Kein Drehbuch. Harte Wirklichkeit, mit der Menschen fertig werden müssen. Raimund Harmstorf war tot.
In den Tagen nach seinem Freitod überschlugen sich die Medienberichte. Die Information, Harmstorf sei psychisch krank, wurde ebenso dementiert wie die Behauptung, es habe sich bei der Einweisung in eine Klinik um einen versuchten Suizid gehandelt. Der an Parkinson leidende Schauspieler war auf starke Medikamente angewiesen, die Angstzustände und Depressionen zur Folge hatten. Viele Fans, Journalisten und andere Me-

dien gaben gar dem berichtenden Tageblatt die Schuld am Tod Harmstorfs. Harmstorf selbst soll zu seiner Lebensgefährtin gesagt haben, diese Berichterstattung sei sein Todesurteil. Einen Tag später hatte er sich erhängt. Zusammen mit seiner Lebensgefährtin träumte er von einer glücklichen Zukunft, von Hochzeit und einem lange ersehnten Comeback als professioneller und guter Schauspieler. Berichten zufolge schrieb Harmstorf an einem Drehbuch, das ihm endlich eine niveauvolle Rolle bieten sollte. Abseits vom ewig harten, kartoffelzerquetschenden Bösewicht stets im gewaltigen Schatten US-amerikanischer Stars. [4]

Wir waren Fans von Raimund Harmstorf, fragten uns aber zum ersten Mal, was für Fans wir eigentlich waren. Wir hatten ihn nie zu Gesicht bekommen. Nie die Mühe aufgebracht, zu den Freilichtspielen zu fahren, um ihn als Götz von Berlichingen live erleben zu können, ein Autogramm zu bekommen oder gar ein paar Worte mit ihm zu sprechen. Was waren wir für Fans?
Uwe musste nicht nur den Tod seines zweiten Idols nach Lex Barker verkraften, sondern in diesem Sommer privat wohl auch einen ziemlichen Streit ausgefochten haben, in dem es um das Besuchsrecht für seine Tochter ging. Er hatte es einmal erwähnt. In diesem Sommer hatte seine Exfrau, die sich stetig auf die angebliche Alkoholabhängigkeit von Uwe berief, bewirkt, dass die Tochter den Geburtsnamen der Mutter bekam, den sie nach der Scheidung ebenfalls sofort wieder annahm. So wurde Uwe in diesem Jahr nicht nur sein jahrzehntelanges Idol Raimund Harmstorf genommen, sowie das Besuchsrecht für

sein einziges Kind, sondern auch noch namentlich die Tochter. Es war wieder in einem Juni, so wie die Scheidung in einem Juni vollzogen wurde.

Er bedauerte, dass seine Tochter nur noch zu ihm oder den Großeltern „geschickt" wurde, wenn sie Geld benötigte. Er litt darunter sehr.

Im Laufe der Jahre 1998 und 1999 machte sich in der Bevölkerung und vielleicht sogar weltweit so etwas wie eine düstere Stimmung breit. Die heimliche Angst vor der Jahrtausendwende. Hatten Sie das auch gespürt oder wenigstens gehört? Die Gerüchte, am 31.12.1999 um Mitternacht könne irgendetwas Schlimmes passieren. Im schlimmsten Falle die Welt untergehen. Manche sahen überzeugt in den 3 Neunen des Jahres 1999 auf dem Kopf stehend dreimal die Sechs, also 666, die Zahl des Teufels.

Ich bin zwar Christ, aber derartige düstere Vermutungen versuchte ich stets von mir zu weisen. Für mich sollte es ein Jahreswechsel sein wie jeder andere auch. So kam es auch. Die Welt ging, wie wir heute wissen, nicht unter. Auch so geschah in dieser viel gefürchteten Silvesternacht nichts Besonderes.

Doch erst zum Anfang des Jahres 1999. Ich entdeckte im Gemeindeblatt den Verkauf eines Hauses. Schon länger suchten meine Frau und ich nach einem geeigneten Haus, da die Mietwohnung uns zu klein wurde. Ich rief an und erkundigte mich nach dem Haus. Ich konnte fast nicht glauben, welches Haus mir dann beschrieben wurde. Es war in der Tat genau das Haus, in welchem unsere Familie von 1970 bis 1974 wohnte. Das große Haus mit dem Bunker, dem Schuppen, den verwinkelten Gängen und dem ehemaligen Schweinestall, in dem mein Vater Gänse und Enten hielt. Das Haus, das nur 2 Häuser von Uwes Elternhaus entfernt lag. Kurzum, meine Frau und ich fassten den Entschluss, dieses Haus zu kaufen. Ein wenig würden wir umbauen müssen, die Zimmer etwas anders aufteilen. Daraus wurde eine Komplettsanierung. Außer den Zimmerdecken wurde alles herausgerissen, wobei ich gleich erwähne, dass wir ohne die monatelange, knochenharte Arbeit meines Vaters vermutlich noch heute daran bauen würden. Aber auch ich schonte mich nicht und gab, was ich konnte. Monatelang schufteten wir schwer in staubigen Räumen, dass man die Hände nicht vor Augen sah. Die Staubmasken gaben nicht viel her und so mutete man seiner Lunge gnadenlos viel zu. Mein Bruder Ralph, zu dem ich seit jeher ein gutes Verhältnis hatte, half einige Male und sehr oft Harry. Matthias besuchte uns oft auf der Baustelle, gab aber immer Termine vor, die ihn vom Helfen abhielten. Allerdings war er ja bereits seit Jahren sehr krank.

Uwe teilte mir gleich zu Beginn unserer Renovierungsmaßnahmen mit, dass ich nicht mit ihm rechnen könne. Er habe ebenfalls immer viel zu tun, hinzu kam seine Feuerwehr, in der er auch Jugendwart war und in seiner Freizeit wollte er mit seiner Partnerin zusammen sein. Er sagte mir jedoch jedes benötigte Werkzeug zu. Und so kam es, dass ich doch über die komplette Bauphase mit Uwe zusammenarbeitete, indem er mir ständig an Werkzeugen und Maschinen organisierte, was immer ich brauchte. Eine unschätzbare Hilfe. Er war nach wie vor ein Colt für alle Fälle! Ein Moment sticht bis heute für mich heraus: Er übergab mir auch eine Schutzbrille. Ich sagte ihm zu, diese ihm sofort nach Gebrauch wieder zurückzugeben, aber er beteuerte, dass er sie nicht mehr brauche. Heute noch sehe ich in den Worten den Doppelsinn. Er brauchte sie nicht mehr. Nie mehr. Das wusste er damals schon.

Wir schufteten und schufteten. Ich gönnte mir keine Pausen zwischen Familie, Kindern, Beruf und Baustelle. Meine Frau aber auch nicht. Ich fehlte schließlich an allen möglichen anderen Ecken und Enden durch meine Zeit auf der Baustelle und sie war mit unserem dritten Kind schwanger. Die unterschiedlichsten Freunde halfen uns. So investierte Andreas aus unserem Bibelkreis ein paar Wochen um mich zu lehren, wie man ein komplettes Badezimmer flieste, ausfugte und die Silikonfugen anbrachte.

Es kam der 29. Mai 1999. Wir waren wieder auf der Baustelle und schufteten. Gegen Abend arbeiteten Harry und ich noch zu zweit, als Uwe hinzu kam. An diesem Abend musste er wohl auch geholfen haben. Außerdem wollten wir den Ausbau der Küche in der Mietwohnung besprechen. Dies hatte er mir zugesagt. Auch die Küche in einem von ihm besorgten Lieferwagen in die neue Wohnung zu transportieren. So arbeiteten wir bis spät in die Nacht und verbrachten dann noch die ein oder andere Stunde bei dem einen oder anderen gemütlichen Bierchen. Es war absolut lustig zu dritt. Harry, Uwe und ich waren über die Jahre hinweg ein phantastisches Gespann geworden. Um Mitternacht wurde dann auf meinen Geburtstag angestoßen. Wunderschön, mit den besten Freunden zusammen in den Geburtstag zu feiern. Ich fühlte mich überglücklich. Allerdings kam Uwe auch kurz auf seine vielleicht größte Sorge zu sprechen, was uns betrübte, er aber auch sofort verdrängte.

Außer Uwe und Harry hatten auch andere Freunde und Bekannte auf unserer Baustelle geholfen, ich möchte hier niemanden vergessen. Im Sommer war die Renovierung soweit abgeschlossen, wir mussten noch vier Wochen bei meinen Eltern campieren, da Restarbeiten zu erledigen waren, wir aber bereits aus der Mietwohnung ausziehen mussten.

Das Jahr hatte aber neben all der Schufterei doch auch etwas Düsteres. Unserem ältesten Sohn, damals 7 Jahre alt, ging es schlecht. Er wirkte oft depressiv und fast schon apathisch. Von klein auf konnten wir nicht verhindern, dass er sich für schlechte Zeichentrickserien über Vampire, Mumien und Monster interessierte. In seiner Kleinkindgeneration gab es damals viel von diesen Dingen. So interessierte er sich fast ausschließlich für Mumien, Geister, Dämonen, Monster und dergleichen. Immer wieder vermuteten wir darin die Ursache. Hinzu kamen die nahenden wohnlichen Veränderungen. Gespräche brachten nichts, aber es wurde immer schlimmer mit ihm. Hinzu kam, dass ich eines Tages einen üblen Traum hatte, aus dem hervor ging, dass unser Sohn ganz im Griff des Bösen war. Ich war aber zu beschäftigt. Beruf, Familie, der Umbau, die Kinder, das alles kostete Zeit und Kraft. Außerdem machte mir Uwe mit seinen Sorgen und Alkoholproblemen schwer zu schaffen. Dazu kam, dass meine Brieffreundin mittlerweile in solch üblen privaten

Problemen steckte, dass unser Briefkontakt sehr intensiv wurde. Wir schrieben uns mitunter mehrfach in der Woche, manchmal beinahe täglich Briefe, in denen ich versuchte, Elke zu helfen. Selbstverständlich wäre es einfacher und sinnvoller gewesen, stundenlang zu telefonieren oder sich zu treffen, aber wir blieben ausnahmslos dem Schreiben von Briefen treu. Es ergab sich, dass ich etliche Stellen aus meinem Gilgameschbuch als Beispiel verwenden konnte, um ihr Mut und Zuversicht zuzusprechen. So arbeitete ich mit dem Epos von Gilgamesch, um Elke zu helfen, suchte nach Möglichkeiten, meinem Sohn zu helfen, suchte außerdem nach einer Lösung für die Probleme von Uwe und sorgte mich darüber hinaus um weitere Bekannte und Freunde, die in Schwierigkeiten steckten. Meine gute alte Freundin, die über achtzig Jahre alte Berta war mittlerweile im Altersheim, wo ich sie regelmäßig besuchte. Sie war sehr traurig über ihr Dasein, aber zuhause konnte sie sich nach einem Oberschenkelhalsbruch, den sie sich beim Kegeln zuzog nicht mehr alleine sein. In ihrer Freizeit war sie in all den Jahren stets mit jüngeren Menschen zusammen, das hielt sie fit. Nach dem Tod ihres geliebten Mannes fiel ihr vieles schwer. Im Altersheim litt sie unter den vielen noch viel älteren Mitbewohnern. Sie vermisste das bunte Treiben mit mir. Die Auftritte und Verkleidungen, ihre Schwimmkurse, die sie bis zum Alter von 80 Jahren abhielt. Mehrfach war ich auch mit meiner Frau Heike und unseren Kindern zusammen im Heim, um sie aufzumuntern. Ich wollte ihr helfen. Es war eine seltsame Konzentration und Konstellation an Problemen, Sorgen und Schwierigkeiten um mich herum.

Dann begann ich von dem Schauspieler Ron Ely zu träumen. Dass dieser bestürzt sei über den Tod von Raimund Harmstorf. Ich träumte mehrfach davon und begann mich zu fragen, ob die beiden Schauspieler denn überhaupt befreundet gewesen waren, während der Dreharbeiten zu ihrem einzigen gemeinsamen Film „Der Schrei der schwarzen Wölfe" oder auch danach. Von der privaten Freundschaft zwischen Pierre Brice und Lex Barker wusste man. Aber wie war das mit Ron Ely und Raimund Harmstorf? Und warum träumte ich davon? Das setzte mir zusätzlich zu. Dass mein ohnehin beachtliches Untergewicht sich in dieser Zeit noch verstärkte, ist verständlich. Dennoch versuchte ich alles zu geben und mehr.

Bei einem Spaziergang mit Harry und seiner Familie, der mittlerweile ebenfalls drei Kinder im fast gleichen Alter wie wir hatte, bemerkte ich einmal mehr, wie unser Sohn teilnahmslos hinterher trottete. Da ergriff ich die Initiative, ging zu ihm und hielt ihm während des Spazierganges einen sehr langen Vortrag über die Gefahren der billig produzierten Gruselgeschichten aus Film und Fernsehen, über die Realität und ihre Schönheit, über den Glauben und Jesus Christus, über Gott, den Tod, der uns alle irgendwann ereilt und die verheißene Auferstehung. Das war harte Arbeit, aber ich glaube, ich hatte Gottes Segen hierbei. Wir entwöhnten unseren Sohn daraufhin von seinem Faible für dieses unmögliche Grusel-Genre und es ging ihm fortan besser.

Meine Brieffreundin Elke hingegen steckte noch in immensen Schwierigkeiten und Uwe bereitete mir große Sorgen. Ich schwankte jedes Mal wenn ich ihn sah zwischen heiterem Frohsinn und tiefgründiger Philosophie. Ich wusste einfach nicht wirklich, wie man ihm helfen konnte.

Ich träumte wieder von Ron Ely, wie betrübt dieser sei über den Tod seines Freundes Raimund Harmstorf. Ich grübelte und grübelte, aber es war über das Thema Freundschaft zwischen diesen Beiden nichts zu lesen. Es war ja auch extrem lange her.

Das Jahr ging zu Ende und wir planten bereits den nächsten großen Schritt der Renovierung. Wollten wir ursprünglich die vielen skurrilen Anbauten an unserem Haus stehen lassen, entschieden wir uns nun doch, die Anbauten samt dem massiven Bunker abreißen zu lassen, da die Gemäuer sehr verwinkelt, extrem flach und unterschiedlich in der Tiefe (überall Stufen auf und ab) waren und darüber hinaus die Bausubstanz sehr schlecht war. Überall sickerte Regenwasser hinein, es gab Salpeterausblühungen und Feuchtigkeit. Da stand uns ein weiterer großer, schwerer Akt bevor, zumal wir, das heißt auch ich, handwerklich sehr viel selbst erledigten.

Uwe hatte derweil die rettende Idee für unser großes Comeback im Entertainment-Business. Der Karnevalsverein plante für das kommende Jahr 2000 einmalig einen großen Karnevalsumzug. Hier wollte Uwe unbedingt mit mir zusammen wieder originelle Kostüme schaffen und bei der Bevölkerung für Staunen und Bewunderung sorgen. Schon lange kreisten in uns die Gedanken um die Verwirklichung der Blechbüchsenarmee aus der Augsburger

Puppenkiste an Fasching. Er war begeistert von seiner Idee und wollte unbedingt sogleich beginnen. Immer wieder musste ich ihn vertrösten. Immer wieder kam er mit der Idee und ich spürte, wie wichtig sie ihm war. Es sei der einzige Umzug. Meine Anregung, dass sie möglicherweise nun jedes Jahr einen Umzug machten dementierte er. Nein, das war nach seiner Meinung die einzige und letzte, sowie ultimative Möglichkeit eines Comebacks für uns. Ich redete mit Harry und Rainer, die ebenfalls beide begeisterte Fans der Augsburger Puppenkiste waren und die selbstverständlich mit von der Partie sein mussten. Für mich sah ich wieder einmal eine Möglichkeit, mehrere Freunde in einem gemeinsamen Projekt unterzubringen und Rainer mit Uwe bekannt zu machen, nachdem diese Sache in unserem Film nicht geklappt hatte. Bestimmt würde sich Uwe mit Rainer ebenso gut verstehen wie mit Harry. Aber Harry und Rainer steckten sehr in beruflicher Arbeit, in Prüfungen und ebenfalls in Planungen eines Hausbaus etc. dass sie keine Möglichkeit sahen, mitzumachen. Ich versuchte erneut Uwe davon zu überzeugen, dass wir den genialen Auftritt nur um ein einziges Jahr verschieben würden, dann aber ganz sicher zuschlagen würden. Nein, nein, nein, jammerte er, er würde sofort zur Konservenfabrik in unserer Nachbargemeinde fahren und große Dosen holen und beginnen, die Rüstungen zu bauen. Ich sah keine Chance. Auch ich war beschäftigt, so dass mir oft die Luft zum Atmen fehlte und hatte Sorgen um Mitmenschen, die mich im Griff hielten. Resigniert gab Uwe dann doch das Vorhaben auf.

Eines Tages, als wir bereits in dem neuen Eigenheim wohnten, kam Uwe mit dem Fahrrad angefahren. Ich war im Hof und wir unterhielten uns ein wenig. Es war schön. Wir müssten uns öfter treffen, mehr miteinander unternehmen, wieder kleine Abenteuer erleben, stellten wir fest. Im zweiten Stock sah mein Sohn aus dem Fenster und rief, wann ich endlich zum Spielen käme. Wir unterhielten uns weiter, ich vertröstete ihn. Uwe fragte, ob wir mit dem Fahrrad eine Runde fahren können. Man könne sich ja dabei unterhalten. Was würde ich lieber tun, als das? „Paaapaaa. Wann kommst du endlich!" Ich war hin und her gerissen. Mein Freund brauchte mich, wir sehnten uns danach, gemeinsam etwas zu unternehmen. Mein Kind brauchte seinen Papa. Allzu oft mussten auch meine Kinder durch die Baumaßnahmen zurückstehen. Schweren Herzens entschied ich mich für meinen Sohn. Er war mein Sohn. Er stand mir näher. Stand er mir näher? Wir verschoben unsere Fahrradtour.

Ich lag aber eines Nachts im Bett und war fast vor dem Einschlafen, als mir all meine Sorgen und Probleme, die sich um meine Freunde drehten, im Kopf umher gingen. Ich fragte mich, ob ich denn genug täte. Mehr ginge ohnehin nicht. Mehr konnte man sich gar nicht um seine Freunde kümmern, wie ich es tat. Da hörte ich vor mir die Worte:

„Was sagt ihr, ihr hütet die Schafe
und liegt doch auf der Wiese und spielt mit dem Gras?
Und saget, es stürmt,
so ist's doch nur der Wind, der durch das Gras streift.
Ich sage euch,
erhebt euch und seht nach der Herde,
bevor der Sturm kommt."

Ich muss gestehen, dass ich möglicherweise versuchte, diese Frage meinem Schutzengel zu stellen. Die Antwort brannte sich mir so stark im Gedächtnis ein, dass ich sie am folgenden Tag sofort notierte. Diese Worte hatte ich nicht gesprochen und ich hatte sie mir nicht ausgedacht. Nun war ich geschockt. Ich lag auf der Wiese und spielte mit dem Gras? Während meine Freunde in Not steckten? Berta. Uwe. Elke. Der kranke Matthias. Meine Frau, meine Kinder. Seht nach der Herde? Welcher Herde? Wer war meine Herde? Meine Freunde natürlich. Die, die mir noch blieben. Und meine Familie. Ich nahm mir vor, noch viel intensiver nach meinen Freunden zu sehen und zu helfen, wo und wie es mir möglich war. Es musste noch viel mehr möglich sein.

Irritiert hatten mich weiterhin diese seltsamen Träume über den Schauspieler Ron Ely und den Tod von Raimund Harmstorf. Warum beschäftigte mich das so? Und wo war herauszubekommen, ob die beiden befreundet waren? Vielleicht sollte ich gar Ron Ely, der in Amerika im Bundesstaat Santa Barbara lebte, mitteilen, dass sein Freund oder ehemaliger Freund gestorben war bzw. sich das Leben nahm? Absurd. Ron Ely würde nur darauf warten, dass irgendein unbekannter Mensch aus Old Germany auftauchte um ihm von irgendeinem Menschen zu erzählen, mit dem er vor unzähligen Jahren einmal im kleinen Deutschland einen unbedeutenden Film zusammen drehte. Es war absurd. Träume sind Schäume. Die Sache mit den Schafen, der Herde und dem Sturm nahm ich aber ernst. Bitterernst.

Womöglich waren diese Träume eine Anregung, dass ich eine Fortsetzung des Filmes „Der Schrei der schwarzen Wölfe" schreiben sollte. Oder einen Fortsetzungsfilm drehen. Mit Uwe? Damit wir beide irgendetwas gemeinsam unternahmen. Er brauchte das. Der Gedanke über diese Träume ließ mich nicht mehr los. Zu einer Lösung kam ich nicht. Davon abgesehen, war ich sehr in unsere Baumaßnahmen involviert und zudem hatten wir seit April des Jahres ein Baby im Haus. Unsere Tochter Mantis Ronja. Wie sollte man da noch ein Drehbuch über einen Western schreiben? Und wie sollte man den verfilmen? Das Drehbuch verkaufen? Sollten Uwe und ich die Hauptrollen spielen? Wir konnten schlecht die Rollen Harmstorfs und Elys übernehmen. Lächerlich. Außerdem hatte ich mit Freunden schon einmal einen Film gedreht und wir wussten anschließend nicht, was damit anzufangen war.

Neben all dem Trubel um Umbau, Ehe, Beruf, Familie, Kinder, Sorgen um Freunde, die in Schwierigkeiten steckten und den mysteriösen Träumen litt ich innerlich nach wie vor unter der Tatsache, dass ich keinen Freund fand. Keinen weiteren Freund. Keinen neuen Freund. Was auch immer ich anstellte, es fand sich nirgends ein Mensch, mit dem man sich richtig gut anfreunden konnte. Ich genoss die Zeit zusammen mit Harry, ich war gerne mit Uwe zusammen, ich besuchte Matthias, freute mich nach wie vor an der Brieffreundschaft zu Elke und Rainer S., sah nach Berta, freute mich auch über jedes Gespräch, wenn mir Leo begegnete und telefonierte regelmäßig mit Rainer. Auch jedes Wiedersehen mit Gunther oder Andy war schön, lebhaft und interessant. Auch zum Lachen. Und schließlich verband mich doch auch in meiner Ehe mit Heike eine attraktive und lebhafte Freundschaft. Irgendwie fühlte ich aber trotzdem immer wieder das Fehlen von neuen, weiteren Freunden oder aber wie ich mittlerweile vermutete, das Fehlen eines ganz bestimmten Freundes, der ein bestimmtes Aussehen haben musste, um mir so sehr zu gefallen. Oder bestand sogar die Möglichkeit, dass ich selbst nicht nur Fan von Ron Ely blieb, sondern mit ihm befreundet sein konnte?

Von dem geheimnisvollen düsteren Traumspruch über die Herde, die Schafe, erzählte ich nur meiner Frau, sonst niemandem. Ich wollte nicht zum Spinner abgestempelt werden. Auch mit meinem besten Freund Uwe redete ich nicht darüber. Irgendwie hatte ich ja das unheimliche Gefühl, dass es dabei unter anderem hauptsächlich um ihn ging. Zudem hatte das alles so etwas Dramatisches und Uwe und ich waren immer bemüht, andere Menschen fröhlich zu stimmen, zum Lachen zu bringen, ihnen Freude zu bereiten.

Mir lag nicht daran, die ganze Sache noch weiter zu dramatisieren. Man konnte sich in alles hineinsteigern, dann konnte man sich auch wieder heraussteigern. Das war schon immer meine Devise. Ich wollte mir lediglich viel mehr Mühe geben und ergründen wie das mit dem Traum gemeint sein konnte. So gesehen blieben durchaus Fragen offen: War Ron Ely nun mit Raimund Harmstorf befreundet? Hatte er je vom Tod Harmstorfs erfahren? Wie sah man nach seiner Herde und zwar so, dass man nicht nur auf der Wiese lag und mit dem Gras spielte? Wo und wann war endlich ein, oder dieser merkwürdige, Freund von ganz bestimmtem Aussehen, zu finden?

Der Schrei der schwarzen Wölfe

Vielleicht ist es in diesem Moment einmal erwähnenswert, um was es in dem vielbesagten Film „Der Schrei der schwarzen Wölfe" überhaupt geht:

Alaska 1903, der Frühling naht. Der in den Bergen Alaskas als Einsiedler lebende Pelztierjäger Bill Robin (Ron Ely) ist auf dem Weg ins Tal nach Happy Camp, einer kleinen Goldgräbersiedlung, um seine Felle zu verkaufen. Dort will ihm der goldgierige Westmann Mike Williams seine Schlittenhunde abkaufen, nachdem ihm gesagt wurde, dass Bill Robin die besten Schlittenhunde weit und breit habe. Nachdem Bill Williams deutlich macht, dass er mit solch Gestalten keine Geschäfte macht, kommt es zur Schlägerei. Später nimmt Williams den Hundeschlitten Bill Robins unter Waffengewalt an sich und flieht.
Das geistig verwirrte Indianermädchen Akaena verspricht jedem, der sie aus dem eisigen Alaska in den sonnigen Süden mitnimmt, einen sagenhaften Goldschatz, der jedoch nur in ihrer Phantasie existiert. Der skrupellose Goldsucher Williams glaubt an diesen Schatz. Als er Akaena mit dem Messer bedroht, weil sie ihm keine Antwort auf die Frage nach dem genauen Ort des Schatzes geben kann, wird er hinterrücks erschossen. Williams fällt auf den Hundeschlitten, der ihn zurück ins Camp bringt. Bill Robin gerät unter Verdacht, Mike Williams erschossen zu haben.

Williams Schwester Frona will Rache und bietet dem Revolverhelden Jack Harper (Raimund Harmstorf) 2000 Dollar, damit er ihr Bill Robin ausliefert. Harper handelt die Summe auf 3000 Dollar hoch, da es extrem gefährlich sei, Bill Robin in der eisigen Wildnis der Berge zu fangen. Harper steckt außerdem mit dem Banditen Tornado Kid unter einer Decke, der eine Rechnung mit Bill Robin offen hat. Auf der Suche nach Bill Robin, der Happy Camp wieder verlassen hat und zurück in den Bergen ist, gerät Harper unter eine Schneelawine und wird von dem Pelztierjäger gerettet.

Zum Dank lockt Harper den Trapper unter einem Vorwand nach Happy Camp, wo Tornado Kid mit seiner Bande auf ihn wartet. Auf ihrem langen Weg durch die verschneiten, eisigen Wälder Richtung Happy Camp werden die beiden von einem Rudel Wölfe angegriffen. Während dieses Kampfes rettet Bill Robin seinem Weggefährten erneut das Leben. Als Bill Robin später bemerkt, dass Harper von einem Wolfsbiss verwundet wurde und an einer Blutvergiftung zu erkranken droht, rettet er ihn durch das Ausbrennen der Wunde erneut.

Im Camp erfährt Robin, dass sein angeblicher neuer Partner, den er unterwegs abschüttelte, weil er ihm nicht traute, ein Kopfgeldjäger ist, der ihn Tornado Kid ausliefern soll.

Der durch seine Karl May-Verfilmungen berühmt gewordene Regisseur Harald Reinl inszenierte diesen Film 1972 nach Vorlage des Jack London-Romanes „Son of the wolf" und heuerte, nachdem in den Karl May-Filmen die internationalen Stars Pierre Brice und Lex Barker für sehr großen Erfolg sorgten, die beiden Stars Ron Ely (Tarzan) und Raimund Harmstorf (Seewolf) an. Spielte der Film auch in Alaska, so fanden die Dreharbeiten lediglich in der Nähe von St. Jakob in Tirol statt.

Uwe und ich nahmen uns vor, den Film endlich wieder einmal gemeinsam anzusehen.

Die vorhin erwähnte, allseits gefürchtete Jahreswende, an der die Welt eben nicht unterging, kam und wir schrieben das Jahr 2000. Das Jahr 1999 war sehr arbeitsintensiv und durchaus auf die eine und andere Art düster. Bedrohlich.
Nun war mit dem Jahr 2000 ein neuer Anfang gemacht. Haben auch Sie an einem Jahresbeginn gute Vorsätze? Ich war nach wie vor in jede Menge Arbeit vertieft, meine Familie forderte mich und diese seltsamen Träume ließen mich nicht los. Ich wollte in jedem Falle das Beste geben, mehr nach meiner Herde zu sehen. Wer auch immer diese Herde waren.
Uwe unternahm einen letzten Versuch, die Blechbüchsenarmee für den Faschingsumzug durchzusetzen. Aber an der Situation bei Harry, Rainer und mir hatte sich nicht viel geändert und so blieb es bei dem Nein. Der Fasching kam und mit ihm ein bunter großer Faschingsumzug durch die Straßen in unserem Ort. Mit Gruppen aus vielen Orten, der Schweiz und anderswo. Bunt, laut und lustig. Nur eben ohne Blechbüchsenarmee.

Uwe machte mir Sorgen. Irgendetwas stimmte nicht mit ihm. Außerdem nervte mich die Tatsache, dass er immer wieder dem Alkohol zusprach. So, dass ich nach Möglichkeiten zu suchen begann, ihm da heraus zu helfen. Sollte ich mit seiner Partnerin sprechen? Für sie musste das doch auch ein Problem darstellen. Oder mit seinen Eltern, die ich von klein auf kannte? Nein, ich war mir sicher, am besten war es bestimmt, wenn ich mit ihm selbst redete. Ich musste nur eine passende Gelegenheit finden.

Dann träumte ich wieder. Von dem Schauspieler Ron Ely. Er stand einfach nur da und sagte nichts. Ich spürte eine unendliche Traurigkeit in ihm. In ihm? Seltsam, aber so war es, als ich erwachte, waren mir diese Gefühle bewusst. Er, Ron Ely, musste unendlich traurig sein, dass sein ehemaliger Schauspielkollege und möglicherweise auch Freund nicht mehr lebte.
Der Gedanke, herausfinden zu wollen, ob Ron Ely und Raimund Harmstorf überhaupt noch befreundet waren nach all den Jahren, nahm in meinem Innersten immer mehr Formen an. Vielleicht gelang es mir doch, etwas herauszufinden.
In mir drin war ich aber restlos zerrissen. Wenn Ely und Harmstorf noch befreundet waren, würde Ely vom Tod Harmstorfs erfahren haben. Möglicherweise. Dann war er vielleicht wirklich betrübt oder traurig, so wie Pierre Brice bestürzt und traurig über den Tod seines Freundes Lex Barker war. Was konnte ihm meine Mitteilung dann helfen? Tote macht man nicht mehr lebendig. Und wenn sich Ely gar nicht mehr erinnern konnte, mit wem er damals im kleinen Deutschland irgendeinen Film drehte, dann war es ohnehin unsinnig, ihm davon zu erzählen. Ich suchte trotzdem nach einer Antwort. Aber während über

Lex Barker und Pierre Brice im Internet einiges zu finden war, gab es über die anderen beiden Schauspieler herzlich wenig zu lesen.

Ich inserierte in einer Filmillustrierten, dass ich mich für alles über den Film „Der Schrei der schwarzen Wölfe" interessieren würde. Nach ein paar Wochen hatte ich von einer alten Dame aus Berlin eine Sammlung über Ron Ely, sowie eine gute Sammlung über Raimund Harmstorf ergattert. Über den Film speziell war auch Material dabei, Berichte über die Beziehung der beiden zueinander aber nicht.

Über Harmstorf, seine Unzufriedenheit über wenige und schlechte Rollenangebote, seinen Unfall, der ihn fast zu einem Krüppel machte, bis hin zu seiner Parkinson-Krankheit konnte ich mir ein wenig ein Bild machen.

Über Ron Ely erfuhr ich aus einem Artikel, dass er in den 90er Jahren mit zwei Kriminalromanen in den USA beachtlichen Erfolg gehabt haben muss. Meine Frage nach der Freundschaft zwischen den beiden blieb unbeantwortet.

Im Übrigen war Uwe in diesen Wochen mit einer ganz anderen Hiobsbotschaft zu mir gekommen. Sein Vater bekam die Diagnose Krebs gestellt. In Uwes Familie ging es drunter und drüber. Zumal sein Vater jegliche Medikamente und Therapien ablehnte. Uwe litt unter den tragischen, aufgewirbelten, fast hysterischen Zuständen in seinem Elternhaus. Würde sein Vater bald sterben? Man war davon überzeugt. Alle waren geschockt und besorgt. Sie würden bald womöglich ohne „Vati" sein. Ich konnte ihm nicht wirklich helfen, wobei ich ihm sicher

Ratschläge gab. Mit dem Vater zu reden. Für ihn zu beten. Ich gab immer Ratschläge, wo ich konnte.

Es war, als sängen die Engel

Uwes Geburtstag nahte. Der März. Vielleicht war das eine gute Gelegenheit, unsere Freundschaft irgendwie lebendiger zu gestalten? Ich war nicht sein Trauzeuge geworden, worüber ich mittlerweile eher froh war, er war noch nicht einmal auf meine Hochzeit eingeladen, weil die Stimmung damals zwischen ihm und seiner Frau schon irgendwie komisch war und er sich auch von mir zeitweise distanziert hatte.

Wir könnten doch die Geburtstage nutzen, um mehr füreinander da zu sein. Vielleicht ein Geschenk? Aber was? Ich grübelte.

Dann kam mir die Idee! Ich hatte vor ein paar Jahren in einem christlichen Buchladen ein Buch entdeckt, dass ich seit meiner Kindheit nicht mehr gelesen hatte. Es trug den Titel „Es war, als sängen die Engel" von James C. Whittaker. [5] Ein Buch, das Uwe und mich ebenfalls sehr verband. Wir bekamen es damals in der Grundschule von unserer Religionslehrerin im Unterricht vorgelesen. Ich habe heute keine Ahnung davon, wie unsere Mitschüler das Buch aufnahmen, Uwe und mich fesselte es förmlich. Das Buch erzählte einen Tatsachenbericht. Es trug sich also wirklich zu. Es handelte von einer Fliegerbesatzung im 2. Weltkrieg, die 1942 im Stillen Ozean notlanden musste. In drei kleinen Schlauchbooten trieben die acht Männer 3 qualvolle Wochen in der grausamen, menschenleeren Wasserwüste ohne Aussicht auf Rettung. Ihr Schicksal wird detailliert geschildert. Es kommt zu Streit und geht soweit, dass die Menschen aus purem Hunger den Kannibalismus erwägen. Einer der Männer hat eine Bibel dabei und hält an seinem Glauben eisern fest. Und in der Tat erfahren sie nach wochenlangen Strapazen Rettung aus dieser grausamen, nicht enden wollenden Leidenssache.

Ich besorgte mir das Buch erneut und nahm mir vor, es Uwe zu schenken. Nachdem ich das Buch hatte und in den Händen hielt, zitterten mir diese. Ein weiteres Mal hatte ich diesen furchtbaren Traum von Ron Ely und der Schmerz, die Trauer über den Verlust eines geliebten Freundes, den ich durch Ron Ely empfand, war grausam. Ich war derart durcheinander am nächsten Tag, dass ich bald nicht mehr ein noch aus wusste. Außer mit meiner Frau konnte ich mit niemandem darüber reden. Was heißt „konnte", ich redete einfach mit niemandem darüber. Wer sollte einem denn so etwas glauben? Wie würden Sie denn reagieren, wenn ihnen jemand von solchen Träumen erzählte? Und von der Geschichte mit der Herde, die Worte, dass man angeblich auf der Wiese liegt und mit dem Gras spielt, anstatt sich um die Herde zu kümmern, obwohl man glaubt, bereits alles Menschenmögliche zu tun? Selbst vor meinen Freunden und Mitchristen im Bibelkreis verschwieg ich die mysteriösen Geschehnisse um mich herum und in mir drin.

Ich hielt das Buch in den Händen, nahm einen Stift und versah es auf der ersten Seite mit der Widmung, dass ich Uwe zum Geburtstag mit diesem Buch eine Freude machen möchte und mir wünsche, dass, sollte er einmal in größter Not sein (wie die notgewasserte Besatzung), Jesus sein Retter sein möge.

Tragisch. Dick aufgetragen? Keine Ahnung. Ich ließ es so. Und genau so ging ich mit dem in Geschenkpapier eingepackten Präsent am Tage von Uwes Geburtstag zu ihm. Ich läutete. Er öffnete die Türe. Ich gratulierte ihm zum Geburtstag und überreichte ihm das Geschenk. „Ein Geschenk?", fragte er erstaunt. „Wir machen uns Geschenke?" Und weiter „Ich freue mich. Es ist schön, von einem Freund ein Geschenk zu bekommen."

Jetzt fehlt mir ein Stück Erinnerung. Ich weiß nicht mehr, wie die Unterhaltung weiterging. Ob er mich bat, herein zu kommen und ich keine Zeit hatte. Oder ob er es schade fand, dass er nicht feierte, wozu er mich einladen könne. Ich weiß es nicht mehr.

Wir haben auch nie wieder über dieses Buch gesprochen. Ich bin mir aber sehr sicher, dass er es wollte, denn er hatte dieses Buch in all den Jahren immer wieder erwähnt. „Weißt du noch von diesem Buch, das uns die Religionslehrerin damals vorgelesen hatte? Zu gerne würde ich es einmal wieder lesen", hatte er oft gesagt.

Ein Colt für alle Fälle

Dann kam ein Tag, an dem ich einmal mehr einen Colt für alle Fälle benötigte. Wir hatten von meiner Cousine ein ausrangiertes Polstersofa vermacht bekommen. Dieses galt es zu holen. Da das Teil aber so sperrig war, dass es in keinem Falle in einen PKW passte, fiel mir sofort Uwe ein, der immer wenn man einen Lieferwagen benötigte, einen Lieferwagen zur Hand hatte.

Uwe zögerte auch keinen Augenblick, mit mir zusammen diese Aktion durchzuführen, zumal ihm meine Cousine ebenfalls gut bekannt war. Wieder war er der Colt für alle Fälle. Wir fuhren mit dem Lieferwagen los und waren guter Laune. Wir erzählten, lachten und sangen unsere Hymne „Ein Freund, ein guter Freund ..." aus vollem Halse. Wir waren ein Team.

Bis wir das sperrige Teil aus dem 3. oder 4. Stock der Wohnung meiner Cousine im Lieferwagen verstaut hatten, lagen unsere Nerven schon fast blank. Die Unterseite des großen dreieckigen Klotzes bestand aus Styropor, die Oberseite aus Schaumstoff. Dazu gehörte eine entsprechend große Lehne und zwei Klötze für die Beine, bzw. das ganze konnte man auch zu einem großen Bett zusammenlegen. Auf der Rückfahrt trällerten wir unsere zweite Hymne, frei nach dem Lied „Das kann doch einen Seemann nicht erschüttern ...", wobei wir aus dem Seemann den Helden machten. „Das kann doch einen Helden nicht erschüttern, keine Angst, keine Angst, mein Schatz ...". Wobei hier mit dem Schatz die stets aktuelle

Partnerin gemeint war, bzw. schon damals in unseren Schultagen in unserer Phantasie eben Dagmar und Jutta für dieses Lied herhalten mussten.
Dann wurde es aber melancholisch. Wir kamen auf seine Probleme zu sprechen. Ich sprach ihn konkret auf den Alkohol an. Ob ich ihm nicht irgendwie helfen konnte. Er senkte den Kopf. „Weißt du", hatte er gesagt, „wenn man so viele Jahre damit behaftet ist, ist es fast unmöglich davon los zu kommen. Wenn du schon als Auszubildender immer Bier holen geschickt und animiert wirst, mitzutrinken. Du trinkst und trinkst. In der Feuerwehr – du trinkst mit. Bei all deinen Arbeiten und Jobs – du genehmigst dir ein Bier. Und irgendwann gewöhnst du dir an, deine Probleme damit hinunter zu spülen. Die Probleme nehmen zu, du trinkst immer häufiger. Ein Teufelskreislauf ..."
Ich entgegnete ihm energisch. Waren wir mit dem Teufel im Bunde? Ich? Als Christ? Als von klein auf gläubiger Mensch? Niemals. Es musste locker möglich sein, den Teufelskreislauf zu durchbrechen! Man musste doch einfach nur nein sagen. Die Verführung zum Alkohol hatte auch ich mehrfach in meinem Leben erfahren. Irgendwann hatte ich es genug. Es sollte für mich nicht zur Angewohnheit oder Sucht werden. Damit war das Thema für mich erledigt. Hatten wir nicht kurz zuvor davon gesungen, dass einen Helden nichts erschüttern konnte? Auch ein Teufel und sein bescheuerter Kreislauf nicht.
Ich wusste nicht weiter. Ich wollte ihn nicht dauernd belehren, aber die Probleme ständig zu verdrängen, brachte doch auch nichts. Ich weiß nicht mehr wie die Unterhaltung weiterging. Vermutlich waren wir angekommen.

Nun galt es, das klobige Ding in unserer Wohnung in den dritten Stock zu bringen. Die erste Treppe war schon eine gewaltige Herausforderung, aber die zweite Treppe ins Dachgeschoss war so eng, dass das Teil stockte und nichts mehr ging. Wir schoben das blöde Dreieck. Das Styropor quietschte unter dem dünnen Überzug, aber wir bekamen das Teil nicht ein Stück weiter. Wir konnten das Sofa drehen und wenden, es blieb das gleiche, große, sperrige Ding. Ich zog und Uwe schob. Wir mussten lachen, während uns der Schweiß in die Gesichter lief. Ja, so steckten wir schon einmal in einem Treppenhaus. Vor Jahren, als seine Schwester umgezogen war. Nur hatten wir damals eine aus Bequemlichkeit nicht zerlegte Glasvitrine in den Händen, die unter keinen Umständen das Treppenhaus hinauf wollte. Damals hatte sich noch Uwes Bruder hinzugesellt, war zu unserem Ärger unter unseren Beinen hindurch gehuscht und wollte an allen Ecken gleichzeitig darauf achten, dass wir nirgends anstießen. Mit seinem Körper hatte er aber das Treppenhaus nur noch enger gemacht. Uwe fluchte, er drückte, ich schob. Sein Bruder duckte sich und wir hatten es bis auf wenige Zentimeter dann doch geschafft. In der letzten Kurve verriet uns ein ohrenbetäubender Knall und das furchtbare Klirren von unzähligen Scherben, dass wir doch an dem letzten Geländerknauf hängen geblieben waren und eine Türe der Vitrine zerbarst.

Naja, immerhin hatten wir es nun nicht mit Glastüren, sondern einem absolut unsinnigen Styroporklotz zu tun. „Schieb doch!" „Wohin denn? Es hängt, drück!" „Vorsicht, es rutscht zurück!" „Aua, das Ding erdrückt mich, zieh es wieder hoch!" Geht nicht, drück du!" „Wie denn, ich stecke fest". Wir mussten Tränen lachen, so blöd die Situation auch war. Wir lachten und lachten und lachten bis es dann doch nach langem Quietschen und Pressen endlich geschafft war.

Die Wochen vergingen. Uwe und ich machten endlich unser Vorhaben wahr, den von uns so verehrten Film „Der Schrei der schwarzen Wölfe" gemeinsam anzusehen. Ich hatte eine Videokassette, auf dem der Film aufgezeichnet wurde. Ich kaufte mir kurz zuvor eine weiße Hülle, in welche man außen ein Filmcover einschieben konnte. Das wollte ich eigens gestalten. Ich ließ von einem Foto aus einer Illustrierten eine Farbkopie anfertigen. Dieses Bild stammte aus dem Film und zeigte Ely und Harmstorf alias Bill Robin und Jack Harper bei Schneesturm vor einem Hundeschlitten, beide zurückblickend, von Wölfen verfolgt. Ich weiß nicht mehr, was mich dann geritten hatte, aber ich nahm eine Schere und schnitt Harmstorf weg. Mir ging es darum, darzustellen, dass Ron Ely alias Bill Robin am Anfang der Geschichte alleine war und erst im Verlauf der Geschichte auf seinen Widersacher Raimund alias Jack traf. Gegen Ende des Filmes wurden die Beiden sogar Freunde. Ich fasste den Inhalt in kurzen Worten zusammen für die Rückseite. Auf dem Kassettenrücken fügte ich mehrere Bilder von reißenden Wölfen hinzu, denn die beiden wurden im Film von einem Wolfsrudel angegriffen.
Der Tag kam. Uwe kam. Mit ärmelloser Steppweste, ganz wie der Colt für alle Fälle. Ein Halstuch zierte seinen Hals. Jeans. Wie immer. Ich freute mich wie ein kleines Kind. Dann die Ernüchterung. Uwe war angetrunken. Ich war

zutiefst enttäuscht. Ich reichte ihm die Videokassette. Er betrachtete das Cover. Das Cover, auf dem Raimund Harmstorf plötzlich fehlte. Mir wurde bewusst, dass er ja tatsächlich fehlte. Dass er tot war und ich diese furchtbaren Träume diesbezüglich hatte. Aber Ely und Harmstorf, das waren doch auch Uwe und ich! Es war blöd, ihn auf dem Foto wegzuschneiden. So gesehen hatte ich einfach Uwe weggeschnitten. Eine blöde und unsinnige Idee. Wir machten es uns gemütlich und sahen uns den Film an. Zu meiner weiteren Bestürzung genossen wir den Film nicht in altbewährter Achtung und Heldenhaltung. Uwe kicherte und lästerte über den Film. Als sich Harmstorf alias Jack Harper aufmachte in die eisigen Berge Alaskas, um Bill Robin ins Tal zu locken, verzichtete er auf seine Westerntracht und trug fortan Pelzkleidung und eine dicke Pelzmütze. Diese trug er ständig. Uwe konnte nicht fassen, was für eine alberne Mütze Harmstorf da ständig trug. Er jammerte pausenlos, man möge ihm endlich diese alberne Pelzmütze abnehmen. Ich konnte mich fast nicht auf den Film konzentrieren. Heute, nach all den Jahren weiß ich, und das wiederum nur aus einem Bericht in einer alten Illustrierten, dass Harmstorf angeblich sehr früh am Hinterkopf eine kleine Glatze zu bekommen schien und diese aus Eitelkeit in fast all seinen Rollen durch Kopfbedeckungen zu verbergen versuchte.

Wir sahen den Film zu Ende. Ich kann mich wiederum nicht mehr an Einzelheiten erinnern, was noch gesprochen wurde. Nur dass Uwe ein Problem mit dem Film hatte. Und mit Harmstorf. Er wirkte nervös.

Als wir uns wieder begegneten, was nun öfter vorkam, da wir in die eine Richtung zwei Häuser von seinen Eltern

entfernt und in die andere Richtung 2 Häuser von seiner Schwester entfernt wohnten, plauderten wir erneut miteinander. Auch über unsere Helden Shorty King und Falk Denver. Ich sagte, ich hätte mich längst innerlich von diesem Shorty getrennt, er würde in was weiß ich für einer Phantasiewelt leben. Uwe war enttäuscht. Er war und würde immer Falk Denver bleiben. Trotzdem plauderten wir über die beiden Helden. Und dann war da ja noch meine weitere Identität Bob Gordon alias Dschungelboy, Pilot, Stuntman. Aber Bob Gordon war ihm nicht so gelegen. Wir nahmen uns vor, uns mehr mit den Helden zu befassen, so wie wir auch erwogen, mehr aus unserem Fanfaible über die Schauspieler zu machen. Was waren wir denn für Fans? Wir hatten nie Anstrengungen gehegt, die Schauspieler live zu sehen, Autogramme zu bekommen oder so. Uwe sah mich an. Als wollte er sagen „Was hat das noch für einen Wert. Meine Idole (Harmstorf und Barker) sind tot. Deine leben noch (Ely und Brice)." Selbstverständlich schwärmten wir beide für alle vier, dennoch war es wie genannt aufgeteilt. Er spielte doch immer die Rolle von Barker oder Harmstorf. Aber – sie waren tot. Und Harmstorf hatte sich auch noch erhängt! Meine beiden Idole dagegen lebten und es ging ihnen anscheinend gut.
Seltsame Konstellation.

Kein Wunder, dass, wenn man sich intensiv mit etwas auseinander setzt, die Chance besteht, dass man davon träumt, weil das Gehirn versucht, die Gedanken zu verarbeiten. Ich träumte wieder. Wieder stand Ron Ely in dieser verdammten Verschwiegenheit da. Ich schrie ihn

an. Ich schrie aus voller Kehle und konnte mein Schreien doch nicht hören. Ich hielt diesen Schmerz über den Verlust Harmstorfs nicht mehr aus. Diese Einsamkeit in mir drin war gnadenlos. Und Ron Ely stand einfach nur da. Wie eine Statue.
Meine Frau wusste mir nicht zu helfen. Ich auch nicht. Was sollte ich denn noch tun? Immer häufiger quälten mich die Gedanken an diesen Traum. Was hatte er mit dem Film zu tun? Ging es um Harmstorf? Um die Freundschaft zwischen ihm und Ely? Ging es um Uwe? Ging es um den Film? War die Idee mit der Blechbüchsenarmee blöd? Sollten wir gemeinsam einen echten Film drehen? Professionell? Eine Fortsetzung des Filmes mit uns in den Hauptrollen? Sollte ich mit dem Drehbuch beginnen? Oder einen Roman darüber schreiben? Sollten in dem Roman die beiden Helden Bill Robin und Jack Harper auf die beiden Westmänner Shorty King und Falk Denver treffen? Wir waren zwar längst erwachsen, konnten aber von der Statur her nach wie vor keinem der muskelbepackten Schauspieler das Wasser reichen. Hatte ich ja bereits vorhin erwähnt. In einem Roman wäre das ja egal. Da konnten wir unsere eigenen Helden mit Muskeln bepacken, wie wir wollten.
Ich grübelte und grübelte. Natürlich grübelte ich nicht nur. Ich betete und betete. Ja, ich betete! Ich bat Gott um eine Antwort auf diese Qual. Ich bat Jesus um Antwort. Ich fragte meinen persönlichen Schutzengel, an den ich immer glaubte, um Rat. Aber niemand gab mir eine Antwort.
Ich ging so oft ich konnte in den Wald, schrie in die Bäume hinein und wollte vom Wald eine Antwort. Himmel,

hier waren wir doch zuhause! Warum antwortete mir niemand! Warum?!

Was machte ich falsch? Kümmerte sich ein anderer so intensiv um Freunde wie ich? Ich nahm mir die Zeit für Freunde. Immer. So oft es ging. Zeit für beides, für Fröhlichkeit, Lachen, gemeinsame spaßige Unternehmungen als auch für das Reden über Probleme und deren Bewältigung. Wobei es nicht selten vorkam, dass man danebenlag mit seinen Absichten. War man gut drauf und glaubte mit Fröhlichkeit etwas zu erreichen, war dem Freund möglicherweise gar nicht danach zumute. Aber Reden über Probleme funktionierte auch immer weniger. Die Freunde wichen aus. Was mich wiederum verwirrte. Dass einmal das Raufen und Balgen mit Schmiddy das Einzige war, was mir half und womöglich ein Ringkampf mit einem Freund helfen konnte, weil man sich körperlich verausgabte und doch den Freund spürte, darauf kam ich nie. Das ist mir nur heute, nach Jahren, erst klar.

Vom Pech, glücklich zu sein

Helfen. Für andere da sein. Füreinander da sein. Immer wieder spürte ich, dass sich im Bereich Freundschaft irgendetwas zu verändern schien. Warum ging es so vielen Menschen so schlecht? Warum litten sie? Wo waren die guten, tröstenden Gespräche oder warum erreichte man mit diesen nichts mehr? Warum wurde man zusehends unsicher im Umgang mit Freunden, die Hilfe brauchten? Wenn ich mir Uwe betrachtete, dann bekam ich das Gefühl, als konnte er mir gar nicht zuhören. Er fühlte sich womöglich nicht verstanden. Zwar versuchte ich schon jahrelang, Freunden mit guten und vor allem vielen Worten oder auch Taten zu helfen, aber Menschen wie Uwe waren vielleicht zu der Überzeugung gelangt, dass ich sie gar nicht verstehen konnte, da ich gar nicht mitfühlen konnte. Und warum nicht? Weil es mir gut ging (davon ging man zumindest immer aus). Ich hatte alles. Einen Beruf, eine hübsche, nette, attraktive Frau, drei Kinder, davon zwei Söhne (was ja so vielen Männern immer noch am Herzen liegt, einen Stammhalter zu zeugen), ein großes Haus mit Garten. Es muss mit Neid zu tun haben. Menschen sahen an mir nur das, was sie glaubten, dass ihnen fehle. Das schafft eine gehörige Distanz zwischen Freunden. Da versucht einer wie ich, alles daran zu setzen, einem Freund aus seiner misslichen Lage zu helfen und wird aber emotional auf Distanz gestoßen. Als würde der andere sagen wollen: „Was willst du von mir, geh weg, du hast doch alles! Geh und wälze dich in deinem Glück und lass mich arme Seele in Ruhe und Frieden leiden!"

Da wird also plötzlich all das, was einen Menschen im Leben unter Umständen glücklich und zufrieden macht, zur Kluft zwischen Freunden und verhindert jede Hilfsmöglichkeit im Ansatz. Das ist also sicher mein Pech, dass ich glücklich bin. Ginge es mir ebenso dreckig, hätte ich Haus, Frau und Kinder verloren, wäre schwer krank und arbeitslos, dann, ja dann wäre ich ein Gesprächspartner für einen Freund, der Hilfe braucht. Aber so, von „oben" herab, auf angeblich hohem Ross der Glückseligkeit einem „gefallenen" Kameraden die Hand reichen, ist vielen Menschen, die diese Hand greifen sollen, zuwider.

Ich habe oft versucht, dieses Gefühl in Freunden umzustimmen und meine Position relativiert, indem ich erwähnte, was auch mich bedrückt, mir fehlt oder mich schmerzt, aber damit konnten andere dann erst recht nichts anfangen. Das konnte sie nicht darüber hinwegtäuschen über das, was sie zu sehen glaubten, was der Freund hat, was ihnen zum Glück fehlte. Und Aufzählungen über Probleme brauchten sie auch nicht, die hatten sie selbst.
Ich glaube, dass dies ein elementarer Bestandteil der Problematik ist. Ein Mensch, dem es offensichtlich gut geht, kann anderen nicht wirklich helfen. Auch der Versuch, zu sagen: „Na gut, ich habe Glück und kann zufrieden sein, aber sieh her, all das kannst du dir auch wieder oder neu aufbauen und erschaffen, wenn du nur aufstehst, hoffst und daran arbeitest, wie vielleicht auch Hiob aus der Bibel", trug keine Früchte.
„Lass die weißen Tauben fallen oder lass sie fliegen", hieß es in meinem Film.

Der Schrei. Die Wölfe.

Ich saß am Frühstückstisch und starrte vor mich hin. „Was ist denn los?", hörte ich meine Frau fragen. „Ich habe wieder geträumt." Ratlos blickte mich meine Frau an. „Wieder von Ron Ely?" „Nein. Ich träumte von mir. Aber ich wurde verfolgt. Von blutrünstigen, zähnefletschenden Wölfen gejagt. Ich hatte Todesangst. Ich rannte und rannte und wusste, dass ich den tödlichen Fängen der Wölfe nicht entrinnen konnte. Ich wollte nach oben, in den Himmel. Dahin, wo mir die Wölfe nicht folgen konnten. Ich rannte um mein Leben und hob schließlich ab vom Boden. Hinauf in den Himmel. Dann war der Traum vorbei. Es war grausam."
Wir schwiegen. Längst fiel uns kein Kommentar mehr ein zu diesen dramatischen Träumen. Wir frühstückten. Ich mit Widerwillen.

Freitag, 16. Juni 2000. Ich hatte in der vergangenen Nacht erneut geträumt. Der Verlust eines Menschen in meinem Traum war unerträglich. Meine Frau hatte Termine, wollte ihre kranke Mutter besuchen. Unser Sohn war in der Schule, unser zweiter Sohn im Kindergarten. Ich musste wie gewöhnlich nachmittags arbeiten und konnte mich am Vormittag um unsere kleine Tochter kümmern. Kaum waren alle aus dem Haus, nahm ich meine Tochter, setzte sie in den Kinderwagen und marschierte abwesend aus dem Dorf hinaus auf die Feldwege. Mein Hirn brannte. Der Film „Der Schrei der schwarzen Wölfe" ließ mich

nicht los. Die Wölfe. Die Todesangst. Die panische Flucht von der Welt. Ich blieb stehen.
Mein Freund Matthias war seit Jahren schwer krank. Berta war alt. Uwes Vater war an Krebs erkrankt. Meine Schwiegermutter war an Krebs erkrankt. Nein. Es musste mit Uwe zu tun haben. Aber was? Und wie? Meine Tochter konnte keine Ahnung haben von dem, was in ihrem Vater in dem Moment vor sich ging. Ich starrte in den Himmel. Betrachtete die Wolken. Starrte auf den Wald. Die Bäume. „Eine Antwort. Vater im Himmel, gib mir eine Antwort. Bitte." Ich schwieg. Auch in Gedanken. Ich starrte in den Himmel. Das Blau. Die Wolken. „Herr Jesus, bitte hilf mir. Gib mir eine Antwort. Was hat es mit Ron Ely, Raimund Harmstorf und dem Schrei der schwarzen Wölfe auf sich? Wer sind die Wölfe, die mich im Traum zu Tode hetzten?" Ich schwieg. Keine Antwort. Kein Windhauch. Es war heiß. Ich lief zurück. Hielt inne. Blickte zurück. In den Himmel. Auf die Wolken. Auf den Wald. Keine Antwort. Und lief weiter. Redete irgendetwas zu meiner Tochter, die wie meistens auch jetzt ruhig und zufrieden war mit sich und der Welt.

Ich war kaum zu Hause, da klingelte das Telefon. Ich nahm ab. Meine Frau war am anderen Ende:
„Du, stell' dir vor, wie schrecklich, Uwe ist tot. Ich habe es soeben erfahren. Er hat sich heute Nacht erhängt."

Der Sturm

Es war glühend heiß. Ich saß inmitten der großen Trauergemeinde. Ein paar Meter vor mir standen junge Männer in ihren Feuerwehruniformen zu beiden Seiten des blumengeschmückten Sarges. Schweiß rann ihnen unter dem Feuerwehrhelm herab. Bunte Kränze und Blumengestecke schmückten die kleine Halle. Hinter mir wurde geflüstert.
Irgendwelche Leute redeten abwechselnd am Pult. Der Arbeitgeber. Der Feuerwehrkommandant? Noch andere? Ich erinnere mich kaum. Der Pfarrer. Auch an seine Predigt kann ich mich kaum erinnern. An seine letzten Sätze allerdings. Er gab der Gemeinde einen letzten Rat mit auf den Weg. Man solle nun weder vorschnelle Schuldzuweisungen noch sonstige Anschuldigungen von sich geben. Ich war mir sicher, dass ich gemeint war.
Ich hatte den Pfarrer am Tage zuvor aufgesucht und geäußert, dass sein könne, dass ich ein paar Worte sagen wollte.
Der Pfarrer sagte, es sei nun Gelegenheit für Trauergäste, zu sprechen. Niemand regte sich.
Ich stand auf, ging ans Rednerpult und begann ohne Aufschrieb, ohne Notiz frei zu sprechen:

"Eine Stimme flüstert mir zu: Tue es nicht, setze dich wieder hin, rede nicht. Die Zeit reicht nicht. Es gehört sich nicht, es passt nicht hier her. Du schaffst das nicht. Du hast nicht die Kraft.

Oh, wenn ihr wüsstet, wie oft wir im Leben dieser Stimme nachgeben. Oh, wenn ihr wüsstet, wie sehr ich in den letzten Tagen diese Stimme bekämpft habe. Und ich rede doch! In Momenten wie diesen wird doch in unserer Gemeinde so viel gefragt, gerätselt, spekuliert und vermutet.
Ihr wollt die Wahrheit? Gott liebt die Wahrheit. Ich weiß nicht alles, denn wüsste ich alles, wären wir nicht hier.

Ich kenne Uwe seit 31 Jahren. Wir haben als Kinder viel zusammen gespielt. Winnetou und Old Shatterhand. Er spielte Old Shatterhand, der im Film von Lex Barker gespielt wurde. Viel mehr aber spielten wir die Cowboys aus dem Film „Der Schrei der schwarzen Wölfe" nach. Ich den Bill Robin, gespielt von Ron Ely, er den Jack Harper, gespielt von Raimund Harmstorf. Wir waren dabei immer in der Natur. Ich war ein Stubenhocker, doch er nahm mich mit. Und er lehrte mich alles: Wie man im größten Dickicht die Orientierung behält, wie man Tierspuren liest, dass man sich Tieren nur gegen den Wind nähert, damit sie einem nicht wittern. Er bastelte mir mit allem, was die Natur bot Pfeil und Bogen. Wir ernährten uns oft von dem, was die Natur bot: Äpfel, Birnen, Nüsse, Kirschen, Mais und Zuckerrüben. Und er konnte mir stets sagen wie spät es ist, nur nach einem Blick zur Sonne. Und wann immer es dornig wurde, schwierig, uneinsehbar, steil bergauf oder bergab, ging Uwe voran.
Ich schrieb einmal einen Aufsatz und formulierte den Satz „Uwe ging wie immer als Erster." Das imponierte ihm. Wann immer wir in all den Jahren gemeinsam vor einem schwierigen Weg standen, legte er den Arm auf meine

Schulter und sagte: „Ja, ja, ich weiß, Uwe ging wie immer als Erster." Und er ging mutig voran.
Er war ein Wegbereiter!
In der Schule war es anders. Da gehörten er, ich und ein paar andere zu den Schwächsten. O-Beine, Hornbrille, Kassengestell, Untergewicht, Lispeln, Stottern und dergleichen waren ein gefundenes Fressen für Hohn, Spott, Hänseleien – und Prügeleien.
Dieses Bild hat sich gewandelt. Heute wird die Aufmerksamkeit abgelenkt von den Schwachen hin zu denen, die anders sind, aufgrund der vielen fremdländischen Rassen. Die Grundproblematik ist mies und nach wie vor die gleiche. Und das wissen die meisten von euch.
Deshalb arbeite ich auch nicht mehr in der Werbung, wo allen Menschen vorgegaukelt wird, was sie angeblich im Leben so dringend brauchen. Ich arbeite im Schwimmbad, um mit Menschen zu arbeiten. Ich will das Hallenbad attraktiver machen, um Spaß an der Einrichtung zu vermitteln und Frust und Zerstörungswut abzubauen. Ich halte Schwimmkurse, damit Kinder sich selbst kennen lernen, dass sie ihren Körper und ihre Kräfte erfahren. Ich lehre sie Teamwork, Gemeinschaft.
Und all diejenigen unter euch, deren Kinder bei mir schwimmen lernen, wissen, wie begeistert die Kinder zu mir kommen.
Ja, lasst die Kinder zu mir kommen, ich bin ein Menschenfischer!

Wir hatten uns hochgeboxt. Ich mit Redegewandtheit, Uwe mit Kraft. Ich erinnere mich an eine Szene in der sechsten oder siebenten Klasse. Da nahm Uwe, als er wieder einmal

gehänselt wurde, unseren kräftigsten Mitschüler, packte ihn am Kragen und schob ihn von einer Ecke des Zimmers diagonal in die andere Ecke. Tische flogen beiseite, Stühle krachten. Es herrschte Stille. Schweigen. Von dieser Stunde an wurde Uwe respektiert.
Doch durch diesen Kraftakt brandmarkte er sich zum starken Mann und diesem Image blieb er treu. Auch wenn dahinter ein Mensch stand, der nur zwei Dinge suchte: Liebe und Geborgenheit.
Natürlich wäre es auch ohne diesen Kraftakt gegangen. Allein durch die Tatsache, dass wir älter und reifer wurden. Längst haben wir einander verziehen, sind eine gute Gemeinschaft und unsere Klassentreffen sind voll Inhalt, Niveau und Harmonie.

Ich habe sehr viel mit Uwe erlebt. Die Kindheit, die Jugend, das Erwachsenwerden. Wir waren hier im Ort viele Jahre auf dem Fasching dabei und sahnten so manchen 1. Platz ab. Er nähte Perücken aus Hanf, Schuhe aus Leder, er brachte Roboter zum Piepsen, Dröhnen und Qualmen. Und doch kam es ihm nie auf den 1. Platz an, sondern auf den Spaß, die Arbeit, die Gemeinschaft mit mir.

Das meiste, was ich heute über die Natur weiß oder handwerklich kann, habe ich von ihm. Und für nächstes Jahr war unser großes Faschingscomeback geplant. Zusammen mit Rainer und Harry – Harry, der über viele Jahre sogar in die Einheit von Uwe und mir einwuchs.
Doch daraus wird nichts. Dies hier und heute wird der letzte gemeinsame Auftritt von Uwe und mir auf dieser Erde sein.

In all den Jahren, in denen ich mit Uwe zusammen war, sahen wir uns nur wenige Jahre nicht. Als er verheiratet war. Wir kennen das, wenn sich Verheiratete abwenden, weil sie mit Singles nichts mehr anfangen können.

In dieser Zeit stürzte er ab. Tief. Und als er am Boden zerstört war und nichts mehr hatte – keine Familie, kein Haus, kein Geld, nichts mehr, da führte mich Gott zu ihm. Ich half ihm auf die Knie. Gewiss waren dort auch andere, aber auch ich war da und half ihm hoch. Und bald war Uwe wieder wie ihn alle kannten: Cool, stark, scheinbar unbezwingbar. Doch etwas war in ihm. Etwas hatte ihn verändert.

Wie kam es nun zu diesem schlimmen Ereignis? Und wo waren die, die er vielleicht gebraucht hätte? Ich sage euch, sie waren da. Seine Eltern boten ihm stets ein Zuhause, bei seiner Freundin und deren Eltern fand er wohl die Liebe und Geborgenheit, die er immer suchte. Und auch ich war stets für ihn da. Was trieb ihn? Waren es die vielen Schläge, die er einstecken musste? So oder so? Waren es die Wesen, die ihm genommen wurden, die er über alles liebte? Und wenn es nur ein Terrarium mit Spinnen war oder der Hund, der weg musste, weil er ein paar Wäschestücke zerbiss? Oder der zweite Hund, den er ebenfalls nicht behalten durfte? War es seine Tochter, die ihm vorenthalten wurde?

Am 11. Mai 1973 brach in New York der Schauspieler Lex Barker tot zusammen. Er ging seinem Freund Pierre Brice voraus.

Am 3. Mai 1998 starb der Schauspieler Raimund Harmstorf. Er, der als Seewolf berühmt wurde, mit der bloßen Hand eine rohe Kartoffel zerquetschte oder als Jack Harper

einer vollen Weinflasche mit der bloßen Hand den Hals abdrehte, wurde für eine Generation zum Symbol für gnadenlose Härte, unbändige Kraft und Stärke.
Aber mit diesem Kraftakt brandmarkte sich Raimund Harmstorf zum starken Mann. Und diesem Image blieb er treu.
Schenken wir seriösen Interviews Glauben, stand hinter dieser Fassade ein Mann, der nur zwei Dinge suchte: Liebe und Geborgenheit! Und so wurde die Kluft zwischen sich und dem Image immer größer. Bis Harmstorf schließlich daran zerbrach. Er versteckte sich trotzdem hinter seinem Image, doch die Medien entlarvten ihn, taten ihre Pflicht und setzten die Bevölkerung in Kenntnis: Harmstorf – ein psychisches Wrack! Das war am 2. Mai 1998. Und eine ganze Nation nickte. Und Harmstorf wusste, dass sie nicken würden – UND WARUM? Weil wir längst dieses Medium (ich hielt ein allseits bekanntes Tageblatt, das sich gerne mit besonders fetten Überschriften brüstet, hoch) *zu unserem tägliche Brot machten, anstelle dieses Mediums* (ich hielt eine Bibel hoch).
Harmstorf sah keinen Ausweg mehr. Am 3. Mai 1998 erhängte er sich in seiner Wohnung.

Ich begann von Raimund Harmstorf zu träumen. Und ich träumte wieder. Und mir wurde klar, ich bin sentimental, ich verkrafte den Tod des Schauspielers nicht. Ich träumte wieder und wurde immer trauriger. Und irgendwann wurde mir klar, dass ich ihn vielleicht hätte retten können – oder sollen. Ich? Aus einem kleinen Ort hier einen Schauspieler in Hamburg? Und doch, bin ich nicht global gesehen viel, viel weniger als einen Fuß breit von ihm entfernt. Ich träumte wieder und sah immer öfter den anderen: Bill Robin – und ich schrie ihn an: „Oh, Gott, Raimund Harmstorf ist tot! Ich muss es dir sagen"! Doch er schwieg. Ich aber spürte den Schmerz in ihm. Und ich träumte wieder und spürte wieder diesen Schmerz und ich bekam Angst. Und ich betete:

„Mein Gott, vielleicht konnte ich Harmstorf nicht retten – vielleicht, vielleicht kann – soll ich mal einen Menschen retten, der MIR nahe steht. Ich bitte dich darum."

Und ich träumte wieder und der Schmerz über den Verlust eines lieben Menschen war schlimm. Und mir wurde unheimlich und ich bekam einen Verdacht. Ich begann, mich zu sorgen.

Ich sah nach Uwe, fragte nach seinen Problemen. Doch er lies mich wissen, er hätte alles im Griff. Ich schenkte ihm dieses Jahr im März das erste Mal seit Jahren zum Geburtstag etwas: Ein Buch. „Es war, als sängen die Engel" über eine Fliegerbesatzung im 2.ten Weltkrieg, die notwassert, wochenlang im Pazifik treibt und von Gott geführt überlebt. Er mochte das Buch. Eine Religionslehrerin las es uns in der Grundschule vor.

Und ich versah es mit der persönlichen Widmung, dass, sollte er einmal in größter Not sein, Jesus sein Retter sein möge.

Ich träumte wieder und sah immer wieder diesen Bill Robin, gespielt von Ron Ely und ich fühlte mich einsam und hatte Angst.

Und vor wenigen Tagen hatte ich einen schrecklichen Traum. Ich erwachte und sagte zu meiner Frau: „Heike, ich hatte einen schrecklichen Traum. Ein ganzes Rudel Wölfe hat mich zu Tode gehetzt, ich sah keinen Ausweg mehr. Ich

wollte nur noch weg. Nach oben, wo mich die Wölfe nicht erreichen."
Und vor 5 Tagen, von Donnerstag auf Freitag, träumte ich erneut. Und der Schmerz über den Verlust war unerträglich. Am Freitagvormittag dann – meine Frau ging ihre kranke Mutter besuchen, mein Robin war in der Schule, mein Aaron im Kindergarten. So nahm ich meine Tochter, lief mit ihr hinaus auf die Felder – auf die Felder, auf denen ich mit Uwe groß wurde und sah nach oben und ich schrie: „Mein Gott, mein Gott, ich kann nicht mehr! Was soll das alles bedeuten? Was hat es mit dem Schrei der schwarzen Wölfe auf sich? Was ist meine Aufgabe? Ich ertrage diesen Schmerz nicht mehr!"
Und ich gab ihm Zeit, zu antworten. Doch er schwieg. Und so verließ ich die Felder – ohne Antwort –
Um nur wenige Stunden später zu erfahren:
Mein Freund Uwe ist tot.
Und ich habe ihn nicht gerettet!

Jetzt, da ich hier stehe, weiß ich: Es war nicht meine Aufgabe, ihn zu retten. Es ist meine Aufgabe, euch dies alles zu erzählen. Versteht ihr, ich habe Wochen vor euch gelitten, ich habe Wochen und Monate vor euch diesen Schmerz erfahren. Ich habe Wochen und Monate vor euch geweint. Und dennoch bin ich getröstet. Denn Gott hat mich über Monate darauf vorbereitet. Und dennoch bin ich getröstet. Denn ich weiß, Uwe ist nicht weg. Er ging nur einmal mehr manchen von euch und mir persönlich einen schwierigen und unbekannten Weg voraus. Denn auch, wenn er sich ein Leben lang hinter der Fassade aus purer Kraft versteckte, so waren doch seine Kenntnisse, seine

Fähigkeiten und sein Mut immer echt. Und das macht ihn zu einem Helden.
Und ich bin getröstet, denn ich weiß, dass Uwe nicht alleine ist. Denn wann immer er irgend einem Freund einen schwierigen Weg voraus ging, konnte er sich darauf verlassen, dass die, denen er voraus ging, ihm folgen.

Fragen wir uns nun trotzdem: Was hätten wir tun sollen? Haben wir genug getan? Was können wir tun? Fragen wir uns nicht immer wieder: Bin ich genügend da – für meine Eltern, meine Kinder, meine Freunde, Kollegen und Bekannten?"
Kommen wir nicht immer wieder zu dem Schluss: Mehr geht nicht!? Mehr können wir uns nicht zerreißen? Wir sind ausgebucht bis an den Rand der Belastbarkeit?
Hierzu gebe ich euch und mir nur noch den einen Rat mit nach Hause, den Gott mir ebenfalls vor kurzem im Traum sagen ließ:

> *Was sagt ihr, ihr hüet die Schafe,*
> *und liegt auf der Wiese und spielt mit dem Gras?*
> *Und saget: Es stürmt – so ist's doch nur der Wind,*
> *der durch das Gras streift.*
> *Ich aber sage euch, erhebt euch*
> *und seht nach der Herde*
> *ehe der Sturm kommt!"*

Und ich sprach weiter:" *Und wenn euer Glaube dann nur so groß ist wie ein Senfkorn, werdet ihr hingehen zu den Toten und sagen: Erhebt euch! Und sie werden sich erheben!*

Dies sage nicht ich euch. Dies sagt euch der, der war, der ist und der kommen wird.
Amen."

Entsetzen in den Gesichtern der Menschen um mich herum. Ratlosigkeit. Erschöpfung in gnadenloser Hitze. Die Feuerwehrmänner um mich in ihren festen Uniformen unter ihren Helmen drohten dahinzuschmelzen. Gesichter wurden abgewischt. Es war unerträglich heiß. Langsam setzte sich der Trauerzug in Bewegung zur Grabstätte. Erschöpft ging ich an der Seite meiner Frau und verließ den Friedhof. Ich konnte nicht zur Beisetzung. Ich hatte keine Kraft mehr. Mir war schlecht. Wir gingen nach Hause.
Zuhause saßen meine Kinder im Planschbecken. Wir setzten uns dazu. Ich konnte keinen klaren Gedanken fassen. Nach wenigen Minuten stand ich auf und erklärte, ich müsse zum Pfarrer. Ich müsse unbedingt mit dem Pfarrer reden.
Wenig später stand ich vor der Türe des Pfarrhauses und läutete. Der Pfarrer öffnete. Ich sagte, ich müsse unbedingt mit ihm reden. Er bat mich hinein, schaute aber zeitgleich nervös auf die Uhr. Klar, ich hatte ihn ja bereits durch meine Rede jede Menge Zeit gekostet. Ich setzte mich.
„Es tut mir so leid. Ich habe ihre gesamte Beerdigung zerstört. Ich habe über eine halbe Stunde geredet und geredet ohne zu wissen, ob es jemanden interessiert. Die Leute waren erschöpft. Von der Trauer und der gnadenlosen Hitze."
„Schon gut."

„Nein, wirklich, wie konnte ich nur so viel reden? Wie konnte ich mir anmaßen, so zu reden? Von Gott und dem, was er mir angeblich auftrug. Aber so war es! So habe ich es erlebt!"

Der Pfarrer versuchte mich zu beruhigen: „Es war sehr bewegend. Ich habe vorhin kurz mit dem Bestatter gesprochen. Auch er war restlos überrascht über so eine Rede. Sie war sehr authentisch."

Immer wieder schaute der Pfarrer nervös auf die Uhr. Was mir nicht entging. Ich erhob mich und kürzte dieses von mir erhoffte helfende Gespräch ab und ging.

Ich war nicht stolz auf diese Rede und ich bin es auch heute nicht. Zu viel wurde gesagt. Zu lange geredet. Zu viel Nebensächliches. Meine Güte, ich hatte mich Menschenfischer genannt. Nie hatte ich diesen Kindern von Jesus erzählt. Ich hatte Schwimmkurse abzuhalten und keinen Religionsunterricht. Ich wollte und würde nie jemandem den Glauben aufzwingen. Und wie konnte ich die Worte vom Senfkorn gebrauchen? Dass Tote lebendig würden?

Ich hatte mir diese Worte durchaus ausgedacht, in den Tagen zuvor, als ich apathisch dalag und grübelte. Aber erst einige Zeit später, am 4. Juli, setzte ich mich hin, rekonstruierte die Rede und schrieb alles Wort für Wort auf. Deshalb kann ich es heute, nach so vielen Jahren wortgetreu wiedergeben. Zu gerne würde ich Dinge weglassen, möchte aber der Vollständigkeit halber alles erwähnt haben. So wie es sich zugetragen hatte.

Unser Lehrer aus der Hauptschule, der der Beerdigung beiwohnte, fragte mich später, ob ich zu den Zeugen Jehowa gehören würde, da ich ohne Textvorlage so professionell predigen konnte. Er hätte eine Gänsehaut nach der anderen bekommen. Nein, erklärte ich ihm, ich sei ein ganz gewöhnlicher Mensch, der seinen besten Freund verlor, der evangelischen Kirche angehörig, von klein auf ein gläubiger Mensch und hätte nun lediglich Unglaubliches geträumt und Schlimmes erlebt.

Eine Frau meinte Tage danach, so eine Rede hätte sie in ihrem ganzen Leben noch nicht gehört. Das hätte gesessen. Das musste vor einer Gemeinde einmal gesagt werden. Eine ganze Trauergemeinde wurde wachgerüttelt. Was nutzten stets die blumigen, traditionellen Trauerworte? Sie fand meine Rede wertvoll und wichtig. Nur so eine Rede konnte etwas verändern und bewirken unter den Menschen. Glaubte sie. Hoffte sie vielleicht auch.

Das Schicksal wollte es, dass ausgerechnet jene Frau nur wenige Jahre später, im Jahre 2007, ihren Bruder Hellmut verlieren sollte, der in meinem Alter war und mit mir zur Grundschule ging. Er hatte sich in seinem Haus erschossen.

Wenige Tage nach meinem Besuch bei dem Pfarrer suchte ich ihn erneut auf. Ein Pfarrer musste doch helfen können. Im Nachhinein waren mir diese Träume, die prophetischen Reden und das alles zu viel. Er empfing mich und schaute aber wiederum sehr nervös auf die Uhr. Abwesend hörte er mir zu, immer wieder auf die Uhr blickend. Nach wenigen Minuten brach ich das Gespräch ab und ging. Ich war enttäuscht.

Wenige Tage nach der Beisetzung meines besten Freundes begann sich die quälende Hitze zu lindern. Immer wieder dachte ich daran, wie sehr Uwe den Herbst mochte. Die stürmischen, rauhen Winde. Das war Heldenwetter, hatte er dann stets gesagt, den Hut tief ins Gesicht gezogen, den Jackenkragen hochgestellt. So eine Hitze hatte er nicht verdient für sein Begräbnis. Nun aber waren vermehrt Wolken am Himmel zu sehen. Unwetter kündigten sich an. Ich stand in unserem Garten und sah den sich färbenden Himmel, der grün, grau und düster wurde. Ich glaubte zu sehen, dass über dem Friedhof ein heller Schein lag. Nein, kein Lichtstrahl wie in Weihnachtsgeschichten oder Ähnlichem. Der Himmel war dort einfach heller. Bildete ich mir ein. Es donnerte. Ich kniff die Augen zusammen. Es würde noch zweimal donnern. Es donnerte ein zweites Mal. Und kurz darauf ein drittes Mal. Ich fand es unheimlich. Ein Wind kam auf. Blätter wirbelten umher. Der Himmel wurde dunkel.

In den folgenden Tagen stürmte es, regnete ohne Unterlass und gewitterte häufig.
An einem weiteren düsteren Tag ging ich einmal mehr auf die Felder zum Waldrand zu einem kleinen Pavillon. Ich setzte mich und lauschte der Natur. Es war still. Und windstill. Riesenhafte Wolkentürme standen am Himmel, welcher wieder düster grün und grau war und schwarz zu werden begann. Ich lauschte. „Sprich zu mir", flüsterte ich. „Bitte, sprich zu mir." Ich lauschte. Nichts geschah. Wer war ich eigentlich, dass ich meinem Gott befehlen konnte, wann er zu mir zu sprechen hatte? Es grollte ein Donner im trüben, seltsam verfärbten Himmel. Ich wartete. Nichts. Ich beobachtete den bedrohlich wirkenden Gewitterhimmel. Da donnerte es erneut. Und kurz darauf

noch einmal. Dann nicht wieder. Er, wer auch immer, hatte zu mir gesprochen. Glaubte ich zumindest. Ich verstand nur die Sprache nicht. Wind kam auf. Blätter wirbelten umher. Es begann zu regnen. In stürmischem Wind, leichtem Regen und umher wirbelnden Blättern lief ich nach Hause. Der Himmel wurde finster.

Die schlimmen Unwetter, der anhaltende strömende Regen, die starken Donner und heftigen Blitze, sowie der ewig finstere Himmel hielten an. Eine Woche. Eine weitere Woche. Es zog mich zum Friedhof. Ich stieg aus dem Auto und war von der einen zur anderen Sekunde durch und durch nass, so regnete es. Der Himmel war mitten am Tag absolut finster. Es stürmte, grollte und donnerte fürchterlich. Es war der 15. Juli. Mich fror. Gewaltige schwarze Wolkentürme drückten sich mit dem Sturmwind durch den nachtschwarzen Himmel. Ich stand am Grab meines Freundes. Eisiger Wind blies mir die starken Regenschauer ins Gesicht. Wasser tropfte aus meinen Haaren und an meiner Nase ab.

„Er neigte den Himmel und fuhr herab, und Dunkel war unter seinen Füßen. Und er fuhr auf dem Cherub und flog daher, er schwebte auf den Fittichen des Windes. Er machte Finsternis ringsum zu seinem Zelt. In schwarzen, dicken Wolken war er verborgen. Aus dem Glanz vor ihm zogen seine Wolken dahin mit Hagel und Blitzen. Der Herr donnerte im Himmel und der Höchste ließ seine Stimme erschallen mit Hagel und Blitzen ..." las ich ausgerechnet am Tag zuvor, als ich beliebig die Bibel aufschlug, um Trost zu finden. Ich stieß auf Psalm 17 und Psalm 18.

Da entdeckte ich in der Ferne inmitten des finster schwarzen Gewitterhimmels ein gleißend helles Licht. Unfassbar! Die Sonne? Der blendend helle Schein tanzte in Warmrot und Violett. Das Licht flackerte, als wollte es mir deuten.
Oh, wie klein sind wir, dass wir die Worte des Gewaltigen, unseres Herrn nicht verstehen / zu deuten wissen. Geblendet vom grellen Schein inmitten nachtschwarzen Gewitter- und Sturmhimmels verließ ich die Grabstätte und fuhr nach Hause.

Sieben Wochen hielten die Unwetter an. So wahr ich hier sitze und schreibe. Sieben Wochen lang stürmten und tobten Unwetter über uns.
Ich setzte mich in dieser Zeit hin und notierte Zeilen, von denen ich nun glaubte, dass sie mir ausnahmsweise niemand eingab. Ich fühlte einfach so. Ich notierte:

Ein Schäfer war unterwegs mit seinen Schafen. Er war ein guter Hirte. Er kam in ein Tal, da waren hundert mal hundert Schafe und mehrere Schäfer rannten umher. Die Schafe des guten Hirten mischten sich unter die unzähligen Schafe. Der Hirte fragte einen anderen Hirten:
„Was rennst du umher? Was ist dein Gram?" Der andere antwortete: „Ich hüte die Schafe, doch mein bestes habe ich verloren!" Da sprach der gute Hirte: „Welches sind deine Schafe?"
„Ich weiß es nicht so recht, es sind so viele und alle sehen sich so ähnlich!" Der gute Hirte sagte: „Wohl dem, der seine Schafe kennt." Und er schwieg und hütete seine Schafe unter hundert mal hundert Schafen.

Die anderen Hirten aber rannten umher und mühten sich ab.

Unzählige Freunde glaubte ich zu haben. Um unzählige Menschen versuchte ich mich zu kümmern. Unzähligen Menschen bot ich meine Freundschaft an und trug sie mitunter bettelnd hinterher. Neue Freunde suchte ich. Immer mehr. Einen neuen Freund suchte ich: Enkidu. Den ganz besonderen, zu mir passenden Freund.
Diese nagende Suche nach dem seltsamen neuen Freund, die mich durch und durch verfolgte? Was waren das für Gefühle? Was trieb mich dazu, so verbissen einen ganz bestimmten Freund zu suchen? Überall wo ich war, konnte ich nicht verhindern, dass meine Augen mein Umfeld und die Mitmenschen absuchten, das Aussehen von Männern beäugten, um genau diesen vage zu beschreibenden Freund zu finden. Beziehungsweise überhaupt neue Freunde zu finden, mit denen man auch über Neues reden konnte oder gemeinsam Dinge unternehmen. Ich versuchte mir diese Suche abzugewöhnen, spürte das Verlangen aber stets von Neuem.

Ich wollte Freunde und hatte meinen besten Freund verloren. So früh. Früh? Was war, wenn ich nicht viel später ebenfalls sterben würde? Zum Beispiel 3 Jahre später? Dann wäre er zwar früh und jung im Alter von 37 Jahren gestorben, aber nicht viel früher als ich.

Ich fragte meine Freunde um Rat. Harry äußerte, er hätte Uwe ja nicht wie ich von klein auf gekannt, er kenne dessen Lebensgeschichte nicht und könne deshalb wenig dazu sagen. Er konnte einfach nicht verstehen, was Uwe schließlich zu diesem Entschluss trieb. Ich schickte meiner Brieffreundin Elke eine Kopie meiner Grabrede. Sie war entsetzt darüber, wie ich einen Menschen, der sich selbst vor Gott das Leben nahm, einen Helden nennen konnte. Mit den Jahren hatte sich Elke verändert und war im Glauben stets gewachsen. Matthias meinte auf meine Frage, warum sich Uwe nicht helfen ließ: „Ich kann ihn verstehen. Er hatte genug Probleme. Er wollte die geringe Zeit, die ihr beide füreinander hattet, nicht auch noch mit dem Wälzen von Problemen verbringen, sondern die Freundschaft genießen." Ob Matthias mit diesen Worten auch von sich sprach? Der, dem ich auch schon so oft helfen wollte? Ich sprach mit Berta darüber und sie war betrübt, einen solch munteren, hilfsbereiten, aber auch immer zu Späßen bereiten jungen Freund verloren zu haben. „Sieh mich an", sagte sie, „ich bin alt. Aber er?" Ich fragte Rainer um Rat. Er meinte, er schätze mich so ein, dass ich ein ganz bestimmtes, geordnetes Bild von der Welt und meinem Leben hätte und nicht im Chaos leben könne. Ordnung sei mein Lebenselixier, Chaos und Veränderungen würden mich irre machen. Er hatte recht. Ich fragte Andy aus der Clique. Er meinte, ich hätte Uwe gar nicht helfen können. Wer so am Boden zerstört liegt und nichts mehr hat, dem kann nicht ein Mensch helfen, der alles hat, was derjenige verlor, auch wenn sich der Helfer noch so bemühe. Nein, so einem gefallenen Menschen kann jeweils nur ein ebenso tief gefallener Mensch aufhelfen. Sie können sich nur gegenseitig stützen. Er wusste von was er redete. Er hatte diese Hölle jahrelang durchgemacht, war tief am Boden, Alkohol- und Spielauto-

matensüchtig, verlor alle sozialen Kontakte, den Beruf, die Freunde, den Führerschein, die Ehe und überlebte. Arbeitete sich hoch. Er hatte es geschafft. Aber nur zusammen mit einem Freund, der ebenso tief gefallen war. Ich sprach mit Gunther darüber. Er konnte Uwes Entschluss nicht fassen. „Und wenn ich noch so dasitzen würde, mutterseelenalleine, verzweifelt mit der Absicht mir das Leben zu nehmen, in der einen Hand den Strick oder die Waffe – würde ich mit der anderen Hand meinen besten Freund anrufen und ihm sagen: „Es geht nicht mehr, ich möchte aussteigen." Ich würde mir helfen lassen. Nicht von jedem. Aber vom besten Freund."
Ich schickte eine Kopie der Grabrede meinem Bruder Sven. Er war entsetzt über die Erkenntnis, wie sehr wir uns im Alltag verzetteln und unsere Mitmenschen mit all ihren Sorgen, Ängsten und Hilferufen nicht wahrnehmen. Er wolle künftig besser für Mitmenschen da sein.

Ich redete mit meiner Frau, weiß aber nicht mehr ihre Worte. Vielleicht war auch viel wichtiger, dass sie einfach für mich da war. Und das war sie. Ich hatte den gemeinsamen Freund von Uwe und mir – Jane – informiert. Sie kam zur Beerdigung. Auch mit ihr redete ich irgendwann darüber. Auch hier war mir Jane wieder ein wertvoller Freund.
Ich versuchte mit den Freunden aus dem Bibelkreis zu reden. Aber diese konnten mit den mysteriösen Vorahnungen und Träumen nichts anfangen. Es war ihnen suspekt. Ausgerechnet den Freunden aus dem Bibelkreis waren meine Worte, Träume und all das suspekt.

Auch mit der Partnerin von Uwe hatte ich geredet. Noch am Tag, als ich erfuhr, dass Uwe tot war, bin ich zu ihr geeilt. Wir redeten lange miteinander. Ihr Vater, von Beruf Hausmeister und somit ein Kollege von mir, hatte meinen Freund frühmorgens gefunden. Im Feuerwehrgerätehaus im Schlauchschacht. Unzählige Zigarettenstummel lagen angeblich zerstreut am Boden.

Auch über etwaige Alkoholprobleme von Uwe redeten wir. Wenn ich dem Glauben schenke, was ich in den Tagen nach Uwes Tod erfuhr, muss er sehr wohl gehetzt worden sein. Es gab sowohl privat als auch in der Feuerwehr üble Hetzkampagnen gegen ihn. Ihm wurde einiges vorgeworfen und unterstellt. Ich möchte hier nicht näher darauf eingehen. Ich klage niemanden an und auch Uwe kann sich nicht mehr verteidigen. Sollen die Dinge stehen bleiben, wie sie stehen. Er wurde gehetzt. Das steht fest. Zu Tode gehetzt. Wie ich es geträumt hatte. Er hatte keine Kraft mehr. Laut Aussage seiner Partnerin gab es nichts. Keinen Abschiedsbrief. Nichts. Tage danach widerrief sie ihre Aussage. Es hätte doch einen Abschiedsbrief gegeben. Ihr Vater verhielt sich nach meiner Rede auf dem Friedhof tagelang merkwürdig. Und auch Uwes Mutter machte eine mir nicht verständliche Andeutung, auf die sie nicht näher einging.

So bleiben ein paar Rätsel. Sie bringen mich nicht weiter und vor allem machen sie meinen Freund nicht wieder lebendig.

Gilgamesch und Enkidu

Endlich verging Zeit. Die Stürme hatten sich gelegt. Für mich kehrte Normalität ein. Keine Träume mehr, keine Vorahnungen. Ein paar Fragen blieben. War Ron Ely mit Raimund Harmstorf befreundet? War Ron Ely mit Lex Barker befreundet? Kannte Pierre Brice Ron Ely und Raimund Harmstorf? Kannte Raimund Harmstorf Lex Barker? Warum suchte ich krankhaft seit Jahren neue Freunde? Hatte ich nicht genügend? Wer war Enkidu? Dieser geheimnisvolle Freund, den ich so verzweifelt suchte?

Apropos Enkidu. Mit dem Tod meines besten Freundes hatte ich nun intensiv etwas mit dem König Gilgamesch gemeinsam. Auch er verkraftete den Tod seines besten und innigen Freundes Enkidu nur schwer. Er beklagte ihn tagelang, zog dann aus seinem Königreich aus, um die Unsterblichkeit zu finden bei Utnapischtin, einem alten weisen Mann, von dem man sagte, dass er die Sintflut überlebte. Hierin gründete übrigens der berühmte Bibel-Babel-Streit, denn nachweislich sind die Geschichten um König Gilgamesch etliches älter und viele Facetten davon – so auch die Geschichte von der Sintflut – wurden in der Bibel übernommen. Aber, war Uwe Enkidu? Wer war dann derjenige, den ich suchte und suche? Diese Fragen sollten mich noch lange beschäftigen.

Eine weitere elementare Frage war: War der Platz meines besten Freundes nun freigeworden für einen neuen, anderen Freund? Rückte jemand von meinen Freunden nach? War der Platz frei für den Enkidu? Oder würde der Platz trotz Uwes Tod ihm gehören? Wie sah das Pierre Brice? Behielt er Lex Barker in seinem Herzen als besten Freund oder konnten andere diesen Platz im Leben einnehmen? Nimmt irgendwann automatisch die Ehefrau bzw. Partnerin den Platz des besten Freundes ein? Oder sah ich das ganze Thema Freundschaft viel zu verbissen?

Ich beleuchtete noch einmal intensiv die Lebensgeschichte und den Mythos um König Gilgamesch. Gilgamesch, König und Herrscher der legendären Stadt Uruk im Zweistromland zwischen Euphrat und Tigris, im heutigen Irak. Vor Jahren wurden Überreste dieser ersten, modernen Hochkultur freigelegt. Die Existenz dieser sehr großen Stadt mit ihrer unvergleichlichen Stadtmauer, die unter Gilgamesch gebaut worden sein soll, ist unumstritten. Die Existenz des Königs, der nach Angabe des Mythos aus zwei Dritteln Gott und einem Drittel Mensch bestand, ist wohl auch anhand von Aufschrieben in Königslisten belegt. Seine Existenz. Sein göttlicher Anteil natürlich nicht. Was vom Mythos der Realität entspricht und was mündlich, wie das seit Menschengedenken üblich ist, dazu gedichtet wurde, ist fraglich.

Gilgamesch wird als tyrannischer Herrscher beschrieben, der sein Volk in keiner Weise verschonte. Unbeschreiblich groß und von übermenschlicher Stärke war sein Aussehen. Grausam ließ er sein Volk an der gigantischen Stadtmauer schuften, trennte Männer von ihren Frauen, Väter von ihren Kindern. Außerdem nahm er das Jus prae nocti, das Recht der ersten Nacht in Anspruch und nahm sich ungefragt alle jungen Mädchen und Frauen, die einem Mann versprochen waren. War er durch unzählige, seinem Willen unterworfene Beischlafnächte der Frauen überdrüssig? Der Takt seiner Trommel, der den Lebens- und Arbeitsrhythmus vorgab, brachte das Volk nahe an den Wahnsinn. Man flehte zu den Göttern um Hilfe. Erst als der wilde Widersacher Enkidu, ebenso groß und gleich an Stärke, behaart am ganzen Leibe wie Fell am Tier, mit ihm stritt und sie zu Freunden wurden, wurde aus dem Tyrannen der Held Gilgamesch, der an der Seite seines engen Freundes Enkidu loszog, um Abenteuer für Abenteuer zu bestehen. Er war glücklich. Er liebte Enkidu. Durch seinen Hochmut und seine Schlachten gegen Ungeheuer zog er aber auch den Groll einiger Götter auf sich, welche schließlich den grausamen Tod Enkidus beschlossen.

Träume spielen im Gilgamesch-Epos eine zentrale Rolle. Schon die Ankunft eines Freundes wird Gilgamesch in Träumen angekündigt. Es heißt jedoch, die Träume seien stets verschlüsselt und bedürfen eines Traumdeuters. Gilgameschs weise Mutter deutet ihm mehrfach seine Träume. Auch Enkidu, nach dem Beschluss der Götter, ihn sterben zu lassen, träumt mehrfach, wobei ihm Gilgamesch die Träume auszulegen versucht.[6]

Träume sind also verschlüsselt. Traumdeuter. Ich hatte bei meinen Träumen keinen Traumdeuter. Gibt es so etwas heutzutage? Es ist zu spät. Ich war nicht fähig, meine Träume dahingehend zu deuten, dass sie meinem Freund das Leben retteten (Was Gilgamesch auch nicht gelang). Das heißt, eigentlich waren meine Träume so eindeutig, dass mir ja klar war, um was und um wen es ging, ich reagierte nur falsch. Oder zu wenig. Oder ich hätte agieren sollen. Aktiv werden. Nicht auf die Tatsache, dass Uwe gestorben war nur reagieren.

Zurück zur Liebe. Was war das für eine Liebe, die Gilgamesch und Enkidu verband? Eine intensive Liebe. Es wird davon geschrieben, dass sie sich küssten. Dass sie sich umarmten. Dass sie beieinander lagen, „wie bei einem Weibe." Handelte es sich lediglich um zwei homosexuelle Männer? Die Vermutung liegt nahe. Aber was war mit den vielen Mädchen und Frauen, mit denen Gilgamesch angeblich sexuell verkehrte? War das nur ein Akt der Macht? Ohne Gefühle, ohne Lust? Während er Frau um Frau zu sich nahm, um sich an ihnen zu vergehen, lehnte er das Liebesangebot der Inanna, der Inkarnation der Göttin schlechthin, ab. Er verfluchte sie. Enkidu wird beschrieben als Wildmann. Er läuft mit den Tieren in der Steppe, tränkt sich mit den Gazellen am See, streift mit den Löwen durch die Wildnis und ist behaart am ganzen Leibe. Man schickt eine Tempeldirne zu ihm in die Wildnis, die die schreckliche Aufgabe hat, den wilden Tiermenschen mit ihren sexuellen Reizen zu gewinnen. Tatsächlich, so der Mythos, spricht Enkidu auf die nackte Haut und die sexuellen Reize der Frau an und ergeht sich an ihr. Tage und Nächte liebt er sie und erkennt das Menschsein. Die Tiere fliehen daraufhin vor ihm. Er wurde durch diesen sexuellen Akt zum Mensch. Die Dirne führt ihn zu Gilgamesch.[6] Und nun? Doch keine homosexuellen Männer? Dann mussten sie bisexuell sein. Für Frauen und Männer gleichsam empfänglich. Das wahre Glück in diesem Falle beim Manne findend? Oder wurden die homosexuellen Elemente von Erzählern, den Schreibern der Tontafeln im sumerisch-akkadischen Kulturkreis, oder späteren Bearbeitern der Textstücke in der assyrisch-babylonischen Epoche, in das Leben von Gilgamesch und Enkidu hinein interpretiert?

Zu sagen sei noch, dass man seit Jahren bemüht ist, die gefundenen, zum Teil unvollständigen Fragmente der Tontafeln zu entziffern und schlüssig zu formulieren. Von den 12 Tontafeln, die bislang gefunden wurden, fehlen etliche Teilstücke, die den ganzen Mythos sehr unvollständig machen. So fehlen uns auch sicher viele Details um die Beziehung zwischen den beiden Männern. Wie innig schließlich die Freundschaft zwischen den beiden Männern war, wissen wir nicht. Auch was letztendlich wahr und was dazu gedichtet wurde oder aus den Keilschriftsymbolen und Überlieferungen entsprechend übersetzt wurde, entzieht sich bis ins letzte Detail meiner Kenntnis.

David und Jonathan

Ich entsann mich bei meinen Recherchen über Freundschaft einer anderen, legendären, in der Menschheitsgeschichte bedeutenden Freundschaft zwischen zwei Männern, was mich einmal mehr zum Buch der Bücher, der Bibel führte. Es ging um die Freundschaft zwischen David und Jonathan.
Es ging mir um Freundschaft. Freundschaft zwischen Menschen. Ich pflegte zu Uwe die gleiche Freundschaft wie zu Matthias, Harry, Rainer, Rainer S., aber auch zu Elke, Jane, Uschi, Berta oder Heike, die schließlich meine Frau wurde. Auch andere Mädchen oder Frauen und auch Jugendliche oder Kinder reihte ich bereits vor Jahren in die Schar meiner Freunde ein. Geschlecht und Alter waren unwesentlich. Dennoch waren es stets Männerfreundschaften, die uns vorgelebt wurden durch Romane oder Film und Fernsehen. Tom Sawyer und Huckleberry Finn, Gilgamesch und Enkidu, Winnetou und Old Shatterhand, Old Surehand oder Old Firehand, Bill Robin und Jack Harper, Lederstrumpf und Chingachgook, Silberpfeil und Falk, Reno Kid und Arpaho, Andy Cayoon und Schneller Hirsch, Ronny der Bogenschütze oder Kleines Wiesel, Mark Strong und Frank Collins, Starsky & Hutch. Selbst Mel Gibson und Danny Glover alias Martin Riggs und Roger Murtaugh in der Trilogie „Lethal Weapon", um nur die für mich wichtigsten zu nennen. Es muss mich geprägt haben, obwohl ich bei einer Freundschaft weniger das Geschlecht im Vordergrund sah. Die Inhalte von Freundschaft waren es, die mich faszinierten. Mit Uwe

hatte ich allerdings am meisten erlebt. Wir waren irgendwie bereits wie seelenverwandt.

Ich schlug also die Bibel auf und suchte nach David und seinem Freund Jonathan. [7]
Diese Geschichte führte mich in die Zeit des Alten Testamentes in der Bibel. In das Buch 1.Samuel. Die Zeit, in der Israel in furchtbare Kriege mit den Philistern verwickelt war. Israel begehrte zu der Zeit einen neuen König und Samuel hatte von Gott die Weisung, Saul zum König zu machen (1. Sam. 9,15 ff). Saul hatte einen Sohn, Jonathan. Saul erweckte das Missfallen Gottes und wurde oft wütend und missmutig. Man sollte ihm einen Saitenspieler bringen, der ihn besänftigt. So reiste Samuel nach Betlehem und suchte unter den Söhnen Isais den von Gott Bestimmten aus. Sieben Söhne lies Samuel sich zeigen, aber er fand den Bestimmten nicht. Da äußerte Isais, er habe noch einen achten Sohn, der draußen die Schafe hüte. Man brachte den jüngsten und achten Sohn mit Namen David und Samuel fand ihn als Auserwählten und nahm ihn mit. David wird in der Bibel beschrieben „... er war bräunlich, mit schönen Augen und von guter Gestalt (1. Sam. 16,12). David spielte Saul sein Saitenspiel vor, immer wieder und besänftigte diesen. Saul fand Gefallen an David und machte ihn zu seinem Waffenträger. Es heißt von David „...der ist des Saitenspiels kundig, ein tapferer Mann und tüchtig zum Kampf, verständig in seinen Reden und schön gestaltet ..." (1. Sam.16,18). Es heißt, Saul hatte ihn sehr lieb. Ab und zu nahm sich David frei, um zuhause die Schafe seines Vaters zu hüten. Dann kommt die Geschichte, in der David gegen den mächtigen Philis-

ter Goliath antritt und diesen mit seiner Schleuder erschlägt. Wieder wird von David erwähnt „... er war jung, bräunlich und schön ..." (1. Sam. 17,42) Der Sohn Sauls, Jonathan hingegen wird nie beschrieben. Wohl aber wird klar, dass es Jonathan ist, der Gefallen an David findet und sehr an ihm hängt. Er sucht die Freundschaft Davids, während dieser eher in seine Arbeit, die Sorgen um die Schafherde seines Vaters und seine politischen Geschäfte an der Seite Sauls vertieft ist. David gewinnt Jonathan zum Freund. Heißt es. Es müsste eher heißen: Jonathan gewinnt David zum Freund, denn Jonathan scheint der Aktivere zu sein. Irgendetwas an David muss ihn von Anbeginn fasziniert haben. Was war es? Das Auftreten Davids? Dessen Aussehen? Seine Stimme, seine Augen, seine Art zu reden? Wir wissen es nicht. Auch mir sind schon Menschen begegnet, da entwickelte sich eine Freundschaft im Laufe der Zeit und Menschen wie Marc und Leo oder aber auch Mädchen wie Juliane, die ich kennen lernte, als sie 12 oder 13 Jahr alt war und die ich später zur Rettungsschwimmerin ausbildete, die mich vom ersten Anblick an faszinierten. Es lässt sich nicht beschreiben.

In 1. Sam. 18 wird genannt: „ ... verband sich das Herz Jonathans mit dem Herzen Davids und Jonathan gewann ihn lieb wie sein eigenes Herz ..."
Dennoch scheint David eingebunden in ein soziales Gefüge. Er ist Saitenspieler und Waffenträger Sauls, kämpft für diesen in der Schlacht und nimmt tatsächlich dann Michal, die Tochter Sauls und somit die Schwester Jona-

thans, zur Frau. Es ist keine Affäre, wie Gilgamesch mit vielen Mädchen in der Jungfernnacht schlief, es ist eine Ehe und David geht sie ein. Liebte er Michal? Über die Beziehung zwischen ihm und seiner Frau wird nichts erwähnt. Zumindest in den mir geläufigen, deutschen Übersetzungen nicht.

In den Kriegsgeschäften läuft David dem König Saul den Rang ab. Er kämpft erfolgreicher, schlägt viel mehr Feinde. Von Saul erzählte man, er erschlug tausend, von David erzählte man, er erschlug zehntausend. Das Volk schwärmt von David und Saul wird argwöhnisch und misstrauisch. Er beginnt David zu hassen und trachtet danach, ihn zu töten. Es heißt „…Jonathan hilft David, denn er hat ihn sehr lieb…". Und Jonathan sagt: „Ich will für dich tun, was dein Herz begehrt…" An anderer Stelle heißt es „ … er hatte David so lieb wie sein eigenes Herz …" (1. Sam. 20,17). Jonathan und sein Vater Saul streiten, Jonathan steht für David ein. Da zürnt Saul: „Du Sohn einer ehrlosen Mutter! Ich weiß sehr wohl, dass du den Sohn Isais erkoren hast, dir und deiner Mutter, die dich geboren hat zur Schande!"

Jonathan rettet David mehrfach vor den Anschlägen seines Vaters. David schätzt mit Sicherheit die Freundschaft und Freundschaftsdienste Jonathans, bleibt aber eingebunden in seine Geschäftigkeiten und ist angespannt, da Saul ihm lange nach dem Leben trachtet.

Irgendwann, als klar wird, dass David gehen muss, sind er und Jonathan auf dem Felde. „ … und sie fielen nieder und sie küssten einander und weinten miteinander. David aber am meisten." David am meisten? Lag es an der Todesangst? Oder war die Freundschaft Jonathans zu ihm seither selbstverständlich und drohte nun zu sterben? In 1. Sam. 23, 18 heißt es: „ ... und sie schlossen beide einen Bund miteinander vor dem Herrn ...". Welcher Art dieser Bund zwischen David und seinem Freund Jonathan ist, weiß ich nicht. Vielleicht steht in Urtexten der Bibel mehr darüber.

Die Geschichte Davids und Sauls ist noch nicht zu Ende. Mehrfach stoßen die Beiden in Schlachten aufeinander, wobei David Saul mehrfach verschont, obgleich er nun die Chance hätte, sich von seiner Todesangst zu befreien, indem er seinen Widersacher tötete. Aber er verschonte ihn. David erschlug wohl in vielen Schlachten viele Menschen skrupellos. Er schlug Goliath den Schädel ab und brachte seinem Kriegsherrn, wie es damals anscheinend Sitte war, die Vorhäute von hundert oder mehr Kriegern als Zeichen des Sieges und Schmach für die ansonsten unbeschnittenen Philister. Man stelle sich diese Gemetzel vor. Es wurden Köpfe abgeschlagen, Rüstungen den Leichen vom Leib gerissen und den Geschlechtern der Toten die Vorhäute abgetrennt.

Saul verschont er. Die Schlachten gehen weiter und irgendwann bringt ein Bote David die Nachricht, dass die Philister Saul erschlugen. Und auch dessen Söhne. Auch Jonathan (2. Sam 1,4). Jonathan starb also in einer Schlacht. Enkidu, der innige Freund Gilgameschs hätte sich ein solches Ende gewünscht. Er starb an einer mysteriösen Krankheit in Siechtum dahin.

Jonathan war tot.

David verlor seinen besten Freund Jonathan. Gilgamesch verlor seinen besten Freund Enkidu. Der Schauspieler

Pierre Brice verlor seinen besten Freund Lex Barker. Ich verlor meinen besten Freund Uwe.
So sind die Fäden des Schicksals miteinander verknüpft.

Abschließend betrachtet: Jonathan wirkt als Aktiver, der gezielt die Freundschaft und – ich nenne es einmal – die freundschaftliche Liebe Davids gewinnen möchte. David scheint zuerst desinteressiert. Vielleicht liegt dies an seinen vielen Verpflichtungen. Oder aber er hat Angst vor der Beziehung zu Jonathan. Hat er Angst vor dem, was Jonathan von dieser Beziehung erwartet? Flüchtet er deshalb in seine Geschäftigkeiten? Oder hatte er zu Beginn dieser Bekanntschaft einfach kein Interesse an Jonathan? Erst im Verlaufe der Geschichte lernt David die Freundschaft und Liebe Jonathans kennen und schätzen. Ob Jonathan nach heutigem gesellschaftlichem Ermessen als homosexuell veranlagter Mensch einzustufen wäre, halte ich für zweifelhaft, wenn man sich nicht intensiver mit der Definition der mehrfachen Bezeichnungen für das Wort Liebe in der Bibel befasst. Schließlich war Jesus Christus selbst jahrelang fast ausschließlich mit Männern, seinen Jüngern zusammen. Tag und Nacht. Zumindest vermittelt es uns die Kirche so. In Wirklichkeit war Jesus vielleicht auch viel mehr noch mit Frauen und Kindern zusammen, was aber in einer patriarchalischen Epoche damals einseitig schriftlich festgehalten wurde und vieles wurde einfach nicht erwähnt. Und heißt es nicht von Jesus selbst, dass er einen Jünger, Johannes, hatte, von dem mehrfach genannt wurde, er habe ihn lieb? Oder „ ... der Jünger, den Jesus liebte ...". Wie ist mit dieser Liebe umzugehen? Viel zu schnell ordnen wir Menschen von damals oder auch heute in die uns vorgegebenen Schubladen für Liebes- und Geschlechtsbeziehungen ein. Es muss eine Liebe innerhalb von Freundschaft geben, die nicht in diese Schubladen „heterosexuell, bisexuell oder homosexuell" passt. Es ist absurd und anmaßend, Menschen nur noch diesbezüglich zu katalogisieren!

Laut Bibel, in 2. Sam. 1, 27 trauert David: „...Es ist mir leid um dich, mein Bruder Jonathan, ich habe große Freude und Wonne an dir gehabt, deine Liebe ist mir wundersamer gewesen als Frauenliebe ist". Man höre, lese und staune. Dennoch heißt es in der Lebensgeschichte weiter, dass David noch Söhne bekommt. Ammon von Ahinoam, der Jesreeliterin, Kilab von Abigajil, der Frau des Karmeliters Nabal, Absalom von Maacha, der Tochter des Königs von Geschur, Adonja von Haggit, Schefatja von Abital, Jitream von Egal, der Frau Davids (seiner Frau?). Auch seine erste Frau Michal lässt er später wieder zu sich bringen. Und von wiederum anderen Frauen soll er die Söhne Schammua, Schobab, Nathan, Salomo, Jibhar, Elischua, Nefeg, Jafia, Elischama, Eljada und Elifelet gezeugt haben. 17 genannte Söhne und keine Tochter. War dies Gottes Wille? Dass dieser starke, schöne Mann seinen Samen derart weit streut und nur männliche Nachkommen zeugt? Oder wurden auch hier Töchter einfach nicht erwähnt? Ich versuche mir auch vorzustellen, wie das Leben Davids ausgesehen haben mag als König von Israel und Mann von so vielen Frauen, Nebenfrauen und Söhnen. Wie wurde er all dem gerecht? Aber das zu ergründen soll nicht Gegenstand meiner Aufschriebe sein. Soviel zur Freundschaft zwischen David und Jonathan.

Die kleinen Detektive

Mit meinen Gedanken bin ich immer noch im Jahre 2000, dem Jahr, als mein Freund sich das Leben nahm. Die Monate vergingen und für mich kehrte so etwas wie Normalität ein. Keine Vorahnungen, keine Träume, keine Albträume. Außerdem versuchte ich, das alles etwas zu relativieren. Ich hatte meinen besten Freund verloren. Wie viele Menschen würden täglich auf dieser Welt einen geliebten Menschen verlieren? Durch Krankheit, Unfälle, Gewaltverbrechen, Umweltkatastrophen. Wie viele Menschen starben täglich in Afrika oder anderen armen Ländern oder in Kriegen dieser Welt. Mein Schicksal und das meines Freundes war eines von vielen. Mit dem einen Unterschied: Sehr viele Menschen, die durch besagte Schicksalsschläge ums Leben kommen, haben gar keine Chance. Aber wie sieht es bei Selbstmord aus? Konnte man so etwas nicht verhindern? Sind dafür nicht Freunde da? Das ist wohl die Kernaussage meines Problems. Welchen Wert hat denn eine Freundschaft, die nicht verhindert, dass sich ein geliebter Mensch freiwillig das Leben nimmt? Beziehungsweise, die zulässt, dass ein geliebter Mensch Sklave des Alkohols wird und somit zunehmend unzurechnungsfähig für eigene Entscheidungen?

Ich suchte weiterhin Antworten auf diese Fragen, war aber auch nach wie vor sehr eingebunden in meinen Alltag mit Beruf, Familie, Haus, Garten und massiven Umbaumaßnahmen. In meiner Freizeit nahm ich oft unsere Söhne und Nico, einen Freund unseres ältesten Sohnes und zog mit ihnen hinaus in die Natur. Irgendwann wurde mir klar, dass ich unbewusst versuchte all das weiterzugeben, was Uwe und ich erlebten. Die Natur in ihrer unbeschreiblichen Schönheit und Vielfalt, kleine Abenteuer auf Wanderungen, Ruinen- und Burgbesichtigungen, Erforschen von Flussufern, geheimnisvollen Tunneln, Beobachten von Tieren, das Kennenlernen von Himmels- und Windrichtungen, das Spüren von Material wie Gras, Schlamm, Lehm, Moos, Baumrinde etc. Zu- und abnehmender Mond, die Gestirne, Sonne, Wind und Regen, Sturm und Gewitter. Wir waren ein fantastisches, kleines Team aus neugierigen Abenteurern, die drei Kinder und ich. Es war eine schöne Zeit. Der Umgang mit Taschenmessern, Ferngläsern, Pfeil und Bogen, Spuren lesen, Klettern und Kraxeln.

Irgendwann bekam mein Sohn seinen heiß ersehnten und gewünschten Detektivkasten geschenkt. Er enthielt Dinge, um Phantomzeichnungen anzufertigen, Pulver zum Abnehmen von Fingerabdrücken, Lupen, Notizblöcke, Einwegfotoapparat für Beweisfotos. Wir experimentierten etwas herum, bis mir die Idee kam, das Ganze in eine kleine Detektivbande einzubetten. Schnell hatten wir ein paar Freunde meines Sohnes für die Idee begeistert und wir trafen uns regelmäßig zu den Bandenbesprechungen. Seltsam, auf eine besondere Art und Weise war ich wieder da, wo Uwe und ich viele Jahre zuvor aufgehört hatten. Bei einer Bande. Nur war ich mittlerweile längst erwachsen und hatte nun Kinder in Form einer Jugend-, bzw. Kindergruppe um mich. Ohne Verein, ohne Institution.

So war mir das am liebsten. Unsere Treffen bestanden jeweils aus einer halben Stunde Theorieunterricht und einer halben bis vollen Stunde Praxis. In der Theorie legten wir Ordner an, sammelten Polizeiberichte aus Tageszeitungen, fertigten anhand von Beschreibungen Phantombilder an, experimentierten mit unseren Fingerabdrücken, sahen im Branchenverzeichnis nach Detekteien und befassten uns mit allen Formen der Kriminalität. Schließlich landeten wir schicksalhafter Weise beim Thema Umwelt, Umweltsünder und schließlich der Umweltdetektei. Wir wollten also Umweltdetektive werden. Das kam mir bekannt vor. Einen Namen brauchten wir auch. Ich witterte die Chance, die Umweltdetektei mit dem Namen Schlangenbande von Uwe und mir wieder zu beleben. Doch ich verschwieg diese Möglichkeit. Dies hier war etwas Neues und sollte etwas Eigenständiges werden. So kamen wir zu dem Namen „INFRAROT – Wir sehen alles!"

In der Praxis waren wir mit den Fahrrädern unterwegs und suchten Park- oder Umweltsünder oder notierten alles, was uns verdächtig schien. Mehrfach untersuchten wir illegal entsorgten Müll oder nahmen wild entsorgte Pakete von nicht ordnungsgemäß zugestellten Prospekten im wahrsten Sinn des Wortes unter die Lupe, verständigten hier auch die entsprechenden Verlage und erhielten auch einmal genau Auskunft, wie die Austräger ermittelt und bestraft werden konnten. Wir besuchten den hiesigen Polizeiposten und ließen uns von den Polizeibeamten viel über ihre Arbeit erzählen, durften das Polizeirevier, das Polizeiauto, den Polizeifunk und Sonstiges kennen lernen. Für die Kinder sicher eine spannende und lehrreiche Zeit. Ein bisschen herrschte aber trotzdem der Frust bei den Kindern darüber, dass wir nie richtig schwere Jungs dingfest machen konnten. Geduld sei hier der Schlüssel zum Erfolg, bemerkte ich oft. Wobei nach knapp einem Jahr auch diese Aktionen und das Team INFRAROT der Vergangenheit angehörten.

Nico, das soll nicht verschwiegen werden, wählte später schließlich den Beruf des Polizisten. Ich wage jedoch nicht zu behaupten, dass die Zeit als kleiner Detektiv ihn geprägt hat. Oder?

Warme Cowboys
und rosarote Indianer

War die Karl May – Filmwelle weltweit längst in Vergessenheit geraten und Fans konnten sich hie und da im TV an den Wiederholungen erfreuen, wurde das Jahr 2001 zu einem Karl May – Jahr der ganz besonderen Art. Während sich in einem bestimmten Jugendmagazin seit vielen Jahren ein anonymer Doktor der Jugend annahm und dieser alle Fragen rund um ihre pubertäre Sexualität beantwortete, trat nun ein Aufklärer für Indianer- und Westernfragen auf die Bühne der Öffentlichkeit: Michael Bully Herbig, bekannt geworden durch seine Comedy-Show Bullyparade klärte mit seinem Kinofilm „Der Schuh des Manitu" die Bevölkerung auf. Und wie! Winnetou und Old Shatterhand – Legenden aus den Romanen des berühmten Karl May und begehrte, heißumschwärmte Kinohelden der 60er Jahre waren in Wirklichkeit zwei „rosarote" homosexuelle Schwuchteln!
Von der Bevölkerung brüllend vor Lachen mit Rekordeinnahmen belohnt, von eingefleischten Karl-May-, sowie Lex Barker- und Pierre Brice-Fans mit Entsetzen hingenommen. Das Buch zum Film reihte sich bald in Buchläden Seite an Seite mit anderen Karl May-Werken.
Aber auch ich gehöre zu der Minderheit, die empfindlich darauf reagierte. Bei einer Wetten-dass-TV-Sendung mit Thomas Gottschalk wurde der „echte" Winnetou Pierre Brice mit Michael Herbig und den schwulen Indianern - im Film hat Winnetou einen schwulen Bruder – konfron-

tiert. Pierre Brice äußerte sich entrüstet über das Werk und zeigte keinerlei Verständnis für den Humor Herbigs. Diese Verbissenheit von Brice goss jedoch nur Öl auf das Feuer des Erfolgs von Herbig. Nach Aussage von Winnetoudarsteller Brice hätte Herbig einen ganzen Mythos zerstört. Als Brice dann noch fast gezwungen wurde, zu dem rosarot gekleideten tuntenhaften schwulen Indianer auf die Kutsche zu steigen, war der Eklat perfekt. Eine größere Demütigung konnte man Pierre Brice nicht zumuten.

Nun, ich gönne dem Comedian, Schauspieler und Produzenten Herbig seinen Filmerfolg – einen Erfolg, den ich mir in der Filmbranche vielleicht auch zu mancher Zeit gewünscht hätte. Aber ich finde, der Film war schlichtweg unnötig. Das unterscheidet für mich auch die Comedians der alten Schule, Heinz Erhard, Otto, Loriot, Dieter Hallervorden, Louis de Funès und andere von den heutigen: Die Komiker der alten Schule machten stets sich selbst zum Deppen oder nahmen anonym die kleinen und großen Schwächen unserer Gesellschaft aufs Korn. Der Erfolg heutiger Comedians beruht nur noch auf Beleidigungen und Veralberungen anderer Menschen zum Teil übelster Art und zumeist tief unter der Gürtellinie. Es lässt sich nicht verhindern, dass mit dem albernen, nicht ernstgemeinten Klamauk um die Blutsbrüder Karl Mays, das heimliche Gedankengut mitschwimmt, wer auch immer als Mann mit einem anderen Mann eine derart enge Freundschaft pflegt, noch dazu in der einsamen Wildnis der Prärie, bei Tag und Nacht, kann eigentlich nur schwul sein. Herbig reitet auf Gefühlen herum, die viele Menschen ernst nehmen. Es wurde in jedem Falle trotz der offensichtlichen Veralberung und der deutlich überzogen dargestellt tuntigen Darsteller der Verdacht laut, dass zwei Männer, die, wie bereits erwähnt, sehr viel in der Einsamkeit der Natur oder wo auch immer, zusammen sind, automatisch ihren Gefühlen und sexuellen Trieben freien Lauf ließen und somit schwul waren. Punkt aus. Was durchaus dazu geführt haben könnte, dass sich im ganz normalen Leben so mancher Freund von so manchem Freund dezent zurückzog aus Angst vor einer möglichen homophilen Entwicklung.

Der Homophobie, der Angst vor einer möglichen homosexuellen Entwicklung unter Männern wurde mit dem Film jedenfalls ordentlich Feuer untergelegt. Davon abgesehen bewies Herbig mit seinem nächsten Werk, dass nicht nur die Natur und Wildnis des Wilden Westens schwule Männerpaare vereint, sondern dass dies auch gut im Weltraum denkbar war. Legenden eines anderen Genres mussten sich also ebenfalls mit ihren von Herbig neu entdeckten schwuchteligen Neigungen konfrontiert sehen.

Mich irritierte der Film „Schuh des Manitu", ich sah ihn lange nach der Veröffentlichung an, um mitreden zu können. Als eigenständig alberner Film um tuntig-schwule Westmänner mag er ja ganz lustig sein. Als Beweis dafür, dass konkret Winnetou und Old Shatterhand zwei schwule Tunten waren, ist der Film für mich ein Unding. Und allein die Tatsache, dass die beiden Haupthelden in Herbigs Film andere Namen tragen, ändert daran nichts.

Einmal mehr sah ich mich mit der Unterstellung oder dem ausgesprochenen Verdacht der bestehenden homosexuellen Gefühle in einer Männerfreundschaft konfrontiert. Und war ich nicht in meiner Jugendzeit großer Fan der Band „Village People"? Eindeutig schwul orientierter Männer? Wieso wurde ich ständig damit konfrontiert?
Ich hatte meinen Freund Uwe nie in den Arm genommen. Wir hatten uns niemals geküsst wie David und Jonathan. Wir waren nicht schwul. Wir lagen zwar als Kinder nackt zusammen im Stroh und alberten herum, lagen aber sicher nie beieinander „wie bei einem Weibe". Was auch immer manche Interpreten damit Gilgamesch und Enkidu nahe zu legen versuchten oder versuchen.

„Robinson Crusoe",
eine Insel, 65 Frauen,
93 Kinder
und kein Freitag

Im Jahre 2002 im April sollte mein durch schonungsloses Arbeiten und falsche Ernährung heruntergewirtschaftetes Wesen eine kleine Abwechslung erhalten. Mein labiler Zustand und meine jahrzehntelang anhaltende schwere Pollenallergie hatten zu einer Kurgenehmigung geführt. Eine Vater-Kind-Kur.
Von der Erholung, Ruhe und Abwechslung abgesehen schöpfte ich sofort auch Hoffnung. Hier würde ich sicher auf andere Männer treffen. Vielleicht war der eine oder andere Vater dabei, mit dem ich mich sehr gut verstand. Der mein Freund werden konnte. Ich freute mich riesig.
Nach sehr vielen Stunden Bahnfahrt mit meinem zweiten Sohn, damals 6 Jahre alt, waren wir an der Ostseeküste und auf der Insel Rügen angekommen. Wir bekamen das Kurhaus vorgestellt, bekamen unser Zimmer zugewiesen und konnten uns gemütlich einrichten. Ich sah mich mit der unwiderruflichen Tatsache konfrontiert: 65 Frauen, unzählige Kinder und ganz genau ein Mann. Und der war ich. So viel zu der Chance, einen Freund zu finden. Fünfundsechzig Frauen! Das konnte ja heiter werden.
Gut, ich hatte mir in der Vergangenheit oft bewiesen, dass ich mich auch mit Frauen sehr gut verstand und so manche Frau meinen guten Freund nennen konnte (der

Begriff Freundin hat so einen komischen Beigeschmack, wenn man verheiratet ist, daher nenne ich auch eine Frau einen Freund).

Ich versuchte mich zu arrangieren und saß abends das eine oder andere Mal bei einem Glas Rotwein mit ein paar Frauen zusammen. Wo immer ich mich aber dazu gesellte, hatte ich das Gefühl, die Frauen daran zu hindern, endlich ausgelassen über die Männerwelt erzählen zu können, so lange mindestens einer dieses Geschlechts in der Runde saß. Auch wenn derjenige nicht einer ihrer Männer war, sondern ich. So blieb ich doch die meiste Zeit alleine. Schließlich hatte ich meinen Sohn dabei und genoss die Zeit mit ihm zusammen. Und ich las Bücher. Tagsüber war mein Sohn in einer Kindergruppe untergebracht und ich verbrachte die Zeit außerhalb meiner Anwendungen mit ausgedehnten Spaziergängen am Strand. Es war herrlich schön. Das Wasser, der Strand, der Horizont. Mir war, als wäre Gott zum Anfassen nahe gewesen. Um mich herum nur Natur von ihrer schönsten Seite. Wenngleich der Wehmut darüber, dass kein einziger Mann zu sehen war, mein stetiger Begleiter war. Unwillkürlich kamen durch die Ruhe all die Erinnerungen an meinen Freund Uwe, unsere Freundschaft und die dramatischen Ereignisse um seinen Tod in mir hoch. Nach Tagen suchte ich im Angebot der Anwendungen das Gespräch einer Psychologin. Eine junge Frau nahm sich meiner an. Ich erzählte ihr von meinem Leben diesbezüglich und den Schmerzen über den Verlust des besten Freundes. Ich wage zu behaupten, dass die junge Dame etwas überfordert war mit meinen Problemen. Aber sie gab sich Mühe. Letztendlich kam sie zu der Überzeugung, dass meine unüberwundene Trauer damit zusammenhängen könne, dass mir die Möglichkeit des Abschieds genommen wurde. Verliert man einen geliebten Menschen durch eine Krankheit, so sei das zwar ebenfalls schlimm, man hätte jedoch Gelegenheit, über Tatsachen zu sprechen und gegenseitig voneinander Abschied zu nehmen. In Wort und Tat, das hieße, sich die Hände zu halten oder in den Arm zu nehmen oder was auch immer.

Ich bekomme erneut die Szenen aus dem Film „Winnetou IIII" vor Augen. Als der sterbende Winnetou in den Armen seines Blutsbruders und Freundes Old Shatterhand liegt. Winnetou hört die Glocken. Winnetou stirbt in den Armen seines Freundes. Winnetou stirbt als Christ. Um dies näher zu erläutern, wäre der Roman zu lesen. In der Realität erfährt der Schauspieler Pierre Brice vom Tod seines Freundes Lex Barker aus den Medien. Keine Möglichkeit des Abschieds. David aus dem Alten Testament erfährt, dass sein Freund Jonathan in einer Schlacht gefallen ist. Keine Möglichkeit des Abschieds. Lediglich Gilgamesch verbringt laut Epos lange Zeit am Bett seines sterbenden Freundes Enkidu.

Die Möglichkeit des Abschieds hatte ich nicht. Ich hatte mir nur furchtbare Sorgen gemacht, genährt durch die gleichnishaften Albträume. Noch als Uwe bereits tot war, hatte ich meine Angst und Ratlosigkeit in den Himmel geschrien, bis ich erfuhr, dass er tot war und ich keine Chance mehr erhalten sollte, zu meinem besten Freund zu sprechen.

Abschied nehmen. Mit diesem Rat suchte ich erneut Tag für Tag den einsamen Strand auf, lief kilometerlang durch den Sand und dachte darüber nach. Abschied nehmen. Im Gebet? Am Grab? Mit Worten? War meine Grabrede eine Abschiedsrede? „All eure Sorgen werfet auf ihn", sangen wir vielfach in unserem christlichen Kreis und mit „ihm" war Gott persönlich gemeint. Oder Jesus. Ich versuchte, diese meine Sorgen auf ihn zu werfen. Hinaus ins weite Meer, in die Weiten des blauen Himmels. Die Ruhe tat mir gut. Der leichte Wind. Die sanften Wellen.

Abschied nehmen. Loslassen.

Dann brach eine furchtbare Magen-Darmgrippe im gesamten Kurhaus aus und legte nacheinander ausnahmslos alle Patienten lahm. Lauthals schrien viele kleine spontan zusammen gerufene Kämpfergruppen wildgewordener Frauen den Verdacht aus, es handele sich um eine Salmonellenvergiftung. Wie ein Lauffeuer wurde Mutter um Mutter aufgehetzt, die Kinder waren wie hysterisch, eine junge Mutter schrie immerzu, sie hätte Zwillinge günstig abzugeben. Tagelang schrie sie bei jeder Gelegenheit ihr Schnäppchenangebot in die Menge. Andere prangerten die Küchencrew an, verlangten Aufklärung. Die Heimleitung dementierte, aber der (männliche) Chef des Hauses hatte gegen den aufgebrachten Haufen über 60 hysterisch kreischender Kampfhühner nicht den Hauch einer Chance. Dann erwischte es meinen Sohn. Furchtbarer Durchfall und Erbrechen fesselten ihn ans Zimmer. Jedes Mal, wenn ich in das Speisezimmer wollte, vereinbarte ich mit ihm, er solle seine kleine Sandschaufel am offenen

Fenster auf die Fensterbank legen. Dies konnte ich vom Speisesaal aus sehen und zu ihm eilen. Kaum hatte ich den Speisesaal erreicht lag die Schaufel am Fenster, was bedeutete, dass ihm schlecht war und er sich übergeben musste. Ich hastete etliche Gänge entlang, rannte ins Nebengebäude, eilte die Treppen hoch, Gang für Gang entlang, stürmte ins Zimmer und versorgte meinen Sohn. Danach nahm ich die Schaufel weg und eilte den langen Weg zurück in den Speisesaal. Ich nahm mein Tablett, stellte mich an das Buffet und entdeckte durch die Fensterscheibe oben am anderen Gebäude am Fenster unseres Zimmers die kleine Sandschaufel meines Sohnes, der wieder kurz vor dem Erbrechen oder Durchfall angesagt war. Die gleiche Zeremonie des Rennens, Eilens bis ins Zimmer. Und die ganze Prozedur während des Essens noch ein paar Mal und das Tag für Tag. Es fand sich niemand, der sich um meinen Sohn kümmerte, denn es lagen unzählige Mütter und Kinder sich übergebend oder auf der Kloschüssel sitzend auf ihren Zimmern fest. Dann, nach Tagen erwischte es endlich auch mich. Während die Kampfhühner mittlerweile mit Gesundheitsamt, Polizei, Rechtsanwalt und anderen Gewalten drohten, würde nicht endlich etwas gegen die Salmonellenvergiftung getan. Vor ihren hysterischen Augen hatte der Heimleiter bereits den grausamen Tod von 65 Frauen, mindestens 90 Kindern und eines Mannes auf dem Gewissen. Ich fühlte mich miserabel in diesen Tagen. Medikamente und Zäpfchen stopfte ich in mich hinein. Bei 1,84 m Körpergröße hatte ich ein Gewicht von nur noch 60 kg. Ich fühlte mich ausgezehrt und schwach.

Dann, nach wiederum ein paar Tagen und überstandener Darmgrippewelle rief der Heimleiter eine Generalversammlung ein. Endlich äußerte auch er einmal seinen Unmut. So eine Heimbelegung falscher, streitsüchtiger, verlogener und aufwiegelnder Frauen hätte er in seiner gesamten Laufbahn noch nicht erlebt. Er räumte den heraufbeschworenen Salmonellenverdacht aus der Welt und bestimmte mit Klarheit, dass entgegen jeder Tradition in diesem Kurzyklus keine Verlängerung einzelner Patienten möglich sei (angeblich wegen anstehender Sanierungsarbeiten). Nach Ablauf der drei Wochen hätten alle Patienten die Heimreise anzutreten. Das hatte gesessen. Zum Glück bekam ich von all dem verschwörerischen, aufhetzenden Gerede wenig mit, da ich wie gewöhnlich so oft wie möglich am Strand war und die Natur, die Ruhe und Gottes Nähe genoss.

Die Kur ging zu Ende. Ich hatte eine schöne Zeit mit meinem Sohn, gute Gespräche mit der Psychologin, sagenhaft schöne Stunden in der Einsamkeit der Natur am Strand. Ich hatte Ruhe. Einen Freund fand ich nicht. Nicht einen einzigen Mann oder Vater, mit dem man sich verstand oder reden konnte. Ich hatte es so gehofft.

Auszeit

Je mehr die Kur in die Vergangenheit rückte, desto mehr hatte mich der Alltagstrott wieder. Ich verausgabte mich in Familie, Beruf, Haus und Garten gänzlich, gönnte mir keine Pausen und arbeitet hart. Jeden Tag. Mein Körpergewicht ging weiter zurück. Gegen Ende des Jahres 2002 plagten mich immer öfter Magenschmerzen und Bauchkrämpfe. Auch schmerzten mich durch körperliche harte Arbeit privat und im Beruf meine seit Jahren kaputten Füße und Fersengelenke immer öfter und immer mehr. Ich wog noch 59 kg. Von viel Arbeit abgesehen, war ich immer noch intensiv mit der Frage nach Freundschaft beschäftigt und meine Augen scannten noch immer jede Gelegenheit ab, die sich bot, um möglicherweise einen neuen Freund kennen zu lernen. Einen neuen Freund oder eben diesen ganz speziellen Freund, der ein bestimmtes Aussehen hatte, bzw. haben musste, um mir zu gefallen. Warum nur war ich so fixiert auf das bestimmte Aussehen eines Freundes? Ich suchte doch keinen Traummann! Ich verstand es nicht, aber es war so. Ein bestimmtes Aussehen, ein bestimmtes Zusammenspiel von Augen, Nase, Mund und Lippen, sowie Frisur schien mir zu gefallen.

Mein gesundheitlicher Zustand machte mir Sorgen. Zum ersten Male machte ich mir seit vielen Jahren um mich selbst Sorgen. Wie stand es eigentlich um mich? Ich war jahrzehntelang händeringend damit beschäftigt, für andere Menschen da zu sein, ihnen zu helfen oder Leben zu retten, wann immer es ging. Was war mit mir? Wer sah nach mir? Meine übermäßige Eigenheit, anderen helfen zu wollen oder glauben, helfen zu müssen, hatte mitunter auch den Effekt, dass sich andere eher sogar zurückzogen. Also, was war mit mir? Wer sah nach mir? Wer sorgte sich um mich? War ich glücklich? Ging es mir gut? War ich zufrieden mit meinem Leben?

Das Jahr 2003 begann und mir ging es zunehmend schlechter. Gleich zu Beginn des Jahres im Januar fegte eine gemeine, gefährliche Virusgrippe durch Deutschland. Ich hatte mich erkältet, fühlte mich ausgebrannt, matt und elend und hatte Husten. Ich lies mich nicht krankschreiben. Das würde schon vergehen. Meine Bauchkrämpfe allerdings häuften sich. Hinzu kamen Durchfälle. So unschön das klingt.
Außerdem hatte ich zu der Zeit sehr viel Ärger am Arbeitsplatz. Ich war jedoch nicht in der Lage die Konflikte konstruktiv anzugehen, sondern fraß alles in mich hinein. Und ärgerte mich täglich bis zum „Geht-nicht-mehr".
In diesen Tagen sorgte ich mich auch um meine alte Freundin Berta im Altersheim. Ihr ging es nicht gut. Zudem litt sie darunter, dass sie „nur alte Menschen" um sich hätte, wie sie sich ausdrückte. Sie selbst war mittlerweile 87. Ich besuchte sie regelmäßig. Sie fühlte sich eingesperrt und ihrer Freiheit beraubt. Sie wollte ausgehen, kegeln, tanzen, lachen und Schwimmkurse geben. Sollte all das vorbei sein? Mit ihren alten, kranken Mitbewohnerinnen konnte sie nichts anfangen. Die einen waren restlos dement, andere erzählten ohne Unterlass von alten Zeiten. Niemand fragte nach Bertas Wünschen, Ängsten

und Problemen. Eines Tages wurde mir gesagt, sie sei gestürzt und im Krankenhaus. In den folgenden Tagen telefonierte ich ihr hinterher. Als ich versuchte, sie im Krankenhaus zu erreichen, war sie bereits wieder im Heim. Wollte ich bei der nächsten Gelegenheit im Heim nach ihr fragen, wurde ich erneut enttäuscht durch die Nachricht, sie sei überraschend wieder in die Klinik gekommen. Dort aber erfuhr ich auch nichts. Sie müsse eigentlich wieder im Heim sein. Wenige Tage darauf erfuhr ich dann, dass sie verstorben war. Am 3. Februar 2003. Ich war auf ihrer Beerdigung und nahm so Abschied von einem weiteren guten treuen Freund meines Lebens.

Eines Tages sah ich in den Spiegel, betrachtete mich und bekam ein unheimlich schlechtes Gefühl. Da war es wieder. Unheimlich. Gefühl. Ahnung. Mit mir stimmte etwas nicht. Es ging mir vermutlich sehr viel schlechter, als ich mir eingestand. Wie meistens versuchte ich auch diesmal, mir klar zu machen, dass ich mir dies einbildete. Ich versuchte mich herauszusteigern, aber mein Gesundheitszustand wurde immer schlechter. Ich bekam ein komisches Gefühl von Angst. Wer hat denn einen Lebensgutschein für 80 Jahre und älter? Hatte ich nicht geäußert, dass auch sein konnte, dass ich nur 3 Jahre nach Uwe sterben könnte, dann wäre er mir gar nicht so früh voraus gegangen. Drei Jahre waren vergangen. Uwe war tot. Berta war tot.
Mit jedem Tag wurde mir mulmiger zumute und meine Bauchkrämpfe verstärkten sich. Ich fühlte, dass es mir nicht gut ging und begann mich ernsthaft um mich zu sorgen. Ich spürte, dass ich eine Zeit lang vermutlich

nicht arbeiten werde, womöglich kam ich gar nie mehr zurück an meinen Arbeitsplatz. Denn wie gesagt, niemand sagt uns, wann wir zu sterben haben. Manche sterben plötzlich, manche innerhalb von Tagen oder Wochen nach einer Krankheit.
Ich kramte die gesammelten Magazinausschnitte des Schauspielers, den ich nur Enkidu genannt hatte, heraus und betrachtete sie lange und ausgiebig. Er gefiel mir. Aber nicht nur. Ich wollte erfahren, wer er war. Wie er war. Ich betete für ihn, denn schließlich war es ein Mensch aus Fleisch und Blut. Bestimmt tat es ihm gut, wenn man für ihn betete. Dann vernichtete ich alle Bilder. Ich wollte auf keinen Fall, würde ich tatsächlich sterben, dass man zu dem Schluss kam, ich sei heimlich homosexuell gewesen. Nach wie vor wehrte ich mich gegen diesen mir selbst gestellten Verdacht. Nicht dass ich etwas gegen Homosexualität hätte oder gehabt hätte. Wenn sich zwei Männer liebten, sah ich darin keinen Unterschied zu der Tatsache, dass ein Mann eine Frau liebte oder sich zwei Frauen liebten. Liebe war etwas von Gott gewolltes, oder? Bei aller Hingabe an den Glauben kam ich noch nie zurecht mit der Aussage im Alten Testament, dass der Mann, der bei einem Manne liegt wie bei einer Frau, des Todes sei. Da dies dem Herrn ein Gräuel sei. Warum? Weil es Gottes Ordnung zerstört? Von billigen Pornofilmen abgesehen, geht es doch im realen Leben auch zwischen zwei gleichgeschlechtlichen Menschen um Liebe. Um Liebe! Wie auch immer, ich wollte nicht, dass man mir diese Homosexualität unterstellte. Schließlich empfand ich für meine Freunde keine ausgesprochen homosexuellen Gefühle. Liebe unter Freunden musste ein

weites Feld sein. Vielleicht schloss sie manchmal geschlechtliche Liebe mit ein aber sicher nicht immer.

Dann kam der Tag, an dem ich doch den Arzt aufsuchen musste. Nachdem ich meine Probleme schilderte, sagte man mir, es handele sich um eine normale Darmgrippe, ich würde das zu eng sehen. Man gab mir Tropfen. Es wurde nicht besser. Ich hatte schweißtreibende Schmerzen. Als ich den Arzt erneut aufsuchte, meinte die anwesende Urlaubsvertretung, ich müsse halt etwas geduldiger sein. Sie verschrieb mir Tabletten und Zäpfchen. Nach wenigen Tagen suchte ich die Praxis erneut auf und der Arzt war nun schon sichtlich genervt. Außerdem erwähnte ich am Rande meine auf den Konflikten im Geschäft basierenden psychischen Probleme. Die Bauchkrämpfe seien völlig normal und würden wieder vergehen, wurde mir erneut prophezeit.
Irgendwann im Februar war ich so schwach und ausgezehrt, dass ich nur noch im Bett lag und den Arzt gegen seinen Willen zu mir orderte. Als er mich in diesem erbärmlichen Zustand sah, ordnete er das Krankenhaus an. Sehr zur Freude meiner Frau. Sie hatte ohnehin kein Verständnis dafür, wenn man krank war. Sie kannte das nicht, war selbst nie krank. Und dann auch noch Krankenhaus. Hätte sie nur einen Orden für herausragende Hypochonder zur Hand gehabt. Sie hätte ihn mir überreicht und der Arzt hätte obendrein unterschrieben.

Im Krankenhaus kam man nach ersten Untersuchungen zu der Erkenntnis, dass mit mir einiges nicht stimmte. Sofort wurden Magen- und Darmspiegelungen angesetzt.

Diese brachten das Ergebnis schwerer Entzündungen im gesamten Verdauugstrakt zu Tage. Für eine Dünndarmuntersuchung per Kontrastmittel war ich bereits zu schwach. An unzählige Schläuche angeschlossen wurde ich schließlich künstlich ernährt. Außerdem wurde ich mit Antibiotika versorgt.
Da lag ich also. Mein Gefühl hatte mich nicht betrogen. Allerdings hatte ich in den letzten Tagen so ein konkretes Gefühl, dass das was mich da heimsuchen würde, mindestens ein halbes Jahr dauern würde, bzw. könnte. Und ich wehre mich entschieden gegen die Unterstellung, ich hätte mir diese Misere so lange gewünscht, bis ich sie endlich hatte.

Tagelang lag ich ausgezehrt und schwach im Bett bis ich überhaupt wieder anfing, mich zu bewegen. Nachdem meine Mutter den Ärzten gegenüber erwähnt hatte, dass mein Vater seit Jahren an der chronischen Darmkrankheit Morbus Crohn leide, fielen die Ärzte mit Leidenschaft über mich her. Einen so verhältnismäßig jungen Morbus-Crohn –Patienten hätten sie noch nie gehabt. Schließlich ist Morbus Crohn vererblich! Neue Untersuchungen wurden angeordnet und durchgeführt, ein junger Arzt oder Praktikant oder was auch immer stellte mir unzählige Fragen für seine Arbeit über die Darmkrankheit.
In meinem Zimmer lagen sehr kranke und alte Menschen. Ich beobachtete sie. Alt, schrullig, zum Teil verwirrt, nur noch auf die Hilfe von anderen Menschen angewiesen.
So musste also meine Zukunft aussehen, wenn ich nicht hier bald starb. So erging es also Menschen, die nicht wie

Jonathan, Enkidu, Lex Barker, Raimund Harmstorf oder Uwe früh starben. Ich grübelte.
Manche alten Männer verschliefen den ganzen Tag und raubten mir dann die Nachtruhe. Immer wieder wurde der eine oder andere Mann aus dem Zimmer genommen, ein anderer kam dafür. Ein sehr alter Mann riss sich Tag und Nacht die Infusionsnadeln heraus, dass das Blut nur so spritzte. Oder er hämmerte mit dem Pulsmessgerät an seinem Daumen ständig an den Bettrahmen, dass es mir fast den Verstand raubte. Vielen der alten und schwachen Menschen muss klar gewesen sein, dass ihr Leben zu Ende ging. Sie waren täglich auf Pflege angewiesen, waren alt, schwach und krank.

Mit ganz wenig Körpergymnastik versuchte ich zu meinen altbewährten Kräften zurückzukehren. Noch war ich aber an unzählige Schläuche angeschlossen, wurde noch künstlich ernährt.
Bei einer Visite, an der mehrere Ärzte anwesend waren, jammerte ich von meinen psychischen Problemen und Konflikten am Arbeitsplatz und erwog mich auch sonst psychisch ziemlich instabil, womit ich möglicherweise meine krampfhafte Suche nach Freunden gemeint haben konnte. Da schrie mich die Oberärztin an, ich solle sie zufrieden lassen mit meiner dämlichen Psyche. „Ich sage ihnen mal was", raunte sie energisch. „Wir sind hier für ihren Körper da und da gilt: Die Hütte brennt. Und zwar lichterloh!"
Ich war geschockt. Die Hütte brannte. Lichterloh. Wie schlecht stand es denn um mich und meinen Körper?

Ich suchte Trost und Halt in der Bibel. Immer wieder schlug ich sie wahllos auf und las darin. Ich betete. Für mich, aber auch für die Menschen, die mir viel bedeuteten im Leben.

Ich stieß in der Bibel auf die Stelle im Brief des Apostel Paulus an die Philipper (1,21):

„Denn Christus ist mein Leben und Sterben ist mein Gewinn. Wenn ich aber weiterleben soll im Fleisch, so dient mir das dazu, mehr Frucht zu schaffen; und so weiß ich nicht, was ich wählen soll.

Denn es setzt mir beides hart zu: ich habe Lust, aus der Welt zu scheiden und bei Christus zu sein, was auch viel besser wäre; aber es ist nötiger, im Fleisch zu bleiben um euretwillen. Und in solcher Zuversicht weiß ich, dass ich bleiben und bei euch allen sein werde, euch zur Förderung und zur Freude im Glauben, damit euer Rühmen in Christus Jesus größer werde durch mich, wenn ich wieder zu euch komme".

Puh, harter Tobak! Hier wurde haargenau davon geredet, dass man durchaus sterben konnte. Hier und jetzt. Wieder grübelte ich und kam zu dem Schluss, dass ich mich Paulus anschließen wollte und definitiv leben. Wieso sollte ich auch sterben wollen? Meine Familie zurücklassen? Niemals, wenn ich es zu entscheiden habe. Oder?

Wieder sah ich in die Gesichter der alten, kranken und hilflosen Patienten um mich. Ein Patient lag nur noch da, röchelnd und wurde vielfach am Tag von Pflegepersonal gewendet und eingerieben. „Willst du dahin?", fragte ich mich und mir war, als würde mir Gott einen Spiegel vorhalten, der mir meine Zukunft – meine mögliche Zukunft

– zeigen konnte. Willst du dich im Alter hilf- und wehrlos Pflegepersonal anvertrauen? Oder willst du früh sterben?"

Es gab hier auf beiden Seiten Beides. Anständige, brave, geduldige Patienten und solche, die störrisch, provokativ waren und das Personal unnötig strapazierten. Es gab aber auch unter dem Personal liebevolle, nachsichtige Menschen und überarbeitete, egoistische Meckerer ohne jedes Mitgefühl für die alten, vermutlich nicht selten sterbenden Menschen.

Da lag ich und hatte an einem heißen Tag einmal mehr die Bibel vor mir und versuchte wieder wahllos darin zu lesen. Aber diesmal konnte ich mich nicht konzentrieren. Ständig murrte ein alter schwacher Mann zwei Betten weiter irgendetwas vor sich hin. Es nervte. Nächtelang schon konnte ich nicht schlafen aufgrund der umhergeisternden, stöhnenden, pausenlos den Nachtschwestern klingenden Mitpatienten. Wieder und wieder las ich den ersten Satz und versuchte mich zu konzentrieren. Es musste doch möglich sein, in der Bibel zu lesen! Wie konnte Gott zulassen, dass man auch dabei ständig gestört oder unterbrochen wurde? Wieder murrte der alte Mann etwas. „Wenn er nur endlich still wäre", dachte ich jetzt ungehalten vor mich hin. „Ruhe!" Beleidigt las ich erneut die Stelle, die der Zufall für mich wählte. Dieser Mann würde mich mit seinem ewigen Gemurmel nicht davon abhalten!
„ *... Wer einen Gerechten aufnimmt darum, dass er ein Gerechter ist, der wird eines Gerechten Lohn empfangen. Und wer einen dieser Geringen nur mit einem Becher kal-*

ten Wassers tränkt darum, dass er mein Jünger ist, wahrlich, ich sage euch: es wird ihm nicht unbelohnt bleiben ...".
Moment – ich spitzte die Ohren. Was hatte der schwer kranke alte Mann da soeben gemurmelt? Ich lauschte. „W-a-s-s-e-r ..." hauchte er schwach vor sich hin. Ich starrte in die Bibel: „ ...*Wasser* ...". „Wasser" murmelte der alte Mann die ganze Zeit verzweifelt in unser warmes Zimmer hinein. In hohem Bogen flog meine Taschenausgabe der Bibel über das Bett, ich schnalzte so gut ich konnte aus dem Bett und ging langsam den Infusionsständer mitführend auf das Bett des alten Mannes zu. „W-a-s-s-e-r", stöhnte er erneut. „Möchten Sie trinken?", fragte ich. Blöde Frage, ich war mir sicher, dass er nicht duschen wollte. Ich griff ein Glas, schenkte etwas Wasser ein, hob mit meiner schwachen Hand seinen Kopf an und gab ihm in langsamen Schlucken zu trinken. Dann senkte ich seinen Kopf wieder ab. Zufrieden, dankbar und glücklich sah er mich an. Er war zu alt und zu schwach um „Danke" zu sagen.
„Wer Ohren hat zu hören, der höre", sagte ich zu mir selbst. Was nutzte es, in der Bibel zu lesen und die Hilferufe des Nächsten nicht zu hören? *„Und wer einen dieser Geringen nur mit einem Becher kalten Wassers tränkt ..."* hatte ich gelesen. Der alte Mann hatte Durst. Schrecklichen Durst. Nun gut, ich hatte es ja noch verstanden und reagiert. Das war am 24. März 2003. Ich hatte mir das Datum an der Stelle in der Bibel notiert.

Die Tage vergingen. Ein Arzt fragte mich mit besorgter Miene, ob man bei mir einen Aidstest durchführen dürfe. Ich war müde, ausgelaugt und schwach und stimmte zu.

Nach wenigen Tagen teilte mir der Arzt mit, ich sei zum Glück HIV-negativ und könne aufatmen. Dahingehend sei alles in Ordnung. Meine Stirn legte sich in Falten. Ich kniff die Augen zusammen und bat ihn näher zu mir. „Hören Sie", begann ich, „ich erzählte Ihnen vor ein paar Tagen, dass mich der Verlust meines verstorbenen besten Freundes krank macht. Dass es mein bester Freund war, eine fantastisch schöne Freundschaft und ich ihn sehr mochte. Dass bedeutet aber doch nicht, dass ich mit ihm etwas hatte. Himmel, er war mein Freund! Es war eine Freundschaft wie zwischen Winnetou und Old Shatterhand! (Möglicherweise kannte er aber eher den „Schuh des Manitu", als die Originalfilmwerke um die Helden Karl Mays). Ich verkehre auch nicht mit anderen Männern. Ich bin verheiratet – okay das hat natürlich nichts zu sagen – für mich aber schon ..." „Nein, nein", versuchte mich der Arzt zu beruhigen, „ich verstehe sie schon. Aber Sie sind schwer krank und wir müssen wirklich alles ausschließen, was sich ausschließen lässt." Ich ließ nicht locker. „Trotzdem, ich will, dass man mich versteht. Es gibt Freundschaften zwischen Männern, die intensiv sein können und die kein Aidsrisiko bergen, weil sie Sexualität ausschließen." Damit war die Unterhaltung beendet. „Aids", dachte ich, „das wäre ja noch schöner!"
Irgendwann begann man mich mit Schleimsuppe zu füttern. Das zog sich ein paar Tage und diese undefinierbare Masse plagte mein Verdauungssystem wohl nicht sonderlich. Dann begann man mit ganz leichter Kost. Ich drängte nach mittlerweile 3 Wochen, endlich nach Hause zu dürfen. Ich wollte endlich hier raus. Die schwer kranken, alten Menschen schlugen mir aufs Gemüt, ich wollte

meine Frau und meine Kinder um mich haben. Und ganz davon abgesehen hatte ich mir ernsthaft vorgenommen, diese blöde Vorahnung von einem halben Jahr schwerer Krankheit ordentlich abzukürzen.
Bei einer Visite, bei der ich wiederum drängte, nach Hause zu dürfen, diskutierten die Ärzte heftig. Die Ärztin, die mir bescheinigte, die Hütte, also mein Körper, würde lichterloh brennen, wollte mich unbedingt noch mehrere Tage beobachten, aber ein anderer Arzt meinte schließlich, die Nahrung würde wohl halbwegs ordentlich verdaut, das Kortison würde wirken, man könne mich entlassen. HURRA!
So war ich dann auch am nächsten Tag endlich zuhause. Ausgezehrt und schwach aber glücklich. „Siehst du", sagte ich zu meiner Frau, „von wegen ein halbes Jahr. Drei Wochen genügen vollauf und jetzt ist Schluss. Jetzt werde ich essen und zunehmen und gut!"

Bei aller Mühe die ich mir gab, es gelang mir nicht, auch nur 100g zuzunehmen. Ich fühlte mich körperlich so schwach, dass mir fast nichts gelang. Die Mahlzeiten strapazierten mich, kleinere Tätigkeiten im Haus oder im Garten erschöpften mich sofort. Meine Frau war frustriert. Kann ich verstehen. Ich begann Buch zu führen, hatte stets einen hohen, rasenden Puls und Fieber. Das sei normal, attestierte mein Hausarzt, das seien die Nachwirkungen. Ich müsse einfach viel essen und zu Kräften kommen. Aber ich kam nicht zu Kräften. Ich hatte das Gefühl, als würde ich immer schwächer. Da kam meine Mutter mit der glänzenden Idee, ob ich nicht einmal zu einem Lungenspezialisten sollte, ich käme ihr so kurzat-

mig vor. Ich wurde wütend. Was sollte ich denn jetzt bei einem Lungenarzt? Reichten denn die Ärzte nicht? Ich hätte es am Verdauungssystem und meine Psyche liege am Boden, sagte ich energisch. Lassen wir doch die Lunge aus dem Spiel!
Jammernd und schwach lag ich die meiste Zeit im Bett, raffte mich nur für Kleinigkeiten und das Notwendigste aus dem Bett. Wieder beim Hausarzt wurde dieser langsam ungehalten über meine Aufschriebe über Körpertemperaturen, Puls und Blutdruckwerte. Ich solle diese dämlichen Aufschriebe wegwerfen, ich würde mich selbst täglich kränker machen und immer mehr hineinsteigern, war seine energische Meinung.

Genau 2 Tage später, am 5. Mai, nachdem ich 5 Wochen nutzlos zuhause herumgelegen war, meiner Frau auf die Nerven ging mit meinem Gejammer, nachts immer mehr schwitzte und den rasenden Puls ebenso wenig los wurde wie das Fieber, war ich im Garten und wollte mit dem Kantenschneider am Rasen arbeiten. Ich traute mich nicht, irgendjemandem mitzuteilen, dass mir seit Tagen auch noch die Schulter, der Rücken und der linke Arm schmerzten. Nach nur wenigen Metern flog mir der Kantenschneider vor Schwäche und Schmerzen aus der Hand. Ich begann zu weinen, ließ das Gerät liegen und ging ins Haus. Meine Frau war mit den Nerven am Ende. Ich verzog mich ins Schlafzimmer und legte mich aufs Bett, gekrümmt vor Schmerzen. Mit großer Mühe schleppte ich mich dann an den Schrank und holte das alte Rotlicht heraus, denn ich glaubte ich sei verspannt. Die Schmerzen wurden unter der warmen Rotlichtbestrahlung aber nur noch schlimmer. Außerdem war ich so kurzatmig, dass ich das Gefühl hatte, zu ersticken. Ich sah das Telefon. Sollte ich den Notarzt rufen? Man würde mich für verrückt erklären. Fast eine halbe Stunde lag ich da, rang nach Luft, wusste nicht, ob ich am Sterben war oder der weltbeste eingebildete Kranke, den es je gab. Ich wurde nun erstmals richtig sauer auf meine Frau, der es wohl egal war, ob ich hier in aller Seelenruhe sterben würde. Sie sah nicht nach mir. Notarzt. Ich musste den Notarzt anrufen und wieder in das Krankenhaus. Mit aller Kraft erhob ich mich unter fürchterlichen Schmerzen, schleppte mich ein Stockwerk tiefer. Meine Familie saß beim Abendbrot, als wäre die Welt in Ordnung. Nun, für sie war die Welt ja auch in Ordnung. Fest entschlossen stellte ich meine Frau vor die Wahl, mich ins Krankenhaus zu fahren, oder zu warten, bis mich der Notarzt holen würde, den ich ansonsten bestellen würde. Sie fuhr mich ins Krankenhaus. Trotz der großen Hitze tagsüber war ich eingemummt, als ginge es zum Schlittenfahren. Mich fror entsetzlich.

Es war Abend. Ungünstig für eine Einweisung ins Krankenhaus. Dennoch wurde ich nach einer geraumen Wartepause aufgenommen, grob untersucht, bekam krampflösende Schmerzmittel und lag dann erst einmal in einem Bett.
Jetzt fehlt mir ein Stück Erinnerung. Am selben oder aber auch am nächsten Tag wurden genauere Untersuchungen angestellt. Dann ging alles sehr schnell. Ich hätte Wasser in der Lunge, das müsse man sofort punktieren. Schläuche wurden gerichtet, ein Becher bereitgestellt. Man würde die Schläuche in die Lunge führen, von außen per

kleinen Schnitten durch den Körper und das Wasser absaugen. Es wurde gegrübelt und diskutiert. Ein weiterer Arzt wurde dazu gerufen. Erneut wurde eine Ultraschalluntersuchung durchgeführt. Es sei zu viel Wasser. Außerdem hätte es sich schon eingekapselt. „Wir müssen Sie dringendst in eine Lungenfachklinik verlegen."
Lunge! Hatte ich das Wort nicht schon einmal vor ein paar Wochen gehört?

Am Donnerstag, 8. Mai 2003 wurde ich im Krankenwagen liegend in die Lungenfachklinik eingeliefert. Längst war mir klar geworden, dass ich meine Wette mit mir selbst, das halbe Jahr auf 3 Wochen abzukürzen, wohl verloren hatte.
In dieser Klinik schlug man die Hände über dem Kopf zusammen. Ärzte rannten um mich herum, Lungenröntgen, EKG, Lungenfunktionsprüfungen, Blutgaswerte und so weiter wurden dramatisch schnell angeordnet und durchgeführt. Irgendein Arzt murmelte grimmig in die Menge, dass es zum Kotzen sei, dass man manche Patienten immer erst kurz vor dem Exitus in eine Fachklinik bringen würde.
Es wurden viele Lungendrainagen gelegt, ich wurde an einen Lungensog angeschlossen. Mein Fieber stieg. Über 4 Liter Wasser hatte ich in der Lunge, es hatte viele vereiterte Verkapselungen dieser Entzündungsflüssigkeit, die linke Lungenseite war stark zusammengefallen, stark angegriffen und der gesamte Muskelkorpus der linken Oberkörperseite bereits geschrumpft. Ich lag mehr schlafend wie wach im Bett und ließ alles mit mir geschehen. Irgendjemand forderte mich auf, mich zu bewegen und

nicht nur im Bett zu liegen, wer so lungenkrank im Bett liegen bleiben würde, wolle sterben und das würde ihm dann auch schnell gelingen. Ich solle mehr trinken, bekam dann aber noch eine schwere Harnwegsinfektion hinzu. Kortison für den Darm, Antibiotika, künstliche Ernährung, Lungendrainageschläuche.
Ich musste Fieberträume gehabt haben, spürte immerzu wie eine ganze Horde Ärzte an mir herummachte, wild durcheinander redete. Ich konnte sie schemenhaft erkennen und hören, aber jedes Mal wenn ich mich konzentrierte oder meine schwache Hand danach ausstrecken wollte, lag ich alleine im Zimmer.

Die Wochen vergingen. Mein Körpergewicht ging weiter zurück. Ich wog noch 50 kg. Die gnadenlose Hitze des Sommers im Jahre 2003 wurde mit jedem Tag schlimmer. Die Luft in den Krankenzimmern kochte. Meine Füße wurden dick, ich bekam diese wunderschönen hautengen, alles abschnürenden Thrombosestrümpfe und täglich Thrombosespritzen.

Am 20. Mai offenbarte man mir, dass die linke Lunge so stark beschädigt sei, dass ich um eine Operation wahrscheinlich nicht herum käme. Das zerstörte Gewebe müsse man komplett abschälen, Teile von der Lunge entfernen. Obwohl ich für diese Operation zu schwach sei, musste man es wagen. Es gab keine andere Möglichkeit.
Ich war am Boden zerstört. Das angekündigte halbe Jahr wurde mir vom Schicksal förmlich mit dem Hammer auf die Stirn geschlagen.

Am Sonntag, 25. Mai wurde mir dann zugesagt, dass die Operation notwendig sei, auch bei dem hohen Risiko.
Letzte Untersuchungen führten zu dem Ergebnis, dass ich körperlich viel zu schwach sei für eine solch schwere Operation, verbunden mit einem möglichen hohen Blutverlust während der OP. Die Ärzte konnten sich allerdings nicht erklären, wie ich bei einem solch infizierten Blutbild und entzündeten Verdauungstrakt, nahezu sterbend daliegend, und schwerer Rippfellentzündung auf der linken Körperseite, ein solch stabiles, funktionierendes Herz haben konnte.
Nur meinem guten, starken, trainierten Herz hätte ich es zu verdanken, dass man sich überhaupt an diese umfangreiche Operation wagen könne.

Nicht mehr an den Lungensog angeschlossen, konnte ich bald endlich mein Zimmer verlassen und wenige Meter laufen. Sofort verließ ich das Haus und wagte mich ein paar Meter weg vom Haupteingang. Auf einer kleinen Anhöhe lag ein Blumenbeet, eine kleine Wiese auf der ein Baum stand. Noch schwach auf den Beinen lief ich zu dem Baum. Ich sah mich um. Ich war alleine. Meine Hände fassten den Baum, meine Fingerspitzen streichelten die rauhe Rinde. Ich schmiegte mich an seinen Stamm und atmete den Geruch des Baumes ein. Bienen summten, ein Schmetterling flog um mich herum. Natur. Ich war glücklich. Dann rief aus einem Fenster eine Schwester nach mir, ich solle auf mein Zimmer, es sei Visite. Zufrieden eilte ich zurück. An den folgenden Tagen verließ ich oft mein Zimmer und lief in den angrenzenden Wald. Unmittelbar hinter dem Haus lag ein Wald. Wald. Bäume,

Vögel, Blätter, Farne, Moos. Ich atmete den Geruch so tief es ging in mich hinein. Ich weinte. Schrie meine Verzweiflung in den Wald hinein. War unendlich traurig über meine Schwachheit. Darüber dass ich nicht stärker und geduldiger war. Immer wieder suchte ich für kurze Momente den Wald auf. War ich dann erschöpft und müde zurück im Zimmer auf meinem Bett wollte es das Schicksal ständig, dass ausgerechnet dann Visite war, die Ärzte hereinkamen, mich auf dem Bett liegend fanden und energisch meinten, wenn ich weiter so faul auf dem Bett liegen würde, sei ich bald tot. Irgendwann hatte ich so die Nase voll, dass ich mich endlich wehrte und dem Arzt auch mal ins Wort fiel. Schließlich war ich so oft auf den Beinen und im Wald, wie es mir möglich war!

Die Wunde in meiner Lunge wurde regelmäßig gespült. Außerdem wurde ich zigfach geröntgt. Als ich eines Tages vor dem Röntgenzimmer saß, saß mir ein alter Mann gegenüber. Wieder ein alter Mann, dachte ich für mich. Kein Gleichaltriger. Kein Mensch, mit dem ich Freundschaft schließen konnte. In all den Wochen hier gab es keinen Patienten, keinen Arzt, niemanden, mit dem ich Freundschaft schließen konnte. Ein alter Mann.
Wir kamen belanglos ins Gespräch. Über unsere Krankheiten denke ich, ich weiß nicht mehr genau. Jedenfalls gab er mir irgendwann den Tipp, einfach dies oder jenes zu sagen zu den Ärzten. Gemeint war in jedem Fall eine Lüge oder Notlüge. „Nein", sagte ich, wobei ich merkte, dass mein Gegenüber mich durchdringend ansah, „ich lüge nicht. Ich lüge nie, schon Jahre nicht mehr. Für mich sind Lügen, Notlügen, Ausreden und Unwahrheiten eins."

Da sah er mich grimmig an und meinte: „Sie sind ein Narr. In der richtigen Situation würden sie lügen, das verspreche ich ihnen." „Nochmals nein", widersprach ich. „Sie haben keine Ahnung, von was sie reden", warf er mir vor. „Wenn Sie in einer Situation sind, in der Ihr Leben bedroht ist, oder das Ihrer Frau oder Ihrer Kinder, wenn man Sie mit vorgehaltener Waffe fragt, ob Sie dies oder jenes sind und Sie wissen, dass Sie, Ihre Familie oder alle zusammen bei der falschen Antwort erschossen würden, dann würden Sie lügen!" Unsere Augenpaare fixierten einander. Es herrschte Schweigen. Er wollte mich dazu bringen, zur Lüge zu stehen, das stand fest. Blitzschnell sah ich die Kriegszeiten, die ich nie erlebt hatte vor mir. Die Frage, ob man Jude sei. Siegessicher wartete mein Gegenüber ab. Er grinste überlegen und bohrte seine Augen tief in mich hinein.

„Und wenn es den Tod bedeuten würde, eine Lüge wäre nicht meine Absicht. Ich würde auf Gott, meinen Herrn vertrauen in dieser Situation. Auf das, was er mich sagen lassen würde, damit ich seinen Willen fortan erfülle. Zu leben oder zu sterben." Seine Mundwinkel sackten ruckartig herunter. Die Augen starrten mich an. „Unentschieden", dachte ich. „Immerhin." Er wollte mich zum Lügner machen. Diesen Gefallen tat ich ihm nicht. Ich konnte jedoch auch nicht behaupten, dass ich fortan nie mehr lügen würde. Petrus war mir durch die Gedanken gerast. Hatte er nicht Jesus selbst verleugnet? Mehrfach! Es wurde ihm verziehen. Er wurde Apostel. Das soll für uns Christen kein Freibrief fürs Lügen sein. Auf Gottes Wille kam es an. Dabei blieb ich. Der alte Mann wirkte unzufrieden und irritiert. Da wurde ich in den

Röntgenraum gerufen. Ich wünschte dem Mann noch eine gute Zeit für sein weiteres Leben und rollte mit meinem Stuhl in das Zimmer. Ich sah ihn nie wieder.

Die Mitpatienten in meinem Zimmer wechselten häufig. Ein schwerkranker Patient bekam bei der Visite unverblümt mitgeteilt, dass sein Körper übel verkrebst sei und sofort mit einer Chemotherapie begonnen werden müsse. Der Mann war danach sehr niedergeschlagen. Es stand wohl schlecht um ihn. In ziemlich gebrochenem Deutsch erzählte er mir von seiner Familie und seinem Leben. Tage- und nächtelang half ich ihm, da er sich vor Schmerzen nicht umwenden konnte im Bett oder aufstehen. Ich gab ihm zu trinken und half ihm wo und wie ich konnte. Ich erzählte ihm von Gott und er bat mich, mit ihm zu beten. Wir beteten oft gemeinsam. Dann kam ich auf eine andere Station. Am Abend vor meinem Geburtstag lag ich alleine im Zimmer. In dem kleinen TV-Gerät über mir kam der TV-Film „Old Shatterhand" mit Lex Barker. Ein schönes, kleines Geburtstagsgeschenk. In aller Ruhe sah ich ihn mir an.

30. Mai 2003. Mein 40. Geburtstag. Kein großes Fest. Meine Frau, meine Kinder. Meine Eltern. Am Krankenbett. Man brachte mir eine Packung Löffelbiskuits mit. Da bohrten wir 4 kleine Kerzen hinein. Das war meine Festtagstorte.

Dienstag, 3. Juni 2003. Ich lag auf dem OP-Tisch. Nach Angaben der Ärzte von 7:30 Uhr bis 11 Uhr. Die große Operation an meiner Lunge wurde durchgeführt.

Danach lag ich auf der Intensivstation. Wieder an unzählige Kabel und Schläuche angeschlossen. Der ziemlich junge Arzt oder was auch immer er war, begrüßte mich und teilte mir sofort mit, dass man bei ihm absolut zu gehorchen hatte. Ich versuchte überhaupt erst einmal zur Besinnung zu kommen. Wer ihm blöde kam oder seine Anweisungen nicht befolgte, den würde er hochkant aus der Intensivstation werfen.

Welch rauher Ton hier herrschte. Dann drückte er mir Waschzeug und Zahnbürste in die Hand und meinte, jetzt sei erst einmal Körperhygiene angesagt. Ich hatte überhaupt keine Ahnung, wie ich mich bewegen sollte. Ich hatte mich noch nicht einmal richtig orientiert, wo ich überhaupt war. Aber ich hatte die Schnauze voll vom Herumliegen und führte die Waschaktion irgendwie durch. Mehrfach verhedderte ich mich in meinen vielen Schläuchen und Kabel, was ihn nicht beeindruckte. Er half nicht. Ich musste zusehen, wie ich klar kam. Ich würde ihm schon zeigen, dass ich Anweisungen befolgen konnte. Mein Aufseher war zufrieden. „Was soll denn das da darstellen?", fragte ich ihn. „Das ist ein Blasenkatheter. Der wurde in ihre Blase eingeführt, damit der Urin abläuft." „Nehmen Sie mir das Ding da bitte heraus." „Aber bitte, die meisten Patienten sind froh, dass sie einen Katheter haben und sich um nichts kümmern müssen. Auch nicht ums Pinkeln. Geben sie jetzt Ruhe!" „Mir egal, was andere wollen, nehmen Sie mir jetzt bitte den Schlauch aus meinem Penis, ich mag das nicht, ich kann in die Flasche pinkeln. Irgendwie kriege ich das schon hin." Das

beeindruckte ihn möglicherweise ein wenig. Er befreite mich von dem Blasenkatheter.
Dann sei eine Bluttransfusion dran, meinte er. Das wollte ich allerdings gar nicht. Ich begann zu wimmern und zu klagen, fremdes Blut könne ich mir nicht vorstellen. Nein, um alles in der Welt bitte keine Bluttransfusion. Ich wehrte mich innerlich dermaßen gegen die Vorstellung, Blut eines anderen Menschen zu bekommen. Blutsbrüderschaft hatte ich mir absolut anders vorgestellt. Mein Aufseher streckte mir sein Gesicht entgegen: „Keine Bluttransfusion??" „Nein, bitte nicht, wenn es irgendwie möglich ist, bitte nicht", sagte ich wimmernd unter Tränen. Er wandte sich ab. Ich lag den Tag über herum. Am nächsten Morgen in aller Frühe wurde ich plötzlich auf ein Zimmer verlegt. Benötigte man auf der Intensivstation meinen Platz oder hatte mein Aufseher mich doch wie angekündigt bereits einen Tag nach der Operation hochkant hinausgeworfen?
Im Zimmer bekam ich dann erst recht die dringend notwendige Bluttransfusion. Allerdings hatte man hier wenigstens so viel Herz, mich geduldig von der Notwendigkeit zu überzeugen, da ich bei der Operation doch eine Menge Blut verloren hatte. Also doch eine Blutsbrüderschaft mit jemandem, den ich nie kennen lernen werde. Vielen Dank, Blutspender!

Für meine Frau Heike war es nebenbei erwähnt eine Strapaze, bei der nach wie vor täglich sich steigernden Gluthitze ohne Klimaanlage im PKW die ca. 40 Kilometer zu mir in das Krankenhaus zu kommen, alleine zuhause den Haushalt, den Garten und die Familie um unsere 3

Kinder zu managen. Ich bin stolz auf sie, möchte aber nicht missen zu erwähnen, dass ich ganz liebe und hilfsbereite Eltern und Schwiegereltern habe, die meine Familie unterstützten.
Ich war froh, Heike zu sehen. Und ich rief Rainer an. Er kam unverzüglich angefahren und wir unterhielten uns sehr schön. Traumhaft, gute Freunde zu haben. Ich rief an einem Tag Matthias an und auch er kam mit seinem klapprigen alten VW-Bus sofort gefahren. Er, der seit Jahren ebenfalls schwer krank war, durch schwere Operationen mehr Narben am Leib trug wie ich Haare auf dem Kopf, seit Jahren künstliche Hüftgelenke hatte und sonstige Ersatzteile im Körper. Wir gingen an einem kleinen See in der Näher der Klinik spazieren.
Freunde sind etwas Wunderbares. Warum war ich nicht zufrieden und suchte ständig neue Freunde?

Ich war auf dem Flur vor meinem Krankenzimmer unterwegs. Ich hatte Schmerzen und war nach wie vor relativ schwach auf den Beinen. Da kam die Oberärztin vorbei und fragte mich, was die komische gekrümmte Körperhaltung zu bedeuten hätte. So hätte sie noch keinen Menschen laufen sehen. Sogar Schimpansen hätten eine bessere Körperhaltung. Mühsam richtete ich mich unter Schmerzen auf. „Na, also, geht doch, sie sind nur zu faul", war ihr Kommentar, als sie weiterging. Wenige Meter weiter sprach mich ein weiterer Arzt an, wie es mir ginge. Er stellte sich als der Arzt vor, der mich operierte. Aha! „Nun", sagte ich und bedankte mich für die hoffentlich ordentliche Arbeit an mir, „es geht soweit, ich habe noch Schmerzen und will einfach nur noch nach Hause. Meine

Psyche macht mir so zu schaffen!" „Psyche?", fragte er mit
großen Augen, „was soll denn das sein, eine Psyche? So
etwas habe ich noch Keinem herausgeschnitten. Kenne
ich nicht." Mit einem Lächeln lief er weiter.

Irgendwann, Wochen nach diesen Sätzen muss ich wohl
in einem stillen Moment in mich gegangen sein. Ich
nahm in Gedanken ein langes Messer, stellte mir vor, wie
rigoros Ärzte manchmal womöglich bei einer Operation
einen großen Schnitt in das Fleisch des narkotisierten
Patienten machten, stach zu, bohrte mit dem Messer – in
Gedanken – in meinem Leib herum und schnitt mir bei
lebendigem Leibe die Psyche heraus. Ein für allemal.
Seitdem hatte ich tatsächlich keine sogenannten „psychischen" Probleme mehr.
(Auch wenn mir dieser Gedankenakt damals geholfen hat,
im Nachhinein muss ich erwähnen, dass das gedankliche
Herausschneiden der Psyche aus dem eigenen lebendigen
Leib selbstverständlich absoluter Blödsinn ist.)

Montag, 16. Juni 2003. Ich hatte es geschafft. Ich wurde
entlassen. Endlich zuhause. Die Wohnung erschien mir
fremd. Neugierig lief ich überall herum, beschnupperte
die Luft um mich herum, tastete dies und das an. Auf dem
Sofa sitzend kamen mir die Tränen. „Papa", tröstete mich
meine kleine Tochter, „warum weinst du denn? Freust du
dich nicht?" „Doch", ich nahm sie in den Arm, „es sind
Freudentränen, mein Kind, Freudentränen!" Wir drückten uns. Meine Tochter, meine Söhne, meine Frau.
Endlich waren wir wieder zusammen! Wir hatten unseren
Kindern den Anblick der unzähligen Kabel, an die ich

angeschlossen war, die Gluthitze der Fahrt und im Krankenhaus und all das weitgehend erspart. So sah ich sie in all den Wochen sehr wenig.
Mir blieben wenige Tage. Für den 24. Juni war das Anschlussheilverfahren angesetzt. Und so kam es auch, dass ich ein paar Tage danach wieder getrennt war von meiner Familie und in einem vornehmen, großen Kurhaus saß. Noch am Abend meiner Einweisung telefonierte ich mit meiner Mutter und teilte ihr mit, dass ich mir Sorgen um meine Patentante machte, die schon lange an Krebs erkrankt war und der es sehr schlecht ging. Ich würde ihr am nächsten Tag wieder einen lieben Brief schreiben.
Sie wollten mir diese Nachricht ersparen, bis ich von der Kur zurück war. Jetzt musste mir meine Mutter es mitteilen. Ich solle keinen Brief schreiben. Meine Patentante war am selben Tag verstorben.

Dann kam mir Jane in den Kopf. Ich wollte sie nach wie vor als Freund sehen und haben und entschloss mich, ihr einen Brief zu schreiben. Darin brachte ich sie auf den neuesten Stand, wie es uns so ginge, bzw. dass ich eben eine nicht allzu kleine Krankheit hinter mir hatte und noch ein Stück Weg vor mir hatte, bis ich wohl wieder der Alte sei. Falls das überhaupt je wieder der Fall sein sollte. Eine Weile hörte ich nichts. Hinterher erfuhr ich, dass Jane bei meinen Eltern angerufen hatte und sich geschockt und empört nach mir erkundigte. Empört deshalb, das teilte sie mir dann in ihrem Brief mit, weil sie tief beleidigt war, dass ich ihr nicht viel früher mein Schicksal mitgeteilt hatte. Wäre das Freundschaft gewesen? Wenn ich tatsächlich gestorben wäre und sie möglicherweise nach Wochen erst erfahren hätte: „Du, dein ehemaliger Kamerad oder Freund Klaus ist auch längst verstorben."

Ich war betroffen, aber auch irritiert. Hatte sie sich denn jemals bei mir gemeldet? Hatte sie Interesse daran, wie es mir ging? Lange, sehr lange schon war mir klar geworden, dass ich unzähligen Menschen hinterher lief, Freundschaften geradezu verbissen aufrechterhalten wollte, telefonierte, Briefe schrieb, gemeinsame Unternehmungen ausmachen wollte und alles Menschenmögliche unternahm, um die Freundschaften oder Bekanntschaften am Leben zu erhalten. In manchem Falle mochte das schon fast an Aufdringlichkeit gegrenzt haben. Es wäre sicher viel schöner, wenn Freundschaft gleichmäßiger verteilt wäre, bzw. das Interesse und das Engagement für eine freundschaftliche Beziehung bei Beiden gleichstark vorhanden wäre. Was bei Weitem nicht immer so war.

Die Kur ging mir auf die Nerven. Ich hatte keine Lust mehr. Ich wollte nach Hause. Ich war unendlich traurig, hatte noch nicht einmal mehr Lust, einen Freund kennenzulernen. Es war mir egal. Davon abgesehen war natürlich auch hier der wesentliche Teil der Anwesenden viel älter als ich. Alte kranke Menschen. Lediglich eine kleine Gruppe von Menschen in meinem Alter. Ich suchte mir zu den Mahlzeiten einen Platz an deren Tisch. Hier wurde lauthals palavert. Fast zu laut für meinen Geschmack. Am Tisch saß ein Mann ungefähr in meinem Alter, aber vielleicht dreimal so breit wie ich. Er hatte mehr Masse an den Oberarmen wie ich an meinen Oberschenkeln und ein breites Kreuz. Bodybuilder. Nach ein

paar Worten stellte sich heraus, dass er die gleiche Operation hinter sich hatte wie ich. Das würde ihn aber nicht davon abhalten, in wenigen Tagen wieder hart zu trainieren und Hanteln zu stemmen. Er sei im Übrigen so nebenher Schauspieler, hätte immerhin schon bei den Rosenheim Cops mitgespielt. „Wer?" „Rosenheim Cops!" „Kenne ich nicht." Er konnte es nicht fassen. „Ich interessiere mich auch für Schauspieler, Ron Ely, Raimund Harmstorf, Lex Barker und Pierre Brice." Er zog die Augenbrauen hoch als wolle er mich fragen aus welchem Jahrhundert ich denn käme. Er sei gut mit Ralf Möller befreundet und kenne sogar Arnold Schwarzenegger.
Aha, daher die Muskelpakete. Kein Wunder. Bei nächster Gelegenheit als wir auf dem Dorfplatz auf einem kleinen Sommerfest waren, zeigte er mit dem Rauchen von Riesenzigarren, dass er definitiv zur Liga der Schwergewichte gehörte. Ralf Möller und Arnold Schwarzenegger sagte mir natürlich was. Waren wir also wieder bei Film und Fernsehen. Irgendwann zerrte mich der redselige Ersatz-Conan mit in das naheliegende Fitnesscenter, schwätzte mir eine Zehnerkarte auf und legte mir Hanteln bereit, die vielleicht Schwarzenegger zum Warmwerden benutzt hätte. Ich konnte die Dinger keinen Millimeter bewegen. Als ich ihm zeigte, welche Gewichtsklasse für mich in Frage käme, bekam er einen Lachanfall. Die Gewichte seien für Frauen und Kinder. Also gut, dann war ich eben Frau und Kinder! Der Rosenheim-Cop zerrte mich mit in Kneipen und eine Disco. Während ich normalerweise ja auch immer gesellig war und kontaktfreudig, hatte ich hier längst keine Lust mehr. Die Odyssee seit Anfang des Jahres hatte mich Unmengen an Energie gekostet. Ich

hatte keine Lust mehr. Ich wollte nach Hause. Das halbe Jahr war erreicht.
Am liebsten war ich alleine. In meinem Zimmer oder bei einem Spaziergang in dem nahe gelegenen Wald. In dem kleinen Städtchen lag abseits des Parks eine kleine Kirche. Diese suchte ich ebenfalls oft auf, setzte mich in eine Bank und schwieg.

4 Wochen musste ich ausharren, Anwendungen, Massagen und Krankengymnastik absolvieren, dann endlich, am 15. Juli, kam meine Frau und nahm mich mit nach Hause.
Zuhause begann ich über Wochen hinweg stundenweise nach dem Hamburger Modell an meinem Arbeitsplatz zu arbeiten. Nun gelang es mir tatsächlich, zu Kräften zu kommen, an Körpergewicht zuzunehmen und körperliche Arbeiten auszuführen. Das Ende einer Odyssee.

Freunde, Freunde, Freunde

Im Jahre 2004 hatte ich mir meine ursprüngliche körperliche Kraft zurückerobert und schuftete am Haus und im Garten wieder hart. Tagelang schleppte ich aus einem Steinbruch Steine für unseren Vorgarten an und legte mit meiner Frau zusammen die Außenanlage unseres Hauses an. Ich hatte keinerlei psychische Probleme mehr.
Allerdings war die innige Sehnsucht und Suche nach einem oder mehreren Freunden zurückgekehrt. Intensiver als je zuvor bemühte ich mich, alte Freundschaften zu beleben. Ich kontaktierte alte Freunde, besuchte sie, organisierte ein Treffen der Jugendgruppe Bikisis und ein Wiedersehenstreffen meines geliebten Deputy-Teams. Dieser Einladung folgten fast alle ehemaligen Mitstreiter. An einem sonnigen Tag in meinem früheren Freibad nutzten wir ein großes Jubiläumsfest als Rahmen für unser Treffen. Wir halfen eine Stunde ehrenamtlich in sportlich weißen T-Shirts mit eigens hierfür von mir kreierten Deputy-Team-Buttons bei der Badeaufsicht, wobei auch die eine oder andere Verletzung zu versorgen war. Unter anderem zog sich ein kleines Mädchen beim Sturz von der Rutsche eine Platzwunde über dem Auge zu, welche im Krankenhaus genäht werden musste. Wir Deputies waren natürlich Retter an Ort und Stelle. Ganz davon abgesehen handelte es sich bei dem kleinen Mädchen um meine eigene Tochter. Das Treffen war absolut gelungen und alle Beteiligten schworen sich, die Freundschaften nun am Leben zu halten. Ein frommer Wunsch, der nicht gehalten wurde.

Ich hing mich an alle möglichen Freunde, versuchte Marc von damals ausfindig zu machen, schrieb ihm einen Brief, lud ihn zum Deputytreffen ein (wobei ich nie eine Antwort erhielt) und freute mich jedes Mal, wenn ich mit Leo irgendwo auf der Straße kurz plaudern konnte. Ich spürte jedoch, dass das Interesse an Freundschaften sehr unterschiedlich war. Das Interesse der anderen an mir war nicht zu vergleichen mit der Intensität, mit der ich Freundschaften leben wollte. Neue Freunde kamen nach wie vor nicht hinzu. Es war furchtbar. Ich litt darunter. Zum ersten Mal nannte ich diese Misere nicht mehr „Enkidu-Frage" sondern den "Huckleberry-Effekt".

Ich erinnerte mich daran, als Kind den Adventsvierteiler über Tom Sawyer und Huckleberry Finn gesehen zu haben. Mittlerweile hatte ich mir eine Videoaufzeichnung des Vierteilers besorgt – im Handel war er nicht zu beziehen – und hatte ihn zusammen mit meinem Sohn angesehen. Ihn hatte die Langsamkeit der Erzählung gelangweilt. Mir wurde klar, dass diese Unbefangenheit zwischen zwei Jungen, dieses hohe Maß an Freiheit und Abenteuer das war, was ich suchte. Mit Uwe hatte ich ähnliche Dinge erlebt. Was ich mit Rainer, Berta, Matthias oder Harry erlebte, war ebenfalls klasse. Seit Jahren war dies nicht mehr möglich. Woran lag das nur? Am Erwachsensein? Der Huckleberry-Effekt war wohl nur Kindern vorbehalten. Hatten wir Erwachsenen nur noch zu arbeiten, uns Sorgen um alles Mögliche zu machen? Zu schuften bis wir schließlich alt und krank stöhnend in einem Krankenhausbett oder im Altersheim lagen und das Eingerieben werden mit Franzbranntwein unser einziger Höhepunkt darstellen sollte? Ich wurde zornig.

Außerdem bemerkte ich, dass ich längst nicht mehr so belastbar war wie früher. Körperlich. Ich benötigte viel mehr und öfter Ruhepausen und begann auch, mir diese zu erkämpfen im harten Alltag. Waldspaziergänge, Sauna, Schwimmen, Fahrrad- oder Inlinerfahren.

Meine Brieffreundin Elke eröffnete mir, dass sie nicht mehr in dem Umfang wie seither Briefe schreiben könne. Wir müssten die Häufigkeit deutlich reduzieren. Das stimmte mich traurig. Die Einladung, die ich von meinem Freund Rainer S. erhielt, erfreute mich hingegen. In dem Hallenbad, in welchem er beschäftigt war, fand eine große Wettkampfveranstaltung statt. Ich fand mich ein und war glücklich, um meinen Freund zu sein. Rainer hatte jedoch viel zu tun und ich war irgendwie nicht imstande, meine Hilfe anzubieten. Ich fühlte mich in dem Gewirr von Menschen, Trillerpfeifen und Startsignalen unwohl. Am Abend fand in einer Halle eine große Party statt, an der eine Rockband spielte und getanzt wurde. Die Menschen amüsierten sich köstlich. Es wurde gelacht, getanzt, gegessen und getrunken. Vor Jahren hätte ich auf einer Party binnen einer halben Stunde mindestens 30 Menschen näher kennen gelernt und darüber hinaus 10 Briefkontakte geknüpft. Nun stand ich zwischen vielen Menschen, sah mich um, wechselte mit dem einen oder anderen lediglich ein kurzes Smalltalk-Gespräch.
Rainer hatte mir zugesagt, dass er nachts aus Sicherheitsgründen im Hallenbad bleiben müsse und dort im Keller im Maschinenhaus in einem Schlafsack übernachten würde. Dort hätte er auch für mich ein Lager gerichtet. Mit einem Freund zusammen in Schlafsäcken in einem

Maschinenhaus übernachten. Hatte das nicht was von den unbefangenen Abenteuern, die ich mir ersehnte? Ich fühlte mich jedoch unwohl, krank und zog mich bald zurück in das Maschinenhaus und legte mich schlafen.

Am nächsten Morgen war ich relativ wortkarg. Mir war schlecht und ich fühlte mich krank. Wir redeten über dies und das, dann musste Rainer sich um Organisatorisches kümmern. Ich kann mich nicht mehr erinnern, wem ich den Schlüssel vom Maschinenhaus, den er mir anvertraut hatte, in die Hand drückte, aber ich verließ den Ort dann so schnell ich konnte.

Ich hatte mich erst wieder nach mehreren Jahren kurz bei ihm gemeldet und hörte danach aber nie wieder von meinem einstigen Freund und Brieffreund Rainer S. Ich weiß nicht warum, aber er antwortete nicht.

Ich verstand vieles nicht. Hätte ich damals lieber abseits von Trubel und Menschenmassen mit Rainer zusammen etwas unternommen? Brauchte ich Ruhe? War ich doch zu fixiert auf manche Freundschaften und es war nicht in Ordnung, wenn man als Mann einen anderen Mann mochte? Wie war das bei David und Jonathan? Was verband Gilgamesch und Enkidu?

Im folgenden Jahr sollte ich einen weiteren Dämpfer bekommen. Während der schwul-tuntige Kinospaß um den „Schuh des Manitu" langsam in Vergessenheit geriet, wühlte eine neue Kinosensation die Bevölkerung in den USA, sowie in Deutschland auf: Brokeback Mountain. Ein melodramatischer Western um zwei Cowboys, die sich in den rauhen Höhen des Brokeback Mountain in Wyoming

auf einer Weide beim Schafe hüten kennenlernen und Opfer ihrer sexuellen Triebe werden. Sie fallen in einer einsamen Nacht übereinander her und lieben sich seitdem innig. Homosexualität ist dagegen im Amerika des Jahres 1963, in dem der Film spielt, unter Todesstrafe verboten. So verlieren sich die beiden hoffnungslos verliebten Cowboys Ennis del Mar (Heath Ledger) und Jack Twist (Jake Gyllenhaal) erst einmal aus den Augen und gründen gar in den darauf folgenden Jahren Familien und bekommen Kinder. Nach vielen Jahren treibt sie die Liebe füreinander wieder zueinander. Sie treffen sich unter Vorwänden, verschweigen ihre Liebe zueinander vor den Frauen. Irgendwann sucht Ennis wiederum seinen einstigen Freund Jack auf, erfährt aber die traurige Nachricht, dass dieser angeblich bei einem Unfall ums Leben kam. Ennis dagegen ist klar, dass Jack seine öffentlich gewordenen Homosexualität zum Verhängnis wurde und er wahrscheinlich deshalb umgebracht wurde.
„He was a friend of mine" lautet der traurige Song am Ende des Filmes. „Er war mein Freund"

Doppelt tragisch ist die Tatsache, dass hier die gleiche Konstellation greift wie bei Pierre Brice und Lex Barker. Im Film trauert Old Shatterhand um Winnetou, im realen Leben trauert Pierre Brice um seinen verstorbenen Freund Lex Barker.
Im oben genannten Film trauert der Cowboy Ennis (Heath Ledger) um seinen toten Freund Jack (Jake Gyllenhaal), im realen Leben trauert der Schauspieler Jake Gyllenhaal um seinen viel zu früh verstorbenen engen Freund Heath Ledger, der im Januar 2008 im Alter von

knapp 30 Jahren verstirbt. Jake ist nicht nur Freund der Familie von Ledger, sondern auch Pate des Kindes von Heath Ledger. [8]

Da war sie also wieder, die mir so vertraute Geschichte von einem Menschen, einem Mann, der seinen besten Freund verlor. Im Film sowie im realen Leben der beiden Schauspieler Ledger und Gyllenhall. Und schwul waren sie diesmal definitiv. Im Film. Schwul nach den Vorstellungen der Gesellschaft. Diese gab schließlich die Normen für unsere Leben vor.
Zwei Männer, die viel zusammen sind und einsam in der Natur unterwegs, sind schwul. Das wurde nun auf andere Weise als in Herbigs Klamauk um Winnetou und Old Shatterhand den Leuten klar gemacht.
Ich hatte im Internet nachgelesen und festgestellt, dass dieser Film in den USA wohl zwischen den unterschiedlichsten Gruppen, Institutionen, Verbänden und Einrichtungen heftige Diskussionen ausgelöst hatte. Die gesamte Wild West- und Country-Branche fühlte sich feindselig unterwandert.
Buffalo Bill, Wyatt Earp, Lederstrumpf, Chingachgook, Winnetou, Old Shatterhand, die Leute von der Shiloh Ranch, die frauenlosen erwachsenen Söhne um ihren dreifach verwitweten Pa in Bonanza, Big Valley, High Chaparral, Am Fuß der blauen Berge (im Original „Laramie") – die unzähligen Westmänner, dargestellt von Randolph Scott, Errol Flynn, dem großen John Wayne, Glenn Ford, Richard Widmark, Henry Fonda, Burt Lancaster, Kirk Douglas, Gregory Peck – alle schwul?

Christliche Verbände liefen ebenfalls Sturm, da sie die christlichen Moralvorstellungen der heterosexuellen Ehen feindselig unterwandert sahen und eine groß angelegte Manipulation in Sachen Pro-Homosexualität und Contra-Christentum befürchteten.
Das Wort Coming-Out wurde zum Schlagwort der ganzen Welt. „Stehe zu deiner Homosexualität!" Ich war zutiefst betrübt.
In Deutschland wurde der Erfolg von Brokeback Mountain begleitet von etlichen Prominenten und Politikern, die sich zu ihrer Homosexualität bekannten, sowie von Bemühungen, gleichgeschlechtliche Beziehungen vor dem Gesetz herkömmlichen Ehen gleichzustellen.
Wer einen Freund innig mochte oder liebte oder wie man es auch immer formulieren wollte, war schwul. Punkt aus. Mit dieser Tatsache musste ich leben. So wurde es der Gesellschaft klar gemacht und so akzeptierte es die Gesellschaft. In den USA, in Deutschland und was weiß ich wo noch.
Sexuell, bzw. geschlechtlich orientierte partnerschaftliche Beziehungen zwischen Männern und innige Männerfreundschaften wurden fortan in einen Topf geworfen.

Die Sehnsucht nach einem Freund, die Suche nach dem ganz bestimmten Freund und der Wunsch, bestehende Freundschaften so lebhaft wie möglich zu gestalten, trieb mich trotzdem weiter an.
Was war mit den Frauen, die ich als Freund hatte? Zugegeben, als Verheirateter hatte man es schwer, Freundschaften zu Frauen zu pflegen, sich mit ihnen zu treffen. Es lag einfach daran, dass wir fast alle mittlerweile verhei-

ratet waren und Zeitnot, manchmal auch Eifersucht jeden Freundschaftsversuch im Keime erstickten.
Sollte man nunmehr durch die Vermutung, dass es sich bei Männerfreundschaften möglicherweise um Schwule oder Bisexuelle handelte, auf Männerfreundschaften verzichten? Zogen sich aufgrund dieser sich ausbreitenden Homophobie- der Angst vor homosexuellen Gefühlen – die Freunde von einem zurück? Ich war mir sicher, dass es mitunter so war.

Ich versuchte mich dagegen zu wehren, war aber nach wie vor ein sehr emotionaler Mensch und wollte Freundschaften intensiv gestalten, was mir aber immer weniger gelang. Ich setzte mich für Freundschaft ein, organisierte in den Jahren darauf auch ein großes Treffen unserer damaligen Clique, zu dem fast die gesamte damalige Mannschaft kam und bis in die Nacht hinein glücklich schwärmte und feierte. Auch mein altes Filmteam, die Wollywood-Filmcrew, trommelte ich zusammen zu einem großen Wiedersehen. Auch hier Umarmungen, Freudentränen, Lachen und geselliges Beisammensein einstiger Freunde. Hier lebte Freundschaft.
Zudem wollte ich allen Beteiligten aller Gruppen und Teams, die ich geschaffen hatte, die Chance geben, ihre einstigen Freundschaften wieder aufzufrischen. Zumindest die Chance wollte ich ihnen geben. Was die Einzelnen daraus machten, hatte ich nicht in der Hand.

Tokio Hotel

In der Silvesternacht zum Jahreswechsel 2005 / 2006 schauten meine Familie und ich kurz TV. Eine Musikshow mit allerlei Rockinterpreten. Dann Gekreische, unsäglicher Lärm und die nächste Band startete mit ihrem rockigen Song durch. „Meine Güte", dachte ich für mich, „das sind ja noch Kinder!" Die Frontsängerin war ein kleines Mädchen, na ja, ein Teenager. Schwarze Mangafrisur, fetziges, originelles Outfit, gute Stimme. Obwohl sie eher nur ins Mikrofon hinein schrie. Irgendwie übte das Mädchen sofort eine Faszination auf mich aus. Ein bisschen wirkte sie wie ein Junge mit ihren kurzen Haaren. Ehrlich gesagt, konnte man sie wirklich für einen Jungen halten. Dann konnte ich mich doch nicht zurück halten. „Das ist ja mal eine coole Band! Naja, das Frontgirl sieht eher wie ein Junge aus, aber was soll's." - „Mensch, Papa", entrüsteten sich meine zwei Jüngeren gleichzeitig, „ das ist ein Junge! Das sind doch die Zwillinge Tom und Bill Kaulitz von Tokio Hotel!" – „Tokio – was??" – „Tokio Hotel! Die neue kultige Teenie-Rockband! Die kennt doch jeder!" Meine Frau darauf angesprochen, hatte auch sie schon mehrfach von den senkrechtstartenden Teeniemusikstars gehört. Wo lebte ich eigentlich?

Egal. Binnen weniger Tage wusste ich dank Internet fast so viel über Tokio Hotel und insbesondere deren sonderbaren androgynen Frontman Bill Kaulitz wie jedes andere 13-jährige Mädchen auch.

Ich witterte die geniale Idee, unseren Sohn über diese Rockband mehr für seinen Schlagzeugunterricht in der

Musikschule zu begeistern, was er zu dem Zeitpunkt ziemlich unwillig tat. Ich schleppte Berge von Hochglanzmagazinen über Tokio Hotel an, pflasterte den Raum, in dem sein Schlagzeug stand, mit Postern von Drummer Georg und den anderen Jungs zu, präsentierte stolz nach und nach alles was an DVDs und CDs der Band zu bekommen war und fabrizierte so eine regelrechte Tokio Hotelmania in unserer Familie. Ich suggerierte meiner Familie ein, dass sie doch ganz scharf darauf seien, nach Mannheim zum großen Open Air in der Innenstadt – Pop-Arena – zu fahren, wo auch Tokio Hotel angesagt waren. Auch in der SAP-Arena Mannheim auf dem Tokio Hotel – Konzert waren wir schließlich. Ich konnte mein Faible für den mageren, androgynen Bill jedoch nicht geheim halten. Wollte ich auch nicht. Ich reihte ihn in mein Fanfaible um Pierre Brice, Lex Barker, Ron Ely, Raimund Harmstorf und Mel Gibson einfach ein. Sein Alter war mir egal. Er hatte eine faszinierende Aura. Dass außer mir fast nur abertausende kleine Mädchen für die Band schwärmten schluckte ich. Man hatte von dem einen oder anderen Elternpaar in den Medien aufgeschnappt, dass auch diese vereinzelt die Band gar nicht so schlecht fanden.

Ganz davon abgesehen, brachte dieser Junge richtig frischen Wind in die ansonsten doch etwas in die Jahre gekommene Starliga um mich. Immer mal wieder stieß ich im Fernsehen auch auf Errol Flynn, erzählte von diesem oder sah mir Filme an. Er war mir ebenfalls sehr sympathisch und ich fand, er und Lex Barker hatten viel gemeinsam. Errol Flynn war aber seit etlichen Jahren bereits tot und so hatte Bill Kaulitz von Tokio Hotel etwas Frisches, Junges, Lebhaftes, Dynamisches.

Schließlich war ich irgendwann zu dem Schluss gekommen, dass ich zu Zeiten, als mein Freund Uwe noch lebte, mit ihm zusammen für diverse Schauspieler schwärmte, aber wir lebten den Fankult überhaupt nicht. Das sollte mir nicht mehr passieren. Ich wollte auch so etwas lebhaft und interessant gestalten. Tokio Hotel und alle möglichen Merchandisingprodukte der Band überwuchsen unser Heim schneller wie Efeu eine alte Fassade. Was zu bekommen war wurde von mir ausgeschnipselt und gesammelt.
Dass ich diesen jungen Menschen Bill Kaulitz je persönlich kennen lernen würde, schminkte ich mir ab. Da ließ ich all den weltweit Millionen von jungen unglücklichen Mädchen den Vortritt. Und selbst wenn, was sich natürlich, wie könnte es anders sein, in der Medienwelt längst breit gemacht hatte, Bill Kaulitz schwul oder zumindest bisexuell veranlagt war, dann gab es vielleicht unzählige gleichgeschlechtlich denkende und liebende Jungs, die ihn verehrten.
Ich verehrte ihn als Mensch. Ebenso wie Mel Gibson oder Pierre Brice und Ron Ely. Eines konnte mir niemand nehmen und schaden konnte es auch nicht: Ich betete fortan für diese Menschen. Ich schloss sie in die Gemeinde der Menschen, die mir viel bedeuteten, mit ein. Sie waren reich oder weniger reich, prominent oder weniger prominent, aber sie waren auch Menschen dieser Erde aus Fleisch und Blut.

So wurde ich nicht nur kalt belächelt aufgrund meines ewig anhaltenden Faibles für den alten Winnetou, längst verstorbene Schauspieler wie Errol Flynn, Raimund Harmstorf oder Lex Barker und irgendjemanden, den niemand kannte und der vor Urzeiten mal im Lendenschurz durch das TV-Programm geisterte (Ron Ely), sondern auch wegen meines Faibles für einen magersüchtigen, schrill gekleideten, minderjährigen Rocksänger.

Nur der Vollständigkeit halber möchte ich an dieser Stelle erwähnen, dass ich früher sehr lange auch für die amerikanische Schauspielerin Kristy McNichol aus der Serie „Eine amerikanische Familie" schwärmte und stets von mir behauptete, regelrecht verknallt zu sein in die süße Göre. Ich schwärmte für Désirée Nosbusch, Ornella Muti, und Stefanie von Monaco. Und die Augen der kleinen Radost Bokel, die im Film "Momo" die Hauptrolle spielte, faszinierten mich. Sie faszinierte mich auch später noch. Nicht nur die Augen.
Ich hatte von allen eine beachtliche Sammelmappe an Ausschnitten, Poster etc. Was leider irgendeiner Aufräumaktion zum Opfer fiel. Heute? Was würde ich heute vielleicht gerne einmal machen? Vielleicht einmal zusammen mit Marietta Slomka das "heute-journal" moderieren.

Alte Freunde, neue Freunde

Menschen lernen sich kennen, Menschen werden zu Freunden.
Die Trauer darüber, dass ich im kleinen Rahmen diese Freundschaften nicht leben durfte, war mein ständiger Begleiter. Irgendwann im Jahre 2007 machte ich Leo den Vorschlag, Billard spielen zu gehen. Mehrfach versuchte ich daraufhin, ihn zuhause zu erreichen. Er war nie da. Bis mir klar wurde, wie unsinnig es war, einen über 20 Jahre jüngeren Mann als Freund zu begehren und ich zog mich ganz zurück.
Auch Uwe S. hatte ich wieder getroffen. Er verließ aufgrund seiner Krankheiten seine Wohnung seit vielen Jahren kaum mehr. Ich besuchte ihn regelmäßig, um mit ihm zu plaudern. Ich kramte das komplette Internet nach Kontakten ab und suchte Freunde in den unterschiedlichsten Foren. Ich versuchte Brieffreundschaften aufzubauen und alte Freundschaften lebhaft zu gestalten. Ich klammerte mich an die Freundschaft zu Matthias, wollte mich immer häufiger mit ihm treffen, was er immer häufiger ablehnte, bis ich aufgab und es bei gelegentlichen Telefonaten beließ. Es funktionierte alles irgendwie nicht.
Immer wieder schwor ich mir diese Sucht ab und nahm mir vor, fortan ohne Freund auskommen zu wollen. Es gelang mir nicht.

An meinem Arbeitsplatz, im Hallenbad traf mich eine Konstellation, die es in sich hatte. Scharten sich vor Jahren in dem Freibad, in dem ich arbeitete, ausschließlich junge Mädchen, die wir „liebevoll" Funkerle" nannten, in großer Zahl um mich, so wurde unsere Gemeinde hier nun mit unzähligen Neubürgern aus aller Herren Länder geradezu überrannt. Die vielen Kinder der Familien, 9- bis 13-jährigen Jungen, deren Nachnamen nicht minder exotisch klangen wie die Vornamen – Tarkan, Taner, Sergej, Dimitri, Volkan, Bulut, Timur, Serhan, Öcgor, Wjatscheslav, Nazario, Coskun, Gazmen, Celal, Damir, Vladimir, Gökhan, Abdullah, Mirsad, Pajazit, um nur ein paar zu nennen – fielen mit Leidenschaft über unser kleines Bad her und stellten täglich alle Regeln samt der Haus- und Badeordnung auf den Kopf. Es ist unglaublich, wie minderjährige Kinder oder Jugendliche in Gruppen oder auch einzeln einen Erwachsenen strapazieren, nerven und provozieren können.

Die meisten Jungen wirkten verstört, fühlten sich unwohl in Deutschland, kamen nur hierher, weil ihre Eltern nach Deutschland kamen, waren unanständig, ordinär, beleidigten und bedrängten massenhaft Badegäste und mich, waren gewaltbereit, Vandalismus und Diebstahl waren ihre Begleiter.

Und es gesellten sich schnell auch einheimische Jugendliche hinzu, die das tägliche Chaos perfekt machten.

Über viele Monate hinweg war ich bemüht, einen geregelten Badebetrieb zu gewährleisten, durch die Fülle der anwesenden Provokateure hatte ich alle Hände voll zu tun.

Auch abseits des Bades waren viele dieser Namen bald sehr bekannt, auch und vor allem bei verschiedenen Polizeiposten sowie bei uns im Ordnungsamt.

Mit meinem christlichen Glauben hielt ich mich ihnen gegenüber bedeckt, aber als Mensch und Christ begann ich trotzdem schnell, Gespräche zu führen, wollte den Zugang zu diesen jungen Menschen finden und dem einen oder anderen helfen, ein guter, aufrichtiger Mensch zu werden, der seinen Platz finden konnte in unserem Land, unserer Gesellschaft und unserer Gemeinde. Aber die kriminelle Seite war wohl auch nicht untätig, die jungen Menschen täglich zu formen und so kam ich immer schlechter an diese Jungen heran und es hagelte zwangsläufig etliche schriftliche Bade- oder Hausverbote. Darüber hinaus oder parallel hierzu suchte ich weiter Gespräche und war bemüht, das Vorgehen, die Aggressionen dieser Menschen zu verstehen.

Insbesondere den mit seinen 14 Jahren als besonders kriminell bekannten Gazmen nahm ich mir mit Leidenschaft vor und versuchte in unzähligen Gesprächen, ihm zu helfen. Umso unnachgiebiger wurden jedoch Art und Weise und Häufigkeit, mit der er mich provozierte. Stundenlange Auseinandersetzungen, oft auch unter Androhung der Polizei, die ich zu informieren bereit war, um ihn abführen zu lassen und wegen Hausfriedensbruch im Bad zu belangen. Immer verbunden mit dem Wunsch, ihn zu verstehen oder von ihm verstanden zu werden.

Bis er und seine Familie eines Tages im frühen Morgengrauen abgeholt und aus dem Land verwiesen wurden, da sie wohl keine Aufenthaltsgenehmigung mehr hatten und wenn ich mich recht erinnere, den Sinti und Roma angehörten.

Gazmen – ein Junge mit einer hoffnungsvollen Zukunft in Deutschland? Ein aufrichtiger guter Mensch? Ein Deputy in meinem vielleicht neuen Team für Hilfskräfte im Bad? Oder Krimineller mit stetig wachsendem Vorstrafenregister? Ich erfuhr nie, was aus ihm wurde oder in Deutschland aus ihm hätte werden können oder geworden wäre.

Nach Gazmen versuchte ich vier Jungen, Udo, Sergej, Daniel und Dennis, den ich besonders mochte, die ca. 12 oder 13 Jahre alt waren, sowie das Mädchen Madita, ca. 9 Jahre alt, die ich ebenfalls ins Herz geschlossen hatte, zu Deputies zu machen. Zu Rettungsschwimmern, der nächsten Generation meines verehrten Deputy-Teams. Sie sollten das DLRG-Jugend-Rettungsschwimmabzeichen „Junior-Retter" erwerben und zu „Hilfssheriffs" (Deputies) im Badebetrieb ausgebildet und eingesetzt werden. Doch auch dieses Vorhaben war lächerlich und scheiterte bereits im Ansatz.

Ich hatte eine Frau, drei Kinder, einen Beruf, ein Haus, einen Garten, Eltern, Geschwister, Schwiegereltern, weitere Angehörige und Verwandten und Freunde. Was wollte ich mehr? Ich wollte mehr! Ich wollte – ja, was wollte ich genau? Einen Freund, das war sicher. Neue Freunde, das war auch sicher. Anderen Menschen helfen, egal wie alt sie waren. Neue Teams? Abwechslung, neue Gespräche, neue Erfahrungen, neue Abenteuer. Alte Freundschaften lebhaft gestalten. Doch da trat ich gegen den Zeitgeist an. Freunde kamen, Freunde gingen. Ich wollte sie gegen den Willen der Zeit festhalten. Und ich suchte einen ganz bestimmten Freund. Einen engen Freund. Einen besten Freund? Der ein ganz bestimmtes Aussehen haben musste, um mir auch zu gefallen. Man

müsste einen engen, guten Freund haben dürfen, mit dem man durch Dick und Dünn gehen konnte, Abenteuer erleben, Freiheit und die Natur genießen konnte.
Warum schien alles rund um das Thema „Freund" in meinem Leben so schwierig?

Mir war bei der verbissenen Suche nach dem Freund aufgefallen, dass ich vermehrt Interesse an relativ jungen Männern fand. Suchte ich Jugendlichkeit? War ich nicht fähig, älter zu werden? Der Umkehrschluss lautete: Was war schlimm daran, sich die eigene Jugendlichkeit zu bewahren? Ich wollte mit Freunden kleine Abenteuer erleben, draußen in der Natur. Herumstreunen, die Welt kennenlernen. Wie Tom Sawyer und Huckleberry Finn. Wie Uwe und ich als Kinder.
War das als Erwachsener unmöglich? War ich dem Puerilismus [9] verfallen? Außerdem wurde das Leben vieler Menschen in meinem Alter nur noch von Krankheiten, Sorgen, Scheidungen, Geldnot, Zeitnot und terminlichen Engpässen bestimmt. Wo blieben Abenteuerlust, Unbekümmertheit und Freiheit?
Nachdem ich immer wieder mein Umfeld aufmerksam beobachtete, entging mir allerdings nicht, dass immer mal wieder zwei Männer zusammen mit ihren Fahrrädern unterwegs waren. Oder einem bei Wanderungen begegneten. Lag es an mir? War ich nur nicht fähig, Freunde zu motivieren, etwas zu unternehmen? Oder lag es nur daran, dass lediglich die Menschen, die ich kannte, keine Zeit hatten?
Ach, diese unzähligen Fragen an mich selbst sind mitunter ziemlich anstrengend. Aber genau deshalb habe ich

begonnen, hier alles aufzuschreiben und Ordnung zu schaffen. Etliche Fragen zu beantworten, Dinge zu klären und Ruhe und Zufriedenheit zu finden.

Einmal mehr stand ich vor der Aufgabe, als zusätzliche Badeaufsicht für unser Freibad einen Rettungsschwimmer auszubilden, was ich seit Jahren tat, denn meist waren es Studenten, die das Jahr darauf nicht mehr zur Verfügung standen.
Die Türe ging auf und Andy stellte sich vor. Ein junger Mann, der, bevor er möglicherweise begann zu studieren, diesen Job für eine Saison gut gebrauchen konnte. Ich wollte ihn hier nur erwähnt haben, weil er zu den Menschen gehörte, die mir auf Anhieb so sympathisch waren, dass ich sofort „einen Narren an ihm fraß", wie man das zu nennen pflegt. Mit ihm machte das Training zum Rettungsschwimmabzeichen in Silber richtig Spaß. Er war stets höflich, fröhlich und man konnte mit ihm super plaudern, im Wasser bei all den harten Übungen im Rettungsschwimmen auch blödeln.
So macht Freundschaft Spaß. Waren wir Freunde? Entsteht Freundschaft mit der Zeit? Ich weiß es nicht. Die Zusammenarbeit mit ihm während der Ausbildung zum Rettungsschwimmer war genau so angenehm wie die Arbeit während der Saison, wo er als Badeaufsicht eingesetzt war.
Auch privat bei einem Glas Weizenbier ging uns der Gesprächsstoff nicht aus und ich war froh, Andy kennengelernt zu haben. Wir verstanden uns prächtig und waren uns einig, dass wir uns öfter treffen wollen, um bei einem Glas Weizenbier gemeinsam zu viel zu erzählen.

Selbstverständlich hatte ich deshalb immer wieder versucht, den Kontakt zu Andy aufrecht zu erhalten, mich privat mit ihm zu treffen. Aber es gelang mir, wie in anderen Fällen bereits zuvor, auch hier nicht, den über 20 Jahre jüngeren Kurzzeitkollegen als Freund zu gewinnen. Obwohl wir es uns beide vorgenommen hatten. Sind diese Vorhaben und Vorstellungen für andere immer nur leere Floskeln? Er antwortete irgendwann nicht mehr und meldete sich auch nicht mehr.
Andy sollte, so nahm ich mir deshalb eisern vor, der letzte Junge / Mann gewesen sein, den ich mit meinen emotionalen Freundschaftsgefühlen „beehrte" oder „begehrte".

Ich nahm mir vor die Dinge nacheinander zu sortieren. Um den Begriff Freundschaft wollte ich mich erneut kümmern und trug zusammen, was mir bedeutend erschien. Danach würde ich mich darum kümmern, ob oder inwiefern die Schauspieler Pierre Brice, Lex Barker, Ron Ely und Raimund Harmstorf miteinander befreundet waren. Zumal dieses tragische Traumbild vom einsamen Ron Ely alias Bill Robin in mir drin nach wie vor existierte. Es konnte ein Gleichnis gewesen sein. Es war definitiv ein Gleichnis und ich war Bill Robin. Trotzdem wollte ich ergründen, wie Ron Ely zu Harmstorf stand. Zuvor aber ging es mir um Freundschaft im eigentlichen Sinne.
Ich entwarf mir einen Briefbogen, den ich mit folgenden Worten zierte:

Ein Freund ist Weggefährte,
ein Freund ist Begleiter
ein Freund ist das Sonnensegel in der Hitze

ein Freund ist der Leuchtturm im Sturm
ein Freund ist Wärme im Eis
ein Freund ist Licht im Dunkel
ein Freund ist da, wenn ich ihn brauche ...

Ich hatte den Briefbogen mit diesen Worten mehrfach verwendet, hatte aber das Gefühl die Adressaten, vor allem Männer, womöglich eher verwirrt zu haben mit diesen emotionalen Worten. Hinter diesen meinen Gedanken verbarg sich bei anderen wahrscheinlich wieder das Gespenst der befürchteten Homophobie. Die Worte waren gut gemeint, aber viel zu emotional. Für einen Mann.

Ich kramte eine Mail heraus mit Worten, die mir Thomas, den ich in einem Internetforum über Freundschaft kennen gelernt hatte, zugesandt hatte. Mit ihm konnte ich wunderbar über Freundschaft und Gott reden. Aber auch dieser Kontakt war nur von kurzer Dauer.

" Und sie baten ihn: Erzähl uns über Freundschaft. Darauf antwortete er folgendermaßen:

Euer Freund ist die Fülle eurer Bedürfnisse. Er ist euer Feld, das ihr sät, indem ihr Liebe gebt,
und mäht, indem ihr eure Dankbarkeit zeigt.
Und er ist der Tisch, an dem ihr esst, und der Kamin, an dem ihr euch wärmt. Denn zu ihm kommt ihr, wenn ihr hungrig seid und wenn ihr Frieden sucht. Wenn euer Freund offen seine Meinung sagt, dann fürchtet ihr weder

das Nein eurer eigenen Meinung, noch haltet ihr das Ja zurück.
Und selbst wenn er schweigt, dann hört euer Herz nicht auf, seinem Herzen zuzuhören. Denn in einer Freundschaft bedarf es keiner Worte: Alle Gedanken, alle Wünsche, alle Erwartungen werden geboren und geteilt mit einer Freude, die nicht auf Beifallskundgebungen aus ist.
Wenn ihr Abschied nehmt von einem Freund, dann trauert ihr nicht. Denn das, was ihr am meisten an ihm mögt, offenbart sich möglicherweise deutlicher während seiner Abwesenheit, genauso wie dem Bergsteiger ein Berg deutlicher erscheint, wenn er ihn aus der Ebene betrachtet.
Und es sollte für euch keinen anderen Grund für Freundschaft geben als die Vertiefung des Geistes.
Denn Liebe, die irgendetwas anderes sucht als die Erfüllung ihres eigenen Geheimnisses, ist keine Liebe: vielmehr ist sie ein Netz, das ausgeworfen wurde und mit dem nur das Nutzlose gefangen wird.
Und gebt eurem Freund euer Bestes. Wenn er schon die Ebbe eurer Gezeiten kennen lernen muss, dann lasst ihn auch deren Flut kennen. Denn was wäre das für ein Freund, den ihr nur besuchen würdet, um die Zeit totzuschlagen?
Besucht ihn immer, um erlebnisreiche Stunden zu verbringen. Denn er sollte eure Bedürfnisse erfüllen, nicht eure Leere. Und versüßt euch eure Freundschaft durch gemeinsames Lachen und geteilte Freuden. Denn es sind die kleinen Dinge, die das Herz erfrischen wie der Tau am Morgen."

aus: Gibran, Khalil, "Sprich uns von Freundschaft." [10]

Auch in der Bibel, diese unerschöpflichen Quelle suchte ich nach Freundschaft. Insbesondere im von mir bevorzugten Buch Sirach aus den Apokryphen. "

„Ein treuer Freund ist ein starker Schutz; wer den findet, der findet einen großen Schatz." (Sirach 6,14)

„Ein treuer Freund ist nicht mit Geld oder Gut zu bezahlen, und sein Wert ist nicht hoch genug zu schätzen" (Sirach 6,15)

„Ein treuer Freund ist ein Trost im Leben; wer Gott fürchtet, der bekommt solchen Freund" (Sirach 6,16)

„Gib deinen Freund um keinen Preis auf und auch deinen wahren Bruder nicht" (Sirach 7,20)

„Gib einen alten Freund nicht auf; denn du weißt nicht, was du am neuen hast." (Sirach 9,14)

„Ein neuer Freund ist wie neuer Wein; lass ihn erst alt werden, so wird er dir schmecken." (Sirach 7,15)

„Wenn man jemand ins Auge trifft, ruft man Tränen hervor; und wenn man jemand ins Herz trifft, löst man Kummer aus.
Wer einen Stein unter die Vögel wirft, der scheucht sie weg;
Und wer seinen Freund schmäht, der zerstört die Freundschaft.

Selbst wenn du das Schwert gezückt hast gegen deinen Freund,
so gib die Hoffnung nicht auf, denn ihr könnt wieder Freunde werden.
Hast du gegen deinen Freund den Mund aufgetan, so sei ohne Sorge;
Denn ihr könnt euch wieder versöhnen;
Nur Schmähungen, Missachtung und hinterlistige Nachrede: das verjagt jeden Freund.
Bleib deinem Freund in seiner Armut treu,
damit du dich mit ihm freuen kannst, wenn's ihm wieder gut geht.
Halt zu ihm, wenn's ihm schlecht geht, damit du auch sein Glück mit ihm teilen kannst.
Rauch und Qualm gehen voraus, ehe ein Feuer brennt,
so kommt's vom Schmähen zum Blutvergießen.
Ich schäme mich nicht, den Freund zu schützen,
und ziehe mich nicht von ihm zurück.
Widerfährt mir aber Böses seinetwegen,
dann wird sich jeder vor ihm hüten, der davon hört."
(Sirach 22,23 ff.)

„Wohl dem, der einen treuen Freund hat" (Sirach 25,12)

„Einem Freund und einem Gefährten begegnet man gern, aber lieber hat man die Frau, mit der man lebt."
(Sirach 40,23)

Im vielzitierten Gilgamesch-Epos, bzw. einem von vielen Büchern darüber, die ich besitze, heißt es:

*Der voran geht, rettet den Gefährten,
der den Weg kennt, schützt den Freund.* [12]

Ging Uwe nicht immer voran? Irgendwann hatte ich ein Bild, einlaminiert, zusammen mit einem kleinen Stein auf das Grab meines Freundes gestellt. Ein kleines Bild, das Winnetou und Old Shatterhand zeigte. Dazu die Zeilen:

*Echte Freundschaft verbindet für immer
Irgendwann, irgendwo
sehen wir uns wieder
und feiern unsere Freundschaft.*

Irgendwann später versah ich das Grab mit einem Stein, und einem Bild von Ron Ely alias Bill Robin und Raimund Harmstorf alias Jack Harper in dicken Pelzkleidern und den Zeilen:

*Wenn im Frühling der Schnee taut,
ist er nicht für immer fort –
Er hat nur eine andere Form
und irgendwann schneit es wieder.*

*Wenn ich einen Freund verliere,
ist er nicht für immer fort,
er hat nur eine andere Form
und irgendwann sehen wir uns wieder*

Es lag Schnee zu der Zeit, als ich dieses Zeichen meiner Freundschaft setzte.
Ich glaubte mich auf dem richtigen Weg. Ich begann, mich besser und intensiver um die Dinge zu kümmern, die mir etwas bedeuteten. Meine Frau, meine Kinder, meine Eltern und Geschwister, das Grab meines Freundes, das mir blieb, das Thema Freundschaft, die Schauspieler, mein eigenes Ich, meine Gesundheit und meine Vorliebe für Natur, Tiere und das unbekümmerte Nacktsein, vorwiegend in der Natur. In Außenbereichen einer Sauna, im Sommerurlaub in Kroatien oder an Baggerseen war dies problemlos und ganz natürlich möglich. So war ich mit der Zeit zum echten FKK-Fan, Nudisten, Naturisten oder wie immer man das bezeichnen möchte, geworden und fühlte mich dabei unendlich frei.

Auch abseits textilfreier Freuden unternahmen meine Familie und ich mit unserem Schlauchboot kleine Ausflüge auf dem Neckar oder auf dem Altrhein. Wir beobachteten die unterschiedlichsten Vogelarten – vom Kormoran bis zum seltenen Eisvogel, genossen Morgentau und Nebel, Sonne und Wolken. Hier fühlte ich mich wohl.

Die Schauspieler

Die Schauspieler betreffend reifte in mir der Gedanke, Pierre Brice einmal live sehen zu wollen. Und wenn ich nach Hamburg reisen musste, wo er schon aufgetreten war. Amerika und Ron Ely schienen mir etwas zu weit weg, aber Pierre Brice – das wollte ich möglich machen. Und tatsächlich: Das kleine Wunder geschah. Ich erfuhr die Nachricht, dass Pierre Brice im Oktober 2007 in ein kleines „Altes Theater" nur 25 km entfernt nach Heilbronn kommen und aus seiner Biografie lesen würde.

Sofort besorgte ich zwei Karten für meine Frau und mich, verabredete mich mit Esther, die ich aus dem Pierre Brice-Forum im Internet kannte und freute mich wie ein Kind darauf, endlich nach so vielen Jahren den Schauspieler live erleben zu dürfen.
In all den Zeilen, die ich bis hierher geschrieben habe, habe ich stets das Wort „Idol" vermieden. Ganz bewusst. Ich wurde mit den Schauspielern und den Figuren, die sie verkörperten, groß, das alles zusammen musste mich wesentlich geprägt haben. Aber ein Idol war etwas, zu dem man aufsah, das man anhimmelte. Nun war Pierre Brice zwar ein Mensch, der sich sehr für die Welt einsetzte – für echte Indianer, für Minenopfer im ehemaligen Jugoslawien, sowie für jede Menge Tiere auf dieser Welt – aber er sollte für mich Mensch aus Fleisch und Blut bleiben.

Ich entschloss mich vor Jahren, das Wort „Idol" Jesus Christus vorzubehalten. ER war und blieb der Mann, vor dem ich mich beugte und zu dem ich aufsah.

Der 13. Oktober kam. Meine Frau, Esther und ich saßen in der Menge der anderen Zuschauer in dem kleinen, alten Theater in der ersten Reihe (!) und warteten gespannt. Ich hatte mir natürlich Berge von Gedanken gemacht, was ich Pierre Brice wohl sagen würde, hätte ich die Gelegenheit dazu. Ihn über Lex Barker ausfragen. Ihn fragen, ob er mit Harmstorf und Ely befreundet war. Ihm mitteilen, dass viele seiner Fans so leben wollten wie er und sich ebenfalls stets für das Gute einsetzten.

Applaus. Die Menschen erhoben sich. Im dunklen Anzug betrat Pierre Brice würdevoll den kleinen Saal. Mir fiel sofort auf, dass irgendetwas fehlte. Ganz klar! Warum wurde die Winnetoumelodie nicht gespielt? Es fehlte definitiv die Melodie aus den Karl May-Filmen beim Betreten des Saales durch den Winnetoudarsteller.
Mittlerweile ist mir bewusst, wie töricht der Gedanke war. Mittlerweile sehe ich Pierre Brice so, wie er auch gesehen werden möchte: als Mensch und Schauspieler und nicht als Apachenhäuptling.
Er las, im Zwiegespräch mit Thomas Claaßen, seinem Freund und Leiter seines Büros, humorvoll aus seinem Buch. Ich war begeistert.
Im Anschluss wurde verlautet, dass Pierre Brice noch Autogramme geben würde. Ich hatte selbstverständlich seine Biografie „Winnetou und ich" dabei, die ich signieren lassen wollte. In der langen Schlange stehend wunderte

ich mich dann doch, dass viele der Anwesenden ganze Berge von Material zum Signieren vorlegten. Vom kleinsten verblichenen Zeitschriftenschnipsel bis zu ganzen Stößen von Schallplatten und Postern. Das fand ich echt unhöflich und übertrieben. Hinterher war im Pierre Brice-Forum darüber geschrieben worden, dass sich viele Fans darüber ärgerten, denn es waren doch oft geschäftstüchtige „Händler" unter den Fans, die lediglich durch die Unterschrift von Brice den Wert der Sammlerstücke erhöhen wollten, um bei Internetverkaufsbörsen ein Vielfaches an Geld dafür zu ergattern. Echt übel.

Dann stand ich vor Pierre Brice. Ich legte mein Buch vor, mit der Bitte, er möge schreiben: „Für Klaus – Winnetou / Pierre Brice". Thomas Claaßen äußerte sofort: „Er heißt Pierre Brice, nicht Winnetou." Von dem Moment an war mir klar, wie blöd der Gedanke mit der ewigen Winnetoumelodie war. Pierre Brice signierte und ich sagte zu ihm: „Pierre Brice, ich möchte, dass Sie wissen, dass sehr viele Menschen bzw. Fans wie ich, Ihr Werk unterstützen und fortführen werden. Jeder von uns setzt sich in seinem kleinen Leben für die guten Werte in dieser Welt ein, für die Sie kämpfen". Er sah mich an: „Danke."
Dann ließ ich die Nächsten an die Reihe. Natürlich wurde fotografiert. Das musste sein.
Ich war bei Pierre Brice. Ich hatte etwas zu ihm gesagt. Ich war glücklich und zufrieden. Na ja, fast. Zu gerne hätte ich mich unter weniger Augen bei einem guten Glas Rotwein mit Pierre Brice über sein Leben, Freundschaft und Lex Barker unterhalten. Aber das war ein Traum, so wie

viele tausend junge Mädchen in ihren Träumen eben Bill Kaulitz von Tokio Hotel heirateten.
Bei der Fernsehübertragung der „50-Jahre-BRAVO-Show" waren übrigens Pierre Brice als damaliger Spitzenreiter an Coverabbildungen sowie Bambi- und BRAVO-OTTO-Auszeichnungen, (die Auszeichnung des BRAVO-Ottos, der nicht nach Otto Waalkes entstand, sondern Indianer zu Ehren Winnetous wurde) – als auch Bill Kaulitz vertreten. Wenn ich die Beiden auch nicht in einer gemeinsamen Szene ergattern konnte. Vermutlich hatten die Beiden auch backstage nicht unbedingt miteinander zu tun. Aber Pierre Brice und Bill Kaulitz waren in einer gemeinsamen Show vertreten. Zwei grundverschiedene Menschen aus meiner kleinen privaten Schwärmerei, für die ich auch wie erwähnt oft betete und bete. Wäre Bill Kaulitz, hätte er im Studio neben Pierre Brice gesessen, zu schrill gewesen an der Seite des seriösen Franzosen? Nun, an der Seite von Pierre Brice saß Nina Hagen. So viel dazu.

Dann nahm ich mir nun also endlich die Schauspieler vor und wollte abschließend ergründen, wer mit wem inwiefern befreundet war.
Doch zuvor im Wesentlichen zu den einzelnen Schauspielern im Überblick:

Pierre Brice

Französischer Schauspieler. Geboren am 6. Februar 1929 als Pierre Louis le Bris. Pierre stammt aus einer altadligen

Familie. Sein Vater ist Marine-Offizier. Seine Mutter zieht ihn und seine Schwester groß.

Brice geht ebenfalls zum Militär und wird zum Froschmann ausgebildet. Dann wird er Fallschirmjäger und kämpft 4 Jahre lang in Indochina, dem heutigen Vietnam. 1951 kehrt er aus dem Kriegsgebiet zurück. Mit drei Tapferkeitsmedaillen und Erfahrungen, die sein Leben prägen.

Brice wird vorerst erfolglos zum Schauspieler, verdient sein Geld schließlich als Model, Schreibmaschinenverkäufer oder als Artist im Trio Gansser. 1954 endlich eine Rolle. Er darf Eddie Constantine die Tür aufhalten. Erfolgreich wird Pierre Brice dann in Spanien und Italien, wo Pierre Brice auch Lex Barker kennenlernt.

Äußerst skeptisch nimmt Brice 1962 in Deutschland die Rolle eines Indianers an. Winnetou! Bis 1968 verkörpert er den Apachenhäuptling 11 mal auf der Leinwand. Er avanciert zum Megastar. 12 mal erhält er die Auszeichnung BRAVO-OTTO, davon 9 mal in Gold. Außerdem nennt er 5 Bambis und die Goldene Kamera sein eigen.

Auch als Sänger von Balladen, Chansons und Schlagern erzielt Brice immer wieder Erfolge. In den Jahren 1976 bis 1986, mit Ausnahme von 1981, sorgt er als Winnetou in Bad Segeberg bei den Karl May – Aufführungen für Zuschauerrekorde.

Auf eine bestimmte Art und Weise hält Pierre Brice an Winnetou fest. Und Winnetou an Pierre Brice.

1990 erhält Brice bei dem Premierenabend der Aufführung von «Winnetous letzter Kampf » von echten Winnebago-Indianern die Ehre, den Indianernamen «Rainbowman» tragen zu dürfen. Die Indianer finden es erstaunlich, dass sich ein Franzose in Deutschland in so großem Stile für die Rechte der Indianer, der Ureinwohner Amerikas einsetzt.

Für seine Verdienste im Einsatz für die deutsch-französische Freundschaft, sowie für seine wertevermittelnde Darstellung des Winnetou erhält er 1992 das Bundesverdienstkreuz erster Klasse.

1999: Ehrung vom Karl-May-Archiv für sein Wirken um und für Karl May mit dem «Scharlih».

Neben seiner Arbeit für Theater und Fernsehen engagiert sich Pierre Brice immer wieder für Menschenrechte und Kinder in Not. 1995 führt er einen zwei Millionen Mark schweren Hilfskonvoi nach Bosnien an, das vom Bürgerkrieg zerstört wurde. Er wird UNICEF-Botschafter und reist nach Kambodscha, wo er Kinder besucht, die Opfer von Landminen wurden. Die Minen haben die Kinder verstümmelt oder nahmen ihnen die Eltern. 2000 wird Pierre Brice mit dem Thomas-Morus-Preis für sein Engagement ausgezeichnet.

2004 erscheint die selbstverfasste Biografie «Winnetou und ich».

Im Jahre 2007 wird ihm in der französischen Botschaft in Berlin das Kreuz der französischen Ehrenlegion verliehen. Die höchste Auszeichnung, die Frankreich zu vergeben hat.

Im Zuge seines Alters zog sich Pierre Brice als Actiondarsteller und Held zurück und spielt viele Gastrollen in Serien, singt hin und wieder schöne melodische Schlager oder Chansons, liest literarische Texte und ist voller Ideen und Pläne. [13]

Die Welt wäre um einiges ärmer ohne Pierre Brice. Er hat sehr viele Menschen und Tiere glücklich gemacht. Sei es als Winnetou, als Mensch Pierre Brice, als Helfer und Retter oder als engagierter Tierschützer.

Pierre Brice hat einmal geäußert, dass die Rolle des Winnetou seine Chancen, internationaler, überdurchschnittlich guter Schauspieler zu werden, behindert hätte, was er sehr bedauert. Was er jedoch als oder auch über die Figur des edlen Apachenhäuptlings erreicht hat in dieser Welt, sollte alles andere wettmachen.

Ich selbst habe Pierre Brice nur eines nie wirklich verziehen: Seinen selbst inszenierten Zweiteiler «Winnetous Rückkehr» aus dem Jahre 1997, den er im Alter von 68 Jahren verwirklichte. Von all den edlen Inhalten und den echten Indianern als Darsteller einmal abgesehen, reihe ich mich in die Schar der Fans ein, die es für absolut absurd halten zu zeigen, dass Winnetou damals gar nicht starb, sondern schwerverletzt überlebte und über 20 Jahre als Eremit in einer Höhle lebte. So der Kerninhalt des Zweiteilers. Winnetou! Der Freund der Menschen und Blutsbruder Old Shatterhands! Dieses Filmwerk war in meinen Augen schlicht eine Panne.

Pierre Brice ist mit der bezaubernden Hella verheiratet, die beiden haben keine Kinder und leben in der Nähe von Paris auf einem schönen Anwesen mit vielen Tieren zusammen.

Lex Barker

Alexander Chrichlow Barker jr. wird als Sohn eines wohlhabenden Industriellen geboren. In der Academy zeichnet er sich in Football und Laufdisziplinen aus. Barker besucht die Phillips Exeter Academy, eines der besten Colleges in Amerika. Sein Studium als Bauingenieur in Princeton bricht Barker zugunsten einer Schauspielausbildung ab. 1941 tritt er freiwillig in die Armee ein, ist bald Leutnant und gehört zu den zehn besten Absolventen seines Lehrganges und wird bald Captain – der jüngste der amerikanischen Infanterie und später Major. 1943 wird er bei einem Militäreinsatz in Sizilien so stark verwundet, dass er fortan eine Silberplatte im Schädel tragen muss. Nach dem zweiten Weltkrieg unterzeichnet Barker seinen ersten Filmvertrag „Doll Face". Doch seine äußerst angesehene New Yorker Familie lässt ihn wegen seiner Schauspielerei fallen und enterbt ihn.

Trotzdem nimmt der 1,93m große Schauspieler seine erste Rolle als „Tarzan" an, die ihn in den USA bekannt macht. In den 50er Jahren folgen zahlreiche Westernrollen. 1957 zieht es den Amerikaner nach Europa, wo er in Deutschland 1962 endlich zum Superstar avanciert. In seiner Traumrolle als „Old Shatterhand" und „Kara Ben Nemsi" begeistert er ein Millionenpublikum. Doch der Schein trügt. Da ab 1969 keine Karl May-Filme mehr produziert werden, wartet der Star vergeblich auf Rollenangebote.

Barker galt als liebenswürdig, edel und offenherzig. Er war außerordentlich sportlich in Disziplinen wie Football, Schwimmen, Reiten, Hockey und Tennis bis hin zur

Leichtathletik und auch im Fechten, Segeln und Tanzen zeigte er gute Qualitäten.

Barker war sehr belesen und sprach außer seiner Muttersprache fließend Französisch, Spanisch, Italienisch und ein wenig Deutsch.

Der gutaussehende Darsteller heiratete insgesamt fünfmal. Seine besondere Leidenschaft war das Segeln auf der eigenen Jacht „Peter Pan". 1973 starb Lex Barker an einem Herzanfall.

Ron Ely

Was ich über Ron Ely weiß, habe ich aus einem alten Ausschnitt einer Illustrierten, sowie aus dem Internet. Die Äußerungen sind somit unverbindlich, der Wahrheitsgehalt nicht gewährleistet.

Ron Ely wurde als Ronald Pierce am 21. Juni 1938 in Texas geboren. Rons Vater starb, als Ron 2 Jahre alt war. Im Alter von 8 Jahren arbeitete Ron bereits nach der Schule als Zeitungshilfsausträger. Mit 9 Jahren war er Pfirsichverkäufer, mit 10 Mädchen für alles in einem Lebensmittelgeschäft. Wobei Mädchen für alles die falsche Bezeichnung war. Er war damals schon deutlich größer als Altersgenossen und hatte schon beachtliche Muskeln. Mit 11 war Ron Kinoparkplatzsauberhalter und Rausschmeißer. Mit 13 hatte er einen Job als Weizenschaufler ergattert, obwohl man dafür 21 Jahre alt sein musste. Sein Äußeres half ihm, diese Hürde trickreich zu nehmen. Hier wurde Weizen von Güterwaggons auf Förderbänder geschaufelt. Mit 16 Jahren schuftete Ron auf den Ölfeldern von Texas. « Entweder du zerbrichst dort », soll er einmal später gesagt haben, « oder aus dir wird ein Mann, den nichts mehr umhaut ».

Ron wollte Ölingenieur werden, brach das College aber nach einem Jahr ab. Er ging nach Hollywood, die Angebote aber blieben rar. Bis er für die Rolle des Tarzan entdeckt wurde. Das brachte ihm Ruhm und machte ihn auch in Deutschland zu einem Star. „Der Schrei der schwarzen Wölfe", „Mitgift", „100 Fäuste und ein Vaterunser" sind jedoch die einzigen Filme, die Ron bei uns dreht. Auch sonst wird es schnell still um den hünenhaft großen, gutaussehenden Darsteller. Mit dem Film „Doc Savage" verbindet man große Hoffnung auf Welterfolg ganz im Stile von James Bond. Der Erfolg blieb aus, der Film wurde ein Flop und Ron geriet in Vergessenheit.

Ron ist wohl in zweiter Ehe verheiratet und hat 3 Kinder. Mitte der 90er Jahre hatte Ron Ely einigen Erfolg als Schriftsteller mit einer kurzlebigen Mystery-Serie um den Detektiv Jake Sands in den Romanen „Night Shadows" und „East Beach". Ein weiterer Roman Elys wurde bislang nicht veröffentlicht.

Raimund Harmstorf

Raimund Harmstorf wuchs als Sohn eines Arztes in Hamburg auf. Er wurde Zehnkampfmeister in Schleswig-Holstein und studierte zunächst Medizin, später dann Musik und darstellende Kunst. Er war ab den späten 1960er Jahren in kleineren Fernsehrollen zu sehen und hatte in der Rolle des Seewolfs 1971 seinen schauspielerischen Durchbruch.

Harmstorf war sehr sportlich, boxte, ritt, nahm Fechtunterricht, fuhr Ski und Mountainbike, lernte Drachenfliegen und ließ sich in seinen Filmen meist nicht doubeln.

1971 spielte Harmstorf die Rolle des brutalen Kapitäns Wolf Larsen in dem ZDF-Abenteuervierteiler *Der Seewolf*, der nach dem gleichnamigen Roman von Jack London entstand. Obwohl die Produzenten den 31-jährigen Darsteller zunächst für zu jung hielten, konnte sie der athletische Harmstorf durch seine körperliche Präsenz davon überzeugen, dass er der richtige Mann für die Rolle sei. Seine „zu junge" Stimme wurde allerdings zu Harmstorfs Missvergnügen durch das rauhe Organ des älteren Synchronsprechers Kurt E. Ludwig ersetzt.

Der vierteilige Fernsehfilm machte Harmstorf über Nacht berühmt. Er wurde zum Inbegriff des vitalen Abenteurers und als Schauspieler seither mit der Rolle des *Seewolf* identifiziert.

Harmstorf hatte als Seewolf den Höhepunkt seiner Karriere erreicht. Er wurde zum Millionär, brüstete sich in PR-Maßnahmen mit traumhaft schönen Inselaufnahmen und halbnackten bis nackten, schlanken jungen Frauen. Er wurde Inhaber von Calivygny, einer verträumten kleinen Nachbarinsel von Grenada, bekam die grenadische Staatsbürgerschaft und wollte bei den olympischen Winterspielen in Innsbruck für den Inselstaat Grenada als Skiläufer starten. Allerdings steckte hinter dieser Fassade ein großer Medien- und PR-Apparat, der sowohl Harmstorf als auch die abgelegene Inselwelt Grenadas vermarkten sollte und für den Harmstorf mehr und mehr zur Marionette wurde.

In den 1970er Jahren war er zwar in mehreren internationalen Abenteuerfilmen zu sehen und drehte mit Stars wie Franco Nero oder Charlton Heston. Doch die Filme waren meist zweit- oder drittklassig, und Harmstorf durfte oft nur in der Klischeerolle des „bösen Deutschen" auftreten. 1976 feierte der Schauspieler einen dritten Fernseherfolg in Deutschland, als er in dem gleichnamigen Abenteuervierteiler als *Michael Strogoff* auftrat, der nach dem Buch von Jules Verne entstand. 1978 spielte er im Film „Sie nannten ihn Mücke" einen unbeliebten Football-Trainer der in Italien stationierten US-Army und einen erbitterten Widersacher von Mücke (gespielt von Bud Spencer). Nachdem seine Filmkarriere in den 1980er Jahren zum Erliegen kam, trat Harmstorf in deutschen Fernsehproduktionen wie *Tatort* oder *Klinik unter Palmen* und *Die Schwarzwaldklinik* auf, erhielt aber immer weniger Rollenangebote.

Harmstorf war regelmäßig als Theaterschauspieler zu sehen und trat zum Beispiel mehrfach in Karl-May-Bühneninszenierungen auf.

Als Privatmann wurde Harmstorf vom Pech verfolgt. Er erlitt bei mehreren Unfällen schwere Verletzungen, und sein Fischrestaurant „Zum Seewolf", das er in Deidesheim betrieb, ging pleite. In seinen letzten Lebensjahren litt der Schauspieler an der Parkinson-Krankheit und war gezwungen, starke Medikamente zu nehmen, die bei ihm Angstzustände und Wahnvorstellungen auslösten. Harmstorf ließ sich in einer psychiatrischen Klinik behandeln. Am 2. Mai 1998 berichtete eine Zeitung unter der Schlagzeile „Seewolf Raimund Harmstorf in der Psychiatrie" über die Krankheit des Schauspielers. Andere Medienberichte folgten. Laut seiner Lebensgefährtin nahm sich Harmstorf dies sehr zu Herzen. In der Nacht vom 2. zum 3. Mai 1998 erhängte er sich auf seinem Bauernhof in Selbensberg (Marktoberdorf).

Die Polizei machte die Boulevardpresse mitverantwortlich für den Suizid: „Es liegen Erkenntnisse dahingehend vor, dass ein Mitauslöser für den Selbstmord in der Medienberichterstattung des vergangenen Samstags zu sehen ist." Sein Grab befindet sich auf dem Friedhof in Bad Oldesloe.

Waren Pierre Brice und Lex Barker befreundet?

Wie schon mehrfach hier erwähnt, verband Pierre Brice und Lex Barker in der Tat eine enge, gute Freundschaft.
Was nicht heißen soll, dass es keine Eifersüchteleien gab bezüglich bildhübscher Schauspielkolleginnen oder wenn es um Umfang und Art der Darstellung der Charaktere in den Filmen ging. Wenn Pierre Brice wohl etwas neidisch war auf die Dialoge von Kollegen und der Figur des Winnetou etliches mehr an Worten zuschrieb, was der Rolle nicht unbedingt immer gut tat. Lex Barker war, das dürfte feststehen, ein sehr enger, wenn nicht gar der beste Freund Pierre Brice's. Wenngleich dieser mehrfach beton-

te, die besten Freunde hatte er beim Militär. Eines seiner Lieder widmete Pierre Brice seinem Freund Lex Barker auf der CD „Gefühle"

Waren Pierre Brice und Ron Ely befreundet?

Ich habe versucht, dies in Erfahrung zu bringen. Vom Management Pierre Brice's erhielt ich die Auskunft, dass sich Pierre Brice und Ron Ely nicht kennen oder kannten und eigentlich nie begegnet sind. Interessant trotzdem dass sich die Beiden fast begegnet wären. So lautet ein Satz einer Illustrierten aus dem Jahre 1979, in der es um die Besetzung der Old Shatterhand -Rolle für die Serie „Mein Freund Winnetou" ging, wie folgt: „ Die meisten Chancen hat natürlich Ron Ely. Beide (Brice und Ely) haben bereits Kontakt aufgenommen. Demnächst wird Ron Ely nach London fliegen, um sich gemeinsam mit Pierre Brice die alten Karl-May-Filme anzusehen. Erst dann wird eine endgültige Entscheidung getroffen". [14]
Vermutlich kam das Treffen nie zustande und die Wahl fiel nicht auf Ely. Schade. Um ein Haar hätten die beiden zusammengearbeitet und wären möglicherweise Freunde geworden.

Waren Pierre Brice und Raimund Harmstorf befreundet?

Der Biografie „Winnetou und ich" von Pierre Brice aus dem Jahre 2004 ist zu entnehmen, dass Pierre Brice Raimund Harmstorf erst bei den Dreharbeiten zu „Klinik unter Palmen" im Jahre 1995 kennen lernte.

Pierre Brice äußert sich im Buch über Raimund Harmstorf. Meine Bitte, die Äußerung hier einfügen zu dürfen, wurde vom Büro „Pierre Brice" leider abgelehnt.

Ich habe die Staffel „Klinik unter Palmen" mit größtem Interesse verfolgt und war extrem gespannt auf das Zusammentreffen der Beiden. Es ist kaum zu glauben, der einzige gemeinsame Auftritt der Beiden besteht darin, dass Brice bewusstlos am Boden liegt und Harmstorf ihn aufhebt und aus dem Raum trägt. Kein einziges Wort, kein gegenseitiger Anblick. Kurios. Und schade.

Das ist für mich nicht zu fassen. Da gehören die Beiden zu einer Generation an Schauspielern aus der gleichen Zeit, den gleichen Genres (Abenteuer, Karl May, Jack London, etc.) in deutschen sowie europäischen Produktionen, stehen beide für Film, Fernsehen und Theater auf den Bühnen und begegnen sich trotzdem nie zuvor. Noch spannender ist die Tatsache, dass beide aktiv auf den Freilichtbühnen in Bad Segeberg oder in Stadthallen für Karl May auf den Bühnen standen und sich trotzdem dort anscheinend nie begegneten.

Waren Ron Ely und Lex Barker befreundet?

Darüber ist nichts zu erfahren. In der Biografie „Mr. Old Shatterhand" ist nichts darüber zu lesen. Dass beide Tarzandarsteller waren, bedeutete noch nicht, dass die beiden gutaussehenden Hünen auch privat viel verband. Zumal Lex Barker gut 20 Jahre älter war als Ron. Auch bezüglich des Vorhabens von Lex, zusammen mit Johnny

Weissmüller ein Tarzanland gründen und bauen zu wollen, wird der TV-Tarzan Ron Ely nicht erwähnt. Höchst interessant und fast schnuckelig ist dagegen der gemeinsame Auftritt der beiden in einer Rudi Carrell – Show aus dem Jahre 1971 in einem Sketsch. Außerdem spielten Lex Barker und Pierre Brice, sowie Marie Versini in dieser Show einen Winnetou und Old Shatterhand – Sketsch. Ursprünglich als Parodie gedacht, lehnte Pierre Brice dies wohl ab, da er die Figur des Winnetou schon damals nicht veralbert sehen wollte, so dass Rudi Carrell schnell improvisierte und parallel zu der „echten" Szene eine Parodie mit anderen Darstellern zeigte. Urig. Hier sind sich Ron Ely und Lex Barker in jedem Falle begegnet. Zwei hünenhaft große, gutaussehende amerikanische Schauspieler in einer Sketchshow mit holländischem Showmaster unter anderem an der Seite von Theo Lingen im kleinen Deutschland. Und Ron Ely muss hier Pierre Brice begegnet sein. Zu schade, dass damals noch keine Filmaufnahmen backstage entstanden.

Waren Ron Ely und Raimund Harmstorf befreundet?

Kernfrage dieses Buches, Inhalt meiner Albträume und die Frage mit den wenigsten Antworten. Es gibt Illustrierten, die damals über den Film „Schrei der schwarzen Wölfe" und die angebliche Freundschaft zwischen dem starken Tarzan und dem rauhen, bärenstarken Seewolf berichteten. Mir liegen die Berichte nicht vor. Ob deren Inhalt der Wahrheit entspräche, sei überdies dahinge-

stellt. Auch ob sich die beiden überhaupt für die Zeit der Dreharbeiten verstanden, ist mir nicht bekannt.
Möglich, dass die Begegnung der beiden im Zuge der Dreharbeiten einmalig war.

Waren Lex Barker und Raimund Harmstorf befreundet?

Am schnellsten beantwortet, ohne die Antwort zu kennen. Nach meinem Wissen sind sich Lex Barker und Raimund Harmstorf nie begegnet und waren somit eben auch nie befreundet.

Pierre Brice, Lex Barker, Raimund Harmstorf und Götz George

Mit meinen Gedanken und Erinnerungen bin ich bereits im Frühjahr 2009 angelangt, während ich hier sitze, schreiben wir bereits den September 2009. Über die Sommermonate habe ich pausiert, möchte mich jetzt aber daran machen, die Geschichte weiter fest zu halten. Zurzeit lese ich die Biografie von Götz George. Obwohl ich diesen Schauspieler stets bewunderte, in meiner Liste aber außen vor ließ, interessierte mich schon lange, mehr über ihn zu erfahren. Der Mann, der Kommissar Schimanski Leib und Seele gab, der halsbrecherisch und wagemutig an der Seite von Pierre Brice und Lex Barker durch die Karl May-Filme ritt, der in den 70ern den Diamantendetektiv Dick Donald spielte, welcher wiederum Vorlage war für meine „zweite Identität" Shorty King.

Ein interessantes Buch. Sehr emotional. Viele Hintergrundinformationen. Ja, es hat was, sich das eigene Leben vom Leib zu schreiben. Wird Götz George gespürt haben und ich spüre es auch. Möge man uns zu emotionale Aussagen, hie und da die falsche Ausdrucksweise und andere kleine Mängel nachsehen. An Vieles können sich Freunde und Bekannte nur aus anderen Blickwinkeln erinnern und würden folglich Manches anders schreiben, anders formulieren.
Im Übrigen heißt es über Götz George in dessen Buch:
„ *Den „Seewolf" hätte er schon gerne gespielt. Wie kaum ein anderer Mehrteiler der deutschen Fernsehgeschichte hat sich dieser Adventsvierteiler des ZDF aus dem Jahr 1971 in der Erinnerung der Bundesbürger behauptet und die Szene, in der Wolf Larsen eine rohe Kartoffel zerquetscht, gehört zu den berühmtesten Augenblicken im deutschen Fernsehen. Heute verbindet jeder mit dem „Seewolf" die athletische Gestalt von Raimund Harmstorf, der als ehemaliger Zehnkämpfer das Anforderungsprofil perfekt erfüllte. .... Die fast unmenschliche Kraft hätte sicher auch Götz George glaubhaft darstellen können und er war es auch, dem man die Rolle zuerst antrug. .... Götz George sollte also den „Seewolf" spielen und Produzent Ulbrich machte ihm über seine Agentin ein Angebot. Doch Toni Mackeben fand die Gage nicht attraktiv genug und auch Götz George erinnert sich, dass die Gage für eine Mehrteiler sehr sparsam bemessen war. Raimund Harmstorf hat diese Einschätzung sehr viel später bestätigt, als er verriet, dass man ihm lediglich vierzehntausend Mark gezahlt habe. Götz George räumt heute ein: „Als ich den „Seewolf" dann im Fernsehen sah, habe ich mich geärgert, diese Rolle*

ausgeschlagen zu haben, denn es ist eine wunderbare Literaturverfilmung geworden. Aber Raimund Harmstorf hat das fabelhaft und unschlagbar gespielt." [15]

Die kleine Zeittafel

Die Zeittafel zeigt nur auszugsweise das Wirken der Schauspieler in TV, Film und Theater, bezogen auf die mit meinem Leben verbundenen Genres Western, Alaska, Karl May, Jack London, sowie reale oder mögliche Verbindungen zwischen den Schauspielern und ist selbst diesbezüglich möglicherweise unvollständig.

1957
Lange vor Winnetou kämpft Lex Barker an der Seite seines ersten Blutsbruders. Als Lederstrumpf der Wildtöter an der Seite von Chingachgook (Carlos Rivas) im Film „The Deerslayer".

1957
Lange vor Pierre Brice spielt Lex Barker einen Indianer. Den Apachenhäuptling Mangas in dem Film „Rebell der roten Berge".

1962
Der Schatz im Silbersee (Pierre Brice / Lex Barker)

1963
Winnetou I

1963 / 1964
Old Shatterhand

1964
Winnetou II

1965
Winnetou III

1965
Die Hölle von Manitoba
Lex Barker und Pierre Brice treten in einem Duell als Revolverhelden gegen einander an.

1966
Gern hab ich die Frauen gekillt
Mit Stewart Granger, Lex Barker und Pierre Brice. (3-Teiler, keine gemeinsamen Szenen)

1966
Winnetou und das Halbblut Apanatschi.

1968
Aufführung von „Der Schatz im Silbersee" in der Deutschlandhalle in Berlin mit Gustavo Rojo als Winnetou und (man höre und staune) Raimund Harmstorf als Indianer Kleiner Bär.

Winnetou und Shatterhand im Tal der Toten
Ursprünglicher Titel: Winnetou im Tal der Toten. Angeblich soll Lex Barker erstritten haben, dass er ebenfalls genannt wird. Damit der Titel nicht unnatürlich lang

würde, einigte man sich auf „Shatterhand" und ließ den „Old" weg.

1972
Der Schrei der schwarzen Wölfe
Ron Ely und Raimund Harmstorf

Ruf der Wildnis
mit Raimund Harmstorf

1973
Tod von Lex Barker
Wolfsblut - mit Raimund Harmstorf

1976 – 1986 (mit Ausnahme von 1981)
Pierre Brice reitet als Winnetou auf der Freilichtbühne in Elspe im Sauerland.

1974
Die Teufelsschlucht der wilden Wölfe
mit Raimund Harmstorf

1976
Raimund Harmstorf als Winnetoumörder in Aufführungen auf der Freilichtbühne in Bad Segeberg.

1978
Vorbereitungen für die Serie „Mein Freund Winnetou". Es soll einen neuen Old Shatterhand geben. Der WDR favo-

risiert Raimund Harmstorf. Bei einer groß angelegten Umfrage der Jugendzeitschrift BRAVO steht ganz klar Ex – Tarzan Ron Ely an erster Stelle. Es beginnt ein Kopf-an-Kopf-Rennen zwischen Ron Ely und Harmstorf um die Rolle des Old Shatterhand, wobei Pierre Brice angeblich von der Wahl des rauhen Seewolf nicht sehr angetan ist.

In einem Bericht einer BRAVO-Ausgabe müssen sich die Darsteller dem Vergleich stellen:

„Am Steckbrief der drei Stars kann man nicht viel Unterschiede ablesen: Lex war 1,92 m groß, Ron misst 1,95 m, Raimund ist mit 1,89 m der Kleinste. Alle drei sind blond, Barker hatte grüne Augen, die Augen Elys und Harmstorfs sind blau. Als Lex seine Karl-May-Filme drehte, war er über 40 Jahre alt, Ely ist jetzt 40, Harmstorf 38.

Im Werdegang ist aber zwischen Ely und Harmstorf ein gewaltiger Unterschied festzustellen: Raimund hat zumeist Rollen verkörpert, in denen er einen überharten Typen spielte, vor dem sich andere fürchteten (Seewolf), Ron Ely aber wurde hierzulande vor allem als Titelheld der Serie „Tarzan" bekannt, als jener Dschungelkönig, der Verfolgte schützte, Gutes tat, der genauso wie Old Shatterhand handelt. Und: Lex Barker ist wie Ron Ely durch die Tarzan-Filme weltbekannt geworden. Außerdem spielte Harmstorf in Bad Segeberg Winnetous Mörder ..." [16]

Und im Buch über Leben und Wirken Karl Mays wird zudem erwähnt, dass Ron Ely im Film „Schrei der schwarzen Wölfe" in seiner braunen Lederkluft sehr an Lex Barker erinnert. [17]

Es standen zwar noch mehrere Schauspieler zur Debatte, aber würde einer der beiden Topfavoriten das Rennen machen und künftig an der Seite Winnetous reiten?

1979

Die TV – Serie „Mein Freund Winnetou" wird schließlich realisiert mit echten Indianern, Pierre Brice in der Hauptrolle und Siegfried Rauch als Old Shatterhand. Warum die Wahl letztlich nicht auf Harmstorf oder Ely fiel, ob der amerikanische Ex-Tarzan- Darsteller zu teuer war oder welche Gründe es gab weiß ich nicht.

In Bad Segeberg Aufführung des Stückes Old Firehand mit Raimund Harmstorf in der Rolle des Old Firehand. Leider nicht an der Seite von Pierre Brice.

1981

Scheitern der geplanten groß angelegten Winnetou (Pierre Brice) – Tournee durch Deutschland.

1988 - 1991

Zwei Jahre nach Elspe wechselt Pierre Brice nach Bad Segeberg.

1993

Raimund Harmstorf kehrt zurück nach „Alaska" in der 13-teiligen Serie „Alaska-Kid"

1994

Aufführung von „Winnetou und Old Shatterhand" in der Wiener Stadthalle mit Raimund Harmstorf als Old Shatterhand. So hat es der Ex – Seewolf dann doch noch geschafft, Old Shatterhand zu spielen. Leider wieder nicht an der Seite von Pierre Brice.

1995
Die 3. Staffel der Reihe „Klinik unter Palmen mit Klausjürgen Wussow, sowie Pierre Brice und Raimund Harmstorf. Jahrelang Karl May und dann braucht es eine Klinik unter Palmen, damit die beiden endlich aufeinander treffen und dann treffen sie im Film noch nicht einmal aufeinander. (Dummerweise muss Harmstorf auch hier auf alberne Weise eine Kartoffel zerquetschen – Harmstorf litt wohl unter dem Ritus, der ihn zu Beginn seiner Karriere zum Millionär machte. „Auf meinem Grab werden Kartoffeln wachsen", soll er einmal gesagt haben).

1997
Zweiteiler „Winnetous Rückkehr" mit Pierre Brice.

1998
Freitod Raimund Harmstorfs durch Erhängen.

2000
Freitod meines Freundes Uwe durch Erhängen.
Uwe, der immer Fan von Raimund Harmstorf war.

Das Phantom,
der große (kleine?) Unbekannte

Zurück zu mir. Immer noch und immer wieder lebte ich mit dem Beschluss, dass sich bei mir in Sachen Freundschaft irgendetwas ändern musste. Es gab Freundschaften. Sicher auch enge und gute Freundschaften. Bei anderen Menschen. Nur ich bekam das seit langer Zeit nicht mehr zufriedenstellend hin. Was heißt zufriedenstellend. Ich bekam das überhaupt nicht hin. Nach wie vor war weit und breit kein Freund zu finden, mit dem man losziehen, gemeinsam Zeit verbringen, kleine Abenteuer in der Welt erleben oder einfach erzählen konnte.
Ich hatte also immer noch keine Lösung parat.

Und der große Geheimnisvolle, das Gespenst an jugendlichem Freund, das ich seit Jahren verfolgte und das mich nicht los ließ – was war mit dem? Nun wollte ich endlich dieses Rätsel lösen, denn ich bekam einen Verdacht. Immerhin einen Verdacht.

In einem großen Warenhaus stand ich vor den Regalen mit DVD-Filmen und hielt inne. „Tom Sawyer und Huckleberry Finn".
Hatte ich für mich nicht vor geraumer Zeit bereits den Begriff „Huckleberry-Effekt" kreiert? Ich griff die DVD und betrachtete das Cover. Ich starrte Huckleberry Finn an und verglich ihn urplötzlich mit dem in meinem Kopf über einen langen Zeitraum hinweg aus vielen einzelnen

Facetten entstandenen Phantombild eben des Phantoms mit dem Pseudonamen „Enkidu" (nicht zu verwechseln mit dem jungen Schauspieler aus dem Magazin, dem ich diesen Namen vorübergehend gab). Ich hatte den Film als Videoaufzeichnung zuhause. Dennoch kaufte ich nun die DVD und schaute sie bei nächster Gelegenheit für mich alleine an. Szene für Szene sog ich in mich hinein. Im Gegensatz zum letzten Mal vor geraumer Zeit, als ich den Vierteiler mit meinem Sohn zusammen ansah, wurde mir plötzlich bewusst, wie viel mir Huckleberry Finn bedeutete. Wie sehr er mir gefiel. In einer Szene, nach mehreren vergeblichen Versuchen, einen Schatz zu bergen, fällt Tom Sawyer ein, dass es sich um einen Freitag, den 13.ten handelte und an solch einem Tag niemals ein Schatz geborgen werden konnte. „Komm, wir gehen lieber schwimmen", war sein Ratschlag. In der nächsten Szene sieht man einen kleinen See, einen Laufsteg und plötzlich den splitternackten Huckleberry den Steg entlang rennen und mit einem Kopfsprung ins Wasser hechten. Die beiden Jungen planschen vergnügt im Wasser umher ...
Ich saß wie gelähmt vor dem Fernsehgerät. Abenteuer. Natur. Zwei Freunde. Zusammen nackt baden, schwimmen, toben und lachen. **Das war es**.

Huckleberry Finn? Ich beobachtete ihn Szene für Szene weiter. Sein Gesicht, seine schmächtige Gestalt und Figur. Seine Nase, seine Lippen und seine Stimme, welche wahrscheinlich die eines Synchronsprechers ist. In einer Szene dann, als die beiden Jungen ausgebüchst waren um Seeräuber zu werden und auf einer Insel abends an einem Lagerfeuer sitzen (herrlich), plaudern sie miteinander.

Huckleberry Finn sagt etwas und lächelt dabei. Ich halte die DVD an, setze zurück, sehe mir die Szene noch einmal an und stoppe in dem Moment, als Huckleberry Finn lächelt, den DVD-Player.
Es war Huckleberry Finn. Ich dachte, ich werde wahnsinnig. Seine gesamte Art, seine Nase – ja, seltsamerweise die Form seiner Nase und die Form der Lippen, wenn er lächelt. Das hatte sich mir jahrzehntelang eingebrannt. Anders konnte es nicht sein.

Ich suchte all die Jahre Huckleberry Finn! Nicht Enkidu, nicht irgendeinen Enkidu, nicht irgendeinen Freund mit einem bestimmten Aussehen. Ich suchte genau diesen Huckleberry Finn, der von dem französischen Schauspieler Marc Di Napoli verkörpert wurde. Marc Di Napoli, der mir später im Vierteiler „Zwei Jahre Ferien" gar nicht mal so auffiel, da waren es mehr der blonde Dick Sand, dargestellt von Franz Seidenschwan sowie Service, dargestellt von Christian Sofron, die mir als Kind besonders gefielen. Aber der Mensch, den ich so sehnsüchtig suchte, das war definitiv Marc Di Napoli alias Huckleberry Finn.
(Fällt Ihnen beim Lesen etwas auf? Ich bin wieder oder immer noch bei Schauspielern).

Ich sah den Vierteiler zu Ende. Gegen Ende der Geschichte war Tom Sawyer in den Ferien verreist, die meisten Kinder reisten dann zu Verwandten. Huck dagegen erlebte auf einer wochenlang dauernden Reise auf einem Floß die fantastischsten Abenteuer mit dem farbigen (erwachsenen) ausgebüchsten Sklaven Jim. So trieben die beiden unterschiedlichen Abenteurer eines Tages auf dem Mississippi dahin, als ein Schaufelraddampfer in ihrer Nähe vorbeituckerte. Tom, zusammen mit seiner angebeteten Becky Thatcher auf dem Rückweg ins Dorf, schaut neugierig aus dem Fenster des Dampfers und fragt sich kurz, ob das da in der Ferne nicht zufällig sein Freund Huckleberry gewesen sein konnte. Er verwarf den Gedanken und fuhr getrost weiter Richtung Landesteg des kleinen Dorfes. Huckleberry Finn unterdessen trieb unbeirrt zusammen mit Jim auf dem kleinen Floß weiter den Fluss hinab, einer unbestimmten Zukunft entgegen. *„Das"*, so steht auch in der Beschreibung der DVD-Box, *„ist das Ende der Freundschaft zwischen Tom Sawyer und Huckleberry Finn"*.

Und mir wurde klar: Ich musste als Kind dermaßen geschockt gewesen sein, dass diese Freundschaft so endete, dass ich das intuitiv zu verhindern versuchte. Das konnte nicht sein. So eine Freundschaft durfte nicht enden. Natürlich war Tom an der Seite des Mädchens für das er schwärmte, Becky – und Huck war glücklich mit seinem Freund, dem „Nigger" Jim. Aber für mich stand fest, das durfte nicht so enden. Huckleberry verschwand auf Nimmerwiedersehen. Das verkraftete ich als Kind nicht. Freundschaften mussten ein Leben lang halten! Ich wollte Huckleberry Finn wiedersehen. Und so begann ich mit den Jahren unbewusst in all den unzähligen Gesichtern, Jungen und Männern Huckleberry Finn zu suchen und wiederzufinden.

Ich atmete auf und durch. Immer wieder. Wahnsinn. Ich hatte, darüber war ich mir sicher, eine weitere und in diesem Falle entscheidende Etappe auf dem Weg, viele Dinge in meinem Leben zu ergründen, geschafft. Ich hatte die Dinge um meinen besten Freund Uwe weitestgehend verarbeitet und nun hatte ich dem jahrzehntelangen Phantom ein Gesicht gegeben. Ein Gesicht, einen Leib und eine Seele. Huckleberry Finn!

Schnell griff ich die beiden Taschenbücher „Tom Sawyer" und „Die Abenteuer des Huckleberry Finn", welche ich von meinen Kindern geschenkt bekam und las sie mit einer großen Intensität und Hingabe.[18]
Ich will hier nicht auf viele Details eingehen, wen's interessiert, der möge die Geschichten einfach selbst einmal lesen. Aber dann kam ich zum Schluss der Geschichte: Und siehe da, von wegen Ende der Freundschaft, am Ende der Geschichte sind alle zusammen. Tom Sawyer, Huckleberry Finn und der Sklave Jim. Jim ist fortan ein freier Mann und Huckleberry wittert das nächste Abenteuer, dieses Mal in einem Indianerterritorium. Wenn das nicht nach einer Fortsetzung schreit, dann weiß ich auch nicht. Huckleberry, so seine in der Ichform geschriebenen Worte, will zwar seinen Freunden voraus eilen, um sich vor der Fürsorge der Tante Sally zu drücken, die ihn adoptieren will, aber hätte es eine Fortsetzung gegeben, bzw. hätten sich die Geschehnisse real zugetragen, so wäre Tom Sawyer mit hundertprozentiger Sicherheit wieder an der Seite seines Freundes gewesen.

Lediglich die Filmemacher hatten aus welchen Gründen auch immer anders entschieden und die beiden Freunde am Ende des Vierteilers für immer getrennt. Und diese

Trennung hatte nun aller Wahrscheinlichkeit nach einen solchen Schaden in mir angerichtet.
Dennoch, ich fühlte mich unendlich frei, zumindest festgestellt zu haben, um wen es sich bei dem Phantom, dem großen Unbekannten in meinem Leben handelte.

Ich stöberte selbstverständlich das Internet durch nach Marc Di Napoli, dem Darsteller des Huckleberry. Der französische Schauspieler war in Sachen Film und TV nicht weiter aktiv, jedoch als Theaterschauspieler und seit Jahren wohl auch als erfolgreicher Maler.
Ein paar Kommentaren in irgendwelchen Foren war zu entnehmen, dass auch andere Menschen sehr erstaunt waren über das Aussehen des ehemaligen Kinderstars. Nichts scheint auf den ersten Blick geblieben von der Lausbubenhaftigkeit. Gewichen sind die struppigen Strähnen des Huckleberry. Eine ausgeprägte Stirnglatze mit nach hinten gekämmtem, schulterlangem Haar und ein Musketier-ähnlicher Bart zieren den Künstler.
Tja, wir werden älter. Nichts, aber auch gar nichts erinnert an Huckleberry Finn. Was bleibt ist die Erinnerung.
Es machte für mich keinen Sinn, nun auch noch über Marc Di Napoli alles erdenklich Mögliche zu sammeln, zu erfahren und eine Sammelmappe anzulegen.
Nein, ich ließ es dabei. Ich mochte die fiktive Figur Huckleberry Finn. Und zwar ausschließlich in jedem Detail so, wie Marc di Napoli als solcher aussah. Wobei mir die Charakterzüge des Lausbuben sehr sympathisch waren. Diese Wildheit und Ungezähmtheit. Huckleberry gehörte keinen gesetzlichen Normen an. Er hatte zwar unermüdlich Hunger und eine alte Tonne war sein Zuhause, aber er war

mit diesem Leben glücklich und zufrieden. Solange nur sein Vater, der stadtbekannte Trunkenbold nicht aufkreuzte.

Der Forscherhunger hatte mich gepackt. Ich wollte mehr erfahren. Ein weiteres Buch von Mark Twain, das ebenfalls die Geschichten um Tom und Huck beinhaltete und welches ich auf einem Flohmarkt erstanden hatte schien mir viel dicker als die beiden Taschenbücher.
Was verbarg das alte Buch, was die Taschenbücher verschwiegen bzw. in diesen gekürzt wurde?
Ich tauchte erneut in die Geschichte um Tom Sawyer und Huckleberry Finn ein. [19]

Zum einen bezieht sich die lange Befreiungszeremonie der beiden einfallsreichen Jungen in den Büchern nicht wie im Film auf Muff Potter, der unter Mordverdacht steht, sondern auf den inhaftierten Jim. Auch sonst finden sich kleine Verschiedenheiten. Die sehr lange Passage der zwei Halunken König und Herzog, die Jim und Huck wochenlang belagern, fehlt in den beiden Taschenbüchern komplett.
In der Passage, in der laut Film Tom und Huck so idyllisch auf einer versteckten Insel Zuflucht suchen, Szenen die zudem genau *das* typische Lächeln Huckleberrys zeigen, welches sich mir so einbrannte, sind die Jungen in beiden Buchausführungen nicht zu zweit, sondern zu dritt. Also keine dieser sonst so bekannten „männlichen" Zweierfreundschaften in der Natur, sondern ein Dreiergespann.
Dann weiteten sich meine Augen: Auf Seite 118 hieß es da:
„Nach dem Frühstück rannten sie wie die Wilden auf einer

Sandbank umher, jagten sich, warfen im Toben ihre Kleider ab, bis sie nackt waren, und setzten die wilde Jagd in dem flachen Wasser fort.

Sie rannten gegen den Strom; der zog ihnen ab und zu die Beine unter dem Leibe fort, was den Spaß nur noch steigerte. Dann wieder bespritzten sie sich mit klatschenden Palmenzweigen und unternahmen mit abgewendetem Gesicht Angriffe aufeinander, bis sie schließlich ins Ringen kamen und der Stärkere den anderen untertauchte. Schließlich war nur noch ein Gewirr von weißen Armen und Beinen zu sehen, und dann kamen sie gleichzeitig hoch, prustend, spuckend, lachend und nach Atem japsend. Wenn sie ganz außer Puste waren, liefen sie aus dem Wasser und streckten sich in den trockenen, heißen Sand. Da gruben sie sich ein und lagen, bis das Wasser sie wieder lockte, und der alte Kampf von vorne anfing ..."

Sie waren nackt. Sie planschten, tobten und rangen miteinander. Und zwar nackt! Sie lagen ausgestreckt im warmen Sand und zwar ungeniert nackt. Ich las es noch einmal. Und noch einmal.

Wenige Seiten später an einem anderen Tag hieß es erneut, als Tom seine heimwehkranken Freunde zu einem Indianerspiel überreden will, um sie abzulenken: *" Es dauerte nicht lange, da waren sie ausgezogen und hatten sich vom Kopf bis zum Fuß wie die Zebras mit schwarzem Lehm bemalt, denn jeder wollte natürlich der Häuptling sein ..."*

Da war sie wieder. Diese unbekümmerte Nacktheit unter Kindern. Unter Jungen. Unter Freunden. Diese Vorstellung fesselte und fesselt mich. Das ist in all den Wirrungen von Gedanken und Gefühlen eine weitere

Sehnsucht in mir. Nicht nur das unbekümmerte Nacktsein an sich, sondern auch absolut unbekümmerte und unkomplizierte Nacktheit unter Freunden. Egal, ob zwischen Junge und Junge, Mann und Mann, Mann und Frau oder Frau und Frau. Ohne Vorbehalte. Ohne Vermutungen und Verdacht. Klasse. Traumhaft.

Und irgendwann später, in den Abschnitten, in denen Huckleberry zusammen mit dem entflohenen Sklaven Jim auf dem Floß unterwegs ist, immer wieder strandet, auf Inselabschnitten herumstreunt und wieder weiterreist, heißt es plötzlich so nebenbei auf Seite 333: „ ... *unsere Füße ins Wasser baumeln und plauderten über alles Mögliche. Wir waren immer nackt, Tag und Nacht, vorausgesetzt, dass es die Stechmücken erlaubten.*"

Wie bitte? Sich auszuziehen und nackt zu sein, schien in der damaligen Zeit dort, wo die Geschichten spielten, nichts Ungewöhnliches gewesen zu sein.

Oder zumindest Huckleberry Finn, der sich ohnehin gegen jede bürgerliche Engstirnigkeit auflehnte, schien daran Gefallen zu haben, den lieben langen Tag und auch die milden Nächte nackt zu verbringen. Egal ob an der Seite seines Freundes Tom oder an der Seite eines wesentlich älteren erwachsenen Farbigen. Mir wurde sofort klar, dass es natürlich unmöglich war, diese permanente Nacktheit in einem Adventsvierteiler im Fernsehen darzustellen.

Interessant. Aber auch traurig. Diese Unbefangenheit, auch im Umgang mit Nacktheit, fehlt den meisten Kindern, Jugendlichen und Erwachsenen heutzutage komplett.

Allerdings kannte ich als Kind weder die Bücher noch die Äußerungen über die häufige Nacktheit und spürte dennoch schon immer diesen Drang nach natürlicher Nacktheit.

Kinder. Nackt. Wildnis. Natur.

Ich überlegte. Seit Jahren fühlte ich mich nicht nur in einer Sauna, sondern insbesondere in der Natur und im Wald nackt unwahrscheinlich wohl. Insbesondere im Wald. Oder eben in Waldstücken, sofern sie Teil der großen Naturistenanlagen waren, die wir in Kroatien / Istrien schon besuchten.
Aber diesbezüglich lag da noch etwas in meiner Erinnerung vergraben und verborgen. Nicht zu sehen und doch zu spüren. Dessen war ich mir nun sicher. Und ich hatte wieder einen konkreten Verdacht. Die unglaubliche, spannende Expedition ins Innere meines Wesens ging weiter.
Diesmal sollte mich mein Weg in der Zeit zurück nach Frankreich in das Jahr 1798 führen.

Da im Handel nicht erhältlich, nahm ich mir einmal mehr das Internet zu Hilfe und bestellte den alten Schwarzweißfilm „Der Wolfsjunge" (Originaltitel: L´Enfant sauvage) von und mit Francois Truffaut. 1970 lief dieser Film in Deutschland im Kino und ich bin mir sicher, dass ich ihn gesehen hatte. Möglicherweise aber im TV. An ein paar wenige Details erinnerte ich mich.
Der Film beruht auf einer wahren Begebenheit und erzählt von einem Jungen, der 1798 in einem Waldstück bei Caune im Kanton St. Sernin in Südfrankreich gefunden wird. Völlig nackt und verwildert muss der ca. 12 Jahre alte Junge den Großteil seines Lebens ausschließlich in der Wildnis gelebt haben.

Entgegen der Tatsache, dass der echte Wilde von Aveyron, wie man den verwahrlosten Jungen nannte, eine „abstoßende Kreatur" gewesen sein soll, entschied sich der Regisseur Truffaut, der zugleich die Hauptrolle des Professoren Jean Itard spielt, für einen dunkeläugigen, hübschen 12-jährigen Jungen mit dem wie er zitiert wird „zigeunerhaften" Aussehen. Der junge Darsteller Jean-Pierre Cargol gibt tatsächlich einen „bezaubernden" taubstummen Wilden ab.

Die Szenen, in denen der hagere wilde Junge zu Beginn des Filmes nackt durch die Wälder streift, auf Bäume klettert, auf allen Vieren nach vorne gebeugt wie ein Tier aus einem Teich trinkt und bald darauf von Jägern und Hunden gehetzt und schließlich gefangen wird, haben für mich etwas Eindrückliches. Eindringliches. Wie er von einem der Hunde schließlich angegriffen wird und mit diesem zähnefletschenden Tier um sein Leben ringt, den Hund schließlich besiegt und weiter flieht, hat sich in meinem Unterbewusstsein festgesetzt.

Professor Jean Itard, im Film dargestellt von Truffaut, nimmt sich des Wilden an und versucht fortan in unzähligen Experimenten, den Wilden zu erziehen, ihn sprechen zu lehren. Was ihm in der wahren Geschichte, wie auch im Film zu sehen, nur teilweise gelingt. Insbesondere die Sprache beherrscht Victor, wie der Wilde von Aveyron genannt wird, nie. Möglicherweise ist die 4 cm lange Narbe an seiner Kehle schuld, die darauf hinweist, dass ihm als Baby versucht wurde, die Kehle zu durchtrennen und er daraufhin wahrscheinlich sterbend im Wald ausgelegt wurde. Wobei er aber schließlich überlebte. Auch konnte nie abschließend geklärt werden, ob es

sich, wäre Victor normal in der Gesellschaft aufgewachsen, um einen normalen Jungen gehandelt hätte oder ob Victor seit seiner Geburt als „geistesschwacher Idiot", so die damals als durchaus gesellschaftsfähige Bezeichnung geltende Formulierung für Menschen mit Behinderungen, anzusehen war.
Über das Internet forsche ich weiter und ersteigere schließlich für einen Euro das Buch „Die wilden Kinder" von Lucien Malson aus dem Jahre 1972. [20]
Außer einer allgemeinen Abhandlung über alle weltweit aufgegriffenen wilden, bzw. verwilderten Kinder, wobei hier Tatsachenberichte und Mythos oft verschwimmen, enthält das Buch die originalen Tagebuchaufzeichnungen des echten Professor Jean Itard während seiner Arbeit mit Victor von Aveyron.
So konnte ich mir ein noch genaueres Bild über diesen armseligen, von seinen Eltern nicht geliebten und ausgestoßenen Menschen machen. Wobei Wahrheit und Film (in Form des Schauspielers Jean-Pierre Cargol) in mir drin nicht voneinander zu trennen sind.

Hatte ich mit dem gehetzten, gejagten, gefangen genommenen und in gewisser Weise fortan eingesperrten, wilden, splitternackten Wolfsjungen als Kind genauso Mitleid wie mit dem von der Gesellschaft ausgegrenzten, ohne Eltern aufwachsenden armen Huckleberry Finn?
Es gibt Parallelen im Leben der beiden Figuren. Der wilde Wolfsjunge beginnt, ohne dies ausdrücken zu können, die Vorzüge der Zivilisation zu schätzen. Regelmäßige Mahlzeiten, warme Kleidung, wobei er diese in seiner Isolation auch im Winter gar nicht nötig hatte, Zuwendung, Zärt-

lichkeit, sozialen Kontakt. Aber er zahlt einen hohen Preis: Die Freiheit. Nicht nur in Kleidung gezwängt, sondern auch in ein enges Gerüst an Verpflichtungen und Terminen, Spaziergänge nur noch nach Plan in Gegenwart seines Mentors Professor Itard. Was mag das in dem taubstummen Victor bewirkt haben?
Genau so erging es Huckleberry Finn. Im Film nimmt sich die Witwe Douglas des Jungen an und beginnt, ihn zu zivilisieren. Der obdachlose Junge lernt die Vorzüge der Zivilisation ebenfalls kennen. Er leidet keinen Hunger, hat immer ein Dach über dem Kopf, sowie ein warmes Bett, das er jedoch nur im Winter zu schätzen weiß. Am interessantesten für ihn ist jedoch die Tatsache, dass er endlich lesen und schreiben lernt. Ansonsten ist das Ganze für ihn aber eine Strapaze. Er darf nicht fluchen, nicht rauchen, sich nicht schmutzig machen, ständig heißt es „Tu dies, tu das" und so weiter. Er leidet unter dem Verlust der grenzenlosen Freiheit. Viel zu eng ist ihm das Gewand des zivilisierten Menschen und die artig gekämmten Haare stehen ihm tatsächlich genau so wenig wie der stramme Anzug, den er trägt. Zivilisation bedeutet für beide Jungen den weitgehenden Verlust von Freiheit und Abenteuer. Pflichten und Termine bestimmen das Leben. Die übersteigerte Liebe der fürsorgenden Menschen ist in beiden Fällen gut gemeint, dient aber der Gesundheit und der Entwicklung der Jungen nur bedingt.
Hat mich das geprägt? Haben sich Elemente davon auf mich übertragen? Saugte ich mich mit meinen Gefühlen und Wünschen nach Freiheit, Natur und unbeschwertem Nacktsein an Victor, dem Wolfsjungen und Huckleberry Finn aus dem Vierteiler fest?

War ich davon abgesehen nicht fähig, zwischen Film und Realität zu unterscheiden?

Diese Frage, liebe Leserin, lieber Leser, wäre vermutlich ein eigenes Buch wert. Wird nicht gerade in heutiger Zeit immer wieder untersucht, inwiefern junge Menschen, die, zu Außenseitern geworden, als Amokschützen Schulen stürmen und Massaker und Blutbäder anrichten, von Medien beeinflusst werden?
Es prüfe sich jeder Mensch selbst: Beeinflusst mich das Gesehene? Ich behaupte: Ja! Definitiv.
Egal, ob reale Nachrichten, Liebesschnulze, Komödie, Action, Horror, Abenteuer, Porno oder reines Gewaltspektakel. Die Geschichten, die wir visuell und auditiv aufnehmen, prägen uns. Und zwar in einer Weise, die uns nicht immer willentlich klar ist.

Wie sehr mich Winnetou und Old Shatterhand, Lederstrumpf, Chingachgook, Bill Robin aus „Schrei der schwarzen Wölfe" und all die anderen Westmänner offensichtlich prägen, war mir all die Jahre zumindest weitgehend bewusst.
Wie sehr sich der Junge Huckleberry Finn und der nackt im Wald umher streifende Victor in mein Unterbewusstsein schlichen, wurde mir erst nach vielen Jahren und nur durch die fantastische Reise ins Innerste meines persönlichen Wesens, sowie durch dieses Buch hier richtig bewusst.
Immerhin habe ich nun einige Antworten.

So hat also nicht nur das Phantom endlich das Gesicht des Kindes Huckleberry Finn, sondern auch die unterbewusste Sehnsucht, nackt und wild im Wald umher streifen zu wollen. Sie hat ebenfalls das Gesicht des Huckleberry, aber insbesondere auch das Gesicht des jungen taubstummen Victor. In der Gestalt des 12-jährigen Schauspielers Jean-Pierre Cargol.

Solange man mir diese Sehnsucht nach Wildheit und Nacktheit nicht als allgemeine Erbanlage unser aller Urahnen anlastet.
Es ist aber durchaus auch möglich, dass mich die Geschichten und Bilder rund um den wilden, im afrikanischen Urwald lebenden, nackten und nur später mit einem dürftigen Lendenschurz bekleideten Tarzan beeinflussten. Oder die Bilder und Geschichten um den Sohn Tarzans – Korak, ebenfalls fast nackt, jung an Jahren, wild und ungebändigt.
Und welche Rolle spielt Mowgli aus den Geschichten von Rudyard Kipling? Wiederum ein Junge, ebenfalls nackt in der Wildnis des indischen Dschungels unter Tieren aufgewachsen und irgendwann mit einem kleinen notdürftigen Irgendetwas an den Lenden bekleidet? Den farbenprächtigen Film „Das Dschungelbuch" von Walt Disney dürften die meisten kennen. Den literarischen Mowgli, der über Jahrzehnte hinweg unzählige Übersetzer, Illustratoren und Künstler inspirierte, den wilden Jungen darzustellen, kennen vermutlich wenige.
Und schließlich ist da noch Kuma aus der Feder des spanischen Zeichners Rafael Mendez, in Comicepisoden in den 70er Jahren im Comicheft PRIMO erschienen. Ein

junger, fast hagerer strohblonder Junge, wie viele seiner „Artgenossen" so gut wie nackt in einem dürftigen Lendenschurz gekleidet unter Tieren aufgewachsen und unter diesen sowie den farbenprächtigsten Ureinwohnern lebend.

Es ist möglich, dass mich die Figuren Tarzan, Korak, Mowgli oder Kuma ebenfalls prägten. Schlich ich nicht vor Jahren selbst so gut wie nackt mit einem kleinen Lendenschurz bekleidet durch den Wald?

Festgebissen in meinem Inneren hatten sich aber in jedem Fall Huckleberry Finn und Victor, der Wolfsjunge.

Welch eine Befreiung, dies alles herausgefunden zu haben.

Plötzlich betrachtete ich sogar in meinem Sammelumfeld den jungen Bill Kaulitz von Tokio Hotel mit etwas mehr Distanz. Wie das? Wurde ich mir der Lächerlichkeit bewusst, als „alter Kauz" für einen nach meinem Empfinden jungen, hübschen, androgynen Rocksänger zu schwärmen? Oder lag es daran, dass Tokio Hotel schlicht und einfach für Monate von der Bildfläche verschwand, um an einem neuen, ihrem dritten Album zu arbeiten?

Ein bisschen überkam mich der Gedanke, womöglich auch in Bill Kaulitz das Phantom, den jungen Unbekannten gesucht und zeitweise gesehen zu haben. Da ich diesen nun in Huckleberry Finn gefunden hatte, was blieb?

Ich entschied, dass ich Bill Kaulitz trotzdem interessant fand und seine Lebens- wie Musikkarriere weiter beobachten wollte. Er war auf seine Weise ja auch auflehnend gegen die typischen Vorstellungen der Gesellschaft. Schon durch sein teilweise sehr feminines Aussehen und Auftreten stellt er sich zwischen die Zeilen bürgerlicher Vorstellungen. Seine extravaganten Outfits unterstreichen diese Art der Provokation gegen das Normale. Er, Bill, ist schmuckbehangen, gepierct und tätowiert, in abstrakte Designerklamotten gehüllt auf seine eigene Art und Weise wild und außergewöhnlich. Das interessierte und interessiert mich. Er stellt mutig sein Geschlecht in Frage, sah als Teenager aus wie ein Mädchen und wird in jüngster Zeit zu einer schillernden Figur, die nirgends eindeutig einzuordnen ist.

Auch bei Tom Sawyer und Huck Finn begeisterte mich in erster Linie Huck, der außergewöhnliche, wilde, ungezähmte, jeder bürgerlichen Moral- und Anstandsvorstellung widersprechende Junge ohne Mutter und so gesehen ohne Vater oder Geschwister. Wild, ungebändigt, eigensinnig. Während Tom Sawyer, zumindest von seiner Frisur und seiner Kleidung her durchaus ganz den Vorstellungen der Gesellschaft entspricht. Von seinen haarsträubenden Einfällen, Lügen und Abenteuern natürlich abgesehen.

Bei Winnetou und Old Shatterhand spielte ich stets Winnetou und schwärmte in erster Linie für diesen. Auch in diesem Gespann ist er der Wildere von beiden. Der Indianer. Der Ureinwohner. Er, der ganz anders ist, als es die zivilisierte Gesellschaft gewohnt ist.

Ebenso bei Lederstrumpf und Chingachgook. Zwar spielt meiner Meinung nach Hellmut Lange einen sehr guten Lederstrumpf, aber der Mohikaner ist es, der mich fasziniert. Nicht nur das prägnante Aussehen des Darstellers Pierre Massimi (Chingachgook) ist es, sondern das, was er verkörpert. Das Wilde. Das in der Natur lebende. Das Freie. Das Freie, das nach den Vorstellungen einer anderen dominierenden Gesellschaft nicht frei bleiben darf und dringend zivilisiert werden muss.

Im „Schrei der schwarzen Wölfe" ist es Bill Robin, der Trapper. Zwar gelten ja auch Old Shatterhand und Lederstrumpf als Trapper (zumindest Lederstrumpf, Old Shatterhand wird nicht als Fallensteller erwähnt, sondern lediglich als Westmann) und ihnen entgegen sind die Indianer die Wilden, aber hier steht im Gegensatz zu Ron Ely alias Bill Robin der Scharfschütze und Kopfgeldjäger Jack Harper (Raimund Harmstorf) aus dem Süden. Dadurch wird Bill Robin zum Wilden. Der, der frei und einsam in den Bergen des rauhen Alaska lebt.

Während Uwe Bronco, ein ehemaliger Offizier der konföderierten Armee der Südstaaten, der zum Abenteurer wird, war, mimte ich den Trapper Hondo. Den Indianerfreund. Wobei Bronco und Hondo zwei grundverschiedene Figuren sind, die ausschließlich in unserer Phantasie aufeinandertrafen und gemeinsam Abenteuer erlebten.

Und natürlich Tarzan, unter anderem verkörpert ausgerechnet durch Ron Ely und Lex Barker ist ja der Wilde schlechthin, der zumindest fast nackt im Urwald lebt und – so glaubte ich lange - frei ist wie man es sich freier nicht vorzustellen vermag und den ich ebenfalls allzu oft nachahmte.

(Man erfährt in Tarzan- wie in den Mowglierzählungen, dass in den Urwäldern Afrikas oder Indiens von grenzenloser Freiheit selten die Rede ist. Dort herrschen sehr wohl auch strenge und harte Regeln und Vorschriften, die es zu beachten gilt, will man von einem zum nächsten Tag überleben.

Tarzan wird in den Filmen im Übrigen stets nicht nur an der Seite der weiblichen Jane, sondern auch permanent in der Begleitung eines kleinen Jungen gezeigt. Soweit ich mich erinnern kann, handelt es sich in den Filmen allerdings nicht um seinen Sohn Jack, der zum gefürchteten Dschungelmenschen Korak wurde wie in der Tarzan- Literatur beschrieben, sondern um Boy, einen Adoptivsohn von Tarzan und Jane).

Lediglich im vielfach zitierten Gilgamesch-Epos scheinen die Rollen vertauscht. Gilgamesch verlor seinen besten Freund. Ich verlor meinen besten Freund. Mit dem Wilden Enkidu setzte ich mich weniger auseinander. In ihm, Enkidu, sah ich immer denjenigen, den ich suchte.

Aber ich suchte ja auch Huckleberry Finn. War ich also eher Tom Sawyer? Zwischen Uwe und mir war es wohl eher so. Ich hatte immer die ausgefallensten Ideen, Uwe war viel mehr der praktisch Orientierte. Und genauso wie Huckleberry oft den wirren Gedankengängen von Tom nicht recht folgen konnte und an manchen Stellen fast naiv wirkte , was man seiner fehlenden Erziehung durchaus zuschreiben kann, so staunte oder raunte Uwe nicht selten über meine Einfälle. Ich kann mich gar nicht mehr recht erinnern, bin aber der festen Überzeugung, dass ich, wenn wir diese Figuren nachspielten, unbedingt Huckleberry Finn gewesen bin. So wie ich eben auch Winnetou, Chingachgook oder Bill Robin war. Immer der Wilde, der Exotische. Aber Uwe war unmöglich Tom Sawyer.

Interessant. Ich spielte stets den Wilden, den frei und ungezwungen lebenden. Tatsächlich war ich eher der Andere. Extrem folgsam, strebsam und artig den Moralvorstellungen der Gesellschaft gefügig und suchte aber diesen Wilden, Ungebändigten, Exotischen, Andersdenkenden und Andersgekleideten zum engen, guten Freund. Ich spielte stets den Wilden. Ich suchte den Wilden. Wurde ich dadurch selbst zu dem Wilden?

Da sitze ich nun. Nach einer ordentlichen Strecke gedanklichen Verarbeitens. An meiner Seite liegen Bücher. „Die wilden Kinder", „Karl May", „Die Abenteuer von Tom Sawyer und Huckleberry Finn", Die Biografien von Lex Barker, Pierre Brice und Götz George.

In meinem Fall war des Weiteren etwas festzuhalten: Die Figuren Huckleberry Finn und Wolfsjunge hatten sich in meinem Unterbewusstsein fest verankert. Und zwar so, wie ich sie als Kind kannte. Damals handelte es sich bei den Beiden um jeweils geschätzt 12-jährige Jungen. Diese beiden Jungen sind in meinem Gedächtnis also immer 12 Jahre alt geblieben, während ich zu einem mittlerweile 46-jährigen Mann und Familienvater heranreifte, mittlerweile mit Söhnen im Alter von 18 und 14, sowie einer Tochter im Alter von 11 Jahren. Die beiden Figuren wurden nie älter.

Wie würde denn Huckleberry gealtert sein? Wie hätte er sich entwickelt? Vom Aussehen her wie sein Alter Ego Marc di Napoli?

Von dem echten Victor von Aveyron alias Wolfsjunge ist zu lesen, dass er wohl keine 50 Jahre alt wurde. Aber wie lebte dieser mit 30 oder 40 Jahren? Was wäre Huckleberry Finn für ein Mensch gewesen im Alter von 46 Jahren? Immer noch einer, der zu allen Streichen bereit ist? Oder wäre er gar Alkoholiker geworden wie sein Vater und an der Gesellschaft gescheitert? Würden Tom und er, vorausgesetzt, ihre Freundschaft hätte tatsächlich Jahrzehnte überdauert, immer noch nackt zusammen umher tollen? Wären sie nach wie vor Freunde im Alter von 60, 70, oder 80 Jahren?

Für mich persönlich ein gewaltiges Trugbild. Egal wie alt ich wurde, ich maß mich immer mit 12-jährigen Jungen – gewissermaßen.

Davon konnte ich mich nun langsam aber sicher lösen. Selbstverständlich ist es von Vorteil, wenn man sich das Kind im Manne ein Leben lang bewahrt, aber es kommt immer auf das Wie an. Hat nicht schon Jesus gesagt: *„Und wenn ihr nicht seid wie die Kinder, werdet ihr nicht in das Himmelreich eingehen ...?"*

Dennoch sollte man parallel zum biologischen, also körperlichen Alter auch geistig reifen und nicht zu sehr an der Kindheit festhalten.

Ganz davon abgesehen war das Schicksal des Wolfsjungen alles andere als beneidenswert, nur weil er nackt im Wald umherstreunen durfte, ohne mit dem Gesetz in Konflikt zu geraten, wie es heute vielen gesunden Naturisten ergeht, die nacktes Wandern auf Feld und im Wald, bzw. in der Öffentlichkeit legalisiert sehen wollen und die sehr wohl sofort mit dem Gesetz konfrontiert werden.

Obwohl, der Wolfsjunge kam ja mit dem Gesetz in Konflikt, mit der Gesellschaft, wurde in erster Linie bekleidet, in Schuhe gezwängt und „eingesperrt". Sein Körper war durch den täglichen Überlebenskampf mit der Natur oder gefährlichen Tieren mit Narben übersät, er war unterernährt und ausgehungert. Dennoch, die unbegrenzte Freiheit, die der wilde Junge genoss, ist auf irgendeine Art zu beneiden.

Und Huckleberry? Er war schließlich ein Phantasieprodukt des Schriftstellers Mark Twain. Nicht dass es so etwas nie gab oder nicht gibt, einen Jungen, der seine Mutter nicht kennt, der einen Alkoholiker und Rumtreiber zum Vater hat, in Lumpen gekleidet von der Gesellschaft verachtet wird, mittel- und obdachlos ist. Aber Huckleberry war eine Phantasiegestalt.

In meiner Phantasie existierten noch andere Freunde, mit denen ich mich umgab, wenn ich alleine spielte. Hier war mein Freund Uwe nie mit von der Partie. War ich mit ihm zusammen, wollten wir ja stets muskelbepackte, erwachsene Helden sein. Vermutlich haben wir beide auch aus diesem Grunde niemals Tom Sawyer und Huckleberry Finn nachgespielt. Manchmal tat es mir richtig gut, nicht immer ein starker, erwachsener Mann sein zu wollen oder zu müssen, sondern einfach ein Junge, das Kind, sein zu dürfen, welches ich war.

Raji, Sabu, Kim und Terry. Sie waren Teil meiner Bande abenteuerhungriger Jungen. In meiner Phantasie existierend. War ich alleine im Wald, in der unüberschaubar großen Holzhalle meines Großvaters oder sonst wo unterwegs, war ich oft und gerne dieses Kind das ich tatsächlich war und scharte in meiner Phantasie Freunde um mich. Hucki (Huckleberry Finn), Victor (der Wolfsjunge), Raji, Sabu, Kim, Terry, auch Tschetan, Rasmus und Nicki. Fantastische Freunde.
Aber wer waren nun diese verwegenen Kinder, die ich so gerne zum Freund gehabt hätte und die in meinen Spielen eine wunderbare Bande an meiner Seite darstellten?

Kim, das war der englische Waisenjunge, ein Bettler und Spion aus dem Film „Kim, Geheimdienst in Indien", mit Errol Flynn in der Hauptrolle. Kim (dargestellt von Dean Stockwell), ein armer, bettelnder, herumstreunender Spion.
Sabu, das war der Kinderstar, der den Elefantenjunge spielte, den Mogli in einer Dschungelbuchverfilmung und der den Abu im Film „Der Dieb von Bagdad" spielte. Abu (dargestellt von Sabu), ein armer, herumstreunender Junge als Dieb in Bagdad.

Wer waren Raji und Terry? Die Beiden, so glaubte ich lange, musste ich nun wirklich frei erfunden haben. Weit gefehlt! Durch Zufall stieß ich bei Recherchen auf Terry (dargestellt von Jay North), einen amerikanischen Jungen in der TV-Serie „Maya" darstellend, der nach Indien reist, um seinen Vater zu suchen, welcher jedoch ermordet worden sein soll. Zusammen mit dem indischen Waisenjunge Raji (wieder einmal ein armer Waisenjunge, dargestellt von Sajid Khan) und dessen Elefant Maya erleben sie sagenhafte Abenteuer im indischen Dschungel.

Tschetan (dargestellt von Dschingis Bokarow) war ein indianischer Waisenjunge, der im Film „Tschetan, der Indianerjunge" von einem Trapper aufgegriffen und aus den Fängen von skrupellosen Rangern befreit wird. Wieder ein Waisenjunge.

Rasmus, das war der 9-jährige strohblonde Waisenjunge aus dem Astrid Lindgren-Buch „Rasmus und der Landstreicher".

Huckleberry Finn, Wolfsjunge, Kim, Abu (Sabu), Mowgli, Raji, Terry, Tschetan, Rasmus – dargestellte, elternlose arme Waisenjungen (oder Halbwaise), im Schatten der zivilisierten Gesellschaft lebend, stehlend, bettelnd, herumstreunend. Schmutzig. Notdürftig bekleidet oder nackt und immer barfuß in irgendeiner Wildnis unterwegs. Jungen, die ich wohl bemitleidet hatte. Weil ihnen all das fehlte, was ich hatte: ein Zuhause, wohlbehütet von Vater und Mutter, drei Geschwister, Großeltern, eine Vielzahl von Onkeln und Tanten, eine noch größere Zahl an Cousins und Cousinen, Kleidung, Nahrung, Bildung.
Und doch muss ich sie wie mehrfach erwähnt auch beneidet haben. Um die Nacktheit (oder Fast-Nacktheit), Wildheit, Freiheit, Abenteuerlust und Unabhängigkeit.

Und Nicki?

Immer wieder versuchte ich über das Internet herauszufinden, was aus dem kleinen Jungen namens Nicki wurde, aber es war nichts herauszufinden. Bis ich nach etlichen Jahren kürzlich aufgrund eines Artikels über „Schrei der schwarzen Wölfe" im Internet eine BRAVO aus dem Jahre 1972 ersteigerte. [21] Auf der Rückseite wurde ganzseitig für den neuen lustigen Film mit Michael Schanze geworben. „Die lustigen Vier von der Tankstelle". Unter anderem mit Uschi Glas, Hans-Jürgen Bäumler und eben Nicki. So erhielt ich zum ersten Mal seit meiner Kindheit ein Foto des von mir lange gesuchten Kinderstars. Über den Suchbegriff „Die lustigen Vier von der Tankstelle" erhielt ich dann zumindest ein paar kleine Abbildungen mehr und die Aussage, dass der kleine Kinderstar Nicki Doff, so sein vollständiger Name, Jahrgang 1963 sei und er damit mittlerweile genauso alt ist wie ich, nämlich 46 bzw. 47 Jahre alt. Falls er noch lebt, was nicht herauszufinden war. Der 1972 neun Jahre alte Nicki Doff wurde als singender und schauspielender Kinderstar ganz im Stile seines Vorgängers Heintje vermarktet. Er sang diese Art von Liedern und spielte in zwei Komödien mit. Sein Ruhm und seine Karriere waren aber wohl weit kurzlebiger als die von Heintje. Möglicherweise war aber Nicki ein oder zwei weitere Jahre im TV zu verfolgen, so dass er dann durchaus 11 oder gar 12 Jahre alt gewesen sein konnte, was ihn altersgemäß Huckleberry Finn und dem Wolfsjungen gleichstellt. Eine markante Altersgrenze. Schien ich mich doch im Alter von 12 oder 13 Jahren von meiner Kindheit zu lösen und langsam aber sicher Jugendlicher zu werden.

Wie auch immer, Nicki Doff wurde für mich also zumindest ansatzweise wiedergefunden. (Wie ich mich mittlerweile bei einem Besuch in seiner Heimatgemeinde in Oberbayern und bei einem kurzen Gespräch mit seiner Mutter überzeugte, lebt „Nicki" Doff noch. Leider war es mir nicht möglich ihn zu treffen, um dieses Bild von ihm in mir drin zu „aktualisieren". Er legt wohl auch keinen Wert darauf, auf seine Karriere vor 40 Jahren angesprochen zu werden oder Fans zu treffen. Auf einen Brief an ihn erhielt ich nie eine Antwort).

Ich kann mich somit endlich von vielen Dingen lösen. Loslassen. Loslassen können. So gesehen, erscheint der Vierteiler um Tom und Huck wieder in einem anderen Licht. Wunderbar für mich zu lesen, dass die Beiden gar nicht getrennt wurden, sondern am Ende des Buches neuen Abenteuern entgegen fiebern. Aber ist das Filmende nicht das Realistischere? Dass sich Wege, auch von besten Freunden, für immer trennen? Oder zumindest für Monate oder Jahre? Es sei die Geschichte von Kindern, deshalb, so der Sprecher im Film, mache es keinen Sinn, zu erfahren oder zu erzählen, wie es mit den beiden weiterging oder gar zu erfahren, wie sie erwachsen wurden.

Loslassen können. Auch Freunde. Freunde im wirklichen Leben und Freunde wie Hucki, Victor, Kim, Sabu, Raji, Terry, Tschetan, Rasmus und Nicki. Geliebte Freunde. Gehen lassen. Vergessen, abschalten oder in Erinnerung behalten. Neues wagen. Neue Orte, neue Umgebung, neue Freunde. Ist es so?

Es zeigt sich hier jedoch, dass ich nicht der Einzige bin, der in manchen Dingen mit mir übereinstimmt. So wurde in den 90er Jahren ein amerikanischer Film mit dem Titel „Tom Sawyer und Huckleberry Finn – Return to Hannibal" produziert, der gänzlich unabhängig von Mark Twain eine Geschichte erzählt, in der Tom Sawyer und Huckleberry Finn nahezu erwachsen sind. Diesen Drang, zu erfahren, wie es mit den beiden Helden weitergeht, setzte also jemand als Film um. Zugegeben, man tut sich schwer, wenn man auf ganz bestimmte Schauspieler fixiert ist, in meinem Falle die Darsteller aus dem Vierteiler von 1969 (es gibt ja etliche Verfilmungen) aber die Geschichte ist glaubhaft. Huckleberry Finn, der Junge der nie schreiben und lesen konnte, es jedoch unter der Obhut von Tante Sally schließlich lernte, ist Journalist, sein Freund Tom ist Anwalt. Der Film gibt sich alle Mühe, den Charakteren Mark Twains gerecht zu werden und es gelingt den Machern auch weitgehend, finde ich. Alles in allem eine glaubhafte Erzählung, die das Leben der beiden Kinder wenigstens für die Länge eines Filmes, bzw. eines Abenteuers weiterspannt.

Seit mittlerweile etlichen Jahren habe ich mich wie erwähnt fast vollständig von Film und TV distanziert. Ich lasse mich von diesem Medium nicht weiter beeinflussen und manipulieren. Manche Menschen sind für derartige Manipulationen weniger empfänglich, Menschen wie ich umso mehr. Mut, Tapferkeit, Ehrlichkeit und Aufrichtigkeit, Freundschaft, Abenteuerliebe und Naturverbundenheit haben sie mich gelehrt. Das stimmt und dafür bin ich dankbar. Aber immer begleitet von Kämpfen, Krieg, Feindschaft, Blutvergießen, Mord und Totschlag.

Es geschehen tagtäglich in der Realität so viele Grausamkeiten, da habe ich kein Verständnis dafür, dass sich Millionen von Menschen tagtäglich vor Fernsehgeräten, per Kino oder DVD an Action- , Krimi- und sonstigen Mord- und Totschlagserien oder Filmen zur Unterhaltung bequem vom Sofa aus ergötzen und unterhalten lassen. Blutvergießen, Mord und Totschlag als billige Daseinsberechtigung für Kommissare und andere "Weltretter". Je grausamer, gewalttätiger und blutiger, desto besser. Das wissen die Produzenten und Sender längst. Die Menschen möchten Mord und Totschlag sehen. Sie möchten Blut sehen. Und sie möchten Leichen sehen.

Manche Menschen möchten nicht, sie müssen Leichen sehen. In der Realität. Wenn es sich nicht vermeiden lässt oder wenn es um die Identifizierung von Angehörigen geht. Tatort - das Lieblingswort der Deutschen.

Mirco

September 2010. Während ich hier saß und meine Geschichte niederschrieb, eine Geschichte über Freundschaft, Abenteurer und Abenteuer, aber auch eine Geschichte über Kinder und ihre freie ungezwungene Art zu leben, ihre Phantasie und ihre ureigenen Kinderabenteuer, schockte ein Ereignis die Bevölkerung. Seit 3. September wurde ein 10-jähriger Junge vermisst. Mirco. Ich sah das Foto von dem Jungen in den Medien und war einmal mehr fassungslos.

Immer wieder kamen und kommen Kinder auf grausame Weise ums Leben. Mirco. Wieder ein Kind. Hoffnung. Lebensretter? Was konnte ich tun? Täglich befasste ich mich mit dem Fall und überlegte krampfhaft, wie ich hier helfen konnte, das Leben dieses Kindes zu retten. Hier musste doch der eiserne Wille eines Menschen, Lebensretter sein zu wollen, der Glaube an unseren Gott und die damit verbundenen Gebete greifen! Es ging um das Leben eines Kindes! Kein Drehbuch. Kein Film. Realität!

Ich betete. Täglich. Ich erwog ernsthaft, mich als Helfer bei der Suche nach dem Jungen zu melden. Fast war ich gar überzeugt, dass mich meine Naturinstinkte zu dem Versteck, in welchem sich der Junge möglicherweise befand, führen konnten. Und das, obwohl ich in der Gegend, wo dies geschah, ca. 400 Kilometer von mir entfernt in Grefrath in Nordrhein-Westfalen, noch niemals war. Absurd. Was bildete ich mir ein? Hunderte von Polizeibeamten, Hundestaffeln, Polzeitaucher und etliche Zivilisten aus der Bevölkerung halfen suchen. Tornadojets

und Hubschrauber der Bundeswehr mit Spezialwärmebildkameras überflogen weiträumig die Gegend. Und ich glaubte Superkräfte zu haben? Man würde mich für verrückt erklären. Was konnte ich tun? Als Christ hatte ich gelernt, dass beten nicht die letzte, sondern die erste Möglichkeit war und so setzte ich auf die Macht des Gebets. „HERR, erhöre mich, rette dieses Kind!"
„Du kennst mich nicht, Mirco. Und wenn du überlebst, wirst du mich nie kennenlernen. Aber ich bin Christ und Lebensretter und werde täglich für dich gebetet haben. Ich fühle mich mit dir verbunden. Du hast mich nicht gefragt, aber ich habe dich erwählt, dir zu helfen. So gut ich kann."
Wochen und Monate bangte ich, verfolgte alles in den Medien und betete wirklich fast ohne Unterlass. „GOTT, Herr Jesus, bitte enttäuscht mich nicht. Nicht diesmal, bitte lasst ein Wunder geschehen! Du bist ein liebender GOTT, so hilf!"

Die Monate vergingen, Hoffnung auf ein Überleben des Jungen sank. Ich betete nicht nur für den Jungen, sondern auch für seine Familie, insbesondere aber auch für die Arbeit der ermittelnden Polizeibeamten. Manchmal auch für den Täter. Auf dass er den Jungen am Leben ließe.
Immer öfter betete ich, dass, wenn der Junge schon sterben musste, die Polizei Erfolg haben möge, man schnellstmöglich den Täter fasste und den Leichnam des Kindes fand. Dieses Gebet wurde wohl erhört. Am 26. Januar 2011 kam die grausame Nachricht. Der Täter wurde gefasst und führte die Beamten zum Leichnam. Meine Gebete, dass Mirco überleben durfte, konnten gar nichts nutzen, Mirco

war wohl bereits am Abend seines Verschwindens tot. Wieder einmal wurden meine Gebete nicht erhört, meine Fragen an Jesus Christus von ihm nicht beantwortet, hatte ich als Lebensretter keinen Erfolg. Mirco wurde missbraucht und erdrosselt.[22]

Tatort - das Lieblingswort der Deutschen.

Was ist Freundschaft?

Ich persönlich fasste den Entschluss, alten Freundschaften nicht mehr hinterher zu rennen. Aber gab es neue Freunde? Das war doch jahrelang mein Problem. Ich hatte keine neuen Freunde um mich. Seit Jahren nicht mehr.
Warum nicht? Heißt es nicht oft, wer keine Freunde findet, sollte in erster Linie die Fehler einmal bei sich selbst suchen? War ich zu verklemmt geworden mit den Jahren? Oder war ich einfach zu fixiert auf meine Familie und gar nicht wirklich frei für Freunde? Oder lag es daran, dass potentielle Freunde nicht in die Schablone des von mir gesuchten Wesens passten, das in Wirklichkeit wahrscheinlich die Figuren Huckleberry Finn und Wolfsjunge in einer Person und noch dazu gerade mal 12 Jahre alt war?
All die Jahre einen Freund im Alter von 12 Jahren zu suchen war nie bewusst meine Absicht. Wobei auch Bill Robin, zusammen mit Jack Harper am Ende des Filmes „Schrei der schwarzen Wölfe" einen ähnlich alten Waisenjungen (wieder einmal ein Waisenjunge) mit in die Einsamkeit der Berge nimmt und Bill Robin, hätte er wahrhaftig gelebt, wäre dem kleinen Waisenjungen Jimmy vermutlich ein guter „Vater" und / oder Freund gewesen.

Ich stelle mir also erneut die Frage: Was ist Freundschaft?

Jahrelang habe ich mich das gefragt. Beziehungsweise spätestens seit Uwe tot ist. Ich habe recherchiert, Leute und sogenannte Freunde befragt. Jedes Mal hatte ich aber eher das Gefühl, man versteht gar nicht was ich meine.
Nach all den Jahren habe ich für mich selbst eine Antwort gefunden:

Es gibt keine Norm. Freundschaft ist immer das, was die Betreffenden daraus machen.

Matthias

Mittlerweile war ich vor wenigen Tagen wieder einmal für mich alleine in der Sauna. Mit integriertem FKK-Schwimmen, wie es sich nennt. Das heißt, man kann sich auch in allen Schwimmhallen textilfrei, also nackt, bewegen. Ein schönes, befreiendes Gefühl. Zuvor aber hielt ich an der Wohnung meines wenige Kilometer entfernt wohnenden Freundes Matthias. Ich klingelte. Es öffnete niemand. Mir war klar, dass mit großer Wahrscheinlichkeit die Klingel abgestellt war. Auch sonst hatte Matthias ja schon mehrere Anfragen meinerseits bezüglich eines Besuches aus gesundheitlichen Gründen abgesagt. Ich nahm mein Handy und rief ihn an. Er meldete sich und als ich ihm mitteilte, dass ich vor seine Haustüre stünde, ließ er mich ein. Bei einer gemütlichen Tasse Kaffee und ein paar Stückchen Marmorkuchen, die er mir anbot, unterhielten wir uns. Wie schon lange war ich auch heute unsicher, wie ich mich verhalten sollte, was ich reden sollte. Ich entschied mich, ganz einfach so zu sein wie ich bin. Und da ich zurzeit auch gesundheitlich leicht angeschlagen war, war ich auch nicht himmelhochjauchzend fröhlich sondern leicht melancholisch. Irgendwie kam er einmal mehr aufs Sterben zu sprechen. Schon in den letzten Jahren ließ er mich praktisch wissen, dass er so krank sei, dass er eigentlich nur noch sterben möchte. Seine Begräbniswünsche seien alle schriftlich festgehalten. Kein TamTam, keine großen Worte. Feuerbestattung und anonymes Begräbnis. Niemand soll sich je um sein Grab kümmern müssen. Das heillose Durcheinander und

Chaos, das in seiner Wohnung herrscht wolle er allerdings seiner Nachwelt überlassen.

War er wirklich zu faul zum Ausmisten? Oder zu krank? Oder war es die Angst, Dinge loszulassen?

Da saßen wir also. Und redeten vom Sterben.

Kein Lachen. Kein Abenteuer. Keine Faxen. Ich hatte mich daran gewöhnt. Mein Freund möchte sterben. Endlich. Das ist seit Jahren sein Wunsch. Ich sehe Uwe vor mir. Er bestimmte selbst, wann es zu Sterben galt und erhängte sich. Matthias hielt aus. Und er hat mit Sicherheit qualvolle Schmerzen, ist am ganzen Körper mit unzähligen Operationsnarben übersät. Auf dem Nachttisch an der Seite seines Bettes in der kleinen Einzimmerwohnung stapeln sich Berge von Paketen mit Medikamenten.

Was erwartet er noch vom Leben? Nichts mehr? Was erwartet er von mir als Freund? Dass ich ihn nicht zu sehr festhalte? Nicht zu sehr in Anspruch nehme?

Manchmal glaube ich, man könne die schlimmste Krankheit besiegen, wenn ich ihn zum Beispiel schnappen würde, mit ihm in die Berge fahren, hinaus in die Welt. Dinge sehen, erleben, lachen, und Probleme einfach bewältigen. Ziele erreichen. Hoffnung, Freude, Glück und Zuversicht spüren und erleben. Pure Lebensfreude macht gesund. Wirklich? Matthias äußerte vor vielen, vielen Jahren, er hätte sich durchaus eine liebe Frau gewünscht. Und Kinder. Wäre das seine Lebensfreude geworden?

Das hätte ihn vielleicht glücklich gemacht. Vielleicht. Uwe hatte eine Frau und zumindest ein Kind. Sind wir nicht glücklich mit dem Zustand, der uns von Gott zugedacht ist? Wollen wir immer das andere?

Matthias sagt irgendetwas und holt mich in die Wirklichkeit seiner kleinen engen Wohnung zurück.

Das ist also auch Freundschaft. Sterben wollen. Übers Sterben reden. Gemeinsam schweigen. Kaffee genießen beim Anblick eines Freundes, der im Alter von 46 Jahren endlich sterben möchte um erlöst zu werden.

Freunde und Feinde

Es ist Herbst. Mittlerweile sind ein paar Jahre vergangen, seit ich begann, die Dinge hier niederzuschreiben. Ich bin viel in der Natur. Die Gedanken über Freundschaft halten an.
Ich habe viel erfahren. Über mich. Über meine Vorlieben, meine Sehnsüchte, aber auch über meine Fehler im Umgang mit Freundschaft.
Ich war oft zu emotional. Zu hilfsbereit. Das schreckte ab. Ich sammelte Freunde und pflegte Quantität statt Qualität. Jeder meiner Freunde, egal ob männlich oder weiblich, ob 20 Jahre jünger oder 40 Jahre älter, sollte mein bester Freund sein. Inniges Vertrauen, viel Zeit füreinander. Gemeinsam glücklich werden. Wie oft habe ich es genossen, wie oft bin ich damit auch gescheitert.

Es ist Herbst. Die Schauspieler lassen mich nicht los. Der Herbst ist für mich die Zeit, immer wieder die alten Filme um Cowboys und Indianer, Natur und Wildnis, Abenteuer, Freunde und Blutsbrüder anzusehen. Schade ich mir damit? Oder waren die alten Filme besser als alles was heute produziert wird?
Ich schwärme für die alten Filme. Für die dargestellten Helden, für ihre Romanvorlagen, für die Darsteller, die Schauspieler. Für die gezeigte Natur, die gezeigten Freundschaften. Die gemeinsam erlebten Abenteuer. Warum glaube ich, fehlt mir das in meinem Leben so sehr?

Weil es wunderbar ist. Weil es wunderbar wäre, wenn es so wäre. In echt, wie Kinder zu sagen pflegen.

Nehmen wir einmal mehr den Film „Der Schrei der schwarzen Wölfe". Oder Winnetou und Old Shatterhand. Aus Feinden werden Freunde. Das ist die Botschaft. Ist das nicht der christliche Inhalt schlechthin?
Winnetou und Old Shatterhand, der eine Ureinwohner, also Indianer, der andere Westmann, also Bleichgesicht. Zu Beginn der Geschichte sind sie verfeindet und werden im Laufe ihrer Abenteuer zu sagenhaft guten Freunden. Zu Blutsbrüdern. Bis dass der Tod sie scheidet, als Winnetou getreu der Romanvorlage und laut Drehbuch stirbt. Auch privat werden die beiden Menschen, ein Franzose und ein Amerikaner zu sehr guten Freunden über viele Jahre hinweg, bis dass der Tod sie 1973 scheidet, als Lex Barker stirbt.
Ron Ely alias Bill Robin im „Schrei der schwarzen Wölfe" ist ein in der Einsamkeit der eisigen Berge lebender Trapper. Er meidet die Gesellschaft mit ihren skurrilen und oft kriminellen Gestalten. Freunde hat er dennoch unten im Tal. Oder im kleinen schmuddeligen Siedlerdorf „Happy Camp". Dann tritt der Kopfgeldjäger Jack Harper (Raimund Harmstorf) in sein Leben und trachtet nach demselben für 3000 Dollar. Jack Harper ist ein Spieler aus dem Süden. Die Geschehnisse machen sie zu Feinden. Die Natur mit ihren Gefahren wie eisige Schneestürme oder hungrige Wölfe macht sie mit der Zeit zu Gefährten. Sie misstrauen einander. Gefährten. Wegbegleiter. Gegen Ende des Filmes der Showdown. Die beiden prügeln sich sie Seele aus dem Leib. (Randbemerkung: Wie in allen

Filmen keine ausgeschlagenen Zähne, keine Milz- oder Leberrisse, keine Frakturen, keine Prellungen oder Blessuren. Das ist das hässlich Unrealistische an solchen Filmen und ein Grund, warum ich von meinen nostalgischen Schätzen abgesehen, TV und Film nahezu komplett den Rücken zukehre. Gewaltverherrlichung rund um die Uhr. Als Freizeitspaß und gute Unterhaltung, wie ich ja bereits erwähnte).

Doch zurück zum Showdown. Nachdem Bill Robin seinem Widersacher, Weggefährten und Gegner mehrfach das Leben rettet, rettet dieser den Trapper am Schluss vor den tödlichen Schüssen Tornado Kids.

Bill Robin reitet zusammen mit dem Waisenjungen Jimmy zurück in die Berge, als ihm Harper folgt. Und nun? Sie sehen sich an. Harper wartet, signalisiert mit seinem Ausdruck aber wohl sein Anliegen. Bill winkt ihn zu sich. Und so reiten die Drei gemeinsam in den Sonnenuntergang hinein. Zurück in die Berge Bill Robins. Zurück in die kleine Holzhütte, in der Bill seither alleine lebte. Hinein in neue Abenteuer, die nie erzählt wurden.

Wie würden diese Abenteuer aussehen? Gemeinsame Abenteuer in der rauhen Wildnis. Gefahren durch wilde Tiere, Eindringlinge, Ureinwohner, Goldgräber.

Was ich an diesen Themen interessant finde, ist die Tatsache, dass es sich zwar um erfundene Geschichten handelt, aber dennoch nicht um Science Fiction oder Märchen. Den wilden Westen gab es wirklich. Die Einwanderungen, die grausamen Kriege zwischen Ureinwohnern und Kolonialisten, Armeen verfeindeter Soldaten, die um Land kämpften und töteten. Trapper,

Pelztierjäger, Wildtöter, die in die Tiefen der Wildnis vordrangen und ihren Lebensunterhalt mit dem Handel von Tierfellen bestritten. Die schlichte und doch oft grausam harte Lebensweise der Menschen damals in Amerika. Hoffnung, die zerschlagen wurde, Familien, die verhungerten, erfroren oder durch Ureinwohner getötet wurden oder bei Kriegen zwischen Engländern und Franzosen oder später zwischen Nord- und Südstaatlern zwischen die Fronten gerieten. Indianer, die niedergemetzelt und ihrer Lebensgrundlage beraubt wurden, eingepfercht in enge Reservate. Im Land der unbegrenzten Möglichkeiten. Der Freiheit und Demokratie.

Freunde, die zu Feinden wurden durch Habgier im Goldrausch in Alaska. Und eben Feinde, die in der rauhen Natur zu Freunden wurden. Wie Bill Robin und Jack Harper. Und der kleine Junge Jimmy.
Wie würden die Drei wohnen? In der engen Hütte Bill Robins? Wäre der erste Weg nicht, die Hütte entsprechend zu vergrößern? Oder für Jack eine separate Hütte zu bauen? Hätte sich der Spieler und Cowboy in der harten Eiswüste Alaskas zurechtgefunden oder hätte er seinem Freund Bill irgendwann den Vorschlag gemacht, in den Süden zu ziehen? „Komm, Bill, lass uns in die Stadt ziehen, dort gibt es Arbeit, warme Zimmer, Saloons, schöne Frauen und Whisky ohne Ende. Wir könnten uns jeder eine Frau suchen und Familien gründen."
„Nein, Jack", würde Bill Robin vielleicht antworten, „das ist nicht mein Ding. Ich fühle mich hier wohl. Die Stadt ist hektisch, schnell, hab- und raffgierig. Sie zieht Gesindel an, es ist laut und Schießereien sind an der

Tagesordnung. Ich brauche die Wälder, die Tiere, den freien Himmel über mir und meine Ruhe."

Vielleicht hätte es Jack auch nur so lange in Alaska gehalten, bis ihn das Gold zu einem reichen Mann gemacht hätte. Wenn er welches gefunden hätte. Im Film „Ruf der Wildnis" an der Seite von Charlton Heston spielt Raimund Harmstorf einen solchen Menschen und in den Wolfsblutfilmen an der Seite von Franco Nero ist Harmstorf ebenfalls der bärenstarke Held in rauher Natur.

Freunde. Gemeinsame Abenteuer. Natur. Gemeinsames unbekümmertes Nacktsein. Abseits der Gesellschaft mit ihren Vorurteilen, Stempeln und Schablonen sicher denkbar. Auch unter Männern, nicht nur unter unbekümmerten Jungen wie Huckleberry Finn und Tom Sawyer.

Jesus und Old Shatterhand

„*Du sollst deinen Nächsten lieben wie dich selbst; ich bin der HERR*", heißt es im Alten Testament unter 3. Moses 19 und „*Ich aber sage euch: Liebet eure Feinde und bittet für die, die euch verfolgen*", wird Jesus selbst zitiert in Matthäus 5, 44.

Heutzutage undenkbar. Wir sind so mit uns selbst beschäftigt, aber im negativen Sinne, verstrickt in unser mediendiktiertes, konsumorientiertes Dasein. Da hat der Nächste kaum Platz. Wir kommen mit dem Nachbarn nicht zurecht, unsere Kollegen sind uns ein Dorn im Auge, an der Kasse im Supermarkt nerven Menschen und Kassiererinnen, die zu langsam sind, im Verkehr auf der Straße werden wir spätestens wieder zu den Barbaren, die zu Urzeiten nicht rauher und schlimmer hätten sein können.

„*Liebet eure Feinde. Tut Gutes, denen die euch hassen.*"
Winnetou und Old Shatterhand werden Freunde. Bill Robin und Jack Harper werden Freunde. Lederstrumpf und Chingachgook werden Freunde. Menschen aus unterschiedlichen Kulturen, unterschiedlicher Rasse, Hautfarbe und Religion. Irgendwo lassen sich wohl zwischen allen Menschen auch Gemeinsamkeiten finden, wie hier die Liebe zur Natur, Gerechtigkeit, Abenteuerliebe.

Winnetou verliebt sich in Ribanna, Old Shatterhand verliebt sich in N´tschotschi. Chingachgook nimmt sich eine Frau und wird Vater von Uncas, dem kühnen Mohikaner. Jack Harper ist sehr angetan von der attraktiven, blonden Frona Williams, der Schwester des ermordeten Goldsu-

chers Mike Williams. Und Tom Sawyer liebt Becky Thatcher.
Nichts zu spüren vom rosaroten „Schuh des Manitu".

Um Frieden bemüht, Freundschaften pflegen, lieben. Freunde, Mitmenschen und sogar lernen, Feinde zu lieben.

Wer die Werke Karl Mays kennt, dem wird schnell deutlich, dass in den Filmen zugunsten von Spannung und Action auf ganz wesentliche Merkmale aus den literarischen Werken verzichtet wurde. In den Büchern ist Old Shatterhand imstande, etliche Seiten lang über den Glauben an Gott, über christlichen Glauben, Nächstenliebe, Vergebung, Feindesliebe, Gottesfürchtigkeit, Demut und all die Dinge zu reden. Er schießt nicht wie im Film unbedacht auf Schurken und Indianer, sondern verschont Leben und lässt Schurken laufen, wann immer es möglich ist. Old Shatterhand – ein Westmann auf den Spuren von Jesus. Nicht tauglich für einen Actionfilm. Im Zuge der in den 60ern entstehenden Karl May – Filmwelle sehen sich die Macher mit der Konkurrenz durch die aufkommenden Italowestern konfrontiert, in denen Wortkargheit, Gewalt, Blutvergießen und Rache, vor allem Rache, für neue Besucherrekorde sorgen. Man versucht sofort, diese Komponenten in die nächsten Filme um Winnetou und Old Shatterhand oder Old Firehand zu integrieren.
Denn die christlichen Inhalte und Botschaften aus den Büchern – die haben in Filmen keinen Platz und müssen Schießereien, Gewalt und Blutvergießen Platz machen. Wie im richtigen Leben. Schade.

Zeit für Freunde

Etwas beginnt sich zu verändern in meinem Leben. Ich war wieder bei meinem Freund Matthias. Ich glaube, er hat sich gefreut. Ich bekomme einen Kaffee, wir plaudern. Es macht richtig Spaß. Dann bietet er mir plötzlich eine Zigarre an. Er hat seit Jahren aus gesundheitlichen Gründen nicht mehr geraucht. Soll ich ihn für wahnsinnig erklären? Nein, ich akzeptiere seinen Entschluss. Er hat ohnehin nicht mehr viel vom Leben, betont er.
Zigarren rauchen. Das taten wir früher auch manchmal. Das war cool. Wilde Vollbärte im Gesicht, im Auto unterwegs, Sonnenbrillen auf, laute Musik und fette Zigarren im Mundwinkel. Ha! Genau wie Seewolf Raimund Harmstorf! Das waren Zeiten.
Wir gehen auf den Balkon und rauchen genüsslich die Zigarre. Matthias genießt es. Mit einem Freund zusammen eine Zigarre zu rauchen. Ich genieße es ebenfalls. Den gesundheitlichen Aspekt und die entsprechend grausamen Warnungen auf den Verpackungen einmal für kurze Momente ignorierend.
Dann erzählen wir weiter bei der Tasse Kaffee. Es ist richtig schön. Matthias redet begeistert. Natürlich kommen wir auch auf früher zu sprechen. Aber gar nicht nur auf unsere „Heldentaten", sondern allgemein die Zeit unserer Kindheit, bezogen auf technische Dinge wie das Telefon mit Wählscheibe, den ersten Schwarzweißfernseher, die Wäscheschleuder von Mama im Keller und dergleichen. Wir lachen viel. Das ist gesegnete Zeit mit Freunden.

Wenige Tage später verabredete ich mich mit Uschi, der ehemaligen Kollegin aus dem Schwimmbad, mit der ich in all den Jahren den Kontakt hielt. Wir arbeiteten früher gut und gerne zusammen und verstehen uns seit vielen Jahren gut. Sie nahm mich damals mit ihrer Familie zusammen mit in die Weinberge für die Traubenlese. Sehr schöne Erfahrungen und Erinnerungen. Die Gemeinschaft der verschiedensten Leute, von Kindern bis zu den Ältesten, die singend und trotzdem fleißig in den Weinbergen ihre Arbeit versahen. Sonnendurchtränkte Weinblätter, prächtige Reben. Blauer Himmel, weiße Wolken. Natur von ihrer schönsten Seite. Als Christ fühlte ich mich in den Weinbergen besonders wohl. Sind Weinberge und Reben nicht zentrale Themen im Christentum? Und bei lachenden und erzählenden Gesichtern in einer rauchigen Wengerthütte eine heiße Wurst oder ein Schmelzkäsebrot zu verzehren war auch nicht zu verachten.

Die Zeit mit ihr in unserer Arbeitsgemeinschaft Schwimmbad Aktiv war ebenfalls schön.

Nur am Rande sei erwähnt, dass sich auch ihr Mann vor Jahren das Leben nahm.

Wir waren essen und hatten uns erstaunlicherweise sehr viel zu erzählen, nicht nur aber auch über die alten gemeinsamen Tage und Taten und ich muss sagen, dass ich schon sehr, sehr lange nicht mehr so viel gelacht habe. Ich fühlte mich noch Tage danach richtig wohl, so viel haben wir gelacht.

Das ist gesegnete Zeit mit Freunden.

Mit Elisabeth, die ich über das Pierre-Brice-Forum kennenlernte, kann ich mich wunderbar über diesen und andere Schauspieler oder über Gott und die Welt unterhalten.

Uli Sch., (den ich über das Lex Barker-Forum kennenlernte) und ich scheinen die beiden einzigen deutschen Ron Ely-Fans zu sein. Das verbindet uns.

Auch Dennis, den ich vor Jahren, als er 10 oder 11 Jahre alt war, zum Deputy machen wollte, mittlerweile ein junger Mann, kreuzte in den letzten Jahren immer wieder meinen Weg. Er arbeitete bei verschiedenen Aktionen mit mir zusammen. Wir fällten gemeinsam Bäume und er half mir beim Durchführen von Schwimmkursen. Wir rauften, kämpften und lachten zusammen im Wasser. Ich nahm ihn mit an das Grab meines Freundes Uwe. Ich überreichte ihm zu seinem 18. Geburtstag an der Haustüre ein Geschenk. Er bat mich hinein und lud mich ein, mit seiner Familie bei Kaffee und Kuchen und allerlei anderer Köstlichkeiten zusammen zu feiern. Das war ein wunderbares Geschenk für mich und ein wunderbar schöner Nachmittag. Ich durfte sein Zimmer ansehen und wir standen eine ganze Weile zu zweit auf dem Balkon. Wie zwei richtig gute Freunde. Seine Mutter bat mich inständig, Dennis nicht zu vergessen. Ich machte ihr deutlich klar, dass Freundschaft immer nur funktioniere, so lange beide Interesse daran haben. So lange Dennis mich als Freund behält, werde ich auch zu ihm stehen. Mit Dennis verbindet mich eine ganz besondere, schöne Freundschaft. Obwohl er 30 Jahre jünger ist als ich. Dennis ist ein wunderbarer Mensch.

Auch mit dem 15 - jährigen Jungen Florian verstehe ich mich sehr gut. Einmal mehr ein Junge, der privat und in der Schule Probleme hatte. Ich konnte ihm helfen. Zu sich selbst zu finden, sein Selbstwertgefühl zu stärken, Spaß und Freude am Leben zu haben. Wir beide bezeichnen uns als Freunde. Wir spielen gemeinsam Schach, Billard und haben auch sonst vieles gemeinsam. Wir können gemeinsam herzhaft lachen. Und auch raufen und kämpfen. Ihn und meine Tochter habe ich zu Rettungsschwimmern ausgebildet und sie als Deputies vereidigt. Die Geschichte des Deputy Teams geht weiter.

Harry, seine Frau Silke und ihre Kinder Lucas, Deborah und Hannah bedeuten mir viel. Oder Rainer, Karin mit Alina und Kiana. Auch Thomas, Annette mit Tobias und Markus möchte ich nicht mehr missen. So auch Hans und Petra aus unserer Tanzgruppe. Oder Silvia und ihre Töchter Amelie, Teresa und Luisa. Auch Silvias Mann starb leider viel zu früh.

Armin, Annegret - ihre Kinder Anna und Simon, Susanne und ihre Mutter Elisabeth, Ute und Olaf, sowie Gisela sind ein wertvoller Bestandteil meines Lebens. Wie auch Andreas und Elke mit Nim und Samantha.

Uli, Helmut und Hans sind zu wertvollen Freunden für mich geworden. Und zu einer festen, starken Glaubensgemeinschaft. Auch gemeinsam mit unseren Frauen

Heike, Ingrid, Wally und Marianne verstehen wir uns sehr gut und ich bin dankbar dafür.

Elke, meine langjährige Brieffreundin möchte ich hier auch noch einmal erwähnen.

Und die Zahl derer, die meine Geschwister, die Geschwister meiner Frau, die jeweiligen Partner und Familien, sowie unsere sehr große Verwandtschaft ausmacht und mit denen ich mich sehr gut verstehe, ist so groß, dass ich alle hier namentlich gar nicht nennen kann.

Freundschaften sind etwas Wunderbares.

Und schließlich bin ich seit vielen Jahren mit einer wertvollen, wunderbaren Frau verheiratet und habe mit ihr viel Schönes und mit Sicherheit auch kleine Abenteuer erlebt. Wir haben drei gesunde Kinder, ein eigenes großes Haus und einen schönen Garten, der viel Arbeit bereitet, uns aber auch glücklich macht. Meine Frau und ich haben Vieles in unserer Lebenseinstellung gemeinsam und wir unternehmen sehr viel gemeinsam. Wir nehmen unser Leben ernst, können aber auch zusammen herzhaft lachen.

Ich möchte meine Leserinnen und Leser an dieser Stelle bitten, einmal darüber nachzudenken. Vielleicht nicht so intensiv wie ich, aber kurz inne zu halten und nachzudenken. Haben Sie Freunde? Haben Sie einen Freund? Ist es ein Mann? Eine Frau? Ein Jugendlicher? Ein Kind? Ein Tier? Verbringen Sie mit Ihren Freunden oder Ihrem

Freund immer wieder auch gemeinsam Zeit, erleben gemeinsame kleine oder große Abenteuer? Erkunden Sie gemeinsam diese fantastische Welt? Oder haben Sie in sozialen Netzwerken hunderte von Freunden? Ist ein wirklicher Freund dabei? Einer, der sich Ihnen anvertrauen würde, wenn er oder sie verzweifelt wäre und sich das Leben nehmen wollte? Dem Sie sich anvertrauen würden, wollten Sie Ihr Leben beenden? Kennen Sie einen Freund, der nach Ihnen fragt? Wie es Ihnen geht? Kennen Sie Freundschaften, die auch Sie bereichern? Die abwechslungsreich sind, sich weiter entwickeln, interessant, ernsthaft sind, aber auch lustig sein können? Haben Sie einen Freund, der Ihnen gut tut? Sind Sie ein guter Freund?

Und wie steht es um die Freundschaft mit sich selbst? Hier ist wie in jeder anderen Freundschaft die gleiche Bannbreite einer Beziehung vorhanden bzw. möglich. „Mit sich selbst im Reinen sein", „Liebe deinen Nächsten, wie dich selbst" sind nur zwei von vielen Zitaten um die Beziehung zu sich selbst. Pflege ich zu mir selbst eine Bekanntschaft? Eine Freundschaft? Eine Liebe? Schließt die Liebe in der Freundschaft mit sich selbst geschlechtliche Liebe – hier Eigenliebe in Form von sich selbst streicheln, sich selbst umarmen oder selbst sexuell zu befriedigen - ein oder aus? Kann ich mich überhaupt leiden? Pflege ich eine Hassliebe zu mir?
Ein von mir selbst erfundenes Wort lautet: „Wer viel arbeitet, ist fleißig. Wer nur noch arbeitet, flieht vor sich selbst." Ist es nicht so, dass gerade im mittleren Alter viele Menschen sich nur noch in Terminen, Aufgaben, Karrie-

re, Pflichten, Hobbys und sonstigen Aktivitäten oder Passivitäten wie TV und Computer / Internet verlieren? Meines Erachtens fliehen solche Menschen vor Etwas. Vor dem nicht mehr gewohnten Gefühl der Leere und Ruhe, vor Konflikten in Ehe und Familie, letztendlich aber auch oft vor sich selbst bzw. vor der Freundschaft mit sich selbst.

Ich nehme mir die Zeit. Mit mir selbst klar zu kommen. Mit mir selbst etwas zu unternehmen. Mit mir selbst Zeit zu verbringen. Zeit für die Kameradschaft mit mir, für die Liebe zu mir.
Ich nehme mir Zeit für die Freundschaft mit mir.

Country und Moderne - Phantasie und Realität

Wieder einmal wappne ich mich mit Jacke, Schal und natürlich meinem Hut und ziehe fast täglich – mit meiner Frau oder auch oft alleine – hinaus in die Natur.
Wildnis, ein Hut, ein rauher Bart.
Möchte ich wieder der ewige Trapper sein?
Was soll's. Ich habe von allem ein wenig abbekommen: Moderner Mensch, Trapper, Cowboy, Indianer, Dschungelmensch.
Aber das gibt mir zu denken. Ich bin kein Trapper, kein Held, kein wirklicher Abenteurer. Ich saß noch nie in meinem Leben auf einem Pferd, war noch nie in Amerika, habe noch keinen Berg bezwungen, keine Wüste durchwandert und noch keinen echten Dschungel von innen gesehen.

Heimat. Natur. Ich bin im Wald. Hier fühle ich mich wohl. Ein paar Meter vor mir springt ein Reh aus dem Dickicht und bleibt stehen. So liebe ich Tiere. In der Freiheit der Natur. Wir sehen uns an, das Reh und ich. Dann huscht es weiter. Ein Buntspecht fliegt dicht über mir hinweg. Ich bin glücklich.

So fühlte sich auch Uwe wohl. Mit ärmelloser Weste, Hut, in seinem Fall mit Zigarette im Mundwinkel, Halstuch und Cowboystiefeln draußen in der Natur. Immer blieb er der Zigarettenmarke treu, für die in der Werbung der rau-

he, unrasierte Abenteurer meilenweit ging und sich Löcher in die Stiefelsohlen lief. Uwe stand aber auch im wirklichen Leben seinen Mann, hatte immer eine geregelte Arbeit, engagierte sich in der Feuerwehr und trug auch hier gerne mal einen Anzug mit Krawatte oder eine schicke Uniform und interessierte sich sehr für Technik in jeder Form. Am liebsten waren ihm aber karierte Holzfällerhemden, eine Jeans, Stiefel und sein Hut. Sein Indiana-Jones-Hut. Allzu oft wurde er von seiner Frau bald schon nach der Hochzeit diesbezüglich abfällig belächelt.
Lebten Uwe und ich, lebe ich in der falschen Zeit? Eine Blockhütte stelle ich mir zur Vollendung meines Glückes vor. Einsam in den Wäldern. Leben wie Bill Robin.
Leben Menschen wie Uwe und ich in einer Scheinwelt? In der Vergangenheit? In der Filmwelt? Waren zu viele Phantasiegestalten Teil unseres Ichs? Lässt sich das Faible für Westernhelden nicht mit der Realität vereinbaren?
Könnte sein. Was aber ist mit den unzähligen modernen Menschen, die in ihrer Freizeit auch hier in Deutschland stets die Karl May-Aufführungen besuchen, die Westernstädte aufsuchen um dort für ein paar Tage ganz zum Cowboy zu werden? Was ist mit den Menschen, die sich mittelalterlichen Zünften anschließen, Ritterkämpfe ausfechten und deren Tradition hochhalten? Vom Science-Fiction-Genre um Star Wars, Star Trek und Perry Rhodan ganz zu schweigen.
Ein Ausgleich zum Alltag und eine Sehnsucht nach einem etwas anderen Lebensstil.
Eine phasenweise Wandlung vom realistisch denkenden, modernen Menschen zum in der Natur lebenden Trapper in meinem Fall.

Ich lebe in der modernen Welt, bin aber auch manchem gegenüber skeptisch und bin gerne ganz unkompliziert in der Natur. Ohne mp3-Player im Ohr, ohne Walkingstöcke, ohne Handy am Gürtel oder Dauerkontakt zu Facebook, Smartphone und dergleichen.
Country und Moderne. Es lässt sich kombinieren. Ich möchte es schaffen.

Ich lese zurzeit das Buch „Die Palästinenser – Volk im Brennpunkt der Geschichte". Jahrzehnte und Jahrhunderte lang andauernde Völkerschlachten. Bürgerkriege, Stammesfehden, Schlachten, Massaker, Attentate und Gemetzel. Bomben, Raketen, Maschinengewehre, Minen, Giftgas. Im Namen der Politik. Im Namen der Religion/en. Das ist kein Film. Das ist Realität. Unzählige tote Soldaten, unzählige toten Zivilisten. Kein Ende des Nahostkonfliktes in Sicht.

Ich lese das Buch „Die wahre Geschichte der Indianer", sowie das Buch „Die Siedler". Vermutlich seit etlichen tausend Jahren auf dem Doppelkontinent Amerika lebende Volksstämme werden auf bestialische Weise innerhalb weniger Jahrhunderte fast vollständig ausgerottet durch „den weißen Mann". Auch hier Völkerschlachten, Bürgerkriege, Stammesfehden, Massaker, Vergewaltigungen und Gemetzel. Und auch hier allzu oft im Namen Gottes. Grausame Realität. Keine erfundenen Geschichten.

In der Realität die Debatte und Diskussionen, die Angst und die Sorgen aller Menschen rund um die Flüchtlings-

ströme, die Deutschland und Europa heimsuchen. Die Frage nach den Regierungen, Firmen und Menschen, die mit Rüstungsgütern, Waffen und Kriegen wirtschaftliche Interessen verfolgen und milliardenschwere Geschäfte machen.
Die tägliche Angst der Menschen vor den unberechenbaren Anschlägen und Massakern fanatischer Terroristen, welche die Welt in ein blutgetränktes Chaos stürzen. Keine erfundenen Geschichten.

Im harten Kontrast hierzu schenke ich mir einen guten Schluck Whisky ein, lege eine CD mit indianischen Musikstücken ein und lese die Nr. 500 der früheren Cowboy-Serie BESSY. Schneller Hirsch, Häuptling der Apachen, der junge Komantsche Kleines Wiesel und der Trapper Ronny treffen sich um ihren gemeinsamen Freund, den Ranchersohn Andy Cayoon an dessen Geburtstag zu überraschen. Frieden, Nostalgie, Idylle, Freundschaft. Erfundene Geschichten.

Warum schreibe ich?

Die Jahre vergehen, mein Buchmanuskript wird immer wieder durchgesehen, hie und da wird nachkorrigiert. Mittlerweile schreiben wir bereits das Jahr 2015. Ich bin nun 52 Jahre alt. Es wird Herbst. Der Wald färbt sich bunt, die Sonne bekommt ein anderes Licht. Nüsse werden reif, Kastanien liegen im Laub und glänzen wie poliert in der Sonne, die durchs bunte Blätterdach der Bäume strahlt.

Wie viel Zeit bleibt mir noch? Uwe wollte sterben, Matthias sprach oft vom Sterben. Meine schwere Krankheit im Jahre 2003 bot mir an, früh zu sterben. Der Junge Mirco wollte leben. Ich möchte leben.

Ich möchte, dass meine Freunde dieses Buch lesen. Allen voran der schwerkranke Matthias. Wie viel Zeit bleibt mir noch?
Diese Frage erübrigt sich. Am 27. März dieses Jahres verstarb völlig unerwartet nach jahrelanger Krankheit Matthias im Alter von nur 52 Jahren. Einer meiner engsten und besten Freunde, den ich 1984 kennenlernte.
Nach Uwe und Berta der dritte, gute, treue und enge Freund, den ich vermisse.

Wird der Schauspieler Pierre Brice dieses Buch hier jemals lesen? Auch diese Frage erübrigt sich.

Am 6. Juni dieses Jahres verstarb unerwartet nach kurzer Krankheit der wunderbare, großartige Mensch Pierre Brice im Alter von 86 Jahren.

Wird der amerikanische Schauspieler Ron Ely dieses Buch, das ihn so oft erwähnt, lesen? Er feierte im Juni seinen 77. Geburtstag.

Soll ich dieses Buch überhaupt veröffentlichen? Mit all meinen offen dargelegten Gedanken, Erinnerungen, Gefühlen, Problemen, Sehnsüchten, Hoffnungen und Ängsten?

Ich habe aus mehreren Gründen endlich geschrieben. Zum Einen, um mir selbst viele Fragen zu beantworten, um einem seltsamen Phantom ein Gesicht zu geben.
Ein weiterer Grund ist der, dass ich glaube, dass es viel mehr Menschen gibt, die ähnlich denken wie ich, denen die hier so oft erwähnten Namen aus Film und Fernsehen wohl bekannt sind, die damit ähnlich verbunden sind wie ich.
Menschen, denen der Begriff Freundschaft ähnlich viel bedeutet wie mir.

Ich habe geschrieben, um dem Menschen Pierre Brice meine Hochachtung zu zeigen. Ein Mensch mit Höhen und Tiefen, mit Stärken und Schwächen. Ein Mensch der weit mehr war als Winnetou, der immer versucht und oft auch erreicht hat, dass diese Welt für viele Menschen, insbesondere auch schutzbedürftige Wesen wie Kinder oder Tiere ein bisschen schöner und heller wurde und wird.

Ich wollte mit diesem Buch an den Schauspieler Ron Ely erinnern und auch dafür sorgen, dass Schauspieler wie Lex Barker und Raimund Harmstorf nicht in Vergessenheit geraten. Sie gehörten vielleicht nicht oder nicht dauerhaft zur Elite, waren aber wertvolle Menschen und wollten immer ihr Bestes geben. Manche schaffen es in der Filmwelt ganz nach oben, andere nicht. Ob diejenigen, die es geschafft haben, auf Dauer glücklicher sind, sei dahingestellt.

Bill Kaulitz hat sich, seit ich begann, dieses Buch zu schreiben, ständig weiterentwickelt, war in den USA untergetaucht. Ich jage keinen Infos, Ausschnitten, Merchandisingprodukten mehr hinterher, aber ich halte an dem Menschen Bill Kaulitz fest und bete für ihn.

Ich werfe mir viele Fehler vor, die ich in Freundschaften begangen habe, ich rang mit den Ängsten homophiler Gefühle und litt seit dem Tod meines Freundes Uwe unter dem Begriff Freundschaft. Aber ich lebte Freundschaft auch jahrzehntelang. Mit Uwe, Harry, Rainer, Rainer S., Matthias, Berta, Jane, Uschi, mit meiner Frau Heike, meiner Brieffreundin Elke, wunderbare Momente zusammen mit Dennis und mit vielen hier genannten und auch nicht genannten anderen Menschen.

Durch mich kamen Freundschaften zustande. Durch mich lernten Menschen unterschiedlichsten Wesens, sich gegenseitig zu respektieren und miteinander auszukommen.

Durch mich erfuhren in vergangenen Jahren viele Menschen von Jesus. Durch mich haben in vielen Jahren viele Menschen herzhaft gelacht.
Ich war nie ausnahmslos selbstsüchtig nach Freundschaft. Ich wollte Freundschaften schaffen. Wollte, dass aus Feinden Freunde werden. Wollte, dass die Werte, für die Jesus Christus in unsere Welt kam, immer Bedeutung haben.

Ich möchte, dass nacktes Miteinander nicht automatisch in bestimmte, von der Gesellschaft definierte, Schablonen gepresst wird.
Ich möchte Lügen, Notlügen, Ausreden und Unwahrheiten aus dieser Welt schaffen.

Ich möchte und werde mich immer für die Werte einsetzen, für die auch Pierre Brice kämpfte. Für Treue, Gerechtigkeit, Ehrlichkeit, Mut, Tapferkeit, Frieden, Liebe und Naturverbundenheit.

Ich bin ein emotionaler Mensch. Sicher war ich mitunter zu emotional. Vielleicht habe ich Freundschaften überbewertet. Vielleicht auch nicht.
Und ich verspürte nicht bei jedem Freund das Bedürfnis, mit ihm oder ihr nackt zu sein, ihn oder sie in den Arm zu nehmen, mit ihm oder ihr zu raufen, im Gegenteil, Distanz war mir oft angenehmer. Für manche Freundschaft ist es jedoch wichtig und erforderlich, dass man diese Distanz auch überwinden kann und darf.

Auch habe ich zumindest im Ansatz die Erfahrung gemacht, dass während in den uns geläufigen Übersetzungen der Bibel stets sehr reduziert nur von Liebe als einem Begriff die Rede ist, in Urtexten der Bibel der Begriff Liebe sehr viel differenzierter betrachtet wird. Von Agape, Philia und Eros ist dort die Rede. Bedingungslose Liebe wie zwischen Gott und den Menschen, Liebe der Menschen untereinander, Liebe zwischen Freunden wie in diesem Buch vielfach von mir angesprochen und der erotischen, bzw. sexuellen Liebe zwischen Menschen bzw. in erster Linie zwischen Mann und Frau. Ein weites Feld, auf dem es über Freundschaft und Liebe noch sehr viel zu entdecken und ergründen gäbe.

Eines bleibt und das gilt für Jungen, Männer, Mädchen und Frauen. Insbesondere aber für Jungen und Männer in einer Gesellschaft, in der sie immer Gefühle zeigen sollen aber nie Gefühle zeigen dürfen: Gäbe es in dieser Welt mehr Freundschaften wie die von mir gesuchten, wie die in all den hier genannten Filmen und Romanen dargestellten Freundschaften, das gemeinsame Erleben, in manchen wenigen Freundschaften auch diese unkomplizierte nackte Zweisamkeit, Toben und Raufen wie unter Kindern, das gegenseitige Retten aus Notsituationen oder gar vor dem Tod, der gemeinsame Ritt in den Sonnenuntergang – es gäbe möglicherweise weniger Leid, Krankheiten, Trauer und Einsamkeit. Möglicherweise auch weniger Massaker an Schulen und weniger Suizide.

Die Welt wäre um einiges erträglicher und schöner, die Menschen glücklicher und Jesus – wer weiß, vielleicht zufriedener.

Ich wollte Vieles in meinem Leben sein. Vor allem aber Helfer und Lebensretter. Meinen besten Freund jedoch konnte ich nicht retten. Vermutlich weil ich trotz aller Bemühungen doch auf der Wiese lag und mit dem Gras spielte, anstatt nach der Herde zu sehen.
Sehr viel Phantasie umgab uns stets und die Trugbilder, mit denen wir uns identifizierten waren groß. Wir waren siegreiche, unerschütterliche Helden unzähliger Abenteuer. In unserer Phantasie. Am realen Abenteuer Leben, da wo es letztendlich gilt, zu leben und Abenteuer zu bestehen, ist Uwe gescheitert. Und er wurde Opfer der Würgeschlange „Alkohol".
Wie viele Menschen auf der ganzen Erde scheitern immer wieder am Leben und bereiten diesem viel zu früh selbst ein Ende?
Und gibt es nicht zunehmend Menschen, die nach ihrem gefassten Entschluss, sich das Leben zu nehmen, Unschuldige mit in den Tod reißen?
Mittlerweile glaube ich zu wissen, dass und wie ich meinem Freund Uwe hätte helfen können. Aber das macht ihn nicht wieder lebendig. Außerdem gilt wie damals und auch fortan für alle anderen Beziehungen zwischen Menschen: Nur wer sich helfen lässt, dem kann auch geholfen werden.

Mein krankhaftes Verlangen nach einem Freund, einem Jungen oder Mann, verspüre ich, seit ich herausfand, dass ich Huckleberry Finn suchte, nicht mehr. Ich bin zufrieden und gelassen.

Meine qualvollen Gedanken aus dem Jahre 2000 wurden auf diese Weise nun aber wahr. Ich drehte keinen Film und schrieb auch keine Fortsetzung des Filmes „Der Schrei der schwarzen Wölfe". Ich schrieb ein Buch mit dem Titel

„Der schwarzen Wölfe Schrei"

Und so reite ich in diesem Moment alleine aus einem Abenteuer, dem Abenteuer dieses Buches, in dem ich so viele Freunde, Helden und Personen – Phantasiegestalten oder Menschen aus Fleisch und Blut - in Gedanken wiedergefunden, viele davon aber auch für immer verabschiedet habe, hinein in einen schönen, warmen Sonnenuntergang. Dem Abend entgegen. Nicht wissend, was mich dort erwartet. Was der Morgen bringt. Wie lange ich leben werde. Ob ich mit meiner Frau zusammen alt werden darf.

Ob wir in Frieden in unserem Land leben können, während an vielen anderen Orten unzählige Menschen verhungern und Kriege, Chaos, Zerstörung und sinnloses Morden an der Tagesordnung sind.

„Sorgt nicht für den morgigen Tag"

rät uns trotz allem Jesus Christus.

Ich möchte mich darauf verlassen und reite (in Gedanken) zuversichtlich der Abendsonne entgegen.

Ende
(und Anfang)

Nachwort

Ich habe mich im Jahre 2009 eines Tages hingesetzt und aus einer inneren Regung heraus begonnen, alles, was mich bewegte, aufzuschreiben. Es sprudelte nur so aus mir heraus. Mit jedem Satz wurde die Erinnerung intensiver und deutlicher. Irgendwann gegen Ende des Jahres 2009 war das Skript fertig, aber ich wusste: da war noch mehr. Und so begann ich, zu recherchieren, alte Fotos, Notizen und Aufzeichnungen zu studieren und mein Manuskript bis ins Jahr 2013 hinein zu bearbeiten. Weitere zwei Jahre lag das fertige Manuskript in meiner Schublade.
Mir liegt nicht daran, Dinge zu erfinden. So und nicht anders habe ich alles erlebt. Nichts wurde hinzu gedichtet. Es ist meine Sicht der Dinge.
Ich habe darauf verzichtet, viele Beteiligte, meine eigene Frau eingenommen, um Rat zu fragen. Viele persönliche Erinnerungen, Meinungen und Erfahrungen wären sicher noch ans Tageslicht gekommen und hätten unter Umständen das Buch bereichern können. Ich hätte mir aber auch sicher sagen lassen müssen: "Das kannst du so nicht schreiben, das kannst du nicht bringen" und so weiter und viele verschiedene Meinungen hätten das Ganze zu einem Gemeinschaftswerk gemacht.
Nein. Meine Absicht. Meine Gefühle. Meine Erinnerungen. Mein Freund. Meine Freunde. Mein Glaube. Mein Leben. Mein Buch.
Ich bitte um Nachsicht und Verständnis. Es steht jedem frei, ein eigenes Buch zu schreiben.

Danke

Herrn Thomas Claaßen vom Büro Pierre Brice für seine Informationen und seine konstruktive Kritik zu meinen Ausführungen rund um Pierre Brice.

Herrn Christoph Stätzler von www.lexbarker.net für seine Korrekturen zu meinen Ausführungen über Lex Barker.

Dem Fischer Verlag für die Freigabe zur Verwendung einer Passage aus der Biografie Götz Georges.

Meiner Frau, die seit 23 Jahren Teil meines Lebens ist, vieles von dem Erzählten miterlebte, mit durchstand und mir in Bezug auf dieses Buch einfach vertraut.

Meinen zwei Söhnen und meiner Tochter, die mein Leben sehr bereichern.

Meinen Eltern, ohne die es mich nicht gäbe und für alles, was ich durch sie erfahren durfte.

Den Geschwistern von Uwe, die mir, wie es auch schon ihre Eltern immer taten, stets das Gefühl geben und mich wissen lassen, dass ich zu ihrer Familie gehöre.

Der Autorin Susanne Stephan für ihre Tipps und Anmerkungen zu meinem Buch.

Meinem Sohn Robin, der mir behilflich war, das Buch technisch fertig zu stellen.

Allen Menschen, die sich in Deutschland und weltweit dafür einsetzen, der Gesellschaft zu beweisen, dass Wölfe nicht so bösartig und blutrünstig sind, wie in Romanen, Filmen und auch in meinem Buch dargestellt. Warum speziell in meinen Träumen Wölfe zu einer hetzenden Gefahr wurden, weiß ich nicht. Hauptsächlich in Filmen und Romanen müssen Wölfe allzu oft nur die Rolle des (tierischen) Bösewichtes erfüllen. Wölfe sind nicht grundsätzlich böse und gefährlich.

Den Freunden, die mir wirklich Freunde waren oder sind. Die mein Leben bereicherten und bereichern. Für die ich da sein kann und darf und die auch für mich da waren, oder da sind, wenn *ich* einmal einen Freund benötigte oder benötige.

Interessante Links:

www.pierrebrice.de
www.lexbarker.net
www.lexbarker.de
www.tribute-to-lex-barker.net
www.seewolf.robsoft.dk

Der Autor

Klaus Göbel, geboren 1963, ist in Haßmersheim aufgewachsen und lebt dort mit seiner Familie.
Er arbeitet als Schwimmmeister und Hausmeister.
Beruf: Geprüfter Schwimmmeister, Mitglied im BDS (Bundesverband Deutscher Schwimmmeister), Ausbilder Rettungsschwimmen.
1991 - 1995 Grafik-Design-Studium an der Freien Kunstschule Stuttgart.
Ausstellung von Zeichnungen und Grafiken auf Hobby- und Kunstausstellungen.
Zeichnungen und Illustrationen für verschiedene Zielgruppen, Gestaltung von Bühnenbildern.
Gestaltung des THW-Hilfswichtels (Maskottchen im Technischen Hilfswerk).
Verschiedene Arbeiten im Bereich Grafik Design.
Unzählige Reime und Gedichte für Feiern, Feste und sonstige Zielgruppen und Anlässe.
Der schwarzen Wölfe Schrei ist das erste Buch des Autors.

Quellennachweise

1
Ein toller deutscher Actionfilm „Der Schrei der schwarzen Wölfe" / BRAVO-Jugendzeitschrift, Nummer der Ausgabe unbekannt

2
Robert Silverberg: König Gilgamesch, Roman, 2. Auflage, Heyne-Verlag 1988

3
Geheimnisvolle Gestalt aus der Tiefe der Geschichte – Bericht über das Gilgamesch-Epos, Rhein-Neckar-Zeitung / Feuilleton Nr. 46 / 23./24. Februar 2008

4
„Starker Seebär – einsamer Wolf" - Das zerrissene Leben des Raimund Harmstorf. Bericht aus „die aktuelle", Nr. und Jahr nicht bekannt.

5
James C. Whittaker: „Es war, als sängen die Engel" (Widmung: Dem einen, der von uns ging – Sergeant Alex Kaczmarczyk), 29. Auflage, 1986

6
Robert Silverberg: König Gilgamesch, Roman, 2. Auflage, Heyne-Verlag 1988

Walter Gillich: Der Gilgamesch-Zyklus. Stadt Heidelberg, Verlag Wunderhorn. Buch zur Ausstellung in HD / 8. - 30. Sept. 2001

Raoul Schrott: Gilgamesch. Hanserverlag 2001. Sachbuch

Harald Braem: Der Löwe von Uruk. Ein Gilgamesch-Roman. 3. Auflage 1990, Verlag Serie Piper.

Gerhard Begrich: Gilgamesch – König und Vagant. Das Epos – nacherzählt und kommentiert, Radius-Verlag 2003

Stephen Grundy: Gilgamesch – Herr des Zweistromlandes. Roman, Verlag Fischer Taschenbuch, 2001

Thomas R.P. Mielke: Gilgamesch – König von Uruk. Roman, 1. Auflage 2003, Verlag Aufbau Taschenbuch

Reclam: Das Gilgamesch-Epos, Stuttgart, 1988

7
Die Bibel: Lutherbibel, Standardausgabe mit Apokryphen, Deutsche Bibelgesellschaft, 1985
8
Quelle vermutlich Internet, Herkunft nicht mehr nachvollziehbar
9
Puerilismus: Siehe Infantilismus, d.i. intensive, z.T. übersteigerte, kindliche Verhaltensweisen eines Erwachsenen
10
Gibran, Khalil: „Sprich uns von Freundschaft"
11
Die Apokryphen der Lutherbibel. Deutsche Bibelgesellschaft, Stuttgart, 1981
12
Stephen Grundy: Gilgamesch – Herr des Zweistromlandes. Roman, Verlag Fischer Taschenbuch, 2001
13
Zusammengestellt aus Internet, Illustrierten, z.T. aus der Biografie „Winnetou und ich"
14
Pierre Brice: „Jetzt muss ich mich entscheiden". Kopie aus einer Illustrierten. Titel und Ausgabe der Illustrierten unbekannt.
15
Torsten Körner: „Götz George- Mit dem Leben gespielt". © S. Fischer Verlag GmbH, Frankfurt am Main 2008
16
„Neue Winnetou-TV-Serie: Partner von Pierre Brice wird Raimund Harmstorf" - Aufregung um den neuen Shatterhand. Bericht aus BRAVO-Jugendzeitschrift, Ausgabe unbekannt.
17
Auszug / Kopie aus einem Buch über Leben und Wirken Karl Mays. Buchtitel und Verlag unbekannt.
18
Mark Twain: Tom Sawyer / Huckleberry Finn. Taschenbücher. unipart / area Verlag GmbH, Erftstadt 2004

19
Mark Twain: Tom Sawyer und Huckleberry Finn. Tosa-Verlag Wien, keine Jahresangabe.
20
„Die wilden Kinder" - von Lucien Malson / Jean Itard / Octare Mannoni. Suhrkamp Taschenbuch, 1972, 1.Auflage
21
BRAVO-Jugendzeitschrift Nr. 29, 12. Juli 1972
22
Mirco - Verlieren. Verzweifeln. Verzeihen.
Sandra und Reinhard Schlitter / Christoph Fasel.
adeo-Verlag 2012